U0655268

· 文脉中国散文库 ·

太阳雨

孙丽君 / 著

中国文联出版社

图书在版编目（CIP）数据

太阳雨 / 孙丽君著. -- 北京：中国文联出版社，
2016.1（2023.3重印）

ISBN 978 - 7 - 5190 - 1052 - 2

Ⅰ.①太… Ⅱ.①孙… Ⅲ.①散文集—中国—当代
Ⅳ.①I267

中国版本图书馆CIP数据核字（2016）第012034号

著　　者　孙丽君
责任编辑　曹艺凡
责任校对　乔宇佳
装帧设计　中联华文

出版发行　中国文联出版社有限公司
地　　址　北京市朝阳区农展馆南里10号　　　　邮编　100125
电　　话　010 - 85923025（发行部）　　　　85923091（总编室）
经　　销　全国新华书店等
印　　刷　三河市华东印刷有限公司

开　　本　710毫米×1000毫米　　1/16
印　　张　20.25
字　　数　306千字
版　　次　2023年3月第1版第2次印刷
定　　价　89.00元

版权所有　　侵权必究
如有印装质量问题，请与本社发行部联系调换

在太阳雨中舞蹈的天使

王治邦

　　这部散文集《太阳雨》，名字富有哲理，或许还带有几分浪漫、几分宿命，顿时吸引了我，不由自主地翻开了这本书。

　　太阳雨是阳光与降雨并存的天气现象，英文名称为"Monkey's wedding"，英语的这一词汇来自于南非人对这种天气的表达。本是天气的名称，英文字面含义却为"猴子的婚礼"，也许，这正是南非人对"太阳雨"所包含的上天暗示的精辟理解。

　　因此，用"太阳雨"命名这部散文集，必定表达了作者的一种心情、一种期盼、一种梦想，也许还有一种追求。

　　漫步在《太阳雨》中，随着文字的神奇组合，读者会不经意地邂逅一个在太阳雨中舞蹈的天使。那个钟情爱神的女子，轻声细语地诉说着如何在彩色的"太阳雨"里，苦苦追逐梦想，历经情感变幻，享受欲滴浓情，呵护亲情以及在青山绿水中留下心灵足迹的那些美好的故事。

　　《太阳雨》也是作者收录在这部散文集中比较经典的一篇文章。她在这篇文章中，是这样开篇的：

七月，阳光炙烤大地。每一阵风过，婀娜的心事骤添一抹淡淡的忧思。远方，你舞动云彩，撒欢儿地洒下一地太阳雨，淋湿的渴望，瞬间涨满了一池相思。（《太阳雨》）

多么优美的文字，那么多情的相思，由此可见这部散文集之一斑。

英国著名诗人拜伦曾经说过："一滴墨水可以引发千万人的思考，一本好书可以改变无数人的命运。"看罢这部散文集，也许更能深深体会拜伦的这句话。

作者是一位喜欢"太阳雨"的优雅女子，她用一滴滴彩色墨水勾勒出人生的喜怒哀乐；用一缕缕浓情去观察世界的扑朔迷离；用一双感悟的眼睛去静静品读人生的酸甜苦辣；用一颗感恩的心勇敢面对生命中的风雨雷电。她喜欢在醉人的午后，一个人站在太阳雨里，享受雨水的酣畅淋漓，更喜欢拥抱雨后灿烂的彩虹。因为那里有她的梦、她的爱、她的执着。

这部文集共有六个章节。作者用一条最平实的情感曲线贯穿其中，把真爱与真情融入每一个章节。奔走在浮华掠影中，不经意地翻动这本书，你会看到阳光的午后飘着太阳雨，滴滴诉说着久远的、美丽的故事。

第一章：《风情鼓浪屿》《醉美武夷漂流》《邂逅九寨》《醉人的黄果树瀑布》《西溪寻梦》一下子融入了"烟花·炫舞·人生"的优美画卷中。循着《一沙一世界》的禅意，浓墨蘸染的诗情，有山之奇、水之妙，更有难解的异域风情，点缀着彩色的梦。

写不尽西湖的美丽，只好在临走时把它小心翼翼地揣在梦里。其实在揭开她神秘面纱的刹那，我猛然醒悟，原来先前所有的失望都是一个铺垫，为了见证这个传奇的美丽。如果没有等待和落寞的失意，人世间又有多少美景值得我们用心去守候。（《西湖掠影》）

——这里寄予的情趣，以其淡淡的情思，记录着心灵的足迹。

第二章：徜徉在"生命的黄沙"、"错过的风景"和"迷雾"中"与心灵散步"，"静'煮'时光"。一路走来，穿过洒满雨露、鸟语花香的小径，你会不经意地发现，这里灌注的是生命之爱、生活之爱。

大自然赐予的快乐原是这么简单，不多不少，淡然冷寂。有时，我们刻意追求外面世界的繁华，总以为最美丽的风景始终在他乡，于是跋山涉水，倾注一世精

力寻找，疲惫至极，才发现，心灵的平静始终藏在自己心里。（《与心灵散步》）

——这里的人生哲理来源于生活的滴滴感悟，如清泉流淌，是午后烦躁静静停歇的心灵的驿站。

第三章：把《木棉树的骄傲》《"榴味"人生》《诗荡》《情人泪》，用《小女人的大智慧》全部《煮爱成粥》。在细雨霏霏的午后，透过人生这扇窗，细细品味岁月用"梦想的力量"精心熬成的粥，你会发现小女人绵长的爱意，痛得那么彻底、爱得那么深沉、行得那么从容、笑得那么甜美。

煮一锅"神仙粥"，把所有的情感统统融进梦里，不管当初爱得有多炽热、恨得有多无奈、思得有多缱绻、痛得有多苦楚，且把眼泪、辛酸，用大火烧沸，再把焦灼、隐忍经文火慢慢熬煮，历经人生苦、辣、咸、酸，才能熬煮出鲜、香、甜的极品美味，既能填饱肚子，还能解暑驱寒，"粥"到病除。（《煮爱成粥》）

——这里的情感，虽不是大河滔滔，却泛着心灵的浪花。

第四章：《爱琴海的月光》中，饱含着《春雪之恋》演绎的《舞台人生》，《温暖》的《太阳雨》不经意地便让《阳光的诱惑》成就了一段《美丽的错误》。轻轻敲响心灵的颤音，侧耳倾听，缠绵的情感里流淌的全是发自肺腑的歌。

我勇敢地站在一个人的舞台上，任残酷的冷风拍打我心底残留的情愫。即使大雨泼我一身冷漠，即使你的笑容淡化成风中的粉蝶翩疑，即使不得不洒下清泪行行，我还是愿意站在这里，把人生的精致一点一滴刻录下来，用厚重的沧桑沉淀灵魂的骄躁。（《舞台人生》）

——这里表达的爱，是那么宁静、深沉，虽是喃喃自语，却感人肺腑、引人深思，听到的是发自心灵的颤音。

第五章：《幸福的味道》是什么？是爱人的《生日礼物》《一条鱼的深情》《爱的怀抱》？还是妈妈做的《茴香饺子》《猪肉烩菜》？在午后煮一壶浓茶，细品散发幽香的幸福的味道，你会发现，这些率真、隽永的小故事里写不尽小女人浪漫、唯美、深情的爱的私语。

当我年老的时候，我会把母亲的骨灰撒在这片祥和的水域，让青山绿水为母亲筑就一道最美丽的风景。我站在窗边，静静凝视着海浪滚滚，仿佛看到母亲拉着我的手，赤足走在海边，向我诉说大海的美丽传说，那里有她童年的梦，承载着悠

悠的思乡情……（《故乡的疼痛》）

——这里的梦五彩斑斓，声声透着爱的呼唤，诉说着心灵的私语。

第六章：谁能在一个月之内，用心灵的呼唤巧妙地打开一个迷茫的小女孩嵌在心底的沉重的枷锁？当你驻足在这里，见证一个奇迹发生时，你会感叹：爱的世界尽管玄妙，但倾听和理解才是智慧的延伸。天下父母哪个不疼爱自己的孩子，可有谁能看到孩子心灵上的阴影？

谁说金钱与幸福直接挂钩？在很多人眼里，她是一个多么幸运的宠儿，生活在经济条件优越的家庭，能够学习大多数孩子在梦里才能弹奏的钢琴。可她依然不快乐。原来一个孩子的爱与恨埋在心里竟然能隐藏得这么深！又有多少家长能静下心来，去耐心地倾听她们的声音呢！（《用爱打开孩子心灵的枷锁之二——强化教育》）

——这里有的虽是妈妈般的喃喃细语，却尽显世间弥足珍贵的情感；这把开启儿童心灵枷锁的金钥匙，一经爱的润滑剂，不经意间，也打开了众多父母锈迹斑斑的心锁。

读罢这部文集，会感觉到人间真情在，梦也在。这种情感的表达，是一种感受、一种信仰、一种追求……

在这里，充满期盼、渴望和梦想；

在这里，释放孤独、寂寞和忧伤；

在这里，激扬欢乐、幸福和思想。

拥有深深的爱和恒久远之情的人，人生命运，犹如拜伦所言，必定充实而无憾。

在时下浮躁的社会，静下心来阅读这本书，清静怡然，就仿佛石在水中，人在水上，心在高远。以这般心境，再看世间，也许悟出"太阳雨"原是上天给予世人的暗示：

当你走近，请不要惊扰她。

在阳光灿烂的日子里，她还会自动打开心扉，

追寻太阳的足迹，享受太阳雨的温柔抚摸。（《太阳雨》）

目 录
Contents

第一章　心灵足迹

《风情鼓浪屿》《醉美武夷漂流》《邂逅九寨》《醉人的黄果树瀑布》《西溪寻梦》一下子融入了《烟花·炫舞·人生》的优美画卷中。循着《一沙一世界》的禅意，浓墨蘸染的诗情，有山之奇、水之妙，更有难解的异域风情，点缀着彩色的梦。

第二章　心灵驿站

徜徉在《生命的黄沙》《错过的风景》和《迷雾》中《与心灵散步》，《静"煮"时光》。一路走来，穿过洒满雨露、鸟语花香的小径，你会不经意地发现，这里灌注的是生命之爱、生活之爱。

第三章 心灵浪花

把《木棉树的骄傲》《"榴味"人生》《诗殇》《情人泪》用《小女人的大智慧》全部《煮爱成粥》。在细雨霏霏的午后，透过人生这扇窗，细细品味岁月用《梦想的力量》精心熬成的粥，你会发现小女人绵长的爱意，痛得那么彻底、爱得那么深沉、行得那么从容、笑得那么甜美。

第四章　心灵颤音

《爱琴海的月光》中，饱含着《春雪之恋》演绎的《舞台人生》，《温暖》的《太阳雨》不经意地便让《阳光的诱惑》成就了一段《美丽的错误》。轻轻敲响心灵的颤音，侧耳倾听，缠绵的情感里流淌的全是发自肺腑的歌。

第五章 心灵私语

《幸福的味道》是什么？是爱人的《生日礼物》《一条鱼的深情》《爱的怀抱》？还是妈妈做的《茴香饺子》《猪肉烩菜》？在午后煮一壶浓茶，细品散发幽香的幸福的味道，你会发现，这些率真、隽永的小故事里写不尽小女人浪漫、唯美、深情的爱的私语。

第六章 心灵呼唤

谁能在一个月之内，用心灵的呼唤巧妙地打开一个迷茫的小女孩嵌在心底的沉重的枷锁？当你驻足在这里，见证一个奇迹发生时，你会感叹：爱的世界尽管玄妙，但倾听和理解才是智慧的延伸。天下父母哪个不疼爱自己的孩子，可有谁能看到孩子心灵上的阴影？

第 一 章

心灵足迹

《风情鼓浪屿》《醉美武夷漂流》《邂逅九寨》《醉人的黄果树瀑布》《西溪寻梦》一下子融入了《烟花·炫舞·人生》的优美画卷中。循着《一沙一世界》的禅意，浓墨蘸染的诗情，有山之奇、水之妙，更有难解的异域风情，点缀着彩色的梦。

不朽的胡杨

　　去往黑城的路上，远远望见一片荒废的胡杨林，或立或躺或卧在沙丘上，干枯的枝干残缺不全，奇形怪状，如古战场一样，没有刀光剑影，触目惊心的疼痛令人不忍目睹。

　　正午的太阳异常毒辣，刺得人睁不开眼，一扫夜里接近零摄氏度的寒冷。我跟随大队人马进入怪树林景区，不由得倒吸了一口凉气，难不成我千里迢迢赶赴的盛宴竟如此惨淡？

　　深秋的妩媚原是五彩斑斓的梦，可是，这片领域没有颜色的明显划分，褐色的树皮龟裂成细长条状，被岁月剥离得所剩无几；裸露的，甚至可以说是极丑陋的枝干，被活生生地挑断了筋骨，弯弯曲曲，变形严重，早没了勃勃生机，谈不上丝毫美感；偶尔闪过一丛绿草，也是灰头土脸怪怪的模样。

　　额济纳的胡杨林曾是我追逐的一个梦啊！每一次在精美的图片前驻足，那片金黄色的希望燃烧起来的火种，总会在夜阑人静时点燃我的寂寞；每一次遭遇人生坎坷，去大漠看胡杨就成了我最殷切的向往。

　　如今，胡杨老了，确切地说，是死了。方圆百米的枯树林隐没在沙漠深处，天干地旱、鸟儿罕至，生命迹象便微乎其微了。沙丘低凹处，几株残喘的小生命在枯树顶端挣扎着，无精打采地耷拉着脑袋，犹如八十岁老妪灰白鬓发上斜插的干野菊，丝毫点缀不了枯槁的容颜，反倒徒增同病相怜的烦恼。看来世间万物都逃不过死亡的悲惨结局……我沉浸在悲哀中无法自拔。

"妈妈，你看那棵胡杨多伟大，死了那么久竟然还能开出这么奇特的花！"我顺着连连惊叫的小姑娘手指的方向看过去。

在我的印象中，胡杨属于高大挺拔的树种，笑迎大漠寒潮风沙，是我心中的硬汉。如今，它极尽夸张地伛偻着身子，犹如一个横倒的"V"字形，似乎再多一点点负重就会随时压垮它羸弱的腰板；胸膛几近被掏空，半敞着怀，满是泥沙；裹身的树皮脱落在脚下，像一件破旧的衣裳，冷冷地见证着岁月的无情。没想到，它竟然又高高地昂起头，开出极灿烂的"花朵"，我敢说那"花朵"绝对是我见过的世界上最美丽的插花杰作。泛白的枝丫只有数十株，缀满了青黄不接的叶子，略有些单薄，仿佛小小的灌木丛，团团围成一个锥形花苞向四周扩散，远远望去俨然梅花鹿美丽的犄角；再配上夸张、婀娜到极致的站姿，根本不用鲜花点缀，色调简单明了、造型独特别致、蕴意深远质朴，直接把生命的顽强剪接出来，任凭世上再高超的园艺师也无法量身打造。

孩童的眼睛没被污染，生与死对他们来说，就像花开花谢，每一次绽放都值得用生命的全部热情来惊呼！那一刻我莫名地为这种绽放流泪了。

再放眼望去，原本死气沉沉的胡杨突然焕发了生命力，一丛丛树雕作品近乎完美地组合在一起，如蟒蛇出洞、如蟠龙戏珠、如桀骜老雕、如浴火凤凰……岁月残酷地扒了它们的皮、断了它们的水源、绝了它们的念想，它们依然坚挺在这里，为灰白世界额外增添一份精彩。

我想，它们本无力证明什么，历史每翻过一页，注定会略过很多精彩。抬头仰望，天蓝得像静止的湖水，把我的忧伤慢慢沉淀下来。

没想到，镜头里胡杨倒下的姿态更令人唏嘘不已，如一幅幅立体剪影，诉说着人间的悲喜剧。不忍看从战场上归来，缺胳膊少腿，扑向母亲怀抱痛哭的战士；不忍看在硝烟中相互搀扶、满脸憔悴却一脸坚定的难兄难弟；不忍看面对满目疮痍、老泪纵横、向苍天举臂呐喊的勇士；更不忍看在残垣断壁下默默包扎伤口的壮士……

风沙无孔不入地钻进他们的胸膛，衣不蔽体，依然掩盖不了铮铮铁骨的硬朗；风干的伤口被割裂成一道道鸿沟，交错纵横，清清楚楚地记载着男人的血性方刚。

生前寂寥，死后壮烈，英雄断腕的魅力亦不过如此悲壮吧。人固有一死，或轻于鸿毛，或重于泰山。不知道大漠胡杨何以有这般造化，倒下千年还可以美得如此惨烈，令人锥心疼痛，却又肃然起敬。

我拾起一小块散落在脚下的枯树皮，用手轻轻一掰，便摔成一片。如此脆弱的树种，何以能经受大漠烈日、风沙、干旱、苦寒的层层考验。存在已是奇迹，死后不倒不朽更是难解之谜。

到底是什么力量在支撑着它呢？

原以为，"老"是一个非常生涩的字，对人如此，对树亦然。美人迟暮，自然对老有一种本能的抗拒；朽木不可雕，老了，化为尘土，质本洁来还洁去也是物种轮回的使命。

我久久凝视着胡杨，想从它庄严肃穆的神情里找到些许悲伤的痕迹。

"妈妈，这些游客怎么这么狠心，胡杨已经老了，多可怜呀，他们怎么还忍心坐在上面拍照？"小姑娘气愤地嘟囔起来。

微风拂过胡杨布满沧桑皱纹和弹孔的脸，我分明看到一丝不易觉察的微笑穿透阳光散射过来。也许千年等候，只为那个疼惜的人！

因为懂得，所以慈悲；因为慈悲，所以隐忍。有天使庇佑，胡杨怎忍心离开生养它的土地！

《当你老了》，叶芝说："爱你衰老了的脸上痛苦的皱纹。"诗里的诗情画意属于闲人雅士吧。生命之美，在于青春妩媚，哪有人会真的爱上你脸上的皱纹。

美丽的女神赫本在她五十一岁时收获了生命中最圆满的爱情，苍老的容颜战胜了岁月的冷傲，谁又能说走过沧桑、厚重的朴实不是生命最完美的极致？

过于肤浅的爱，抵制不住繁华诱惑，便逐渐失去本真的快乐。唯有风尘沉淀，洗去铅华粉饰，夕阳下莞尔一笑最动人心魄。就像老去的胡杨，流光溢彩的金黄不再，绰绰风骨依然笑傲千年。

母亲额上的皱纹深了，夕阳西下，不经意地站成了一棵胡杨树。风尘仆仆的游子拥抱她的那一刻，"蛛网"纵横的脸上珠泪滚烫，谁说不是世界上最幸福的雨露！

老去的胡杨终归算是一个多情的种，生前没在人生舞台上演绎生命的如火如荼，死后，化作化石，风干每一滴眼泪，执着地守候在这里，只待懂得欣赏它的人千年之后一步步靠近，聆听它从树洞里缓缓吹出的低沉略有些沙哑的呜咽声。

胡杨不会死！当它与烈日对视的那一刻，它就选择了微笑。来年，一滴雨露的滋润，枯树还会发出新芽。那时，不必惊呼，更不必喟叹。沧桑的厚重、生命的轮回，就那么自然地被大漠胡杨演绎成一个又一个传奇。

与胡杨相处半日，我终于懂得了画家凡·高的寂寞，听懂了他灵魂深处的呐喊，也看懂了他每一幅色彩斑斓画作背后的渴望，亦如胡杨一般，倔强地享受孤独的煎熬，投入每一份激情，燃烧生命的亮点，与岁月抗衡。输了，不哭不怨、不恨不争，静候时光荏苒、生命轮回。

人生寂寞，悄悄地来，悄悄地走，留下一片色彩足矣，哪怕只是梦里的颜色！

走进波浪谷

有些记忆，可以随着时光的指纹印在生命的脚步里。

——题记

从昏睡中醒来，旅游大巴停在陕西靖边一个小山村狭窄的乡间小路上。几十户人家零零散散地分布着，土墙低矮，残垣断壁，就像是从 20 世纪 70 年代克隆出来的古董。晚餐后，好客的主人告诉我们，离村庄百米之遥的红砂峁，在晚霞映衬下色彩十分艳丽。顾不上旅途劳累，我们赶紧拿上相机直奔那里。

　　走到近前，红色的沙包连成一片，蔚为壮观。最稀奇的是纹理清晰，像手指纹路一样分层均匀，呈跳跃状，俨然波浪起伏，随风自然舞动。站立片刻，似乎能听到海浪的喘息声。通红的夕阳，像熟透的火柿子一样挂在树梢上。游伴们兴奋地摆起造型，或用双手把火球"捧"在手心里或蹲下身子用头轻轻地"顶"，并用舌尖"挑逗"夕阳的火红激情，不经意间立体的剪影便成了我得意的摄影作品。此时，精致的沙包早已羞红了半边脸，在夕阳余晖的映射下，越发显得生动、可爱、妩媚。有时，不得不佩服，大自然确实是神奇的雕刻家，以红泥做坯，风吹雨淋，阳光曝晒，不经意间雕琢了一件旷世杰作。

　　正感慨间，镜头前突然出现一只彩蝶，翩跹的身影是那么熟悉，我赶紧追随这个小精灵来到附近的原野上。一簇簇野花漫天遍野，将我梦里的色彩悉数绽放。蒲公英顶着圆圆的、毛茸茸的大脑袋，可爱得随风摆动。尤其是那种结着火红的小辣椒形状的花，瞬间开启了我童年的记忆闸门，眼角竟然有些湿润。我摘了几朵"小辣椒"，仿佛看到了放学后与小伙伴兴奋地玩"扮家家"游戏当小厨娘的情景。

　　原来，隐藏在记忆深处的童真一直搁浅在某个角落，不堪回首，却总在不期然地等待一种发自肺腑的碰撞。只可惜长大后，高楼大厦掩埋了所有回忆，连同这些小伙伴的身影。

　　彩蝶在田野间自由穿梭，仿佛懂得我的心思，不慌不忙地在我的镜头前不停晃动。我累得气喘吁吁，没想到娇俏的蝶儿突然飘落下来，我的视线也随之停了下来。不知什么时候，两个呈螺旋状凸起的小山丘，像极了温润饱满的乳房，就那么不可思议地成了舞台美轮美奂的背景。我细细打量这幅名为《母爱》的作品，情不自禁为之喝彩，"蝶恋母"演绎的精彩又岂止是我梦里无法割舍的传奇。

夕阳渐渐没了踪影，空旷的原野多了一份静寂的落寞。不知是谁放开嗓子喊起来，多情的山谷不负众望，将缭绕盘旋的回声传递得悠远而又浑厚。快乐迅速传染，游伴们一起加入到"喊山"的队伍。顿时，寂静的小山村沸腾了，嘹亮的喊声就像怀旧电影中奔放的主旋律，不经意间颤动了心底的和弦。

回去后心满意足地跟村里人讲起这段奇遇，没想到老得只剩下一颗门牙的大爷用地道的陕北话笑呵呵地说："你们看到的景色只是神奇波浪谷中的九牛一毛，更精彩的景色还在那边。"他用手一指，满脸褶皱的笑容里透露出一股掩饰不住的自豪。

第二天一早，我兴冲冲地跟随大部队来到主景区。放眼望去，沟壑纵横，凸凹不平的坡面被活生生地撕开一条大裂缝，满目疮痍，令人心惊胆战，称为美景实在有些勉强。也许期待越多，失望越多，走了一会儿便有些了无兴致了。

转了几道弯，突然听到人群的惊呼声，眼前的奇景刹那间便定格在我的镜头里。以前总觉得西安兵马俑是人间的一个奇迹，现在看到耸立在沟壑里的"士兵"，排列整齐，造型奇特，威武雄壮，方知自己实在是井底之蛙。这些士兵紧握兵器，一脸坚定，仿佛随时待命出征，恢宏的气势再现了古战场的杀气腾腾。我想秦始皇定都咸阳后一定来这里视察过，触景生情，才想要复制这样的奇景，于是，费尽心机打造真人兵马俑，以实现他在天堂里的永久强国梦。

"你们瞧，那儿还有几颗灵芝。"我正在为这些"士兵"行注目礼时，随行的游伴惊喜地叫了起来，并用手指了指远处一堆小沙包。我纳闷极了，源不成高原奇寒之物还会长在这里？果真看到那几颗"灵芝"时，我不禁哑然失笑了。只见灵芝的"叶子"红得发黑，呈螺纹状分布，像用圆规精心画就的，里一层外一层，团团簇拥在一起，不得不佩服老天的巧夺天工，那么随心所欲地便把逼真到可以乱真的"仙草"安插到这里，凭你再丰富的想象也无法把它们与红砂岽联想到一起。

极目远眺，莫名地竟然有些心慌。波涛起伏的山谷错落有致，精彩纷呈，壮观到无法用文字来形容，仿佛是一支大气磅礴的交响乐，如贝多芬的《命运》，第不时地撞击我们心灵深处最柔软的地方。偶有清风拂过，似笛声吹醒了熟睡的鸟儿，平添了一抹女儿的温婉。不知是哪位游客兴起，信口唱起了地道的陕北民歌。"山丹丹那个开花，红艳艳……"歌声穿越红土高坡，一石激起千层浪，大合唱自由组合立马达到空前的壮观。以前总觉得陕北民歌土得掉渣，此时熟悉的旋律回荡在谷里，听起来竟然有一种来自天籁的纯净和素朴。

鸟瞰谷底，深沟里风景无限好，红色砂岩层层叠叠，像时光的年轮一样盘旋着，无限延伸；又好似一件金色虎皮纹的外衣，把一个个小山丘罩得严严实实。大家小心翼翼地沿着砂岩的缝隙往下走，每走几步，都与危险擦肩而过。实在无路可走时，只好蹲下来顺着砂岩的走势下滑，足足过了一把滑"转梯"的瘾。砂岩看似十分坚固，实则分外脆弱，轻轻一碰即脱落一层皮。有时遇上陡峭的坡度，不得已还得使用攀岩功夫，手脚并用，如履薄冰。

终于到达沟底，兴奋的游客像脱缰的野马一样，自由驰骋在这片异域风光里，把快乐印在每条指纹的缝隙里。细沙顺着足迹轻轻滑落，我仿佛听到了沙子轻微疼痛的呻吟声，无力阻止，叹息之余只好祈求老天原谅他们的任性。

及至走到沟里宽阔处，软软的金沙竟似水洗一般，顺着指缝滑下，丝毫不留痕迹。孩童们三五成群，趁大人不注意的时候，不一会儿就在沙子上翻起了跟头。休息片刻，浩浩荡荡的队伍继续挺进，狭长的"隧道"有时只容一人转身，易守难攻的天堑，少了一线天的神秘，却让我们见识了老区革命根据地的别样风情。

闹哄哄的队伍突然停滞不前，原来一个45°角的陡峭斜坡成了我们必经之路的拦路虎。从半空中往下看，沟底深不可测，如果不小心滑下山坡，后果不堪设想，不由得倒吸一口凉气。

"别害怕，掌握好平衡，大家互相照应，没问题的！"领队的声音让大家坚定了信心。有时挑战一下自己的底线，不逼自己一下，真的不知道自己也可以这么勇敢。

大部队手挽手相互配合横穿过一道道斜坡。我只顾提心吊胆闷头前行，突然一抬头就走进了世外桃源的仙境，仿佛不经意间掀开新娘头上的遮羞纱巾，红云满天盖不住一汪盈盈碧水。我赶紧使劲揉揉眼睛，莫不是小三峡的奇景隔空大挪移？清澈的湖水在红色砂岩的掩映下，呈现一份娇羞的红晕，仿佛海市蜃楼的奇景，就那么随意地映入眼帘。或许是少有人来的缘故，原生态的美有一种让人窒息的沉静。我不知道它来自哪里，将去向何方，此刻，我只想做一尾快乐的金鱼，游荡在红砂碧水蓝天中，与它耳语千年的思念。

湖水悠闲地躺在红砂岩环绕的怀抱里，任我们再大的欢呼声也无法吵醒她的梦。也许，千年的修炼，她早已幻化成美丽的睡美人，洁净的脸上闪着圣洁的光辉；鼻翼微动，芳香四溢。她无法与九寨的海子相媲美，但那份清纯、与世无争的从容，悄悄掳走我的心。我想这汪碧水才是波浪谷的灵魂，有了她的不断滋养，干涸的生命才有了绿色活力。

面朝黄土背朝天，窑洞里的传说将红色根据地的艰辛一笔一画地写进了苦难战争史，每翻一页，"沉重"的黄土都让人唏嘘不已。如今，波浪谷遗世独立的美让我们找到了生命发祥的源头，也许唯有历经苦难的煎熬，生命的灿烂才会走得深远辽阔！美不美家乡水，再干涸的地方，一旦融入"爱的温泉"，便胜却人间仙境……

呆立片刻，我竟然有些羡慕陕北这些憨厚的庄稼人了。

回望这片神奇的红土地，不经意地跳动间，如时光的指纹，早已把我走过的足迹清晰地刻在波浪翻滚的记忆中。

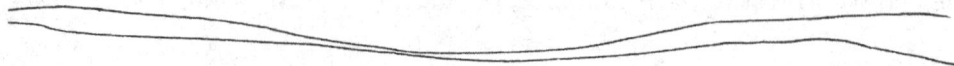

西湖掠影

　　西湖的美早在儿时就深深地印在了脑海。20 世纪 80 年代，电影京剧《白蛇传》曾经风靡整个中国，也让白娘子与许仙的动人传说扬名海外。酷爱京剧的我不放过任何一次观摩影片的机会，坐在影院里，陶醉在湖光山色的空蒙、奇幻、旖旎之中，更让年少的我，对美丽的西湖有了一种莫名的深情向往。

　　若干年后，我终于不远千里来到了朝思暮想的西子湖畔。可是，失望如潮水般涌上心头，瞬间击溃了我的想象。放眼望去，白茫茫一片，宽阔的湖面被浓雾笼罩着，阴云固执地在头顶盘旋，近在咫尺的船只模糊得只能隐约看见个大体轮廓，那些时常出现在梦里的美景好像全部被魔法师故意藏了起来。乘坐观赏游轮在雾里缓缓穿行，偶尔传来几声鸟儿低沉的叫声，苍凉而遥远，让人感觉像是在茫茫的大海上漂泊着。

　　百无聊赖地看着泛黄的落叶顺水飘零，也许它跟我一样惆怅吧。我坐在船尾，视线还算宽阔。船只划过之后，平静的水面漾起一层层涟漪，把光与影的交叠无限放大，通透碧绿，犹如翡翠石上的天然纹饰。先前还蔫蔫的叶子，仿佛添加了兴奋剂，在奇幻的光圈里即兴舞蹈出一种别致的非常有创意的群舞。鱼儿们不时地赶来凑热闹，在水底为它们深情地伴舞。不知何时，湖面上泛起朵朵精致的乳白色的小浪花，调皮地拥挤着列队两旁，向远去的游船欢歌告别。我的心情顿时明朗起来。即便是一片落叶，只要躺在西湖的怀里，享受天堂雨露的滋润，恐怕也是叶子最向往的一个美好归宿吧。

犹记得，断桥边，白娘子与许仙初次相遇；长桥上，梁山伯与祝英台依依泣别。怀春的少男少女们在这里倾情演绎了人间情爱的悲欢离合，我在白茫茫的湖水里寻找白蛇舞动的痕迹，真的期望这个美丽的传说再现，能一睹坚贞的白娘子的美丽容颜；如果能看一眼含羞带涩的痴情的祝英台，近距离地倾听她们的离别情话，即使看不到彩蝶飞舞，两颗相爱的心也会让我们感知西湖的温柔。船儿似乎懂得我的心思，向湖中心悠然地划了过去。

不多时，雾气淡了许多，依稀可见湖中矗立着几个玲珑的小岛，绿草茵茵，人头攒动，在微波荡漾中，犹如美人鱼迷人的小酒窝，里面藏着看不透的清纯与甜美。突然好想弃船直奔她而去，只为了一吻她脸上的露水。

正沉醉间，人群的欢呼声把我的视线拉到另一侧，原来是期盼已久的雷峰塔终于千呼万唤地露出了真颜。远远望去，精致、玲珑的雷峰塔就像托塔李天王手上的宝塔神器，在群山青黛的簇拥下，衬托着天王的威严与凛然，让游客的心不由自主地盯着它捏了把汗。幸好，塔下的白娘子早已天遂人愿地还原了美丽的传说，否则，雷峰塔的倒掉不知道会成为多少代人最热切的心愿。

船在画中游，慵懒之间，赏不尽风光无限好。不知何时，一艘装饰极其华美的仿古游船迎面驶来，几个造型独特的金黄色小亭子巧妙地连在一起，亭檐卷翘，素雅至极，像随风跳动的音符。仿佛几笔速描，略微润色，就在水面勾勒出一道流动的风景，既古朴又赏心悦目。流淌的古乐悠悠，船上美人临窗静坐，或品茶，或赏景，渐渐模糊成一道剪影，依稀古代娇娘结伴游船抚琴，兴致盎然之时，缓缓倾泻一曲《凤求凰》，不知令多少文人雅士迷醉不已。

"山外青山楼外楼，西湖歌舞几时休？暖风熏得游人醉，直把杭州作汴州。"徜徉在西湖美景里，倾听来自天堂的琴音，梦里的花开花落自然沉淀了贪婪的欲望。一个小时的游览时间实在太短促，只能让遗憾走得匆匆，不免对它油然而生一股"怨气"。走下游船，雾气依然弥漫，只好在心中默默祈祷老天及时露出欢颜。

还好，第二天天公作美。踏上苏堤，阳光顺着直入云天的交叉的树木之间窄窄的缝隙钻出来，站在树下，深深地呼吸一大口新鲜略带些潮气的空气，醉人的清香顿时盈满胸腔。极目远眺，摘下羞涩面纱的西子姑娘，盈盈的一张笑脸上，缀着一双脉脉含情的大眼睛，一汪碧绿的湖水闪烁其中，似一股电流袭来，瞬间征服了我的心。

环顾西湖十步一景的梦幻，曲院风荷、花港观鱼、三潭印月等美景尽收眼底，才体会到苏轼笔下"水光潋滟晴方好，山色空蒙雨亦奇。欲把西湖比西子，淡妆浓抹总相宜"的西子湖的壮美。虽然，雨中的西湖绮丽之景无缘得见，但淡妆浓抹两道奇景不经意间让我们领略了西湖的娇羞与妩媚。

写不尽西湖的美丽，只好在临走时把它小心翼翼地揣在梦里。其实在揭开她神秘面纱的刹那，我猛然醒悟，原来先前所有的失望都是一个铺垫，为了见证这个传奇的美丽。如果没有等待和落寞的失意，人世间又有多少美景值得我们用心去守候。跋涉在婚姻长途中，苦苦寻求恒久的"水晶之恋"，如果没有平凡日子细水长流的磨合，又怎么能见证钻石婚的奇迹！

离开苏堤，在脑海中一遍遍回顾美轮美奂的西湖景色。原以为脑海中铭记的会是某个经典的美景，谁知沸腾于心的竟然是初相识笼罩那片湖水的白雾茫茫。

"蒹葭苍苍，白露为霜。所谓伊人，在水一方。"情感受阻，且把美丽的夙愿藏在心中，留一颗感恩的心，拨云见日后的惊喜终会成全我们人生的完整。在西湖的梦里醒来，守候伊人约定，徘徊不去的终是那抹淡淡的牵挂和离愁。

风情鼓浪屿

五年前的春天第一次踏上鼓浪屿，这个迷人的小岛便征服我。满园的绿色、满树的鲜花、柔软的沙滩、静谧的港湾、典雅的建筑，一点一滴将一道暖意融融的异域风情呈现在眼前。熙攘的人群像一条波涛滚滚的大河，无数条支流顺着水势漫流到小城的各个角落，所到之处，欢声笑语瞬间覆盖了小城的静寂。嘈杂总会有些，却依然抹不去这个小岛在我心中的美丽印痕。

今年春节有幸再一次投入它的怀抱。当轮渡轻轻靠岸的时候，环顾四周一草一木、一屋一景，那种特殊的味道扑面而来，眼睛竟然有些湿润了。

我循着记忆找寻梦中熟悉的老榕树，离别这么多年，它还好吗？五年的时光太残酷，不知不觉卷走了太多的激情和梦想。"人面不知何处去，桃花依旧笑春风"——只是不知道物是人非的凄凉是否会有传染性？如果它容颜的苍老写满了旧日回忆的痛楚，我们还会不会有初见时的那份激动？

转过几条街，老榕树依然枝叶茂盛，伫立在最显眼的老地方，心中悬着的石头方落了地。抬眼望去，它高大的树冠充满祥和，任凭风吹雨打依旧含情脉脉，仿佛痴痴等候我的归来。它的叶子不是太茂盛，刚刚发出的黄黄的嫩芽与深绿色的老叶拥挤在一起，抢夺着春天的妩媚。与它相望片刻，心中那份悸动连同牵挂，已经融成我生命中一串特定的音符，只待夜深人静时，心弦不经意地被它轻轻拨响。

告别老榕树，在大街小巷随意穿行，突然发现大片橘红色的爆竹花就那么自在地爬上屋顶、栅栏，散发着春节喜庆的韵味，形成一幕幕特有的极尽妩媚的花墙，大大方方地摆着优雅的姿势配合游人们竞相拍照，给这个春寒料峭的南国平添了一份难得的热闹与精彩。

以前看惯了怒放的鲜花，姹紫嫣红着实惹人醉。不过，眼花缭乱如过眼云烟，一番惊叹之后便淡忘了。萧瑟的季节，熟悉的芳香已逝，不经意地与鼓浪屿的爆竹花一见钟情，那份惊喜是蛰伏在冬季里发酵已久的情愫。它没有醉人的芳香，可是，这份朴实的热情，一经点燃，瞬间盈满我的胸膛。它的花朵是极灿烂的，远看有点儿像盛装的菊花，成串的管状花朵簇拥在一起，状如鞭炮。颜色橘红，没有一丝杂质，顺着轻盈的藤蔓从别致的小楼上垂吊下来，悠然地荡着秋千，如艳丽的舞裙随风舞动，充满吉卜赛姑娘的热情与狂野，让我们不经意地捕捉到了平日里习惯淡妆的雅韵美人脸上那道迷人的充满风情的红潮。

徜徉在古香古色的石制小径上，目不暇接地欣赏各式欧陆建筑谱写的颤动心脉的交响曲，尝尝路边小店令人垂涎欲滴的闽南小吃佳酿，倾听街头流浪艺人即兴拨弄吉他充满深情演唱的原创歌曲，不见了城市里熟悉的尘烟滚滚，也不见了恼人的车轮声声，如果不是店家装修风格现代时尚，穿越到古代哪朝就成了诗人们向往的桃花源。

走得累了，寻一处靠海比较幽静、雅致的西餐厅临窗而坐，舒缓的音乐、诱人的牛排、溢香的咖啡，伴随阵阵袭来的涛声，此情此景怎不令人沉醉？窗外，近在咫尺的海浪温柔地拍打海岸，溅起朵朵浪花，在阳光的照射下，如珍珠一般跳跃着，洒落一个个银色的梦；摆脱束缚的人们，悠闲地躺在沙滩上，享受日光浴的温暖与浪漫；顽皮的孩子早已按捺不住，光着小脚丫张开双臂跌跌撞撞地向大海跑去。

华灯初上，循着点点灯光，找一间古朴别致的酒吧，来一杯陈年红酒，倚窗看海，任凭缓缓流淌的钢琴声如淙淙流水般填满记忆的每个空间。如果湿润的海风能够应景，及时吹来凉爽的清风阵阵，闭上眼睛享受片刻，也赛过神仙半日。

如若兴起，沿着环城路欣赏鼓浪屿灿若繁星的夜景，点点闪烁的都是迷梦的交织。你永远猜不到，在这座梦幻的城堡里面，此时此刻上演的究竟是浪漫的爱情剧，还是童话世界里的传奇故事。如果说白天的鼓浪屿还是穿着短短的白纱裙领舞的高雅的小天鹅，那么，晚上的鼓浪屿由于夜色与灯光的"诱惑"，便成了性感的梦露女神，在幽静的海水衬托下，越发风情万种，如玫瑰极品"蓝色妖姬"，在或明或暗的酒宴上眨着半醒半醉的媚眼，让人禁不住心旌摇荡。

如果想顺着海浪拍打岩石的撞击声找寻"鼓浪"的源泉，那巍峨伫立的礁石定会让你找到生命跳动不息的脉搏。走在潮水刚刚退去的沙滩上，湿漉漉的脚印紧随身后，不经意地便留下追逐快乐的串串痕迹；坐在礁石上，侧耳倾听海浪与礁石吻别的情话，两情缱绻的依恋，不消片刻便感动了满怀嘈杂心事的旅人，不由得敞开胸怀，用热情拥抱碧海蓝天；轰鸣的汽笛声有点儿不合时宜地加入到清晨的"唱诗班"中，悠长的余韵竟也嘹亮动听，不经意地涤荡了心灵港湾沉淀已久的阴霾。恍然醒悟，原来鼓浪屿的传说就是人与海的和谐，唯有真心融入，才能静静享受大自然的恩赐！

在鼓浪屿上徘徊了两日，多想把这些美景全部填充到记忆的画卷里，用最华美的颜料调出我心仪的景致，马不停蹄地走遍鼓浪屿的大街小巷，不得不慨叹，色彩的调和竟然那么无力，任我再丰富的想象，也无法复制出属于它独有的风情，只好用心把记忆的碎片层层包裹，小心封存。

这些年去过很多地方，千山万水走遍，记忆中仍旧完整保留着它的影子。也许它吸引我的就是那份远离尘嚣的宁静，那个让我解不开的心结就是这个小岛近乎与世隔绝的清丽。在大都市的欲望里挣扎太久，唯有这份宁静才能让浮躁的心得以暂时歇息，也唯有在这里，无处安放的灵魂才有了一个安定的归宿。

"离愁渐远渐无穷，迢迢不断如春水。"我依依不舍地与它告别，海浪善解人意地轻轻拍打着我的心。不知何时，天上飘起蒙蒙细雨，在我的微笑里凝成一幅水墨淡淡熏染的山水画。我小心翼翼地卷起这件珍品，生怕一个不小心弄皱了好不容易拼接起来的记忆片段。我知道今后我将会揣着它行走半生，只待年老的时候再一次踏上这片神奇的土地，享受它最温柔的目光抚摸。

醉美武夷漂流

踏上武夷，在通往景区的大巴车里刚刚坐稳，导游便玄乎其玄地讲解起武夷山玉女峰与大王峰的神奇传说，大家颇不以为然。这种哗众取宠勉强成为风景区卖点的宣传已经让走遍千山万水的游客们打不起什么精神了。

可是，当我们坐上武夷山九曲溪竹筏漂流的那一瞬间，仿佛一下子置身于爱丽丝梦游的童话仙境里。抬眼望去，众山秀美、河流清澈、绿树环绕、怪石嶙峋。更为奇特的是那些"迷你"小山峰，精致得俨然高级面点师精心雕琢出来的成品，各种巧克力与奶油图案造型巧妙结合，把人的视觉和味蕾瞬间提升起来，再配以灿烂的花草点缀，直令人垂涎三尺。

"山不在高，有仙则名；水不在深，有龙则灵。"这句耳熟能详的诗句似乎是三山五岳的通用宝典。这次有幸亲临武夷这块风水宝地，你不得不信神和龙果真是中国的祥瑞之物，但凡他们偏爱某地，便会施法术为自己修建行宫。

清澈的小溪可能是龙王汲取东海之水喷射而成，顺着地势缓缓流淌，露出水面的鹅卵石光溜溜的，有碗口大，平铺在河床旁，在阳光的照射下闪着银亮的光泽。这些石蛋许是天外神鸟迁徙时留下的多情种，只因迷恋溪水的温婉仙气，便硬化成石，见证九曲十八弯的精彩。

我们一行六人坐在竹筏上，眼睛尽情饱览两岸的旖旎风光，侧耳倾听艄公讲解每一处景点的由来。溪水也不甘寂寞与我们捉起迷藏，不时调皮地穿过竹筏的空隙探出头来，悄悄亲吻我们的鞋子，打湿我们的裤脚。

竹筏在画中看似随意地漂着，水面风平浪静，这多少有点儿令人遗憾。偶遇暗流冲击，竹筏顿时颠簸起来，险象环生。艄公"善解人意"地把竹筏划进旋涡里，溪水顽皮地与竹筏做着惊险刺激的游戏，把大家捉弄得一副狼狈相。开心的笑声不绝于耳，早已不知不觉融进溪水快乐的歌声里。

"乳沟深深深几许，醉倒多少英雄好汉。"艄公突然阴阳怪气地吟起了打油诗，"党中央要求我们贯彻执行一个中心两个基本点，就是要还原双乳峰的本真，只能看，不许摸，更不能动真格的，这样才能国泰民安。"大家顺着他手指的方向看到了形象逼真的双乳峰。只见两个俏丽的小山峰玲珑凸起，并排而立，果真像极了美人高耸而又饱满的玉峰，再经艄公插科打诨的提示，大家忍俊不禁地哈哈大笑。

武夷山到底有多美，再华丽的语言也无法完整描绘出来，唯有徜徉其中，你才能体会它的神韵。说它三步一景实不为过，人在画中游，突兀的大石头时不时横亘在眼前，像一只只千年巨龟静静地浮在水面上，向你述说一个个久远的传说，你便忍不住想要探寻它们出身的秘密；偶一回眸便见一块巨石隆起，岁月把它切割得如此完美，如一艘轮船屹立在河滩；奇妙的"象鼻石"惟妙惟肖，更是让人感叹大自然的鬼斧神工，好像不把这片山石用心雕琢，就会让遗憾成为神仙们挥之不去的心病。

不知转了几道弯，一丛极其茂盛的凤尾竹紧紧簇拥在一起，足有上百根，就那么不可思议地亭亭玉立在我们眼前。《月光下的凤尾竹》极其悠扬，听得多了，便对美丽的凤尾竹油然而生几分向往。到底是何方佳丽把"葫芦丝"吹得如此动听、婉转、荡气回肠？难道凤尾竹果真是很有灵性的"仙草"？真的能净化尘世的硝烟弥漫？

竹筏慢慢地靠近凤尾竹，她的轮廓越来越清晰。与她对视的刹那，万般柔情齐涌心头。她优雅地站在小溪边等候着情郎，温婉、娴静，一如浣纱的仙女西施。蓬松的枝叶在上部聚集在一起，俨然孔雀开屏的羽翼，整齐地向外倾斜出一个婀娜的角度，仿佛一群舞女团团围在一起，像盛开的花瓣一样依次绽放；头上的凤羽随风摇曳，和着溪水欢快流淌的节奏，把春天的圆舞曲演绎得如痴如醉。我目不转睛地盯着凤尾竹看了许久，不由得妒忌她的美丽，真想跳下竹筏直接揽住她的小蛮腰，在青山绿水中舞蹈。

恋恋不舍地与凤尾竹挥手告别，在迷人的风景中穿梭，时间过得飞快。竹筏载着我的梦慢慢划向一个极其精致的小山，模糊的影像逐渐清晰，心脏的跳动猛然加快，我似乎被雷电击中了。

那该是怎样的一种震撼呢？屏住呼吸，片刻恍惚，大自然隐藏的奥秘实在太不可思议了。玉女峰是如此深情款款，颔首致意的瞬间已掳获了我的心。不敢任感动随意倾泻，赶紧晃晃脑袋回过神来，礼貌地与她刻意地保持距离，却依然能听到玉女心跳的声音。

玉女端坐在岸边，五个"手指"直顶云天，关节上的脉络居然清晰可见，许是在寒风中裸露多年，沧桑的纹理刻满了相思的痛。浑圆的"指甲"里长满了绿色的小树，一个个小生命的诞生似乎轻轻拉长了玉女绵长的思念。侧耳倾听溪水欢快的伴奏，玉女倾情弹奏的那支相思曲，不经意地撩拨起一段动人的爱情故事。我想玉女一定还心系她的大王哥哥。否则，何故含情脉脉守候在这里，一等千年！青山是她的嫁妆，绿树是她的彩妆，缭绕的云雾是她的面纱，清澈的溪水是她的伴娘。她已经等了太久，眼泪化成潺潺溪水，悄悄地从地下渗进大王峰的胸膛，一解相思之苦。

第艄公把竹筏停在玉女峰前稍作休息，一个身材高大的男游客一跃到竹筏前头，操起长长的竹竿像模像样地演练起来，打算近距离地抚摸玉女光滑的肌肤。他比画的一招一式还算到位，可是，调皮的竹筏好像故意捉弄他，在溪水中快速打起转来，累得他气喘吁吁，也把游客摇晃得哈哈大笑。

"英雄难过美人关，有些诱惑只能看，千万不能碰。"艄公及时幽默了一下。"别看小小竹筏设计简单，逞匹夫之勇它是不会任你摆布的。"说完，走到竹筏后面配合起游客，竹筏果真听话地在水面上"飘"起来，荡起了层层美丽的涟漪。

九曲溪竹筏多是用十余根比拳头粗的碗口竹扎制而成，筏头像龙头一样高高昂起，颇有气势。身着红装的艄娘站在竹筏前面，娴熟地将近五米长的竹竿顺势插入水中，动作流畅、一气呵成，仿佛拿着一根绣花针，将武夷的秀丽山水一丝不苟地绣下来。艄公手拿长竿站在竹筏后面配合默契，不时地为游客细心讲解武夷山的精粹。竿起竿落，岁月悠悠，载着他们的梦想穿行在诗情画意中。

竹筏在画中游，不经意地就成了彼此眼中最美丽的流动风景，映衬在幽绿的青山倒影中，成为水墨画上极具动感的点睛之笔。游客身穿明黄色的救生衣，近看有些臃肿，却给满目的葱翠增添了一抹艳丽的暖色。机灵的鱼儿不知何时悄悄尾随竹筏，贪婪地抢食游客撒下去的鱼食，平静的溪水不时地泛起一朵朵欢腾的浪花。

在梦中游弋，不知过了多久，竹筏穿过一片茂密的丛林，溪水突然湍急起来，巨大的落差加速了竹筏的颠簸。惊险刺激的冲浪过后，几个"落汤鸡"顾不上大笑，仍沉浸在激情中等待下一个惊喜，没想到竹筏已四平八稳地停在出口位置。

恋恋不舍地跳下竹筏，狠狠心将目光从这场视觉的饕餮盛宴中移开，武夷的山水之美早印在我的脑海，沉醉不知归路。继续追踪武夷山的细节之美，就成了我与它一见倾心之后的最大的诱惑了。

陪你一起看草原

　　天苍苍，野茫茫，风吹草低见牛羊……

　　这样的诗句在脑海中一出现，一望无际的大草原便笼罩上一片神奇的色彩，令人魂牵梦萦。从小生长在阴山山脉下，传说中的茫茫大草原近在咫尺，却因各种缘由一次次擦肩而过。在钢筋水泥浇筑的高楼大厦里住了太久，渴望去草原策马奔腾就成了内心深处最热切的祈盼。城市里有精美的人工湖、价格不菲的绿地、宽阔平整的广场、炫目的音乐喷泉，全是人工打造的痕迹，自然失去了原生态的味道。

　　这次临时有事去包头市达茂旗，近距离领略了阴山山脉下大青山草原的风光无限。行驶在公路上，倘若不开空调的话，车窗外风声呼啸，热浪袭人。初夏北国干旱，雨水姗姗来迟。成片的不知名一的草儿早早结了穗状的白色小花，随风舞动，如麦浪滔滔，煞是壮观。

路上车辆很少，我驾驶三菱越野车在山谷中自由穿行，头一次体会到飞驰的快乐。天出奇的蓝，朵朵白云簇拥在一起，在眼前不停地变幻各种舞姿。有时稍一走神儿，立马就横穿云彩，进入到一幅惟妙惟肖的风景画中；有时它就在不远处诱惑你，仿佛伸手可及，让你紧随其后，乐此不疲。真想抓一把白云，把瞬间定格成永恒，与蓝天一同融化，安享清静的恬美。

大风车不时地钻入眼帘，风轻云淡的时候懒洋洋地转动几下叶片；凭借风势，飞轮旋转，很多大大的银盘远远重叠在一起，场面颇为壮观。突然想起儿时手工制作的纸质玩具风车，每迎风奔跑，小小风车飞速旋转，便把快乐洒满一路。不经意间瞥见一小片铁锈红的土壤，边上点缀着些许绿色的草儿、黄色的野花，一处天然盆景就那么可爱地摆放在路边，让人叹服这片土地的神奇。

坡度越来越大，从高处俯瞰，波浪起伏，如盘龙飞舞，索性"放马"撒起欢儿。偶遇一些坑坑洼洼的"酒窝"大道，来不及点刹车，车子瞬间飞腾起来，坐在车子里的同伴如坐弹簧椅，被颠簸得笑声连连。在这片地域体会驾驶乐趣，方知什么是其乐无穷。

在空旷的天际间飞奔，大自然纯生态的呼唤像梦一般开启了一个未知世界的魔盒，一种从未有过的放松和愉悦充盈着我们的兴奋。远处白色的蒙古包像一朵朵盛开的大蘑菇，错落有致地点缀在草原深处。原野上奶牛随处可见，它们只顾悠闲地吃草，偶尔抬头看一眼奔驰的汽车，也是一脸的漠然。想象中的羊群少了许多，偶尔能看见几只野兔，还有一些不知名的小动物出没。有时，牛儿、羊儿干脆大摇大摆地过马路，完全不把"铁家伙"放在眼里。司机不得不减速停车，还不敢按喇叭催促，生怕人家"恼羞成怒"，站在马路中间"耍横"，只好恭恭敬敬地给它们行注目礼。遍寻主人，无奈失望透顶，想必他们躲到哪里享清闲去了。

前几天刚刚下过一场小雨，如果不是时间紧促，去草原采蘑菇倒是最佳时节。草原盛产的食用大蘑菇虽谈不上是人间极品美味，但碗口大的蘑菇，肉质鲜美，与排骨鸡块炖在一起，筋道不说，还特别入味。雨后清晨，采摘大军会不远数里骑上摩托车浩浩荡荡向草原挺进。每有收获，便呼朋唤友、推杯换盏、大快朵颐。节假日时，小伙子们将采摘的蘑菇放在路边叫卖挣些零用钱，开车路过买上几袋，捎回去便被亲朋好友瓜分了。

美食的诱惑实在不可抗拒，时间过得飞快，肚子也开始适时地表达饥饿的抗议，于是决定去蒙古包里接着找寻快乐的延续。

走进蒙古包，奶腥味、羊膻味扑面而来。帐篷里面设施简陋，不过一张宽大低矮的八仙桌，团团摆放着十几个小圆凳，昏暗的灯泡照着成吉思汗的放大图片，俨然元代行军的蒙古大营。赶紧抓一把金黄的炒米，泡上略带咸味浓香四溢的奶茶，既解渴又回味无穷。大块吃肉，大碗喝酒，对北方男人来说，就是超值的爽快和享受。很多时候牧民都会现宰羊来招待贵客，羊肉在清水锅里一般煮到七八分熟，放少许盐即可。上桌后用蒙古刀切开，略微渗出血丝为上品。我切了一小块，蘸着牧民特制的酱汁，放在嘴里还有点嚼不烂，并没有传说中的那么好吃。不禁奇怪如此半生不熟的手把肉怎么会成为闻名天下的美味，让那么多大男人趋之若鹜。不过，达茂的羊肉确实很嫩，切成薄片，在沸锅里烫涮一下，入口即化，这也是草原吸引众多美食家的一个原因。

蒙古族人极其好客。如果你没有过人的胆量、没有豪饮的酒量，踏入蒙古包犯怵是必然的。不过，入乡随俗之后，灵魂会得到一种空前放纵的愉悦。因为你实在无法拒绝蒙古赛马的豪情、奶酒奶茶的醇香、牛羊肉的鲜美，还有蒙古族姑娘热情甜润的敬酒歌。

在北方吃羊肉长大，骨子里流淌的血液自然沾上了蒙古族的豪气。记得以前随单位去昭和大草原游玩，在同事的怂恿下勇敢地选择了一匹黑色骏马，在牧民的搀扶下，战战兢兢地上了马，把脚牢牢地固定在马镫上。正左顾右盼时，牧民用劲拍了下马屁股，马儿便像离弦的箭一样撒欢儿地狂奔起来。路上的景物越来越模糊，马儿丝毫没有停下来的迹象，仿佛吃了兴奋剂，竟然越跑越快。刚开始的兴奋逐渐被惊恐所代替，我失声喊了起来。

"赶快勒紧缰绳！"牧民们在后面大声喊道。我多希望此时有英雄救美，一看傻乎乎的马儿似乎吃了秤砣，死命地往前跑，我赶紧颤抖地把缰绳一点点勒紧。马儿逐渐放慢脚步，被一个眼疾手快的牧民及时拽住。"原来你不会骑马？"牧民好奇地问我。"我怎么一看你就像咱们蒙古族姑娘，第一次骑马就敢让马撒欢儿奔跑，也亏你胆大。"

晚上酒至半酣，女主人身着艳丽的大红色蒙古族长袍，端着自家做的马奶酒走到我身边，没有一句寒暄亮开嗓子就唱起来。一种干净、很有穿透力、近乎天籁般的声音瞬间迸发出来，穿越云霄徘徊不去。久闻蒙古族长调这一奇葩，歌声嘹亮深远，无须麦克风扩音，坐在近旁，心律仿佛被起伏的波涛振动，不由自主地便陶醉其中。

我自知酒量深浅，迟迟不敢接马奶酒。可是，好客的女主人一曲接一曲连唱不停，双手把马奶酒杯高高举过头，充满着对客人无比的敬重。盛情难却，我只好眼睛一闭，当了一回敢死队员，在众目睽睽之下一饮而尽，赢得掌声片片。篝火晚会高潮迭起，大家手拉手围着篝火即兴唱歌跳舞。醉眼蒙眬的我深切感受到马奶酒醉人的无声胜有声，脚下一个趔趄，空翻一个大跟头，完全沉醉不知归路了。

如今，习惯了喝草原盛产的马奶酒，酒未醉人，人已自醉，一不小心就把绿绿的草原植入到我的经脉中。无论我走到哪里，梦里闪烁的依旧是茫茫大草原的无限豪情。

一沙一世界

一沙一世界，一花一天国。君掌盛无边，刹那含永劫。看似很简单的几个字，却蕴含了自然界的变幻莫测与博大精深。

——题记

　　乘坐缆车登上响沙湾坡顶，环顾四周沙海茫茫，仿佛置身于沙漠腹地，一下子没有了方向感。微风习习，飘来一丝凉爽，放眼望去，沙丘绵延数里，蔚为壮观。蹲下身，轻轻抓起一把细沙，金黄色的沙粒在指缝中顽皮地跳着舞。握住快乐的瞬间，突然感悟到"一沙一世界"的况味，原来世间万物可以造化得如此微小，小如一粒沙，只要凝聚一份从容和希望，便可幻化精彩无限。

　　其实，响沙湾一直让我爱恨交织。十多年前，与家人第一次来这里，光顾着开心游玩了，结果日本原装的美能达相机不小心进了细沙，最美好的回忆变成一声叹息。响沙湾距包头市区只有一个小时的车程，但因了这个变故，不免对它心存一份顾忌与厌恶。

　　这一次幸好天公作美，早晨一场及时雨，天空被洗得蔚蓝如海。在爱人的怂恿下，阔别十多年后，我终于再一次选择面对它。细沙收敛了往日的调皮与刁钻，文静得像个含羞的少女。与她对视片刻，我惊奇地发现，十多年不见，她已经出落成美丽脱俗的佳人了。

　　她的精致表现得堪称完美，柔滑的曲线把沙浪的纹理细致地雕刻出来，像一件件人工合成的艺术品。远处沙丘连绵，俨然丰韵的美少妇人体写真，一勾一画，简单几笔，便把玉体玲珑飘逸的神韵勾勒出来。躺在睡美人怀里，享受阳光温情沐浴，一家人团坐在一起，共进一顿丰盛的野餐，再开启一瓶陈年红酒，"醉"在这里，也不失为此行一大乐趣。

　　内蒙古响沙湾在蒙语中被称为"带喇叭的山丘"。从坡顶利用双手急速下滑，耳边就会响起"嗡嗡"之声，滑沙的人越多，沙丘的轰鸣声就会越大。轻则如青蛙"呱呱"的叫声；重则像汽车、飞机轰鸣。更有趣的是，游人在向上爬沙的过程中，随着脚步声的轻重、缓急，沙丘也会发出有节拍的响声。相传八仙之一倒骑驴的张果老为了惩罚那些不吃斋、不念佛的恶徒，便把他们关押在沙漠地下，只要有人从沙丘上经过，就能听到他们的呼喊声。

　　为了一探传说的奇妙，我与爱人加入到浩浩荡荡的"爬沙大军"行列。没想到一脚踩下去鞋里灌满了沙子，一会儿工夫鞋子里就黏黏的，走起路来极不舒服。索性脱掉鞋子，手脚并用，成了"蜘蛛侠"。及至气喘吁吁地爬到沙丘顶部，坐在大大的专用“笸箩”里向下滑动，还没来得及调匀呼吸，激昂澎湃的交响乐已在耳边奏起，“突突”直跳的心房趁机打起了架子鼓。俯冲速度极快，仿佛一眨眼间，还未来得及细细聆听“沙歌”的玄妙，只听“此当”一声，“演奏”戛然而止。那种刺激夹杂着些许忐忑，还有一点点遗憾，便成了令人回味无穷的经历。

在城市里待久了，麻木恣意生长，渐成一片荒漠。来到这里，不时地看见一些不起眼的植物扎根于荒漠之中，不放过一滴水的渗透，居然也能长成一丛丛绿色的奇迹。条件如此恶劣，没有适宜生存的土壤和水分，哪怕仅有一线希望，它们都不会拒绝成长的快乐，也会努力活得有滋有味。谁说一花不是一天国！卑微的它们容易让人忽视，可是，长在这里，便多了一份对生命执着的感动。

沙漠、驼铃、蓝天、白云，再加上这些顽强的绿色生命，大漠风光便有了生动的画面。我坐在高耸的驼峰中间，极力克制紧张的情绪，随着骆驼小分队缓慢行进的足迹，一颠一颠地深入沙漠腹地，触摸沙漠的脉络。七拐八折，隐藏在沙漠里面的小绿洲，闪着俏皮的媚眼，就那么不可思议地把我们带到了另一个绮丽的世界。

一汪清泉静悄悄地躲在背风的地方，仿佛人工刻意打造的观景湖，没人知道它们来自何方要到哪里去；一小片长势旺盛的袖珍草原环绕着湖水，逍遥地享受着偏安一隅的乐趣；几只飞鸟不时掠过，在水面上嬉戏打闹，给这个颇显冷清的沙谷平添了一抹动态的美感；从无人攀爬的沙丘保持着原生态的唯美线条，在阳光照射下，肌理分明，犹如贵妃出浴，卧躺在蓝天白云之下。不知何故，一脉相承的黄沙到了这里却演变成跃跃腾空的飞龙，只在一转眼间就变了一个神奇模样。不得不感叹大自然的造化，竟然在城市边缘，大笔一挥，即刻画就了一道沙漠魔术幻景。

一直以来，我都以为自己有恐高症。从骆驼上战战兢兢地跳下来，随着人群来到沙漠飞索检票口，欢呼的游客看上去特别享受高空飘浮漫游的乐趣，夸张的叫喊声让人听了不禁心潮澎湃。羡慕之余不免心惊胆战。轮到我时，细微的汗珠早已渗满了额头。

"别害怕，只要你目视前方，面带微笑，你就会享受到飘浮的乐趣，保证没事。下面是柔软的黄沙，即使跌下去，也摔不死。"爱人一边安慰我，一边与我打趣。我索性双眼一闭，顺着工作人员松动的手滑了出去。

一个人坐在单薄的帆布袋上悬在几十米的高空，要说不怕那肯定是骗人的。飘了一阵子，听着风声在耳边"嗖嗖"穿过，恐惧逐渐消退，偷偷睁开眼睛往下面一瞧，浑圆的沙丘就像一个个倒扣的黄泥碗，远处的游人像小人国的居民一样，蠕动缓慢，四处游走找寻着什么。一种莫名的兴奋席卷全身，不由得张开双臂，想象着自己像鸟儿一样在蓝天上飞翔。

有了这样的经历，再去乘坐沙漠探险车、越野车、摩托车，尽情享受风一样的自由，寻找风驰电掣的感觉，于我，更是一种别样激情的爆发。这趟沙漠之旅，终结了我的恐高症，也让我发现了一个崭新的自我。

人总喜欢把简单的事情复杂化，自身束缚愈多愈容易丧失信心和希望。"一沙一世界"，细细品味，我们何尝不是那个被金沙迷住眼的寻路人，走着走着，就把从前的自己迷失了。

"我是一粒沙。"这五个字用红丝线绣在响沙湾每一个工作人员的制服上面。莫非他们早已参悟了"一沙一世界"的禅意？

作为个体，我们实在太渺小，卑微得只是茫茫人海中的一粒沙。只要活得坦然、顽强，我们依然可以用热情拥抱美丽的世界。

我微笑着与响沙湾作别，依依不舍的瞬间，我的心里已装满了神奇的图片。它的美丽不仅时刻印证她的成熟，也让我的明天，因它的渗透，更加明朗。

烟花 · 炫舞 · 人生

期盼好久的正月十五焰火节终于如期而至。

前些日子原本还庆幸气候开始逐渐变暖，一个暖冬神话似乎让春天的脚步走得急促了许多。可惜天公不作美，气温骤降，犀利的北风夹杂细小的沙粒吹打在脸上，像锐利的小刀片活生生地蜕了一层皮。乐极生悲原是人生变数，苦中作乐去赶赴一年一度的焰火盛宴之约，也算是严寒额外馈赠的令人心仪的礼物。

为了拍到理想照片，找到最佳的拍摄位置，我提前一小时来到阿尔丁广场。哪知道看热闹的观众比我还心急，大大小小的脑袋早就塞满了各个角落，理想中的有利位置早已人满为患。无奈只好站在视线稍好冰冷的大理石台阶上，勇敢地与严寒争分夺秒地抗衡。不敢离开占据的有利地形半步，就怕一个闪失功亏一篑。

一个小时的煎熬有多漫长，眼睫毛上凝结的霜雾会告诉你，几乎冻僵的双脚也会时刻提醒你。大家不停地搓手，在台阶上上下跳跃，这样的寒冷实实在在地考验着每个人的耐心。广场周围整装站立着一排排年轻的武警，稚气未脱的脸上布满了坚定和冷峻，像一道凝固的绿色风景线镶嵌在广场边缘，把寒意融化了许多。

突然，一个刺眼的大火球滚着烈焰在人群中腾地爆发了。人群欢呼的层层热浪阻挡不了炫目的火球燃烧的态势，只好任熊熊烈火点燃春天的欲望。眨眼间，两只奔腾欲飞的火红巨龙横空出世，三只盘旋的银色飞鹿高傲地矗立在二龙之间，把传统的二龙戏珠改写为新版的"三鹿戏二龙"。

谁说腾飞的鹿城不是北方神话？牵龙头为元宵节祝福，这份骄傲足以成为包头的荣耀。正陶醉间，"富民强市"四个大字缀着不断闪烁的火星乍现，透着祥和的幽光，为静寂的夜晚平添了一份妖娆。

腾龙、飞鹿，"火"字烟花瞬间点燃的激情，拉开了元宵节焰火盛宴的序幕。如果不是亲眼所见，一定会误以为这只是制作普通的花灯。感叹之余，不得不佩服设计者的匠心独运。原来美丽的烟花还可以如此完美再现，以这样独有的芳姿取代传统的飞天焰火。

三十多秒之后，烟花慢慢燃烧殆尽，一点点消失了美丽的踪影。不免有些失望，轻叹人生无常。美丽的景致一旦春光乍泄，留下的遗憾总是记忆无法填补的黑洞。这时，一枚枚烟花仰天长啸直冲云霄，划破了黑夜的静寂，并在空中绽放出如万花筒般不断变幻的神奇组合。转瞬间，各式烟花沸腾了半壁星空。火红的象征团圆的大礼花依然是焰火节上的领舞主角，红透半边天的壮观也只有在这种时刻才能震撼我们麻木已久的心；红云踩着风火轮，从容布阵，把五光十色的亮片镶在了云端，任星星眨着羡慕的眼睛；人群欢呼的热浪再次响彻黑暗，月亮姐姐见势不妙，悄悄躲在云层后面，偷窥今夜的精彩。环顾星空下仰望的那一双双热情高涨的眼睛，只能让人感叹太平盛世确实是人间最美的一道奇景。

五彩缤纷的焰火在夜空中演绎神奇的七十二变，景象瑰丽，不免让我等凡人对天宫的神秘充满了好奇与向往。它们有时像一个巨大的摩天轮，高高地悬挂天边，静静等待月宫里的小仙女轻巧地坐上去，一任美丽的霓裳荡起彩云片片；有时像一丛丛茂盛的椰林，那谜一样的热带雨林充斥着浪漫激情，在灿烂的尽头瞬间燃起火红的热情；有时像阵阵流星雨滑过天际，不忍离去，只好留下点点泪痕在心中挥之不去；有时像朵朵盛开的蒲公英，弥漫在夜空中，随着风儿找寻妈妈的踪影；有时像一片红云，羞红了女子的半边脸，只为了邂逅一个美丽的传说；有时更像北归的大雁，在乍暖还寒之际列队出发，响应春天的深情呼唤……

惊叹舞台魔术的神奇魅力，享受姹紫嫣红在夜空中轮番上演的视觉饕餮盛宴，倾听人群的欢呼声随着焰火的变幻一浪高过一浪，几乎冻僵的手指不断快速按下相机快门，遗憾还是走得匆匆。

这个寒夜，因了焰火的诱惑，心便不再寒冷。有时，很抽象唯美的东西尽在烟花燃烧背后。那种凄美固然令人唏嘘，却也最为壮观。天际中，若隐若现地眨着眼睛的烟花含笑告别辉煌的舞台，很多时候，我们关注的是美丽呈现的刹那，总以为燃烧过后就是烟花的无限落寞，总会感叹高处不胜寒的冷清。但我从烟花纵身而逝的执着中，分明看到了美丽转身的满足和无憾！

倾情回眸一笑，燃烧自己，照亮别人，就是它最温柔的使命。人生苦短，尽显芳华何尝不是每个普通人最美好的愿望！

一个人的辉煌终归有些寂寥，相互映衬，生命的厚重方能凸显出来。繁华过后，一路相伴的温馨、留在彼此心中的默契才是最值得珍惜和回忆的点滴。

夜色越来越浓，最后一抹烟花终于在震耳欲聋的爆响中划破天际。静静回望，十五的月亮已羞答答地推开云雾屏风，含情目送烟花离去的背影。我不知道，一年的相思别离，月亮姐姐的心还会为烟花澎湃如初，还会痴痴等待来年的美好相遇吗？

邂逅九寨

当我轻轻地走近你的一刹那，我就知道你已经在这里痴痴地等了我千年。

多少次，在别人眷恋的目光中看到你飘逸的身影，心就会止不住地狂跳。多想插上一双梦想的翅膀，飞跃千山万水，静静地依偎在你身旁，听你述说久远的爱情故事。

今天，我终于踏上南去的列车，赶赴与你定下的千年之约。

顺着木制栈道，我一步步走向你。没想到近乡情怯，离你愈近，心跳愈乱。走得仓促，竟然忘了携带准备已久的红玫瑰。没想到你开心地给了我一个满怀的拥抱，用一汪清澈的眼神原谅了我的疏忽。陶醉在你如梦如幻的笑靥里，我就知道原来前世今生的缘分，已经让岁月融化了一座座冰川。

倾听你溪水潺潺如理查德演奏的钢琴旋律，徜徉在你清丽的可以穿透灵魂的歌声中，那一刻，醉了的岂止是塞外的飞鸟，还有梧桐树上栖息的凤凰！飞瀑穿过远古隧道，一展轻盈的身段，坠入凡间的那一瞬，那来自天籁的呼唤，让我迷失在湛蓝的海子中。

你的心如宝石般清澈，就那么坦诚地裸露着，在多情的阳光恣意照射下，幻化成色彩迷离的"五花石"。雨水不时地凑着热闹，一遍遍洒下温情的雨珠，试图洗去你心灵上的尘埃。你低头不语，任雨丝悄无声息地滴落在海子里，一汪绿莹莹的眼眸里却掩饰不住你跳动的激情。

你已亭亭，如采桑的罗敷，躲在尘世一隅，享受大自然雨露的滋润，"一不小心"出落得倾国倾城。扑朔迷离的光影无法遮住你的清纯，霞光的余晖为你的妩媚平添了一份妖娆。无法抵制你的诱惑，只好乖乖地把所有的爱恋倾囊而出。

多想与你嬉戏，掬你入口，甜甜的味道一定是我梦想中的滋味。**哪怕只做一根与你相依相伴千年不腐的枯木，躺在你的怀里，静静地感受你温柔的抚摸，让你的眼泪穿过我的胸膛，我的心便在尘埃里为你绽开了一朵最灿烂的小花。**即使海枯石烂，岁月改变了颜色，对你的爱恋，依旧是我梦中的天堂。

不敢掀开你脸上的薄薄的如云雾般绮丽的面纱，不敢探究那双神秘的湛蓝色的眼睛里到底盈满了多少悲欢离合的往事，只那份清凉、那份晶莹、那来自仙境的异彩，已经让我不得不改变初衷，一任牵挂随着你的思绪缓缓流淌。

你穿过远古森林，从雪域冰山一路走来。人生的坎坷丰富了你的阅历；人情的冷暖平衡了你的躁动。你绰约的风姿里没有沧桑的疲惫，只有淡看浮云的沉静和悠然。落叶在你的怀里翩翩起舞，鱼儿在你的眉间漾起朵朵涟漪。微雨黄昏，我分明看到了你脸上惊喜的泪珠闪闪。

都说没有灾难聚集的故事只是死水一潭，探寻你笑容背后的一丝苦涩就成了我内心隐藏的小秘密。我愿意用马良的神笔，蘸满爱的浓汁，勾勒出最完美的你。然后，用色彩丰富的颜料覆盖风霜雨雪层层侵蚀过后的满含凄楚的烙印。

只是我费尽心机，围着你转了几圈，从浪花朵朵的诺日朗飞瀑到平静淡定的镜海，从色彩斑斓的五花湖到幽深宁静的天鹅湖，从唐僧师徒取经走过的珍珠滩到神秘莫测的原始森林，竟然遍寻不到一点刻意掩盖沧桑的瑕疵。回眸处，洋溢在你脸上的盈盈笑意里写满了世人难懂的爱之恋曲。

我不禁醉了，醉在这片诗情画意的海子里，任凭那道闪电穿透心空泛滥。

如果真有来世，能够"挽"你同行，多想永远走不出你的梦境，迷醉在你的温柔里，让这片青山绿水为我们见证一个奇迹的诞生。而我，即使幻化成你心中的那滴水、那粒石、那棵树、那片云，只要能占据你心一角，我的黑白世界从此便多了一道精彩的怀念。

请原谅我的贪婪吧！在你面前，再孤傲的灵魂也无法避免尘世的牵绊。

如果，我能走出你的梦境，不带一点点牵绊，潇洒人生从此开启的，就是那道通往灰色的暗门。只好，任由这颗贪婪的心舔干你的泪水。我相信这颗晶莹的海蓝之心里，一定藏有一扇通往爱情的神圣的窗。

梦中呓语，总在亦幻亦真之间徘徊。每次醒来，隔着时空的阻碍，声声传递的，仍旧是你来自远方的深情的呼唤。

今夜，月光如水，你的眼神穿透云层，直射入我心底。我知道与你有缘邂逅，就是一世的柔情牵绊。而我，宁愿沉醉在你深邃的眸子里，一醉千年，任由岁月走得匆匆，再匆匆！

兰亭雅趣

　　中国书法博大精深，各种流派大家把方方正正的汉字演绎成堪与精美画作相媲美的绝技。书圣——王羲之的《兰亭集序》一直被尊为千古书法中的上品。时至今日，历代书法家作品拍卖的价格屡屡攀升，更让国人对这一文化情有独钟。这一次有幸近距离地"触摸"中国国粹，享受书法带给我们的视觉冲击，欣赏渗透在江南文人骨子里的风华雅趣，不禁让我对中国文化之灿烂多了几分崇敬。

　　带着对王羲之的敬仰和对书法艺术的探索，我们来到了坐落在幽静古朴、群山环抱之中的浙江绍兴兰亭。刚走进小院，细细长长颇显婀娜的竹林就成了迎宾的"淑女"。她们低眉含笑，轻轻舞动柔软的腰肢，夹道欢迎远方的客人。穿过竹林，扑入眼帘的就是清静、幽暗的池塘里几十只大白鹅悠悠地浮在水中的优美身姿。它们怡然自得地享受着自己的乐趣，全然不把世间的恩恩怨怨放在眼里。

　　不禁吟诵起"鹅、鹅、鹅，曲项向天歌，白毛浮绿水，红掌拨清波。"还是七岁的骆宾王天资聪颖，只言片语便勾画出一幅生动的鹅儿戏水图。想必这些白鹅来这里定居时长，已然成了真正的主人，不时地探出顽皮的长脖子，用一双小眼睛把我们这些不经意地闯入它们领域的游客打量个仔细，丝毫没有排斥、惊恐和陌生感。

　　有个六七岁的孩童许是受了这首诗的感染，小脚趁妈妈不注意飞奔着想踏入池塘与白鹅亲密接触，结果遭到妈妈的强烈拒绝。索性近乎乞求地拉着妈妈的手，非要与白鹅就近留个影。年轻的妈妈实在拗不过孩子，只好把孩子抱起来放在栅栏里的一块大石上。一边小心提防白鹅的入侵，一边快速按下相机快门，把孩子开心的笑容融进白鹅诧异的眼神中。

王羲之生性爱鹅，不知道他对这个雅趣何以如此专注。许是白鹅全身洁白无瑕，羽毛纤尘不染更符合他的品性。相传"鹅池"碑上的字是他与儿子联袂的产物，大气磅礴之中，凸显几分古朴典雅。倒是白鹅受到特殊眷顾，有了自己的享乐天堂，再也不用担心被杀戮的忧患，安然度日，不是神仙却胜似神仙。

兰亭不是很大，方圆不过数里。在碑林里，有为游客精心准备的"笔墨纸砚"。一些游客一时兴起，豪放地挥动手中的大毛笔，把对兰亭的热爱淋漓尽致地写在光滑的石板上。没有宣纸墨粉垫底，蘸水狂舞，不成一家自成一系，惹得旁观的看客们捧腹大笑。雾气弥漫的亭林，因这道"阳光"的注入，平添了一抹爽朗的神韵。

兰亭碑静静地耸立在屋檐高高翘起的一个亭子中央，历经多年风雨侵蚀，石碑有了些许裂纹，刻录着历史走过的沧桑痕迹。康熙、乾隆两代君主御笔临摹，潇潇洒洒数百字仍清晰可见。历史的灰尘有时会蒙蔽我们的双眼，让我们屈从权贵的野蛮和强横，却遮掩不了古往风流人物的豪气与大气。我是个书法门外汉，但还是为游走在他们字里行间的霸气和夹杂着的一丝秀气而折服。这父子二人皆叱咤风云几十年，成就一番伟业的同时，对书法的造诣之深，令今天的书法大家们自愧不如。**世上没有平白无故的成功，隐藏在英明背后的光圈无不渗透着不被人所知的勤奋与执着。**

对书法一直有着刻骨铭心的记忆。小学时第一次上书法课，兴奋地备齐了笔墨纸砚，小心翼翼地攥紧毛笔，在砚台里蘸了一下臭得难闻的墨汁，强忍住恶心，手哆嗦半天，下笔的瞬间，墨汁一下子流到纸上，乌黑一片，刚刚燃起的激情立马熄灭大半。柔软的毛笔不管怎么拿，软塌塌地就像一只不听话的癞皮狗，任凭主人怎么劝导，就是自顾自地磨蹭，让你奈何不了它。就连看似简单的"一"字，一提一勾回转之间，急得满头大汗，心里也知道如何驾驭，可是手却不听使唤。即便使出十二分的耐心把透明纸放到字帖上面临摹，还是无法写出满意的一横一竖，只好辍笔兴叹。时值硬笔书法盛行，照猫画虎临摹了些，勉强能够入眼。

时至今日，无纸化办公渐成流行趋势，提笔的机会少之又少，不免对书法的衰退多了一丝担忧。如今，看到游客们如此兴致盎然，挥笔之间，豪情万丈，先前的多虑便释怀了。透过竹林缝隙，依稀可见当年文人雅士们齐聚于此，一边高歌"对酒当歌，人生几何"，一边在宣纸上豪情泼墨，一任壮志凌云冲破云霄。

"寻梦，撑一支长篙，向青草更青处漫溯。"这样浪漫的场景一直在我的梦中徘徊。放眼望去，离碑林不远的湖面上，不知何时出现了几道撑竿的竹排。游客们三三两两站在竹排上，手里拿着两米多长的竹竿，动作极不协调。尽管小心翼翼，有时还是一个不小心就把竹竿戳到同伴脸上。奈何急得手忙脚乱，小小竹排就是固执地在水里打转，或如蜗牛般缓慢爬行，急得我真想一个鱼跃跳上竹排，指挥他们向青草更青处寻找满载一船的星辉。

坐在湖边雅致的小亭子里，流水阵阵欢歌不绝于耳，空气里弥漫着青草的味道，一湖、一亭、三两只竹排，如淡雅的素描画，仿佛是从古韵里流淌出来的诗情画意，不经意地笼住了江南才子们的心。却又不得不羡慕这些名士，忙里偷闲的一刻欢愉竟能成就绝唱佳品，永载史册，想必这也是兰亭的造化吧。

突然想起20世纪80年代一部较有影响的电影《笔中情》。时过境迁，部分经典情节在脑海中仍记忆犹新。男主人公自幼苦练书法，达到一定境界后再无法提升，困扰许久，偶然偷看公孙大娘舞剑，从痴梦中悟出了书法的灵魂，激发了他行书中的行云流水之韵。

那时一直弄不懂其中奥秘，直到看了王羲之书写的《兰亭集序》，之大气潇洒、之遒劲飘逸，如剑之舞、风之歌，有形胜于无形，方才悟到了两者之间的关联。**原来世间万事只要肯下功夫细细琢磨，都有一根相通的经络，悟到了才气自然升华；我等凡夫俗子，因为懒惰成性，不懂得自省，终是别人的看客，为别人的精彩鼓掌。**

走出竹林，雾气依然迷漫山野。刚刚买的纪念品——一方小巧精致的砚台静静地躺在我的手心里，述说着兰亭久远的故事。空闲时，重拾儿时的梦，让墨香长伴，远离尘嚣干扰，为心灵寻一片净土。若干年后，涤荡我们的灵魂，沉淀下来的厚重，就是我们对生活的热爱与追求。

绍兴，鲁迅的回忆

去绍兴，可以说是为了近距离感悟鲁迅文化。一座城市，因为一个人而扬名海外，这是一个人的荣耀，更是一座城市的荣耀。

千里迢迢来到绍兴这座古镇，记忆里全是鲁迅笔下的色彩，没有看到孩子们看社戏时欢欢喜喜搭乘的白篷船，只有几只乌篷船，懒懒地、横七竖八地停在一条浅浅的水沟里。正值五月，雨水还不算多，蚊蝇较少，水面上没有一点点清透的痕迹，在阳光的反射下，一种油腻腻的东西漂浮在上面，让人看了有些不舒服。船儿实在太简陋，两三米长。矮矮的、黑黑的遮阳篷，仅能容得下一个成年人猫腰钻进去，丑陋的怪样子，全然没有想象中的活泼可爱。游客们游兴却依然不减，三三两两兴高采烈地坐上乌篷船，顺着"污水"漂荡，感悟鲁迅笔下快乐嬉戏的童年也算是不虚此行。

有时候，深埋在记忆里的东西，没有华丽的外表，因为人为因素的影响，我们会赋予它们种种美好的色彩，让故事里的东西变得更有温情，乌篷船便是鲁迅先生给我们的少年回忆留下的一道美味的快餐吧。

到了鲁迅故里，孔乙己老先生经常光顾的地方肯定是要看的，大名鼎鼎的咸亨酒店果然在最显眼处。尝一尝他嗜食的茴香豆的滋味，顺便享受一下浙江特产怪味小吃，也算是对鲁迅最崇敬的悼念吧。

许是熬煮后晒干的原因，茴香豆特别筋道，放在嘴里硬着头皮咀嚼，一股怪怪的有些发霉的味道顿时直冲味蕾。强忍住呕吐，闭着眼睛体会，没想到片刻工夫居然回味无穷。夏季傍晚，约三五知己乘凉，月下畅谈，煮一壶小酒，不时拾几粒放在嘴里细品，不是神仙却胜似神仙的滋味恐怕是孔乙己老先生最奢侈的梦想吧。

街道不过三百米长，到处飘着绍兴臭豆腐特有的香气，弥漫在大街的每一个角落。各地游客蜂拥而至，心甘情愿地拜倒在臭豆腐的"恶名"下，手捧精致的小食盒，旁若无人地穿行在大街上，痛快地享受美食的诱惑。他们脸上盈满了饕餮后的满足与快感，不得不为江南这种特产的风靡感到自豪了。倘若老外看见这副吃相，会不会掩鼻蹙眉而过，为咱们中华美食的源远流长、千奇百怪再添一道疑惑的目光？

街两旁仿古的青砖黛瓦，没有晚清时期建筑的恢宏，也谈不上精致古朴，与现代文明仅一墙之隔，躲在闹市一隅，依然可以想见当年周镇的繁荣。走在路上，不停地搜索记忆中熟悉的每一个街景，仿佛穿越时空隧道，来到了儿时的鲁迅身边。当视线终于被定格在某一角落时，这种回忆才有了一个更清晰、更具体的印证和落脚点。环顾似曾相识的一草一木，抚摸鲁家老宅雕梁画栋的陈旧，脚步停下的瞬间，思绪便随着少时的回忆飘远了……

鲁迅作品影响了几代人，中学课文中的很多熟悉的场景在这里被复制得惟妙惟肖。追溯那些久远的回忆，有关绍兴的故事居然是我年少时最温馨的向往。如今与鲁迅先生近距离接触，莫名的兴奋中夹杂着对他的崇敬，仿佛这里的一切都是那么神圣不可侵犯。这种快乐只有饱读鲁迅作品，才会为他有一颗忧国忧民的心而颤动！

百草园是鲁迅先生孩童时的乐园，三味书屋记载着他刻苦求学的经历，不期然地推开这两扇大门，寂寥的庭院里种着深深的寂寞。可是，因了孩童眼中的纯真，

便多了一股生气和灵气。孩子的童年应该是属于阳光的，即便满园的杂草泛滥，有昆虫欢快地唱歌弹琴，还有鸟儿的和声伴奏，那种简单的快乐瞬间便会盈满胸腔。

深宅大院里，尽显巍峨的房檐上皆压着气派的官帽，豪门大户的阔气，精雕细琢的极致，无不透露出一种威严，更多的时候让人感到压抑重重。在封建余威的震慑下，鲁迅先生童年的短暂快乐注定了提前夭折的命运。

还记得那张刻着"早"字的课桌，找了一圈，并没有如愿找到，不免有些遗憾。课本上这个细节的描写深深地刻在脑海中，那个屏气把耻辱一点点地"刻"在时光案板上的少年，总是不经意地让我们想起鲁迅先生那两道浓眉中拧着的永不服输的执拗。

庭院深深深几许？环顾庄严的建筑，冷冷地透着一股阴气。在这样的空间生存久了，恐怕阳光也不敢随便照进来。走在阴暗的长廊中，不知为何，耳边突然响起了孩童们高声吟诵"人之初，性本善。性相近，习相远"的声音。在这静寂的深宅大院里唯有琅琅的读书声算是一道养心的风景。尽管奶声奶气里多多少少有点儿无奈，还不懂得为人情世故的悲凉嗟叹，但童年的无忌，却让不和谐的乐音里增添了一丝快慰。

世上唯有读书高。鲁迅早年读书的清苦在他的笔下刻画得淋漓尽致，让我们看到了一代文学巨匠诞生的不凡。命运待他还算不薄，让他生在这样的书香世家，家道没落之后，还可以继续接受各种文化熏陶，这也缘于绍兴这块风水宝地重视文化的渊源，才有了扬名历史的周家三兄弟，这不能不说是周家的奇迹，更是小小绍兴古镇的一个特产吧。

南山悟佛

对佛教并不尊崇的我，每一次随旅行团踏入香烟袅袅的佛教圣地，看着香客跪在蒲团上虔诚祷告，不管是祈福还是避祸，眼神里的那份执迷不悟让我觉得人世间的欲望和灾难还是太多，无法自救自解时，只好人为地求一尊泥菩萨来保佑，多少有些不屑，索性远远地绕开香火缭绕，冷眼旁观佛祖的教化。

去年寒冬时节，海南圆梦之旅将我带到了依山傍海的南山寺。对它谈不上什么神往，只打算走马观花见证到此一游足矣。

走下大巴车，南国的花团锦簇扑面而来。南山的"不二"法门矗立在大门口，它的高大、庄严、肃穆一下子就把游客震慑住了。铿锵有力的书法是已故著名书法家顾廷龙老先生94岁高龄时所书，遒劲不失大家风范。据说佛教有八万四千法门，"不二"法门为第一法门，人一旦进入此门，就是进了超越生死的涅槃境界直接成佛了。可惜我等是凡人，没有进行过超度，自然不能得道，立地成佛。

大门内的"一实"法门与"不二"法门相对应，进入此门后，便直接进入了南山佛教圣地。上下打量气势恢宏的"一实"法门，古韵悠悠，彰显着盛唐时的繁荣，只是不懂佛教的我，实在探究不出隐藏在它背后的玄妙。

正诧异间，两队穿着土黄色长袍的僧侣从我们身边静悄悄地走过。他们的脸上安静得没有一点表情，似乎尘世的烦扰真的已经淡出他们的视线。其中一个年轻僧人文文静静的，不过二十出头的模样，一副厚厚的近视镜片折射过来的光线让他脸上的生硬线条柔和了许多，可他的表情清冷得像午夜的寒光。不知为什么，看着他们飘然离去的背影，我竟有一刹那的不知所措。

导游用通俗的语言细细讲解佛教高深的理论，先前的不以为然不知何时早已抛向脑后，一字一句仿佛沾了佛光，顺着阳光的缝隙，直抵我的心房，不经意地推开了我麻木已久的心窗。有信仰支撑，远离狂妄自大，平淡人生才会走得更充实些吧。我不懂佛法，自然无法深刻理解佛法的博大精深。可是，在那个年轻僧人圣洁的脸上，我分明读到了被尊重、被敬仰的一种无形的力量，不由自主地被佛教的渊源神秘所吸引，带着虔诚慢慢融进佛教"众生平等""自他平等""心佛平等"的佛法境界。

在恩恩怨怨中纠缠太久，内心饱受煎熬的无尽折磨。"放下屠刀，立地成佛！"这句禅语像一声响雷，总在夜阑人静、辗转反侧的时候掀起惊涛骇浪，冥冥之中为抑郁的纠结开辟了一条光明大道。想必那个年轻僧人也是从悬崖上及时勒马、重新找到生活的方向，才会虔诚地皈依佛门吧。

环顾左右，一草、一木、一亭、一阁，原本再普通不过，却因了佛光普照，竟有一种令人恍惚的仙气。当我随着人流走进著名的"得在自在观音阁"欣赏举世闻名的海南镇岛之宝—国宝金玉观世音时，从不供奉香火的我，还是被这尊佛像奢华又不失古朴的东方神韵所撼动。观音头戴天冠、胸佩璎珞、脚踏白莲、手执尘器。最为名贵的是铸造这个观音像耗用了100多公斤黄金、120多克拉南非钻石、数千颗各种名贵奇珍异宝，再配上考究的传统宫廷工艺，价值连城，被确认为当今世界最大的金玉佛像。

观音阁里人气很旺，从世界各地慕名赶来的香客络绎不绝。他们表情凝重，虔诚地点燃三炷香，跪在蒲团上向高高在上的观音祈福避祸。磕头礼毕，如释重负地离开。云雾缭绕中，佛祖的静默似乎能穿透尘世阻隔，许给香客如愿的安慰。

以前，我特别不理解那些供奉神像的香客，与其把钱花在虚无的塑像上，不如用心提升自己的精彩。香气弥漫，我有些透不过气来，再看一眼虔诚的佛教徒熟视无睹地捻着佛珠席地而坐，我似乎找到了答案，也为自己的无知感到些许羞愧。我强忍住咳嗽退出殿堂，生怕玷污佛门清雅。

有些信仰之所以能成为人们的精神支柱，就是因为它可以穿越金钱、名利、生死的束缚，缓缓流淌成清澈的小溪，甜甜地哼着儿歌，在我们的梦里插上洁白的翅膀。信则有，不信则无。不管我们相信与否，佛法其实一直存在于每个人的内心深处。静静感悟佛法的因果与慈悲，多一些包容和理解，让爱心成为一种习惯，佛法已悄然赋予我们一种神圣的力量。

心情愉悦，自然看什么都明媚。高大的椰树随处可见，像一顶顶绿色大伞，在路边站成一道婀娜的风景。不知是谁如此用心，把宽大的叶子剪裁成美丽的条纹，一任参差的阳光穿过缝隙，远远望去，好似无数条银蛇在树梢舞动。绿油油的小草挤满了林间小路，冬日热带阳光调皮地爱抚我的脸庞，呼吸一口从海上飘来的湿空气，迷醉之间，已进入鲜花盛开的世外桃源，不由得羡慕起在这里清修的得道高僧。

"菩提本无树，明镜亦非台。本来无一物，何处惹尘埃！"菩提树下，一片片心形小叶子盘旋枝头，在阳光下尽情舞蹈。一阵风动，摇摆的小精灵们便眨着可爱的眼睛，向我们传递佛家的梵音。可惜我有些愚钝，实在不能完整地领悟它的教化，只好虔诚地在菩提树下低声祈祷，算是敬佛一颗感恩的心。

紧邻的"祈愿树"蔚为壮观，红红的"硕果"累累，远远望去在绿树丛中分外扎眼。走到近前，枝叶上密密麻麻地挂满了红艳艳的吉祥符，重重叠叠，拥挤在一起，好不热闹。红丝线悠闲地缠绕在枝丫上，不经意地扫过我的脸颊，仿佛情人的三千烦恼丝，一瞬间便将痴男怨女的片片柔情演绎成人间述不尽的恩爱情仇。我不知道它们在这里伫立了多久，经受过多少爱的凄风苦雨，是否见证了永恒的美好。可惜我来得太匆忙，忘了索一记吉祥符，只好饱含深情地收纳这些感动。

树下的貔貅肚大滚圆，颇受游客喜欢。据说它擅于捞取钱财，一咬住钱财就有进无出。导游一边唾沫横飞地讲解貔貅的神奇，一边指着在树下纳凉、躺卧着的一个颇有些古怪的动物塑像。以前我从没见过这个传奇宝贝，它的模样实在不敢恭维，臃肿丑陋，个头不大，像一只癞皮狗懒懒地趴在地上。不过，沾了佛家些许仙气，自然得道成仙，受人礼遇了。它的脊背光溜溜的，不知用什么材质雕刻而成，许是时常被游客爱抚，竟然透着明晃晃的光泽。止不住好奇和贪念，我索性也迷信一回，就势蹲下来，尝试"一摸貔貅运程旺盛、再摸貔貅财运滚滚、三摸貔貅平步青云"。希望佛祖看在我如此虔诚的分上，赠我金玉满钵、如意前程。

如果说金玉观音是一个奇迹，那么矗立在南山海上的 108 米一体化三面观音就堪称世界另一大奇观；如果说自由女神代表西方世界"和平""平等""追求个性解放"的思想，那么南山海上观音就是东方世界"慈悲""智慧"与"和平"的精神象征。站在礁石丛生的远眺台上注视手持念珠的观音像，她的庄严在海风习习的冬日里尽显一份凝重与神秘。

为了一睹南海观音真容，我们头顶烈日炎炎，穿过宽阔的观音广场，来到她身边。面对我们的是手持经箧的观音像，面相慈祥庄严，衣袂飘飘，站在金色莲台宝座上，犹如踏海而来。我屏住呼吸观摩片刻，仿佛被度化一般，浑身浊气霎时腾空，身轻如燕，飘飘然飞到一个祥和宁静、没有世俗纷扰的仙境。

我也知道这只是几位名家合作的雕刻作品，是人为"杜撰"出来的佛。只因赋予它神圣的使命，它便成了大众的"神"。可是，站在她面前，你会看到人性的"真、善、美"就那么完美地结合在一起，不可思议地附着在她身上。与她对视，我们所能做的，就是虔诚地低下高傲的头、闭上双眼、摒弃凡心杂念、铲除心底黑暗、双手合十，在香烟袅袅的烟雾中，把谦卑送给救苦救难的佛祖。

左侧的持莲观音圣像因时间关系无缘得见，想她的莲心妙手，也一定是我梦中的仙子模样。

习惯了人世间的红尘相伴，在这个看似祥和却充满纷争的世界里苦苦挣扎，心灵的桎梏早已在我们的心灵深处留下了千疮百孔的烙印。椰风阵阵袭来，走在这样充满仁爱的氛围里，脱胎换骨的清爽让我对佛法的高深莫测更多了一份由衷的叹服。

临别时，慈悲的佛祖穿越时空飘然而至，将一粒仙丹郑重地放在我手心里，轻声嘱咐我："和着眼泪、伴着感恩吞下去，明天的太阳就会在黎明燃起一团火红。到那时，天会更明媚，世界也会更太平。"

请到天涯海角来

　　小的时候，在电视上第一次看到大海，那时是黑白片，大海的蓝色被滤掉了，乌黑一片并没有多少美感。当波涛滚滚，翻腾的浪花呼啸而来，卷起千堆雪时，便对大海的壮观一往情深了。多希望有朝一日，与心爱的人赤足走在沙滩上，捡拾七彩的贝壳。那首脍炙人口的老歌——《请到天涯海角来》不厌其烦地听了无数遍，更让我对天之涯、海之角的那片神秘国土多了一份由衷的向往。

　　在冰天雪地的北国登机，经过四个多小时的长途飞行，我终于牵着爱人的手踏上了这片深情的土地。置身于海南天涯海角的爱情广场，环顾四周雅致的景色，梦里的神奇竟然在刹那间奇迹般地平铺在眼前：椰林、阳光、海滩、礁石，就像一幅幅美妙奇幻的剪影，顿时让我迷失了方向……

　　美丽的景致是大自然的杰作，更因为一份甜蜜的情感注入，多了一道醉人的赏心悦目。在天涯海角执子之手，见证爱情这个美丽神话，与爱人四目相对，痴迷的瞬间，与子偕老的诺言已刻在大海的梦中。我想，善男信女万里迢迢赶赴这个爱情之约，也是源于天涯海角这份梦幻般的魔力吧。

　　许是月老当久了，成全的情侣太多，大海的祝福已变成清风缕缕，温柔地抚摸着情人的脸庞，将含羞带涩的神韵镶在浪花上，一浪接一浪地亲吻着憨实的沙滩，留下倾城的回眸一笑。周而复始，美丽的传说就演绎了天涯海角的梦幻。

　　阳光实在太俏皮，一直笑个不停，偶尔透过宽大的椰树缝隙探出半边脸，善意地捉弄着牵手的人儿；海风徐徐，飘来丝丝凉意，不时恶作剧地扬起美女短短的裙摆，无奈春光乍现的惊鸿一瞥早就让人见惯不惊了；海浪执着地冲击着岩石，侧耳倾听，有节奏的节拍不经意间演奏了一曲浪漫的海之韵；穿着比基尼的美女，大秀美腿，旁若无人地在沙滩上晃来晃去，着实让人嫉妒到牙痒；孩子们在沙滩上奔跑跳跃，欢呼声响彻云霄，那份童真的快乐不知不觉便将笼罩在心头的压抑一一化解。如有兴致，赤足踏浪，或躺在沙滩上小憩，静静享受这份属于神仙的安逸，所谓的世外桃源也不过如此吧。

再回头看看那些巧夺天工、栩栩如生的园林造型——憨厚的大象、可爱的鲨鱼、戏耍的龙儿……精湛的人工雕琢与大自然绝美的背景巧妙地融合在一起，一旦成了气候便可以这般入情入景。有时，一个和谐的音调配上饱含深情的爱意，唱响绿色生态主旋律就是一首动听的歌。

都说木棉花是英雄花，看过奔放的木棉花之后我便把花中桂冠赐给了它。可是，当我第一眼看到矗立在爱情广场两旁的火焰花之后，便不由得移情别恋了。它们一团团热烈地簇拥在一起，恣意地张扬着满树的火红，豪情地举着爱的火炬，誓将燃烧进行到底。在它们灿烂的笑容与芬芳背后，我分明看到了这片土地神圣的另一面，有了爱的不断渗透，滋润它们心扉的，便是饱含倾慕与爱恋的泪水盈盈。

在地上拾起一朵开得正艳的火焰花，小心翼翼地别在发梢上，不期望它能衬托我的妩媚，只愿沾沾它的仙气，把爱情的浓度悄悄渗透到我的生命里。

天涯海角终是爱情追逐的梦，爱到天荒地老，直到海枯石烂。也许每一个困在情海中的人，唯有目睹天之涯、海之角，才会相信爱情的矢志不渝。

"天涯石"果然壮观，直挺挺地矗立在浅海边，如迷宫般星罗棋布，仿佛天上掉下的陨石故意在这里排兵布阵。海浪不停地拍打礁石，溅起朵朵浪花。谁能相信他们的爱情如此热烈，礁石掀掉冷漠的外衣，用一颗包容的心温柔抚摸着海浪，任凭她任性地拍疼了他，却仍旧报以爱恋的温柔一吻。其实海浪姑娘早就倾慕礁石哥哥的伟岸，试探着将浓浓爱意一点点地洒向岩石。沧海桑田，日久生情，礁石狂热地爱上了多情的海浪姑娘。站在挺拔林立的礁石下面，你会看到礁石不停地为海浪擦着惊喜的泪珠，含情脉脉，彼此相拥，不离不弃，相守千年。

情侣们手挽着手在礁石边踏浪留影，幸福颤动的瞬间，每一张笑脸都绽放出菊花的灿烂。天荒地老在他们眼里确实有些遥远，却是一个不灭的神话。我与爱人相视一笑，挤入人群中，将这个美丽传说延续下来。

如果你足够勇敢，打算近距离体会一下大海的刺激，不妨租一辆摩托艇到大海中潇洒走一回，跌宕起伏的心惊肉跳一定会让你收获不一样的激动。而后，在浪涛滚滚中抢拍奇异的海角石，亲自实现天涯海角永相随的夙愿，也不枉为一项惊险的爱情冒险之旅。

与其说我们追求一个传说的神话，莫如说我们是循着心灵足迹，找寻爱情唯美的见证。

在海边站久了，你会发现，大海表面上平静温柔，潜伏的汹涌澎湃随时会让人心惊胆战。不管天涯海角的浪涛多么奔放、迷人，在岸边嬉戏，欣赏它的多情就好；爱情美好又脆弱，转身后的支离破碎同样让人痛彻心扉。柴米油盐尽管平淡，把包容和理解浸染其中，诗意的小桥流水同样会收获婚姻的平实与温馨。

有了这段天涯海角的追逐验证之旅，激情过后，终于明白，珍惜当下牵手的快乐才是永远的幸福。大海的传说尽管诱人，却经不起尘世的污染和沉淀。依依远离这片净土，把浪漫和纯情留在心里就好。

贵阳一瞥

醉在贵州，起源于闻名中外的国酒——茅台酒。据说美丽的贵州是一个可以让游人不醉不归的好地方。我不擅长饮酒，但茅台酒的盛名如雷贯耳，能够近距离地接近名酒文化发源的故乡，于我，也是赏心悦目的事。

贵阳市是贵州省的首府，是我这次走马观花一行的主要地方。贵州简称"黔"，最初印象还是来自于初中语文课本。一句成语"黔驴技穷"家喻户晓，进而把贵州解读为南方科技落后的地方；另一句成语"夜郎自大"，又给昔日的夜郎国赋予更多的负面形象。前些年，一些面色黧黑、瘦瘦小小的贵州女人，挑着茶叶担子在大街上叫卖随处可见，更是让我把它与穷乡僻壤紧紧联系在一起。

这一次去黄果树瀑布旅游有幸近距离接触贵阳，时间短暂，行程仓促。不过，匆匆一瞥之后，想当然的自以为是便被完全颠覆了。

喀斯特地貌是贵州的典型地貌，中学地理课本介绍得非常详尽。尽管想象的空间很丰富，单凭几张图片和平实的文字介绍，对它实在提不起太大兴趣。这一次眼见为实见证了世界真奇妙，才理解古人所言"行千里路胜读万卷书"。大巴车在狭窄的公路上穿行，透过车窗，一个个郁郁葱葱的小山丘就像跳棋盘上摆放有序的棋子一样，每隔不远的距离错落分布着。这些小山丘精致唯美，只能用"可爱"这个词来形容，不过几十米高，上面长满了各种植被，仿佛人工精心打造的假山包。顶部非常圆润，像刚出锅用菠菜汁调剂的大馒头，在眼前不停飘过，你根本无法分清伯仲。色彩斑斓的农田把小山丘一小块一小块拼接在一起，精美得如一块块造型别致的蔬菜蛋糕，越看越让人心醉。

更为奇特的是，这些小山丘上几乎见不到一点土质，岩石有规律地一层又一层叠加起来，然后用力压缩，就形成了这样一种原始形态。远远望去，裸露的岩石断面就像红糖千层饼，"酥软"得仿佛可以用手一层一层完整地掀起来。看久了，我这个吃货越来越名副其实，所有的想象都不由自主地与美食联系到一起，恨不得一口把它吞到肚里，不管能不能消化，先饱了口福再说。

垂涎欲滴之时，不经意地发现，岩石的断面里竟然冒出一些绿茸茸的小脑袋。有些野生树种干脆横空出世，与地面平行，长势甚是喜人，不得不感叹生物界的另一个奇迹。世间万物都有生长的需要和自由，只要一点点养分，每颗种子都有一个创造生命奇迹的使命。

整个行程安排完之后，还剩下半天下午自由活动时间，我与同伴相约去当地有名的黔灵公园。进入公园没走多久，正与同伴说笑间，五只猴子已把我团团围住了。它们瞪着一双会说话的大眼睛直勾勾地瞅着我，看得我既纳闷又心慌。

"别害怕！"这时，走过来一个五十多岁的大姐笑呵呵地跟我说，她的穿着打扮一看就是当地人。"如果你们有吃的就给它们一点儿，千万别从包里全拿出来。否则让它们看到，你不给它们，它们会动手抢，不小心会伤害到游客。"听了大姐的话，我取了一些零食抛给它们。它们非常绅士地从地上捡起来，找一个安静的地方慢慢享用。随后，我摊开双手，盯着它们的眼睛摇了摇头，它们便深信不疑地走了，弄得我反倒有点儿不好意思。

猴子们在园中高大的树木间自由跳跃，目光所及之处，都有它们嬉戏玩耍的身影。这些猴儿机灵鬼怪，与游人讨食时一脸的从容，从不知道害怕为何物。偶见任性的猴儿，纠缠游人不断地要包里的食物，生气的游人便会下意识地伸手打它们。这时，一些路过的当地居民会友好地走过来，及时加以制止。当然，只要你看好自己的包，它们会用"含情脉脉"的眼神目送你一路，绝不会无端招惹你。最初的隔膜散去后，我拿出相机对准它们拍照。没想到，它们实在太友好，积极配合，摆着招牌式的 poes，好像司空见惯了这样的大场面。

这些小生灵一定是上帝派到人间的天使。想起前一天上午在黄果树景区里看见的一群绿孔雀，它们大摇大摆地拖着美丽的长尾巴，神态自若地穿行在游人中间，偶尔还骄傲地故意在人前摆一个孔雀开屏造型，以展示它们漂亮的无与伦比的羽毛。当时还以为它们是人工驯养的，自然不怕人。现在，看到野生的猴子都能这样与人和谐相处，吃惊之余唯有感叹这方水土简直就是一个属于动物的世外天堂，我们不过是它们不请自来的客人而已。想必传说中的花果山也不过如此吧，在这样的仙境漫游，悟空甘心做山大王，不想做天上的神仙也是意料之中的事。

　　最让我感动的还是当地淳朴的风土人情。路边随处可见七八十岁还在操劳、满脸乐呵呵的阿婆阿公们，背着手编的大竹筐匆匆赶路的居民，还有背上捆着孩子忙着做生意的小老板们，他们普遍衣着简朴，鲜见游手好闲、惹是生非的人。每一次问路时，一张张笑容可掬的脸让人直以为他乡遇到了故人。即便语言不通，他们一边比画，一边向别人打探，一脸的关切，印满了真诚。在贵阳市里待了一天，被信任的热情，是我对这个城市最深切的怀念。在当今钢筋水泥筑就的现代社会里，人与人之间越来越冷漠，不要和陌生人说话简直成了出行必须防范的金科玉律。但在这里，一切都让人感到新奇和温暖。

　　贵阳从表面上看，普通得就像种满鲜花和蔬菜的农家小院，与其他所谓的现代化大都市相比较，**它没有大都市常见的繁华、喧嚣，还执着地保留着部分原始生态环境的淳朴，却因了浓浓的人情味，让这片奇特的喀斯特地貌拥有了更充足的阳光渗透，自然发酵之后，酒香醇郁，不知不觉渗透其中，醉人的茅台酒便成为上帝赐予当地人懂得感恩而回馈的一份厚礼。**

醉人的黄果树瀑布

　　不远万里，我终于来到了黄果树景区。

走下亚洲最大的观光大扶梯，穿过长长的蜿蜒曲折的精制木栈道，一丛丛碗口粗的"剑竹"簇拥在一起，像江南秀丽的盆景一样矗立在路旁，少了往日的威严，多了一份优雅和从容。不时有香气飘来，时断时续，奇异的芳香让人欲罢不能，赶紧屏住气探寻其中奥秘。直至水岸边，香气铺天盖地弥漫开来。几棵桂花树撑开一把把绿色的阳伞，口含香气，身姿婀娜摇曳，像含羞带笑的女郎，热情地敞开了怀抱。而你，早被浓香层层包围，不由自主地沉醉其中，忘了来时的路。

环顾四周，不知何时已置身于美丽的天堂。河水绿幽幽地泛着粼粼清波，仿佛柔滑飘逸的绿缎子铺在苍翠秀丽的山峦之间。落差错落有致，像精心规划好的梯田一样，每一个断面都呈现出一种别样的风光。远处一架铁索桥横空悬挂，约百米长，荡悠悠地缀满了惊心动魄，成为无限风光中最抢眼的一道风景。虽然还没走过，那种想体验、跃跃欲试的兴奋早就填满了刺激性的渴望。

走在栈道上，随风飘来的雨丝调皮地钻进发丝，轻吻我的脸颊，温凉的抚摸给炎热的季节平添了一抹温柔的关爱。阵阵涛声由远及近，在如诗如画的背景衬托下，仿佛近在眼前。不由得加快脚步，心儿早就朝着梦中的仙境游离了。沿岸风景旖旎秀丽，与湍急的流水精心合作，巧手绘就了一幅天然画布。游人穿行其中，不知不觉间便成了流动风景的一部分，装点着诗意梦幻的空间。

想象的距离有时真的很短，当梦中的那片丰饶一览无遗地呈现在眼前，片刻的恍惚竟然让我莫名地心跳加速。以前在电视上看到过黄果树大瀑布的倩影，画面上，一条白练在眼前轻飘飘地舞动一下，惊鸿一瞥之后便相忘于江湖了。而今，大瀑布活生生地矗立在眼前，用一双明眸静静凝视着我，如长发垂地的贵妃出浴，微笑着，不带一丝世俗的狐媚；又像是藏在深山里的浣纱仙姑，天然没有一点儿雕琢，清风舞动轻柔的白纱，卷起身上的衣衫，雪白的胴体不经意间春光乍泄。我呆呆地瞅着她，一种近乎窒息的愉悦让我不知所措。

记得小时候，一读到大诗人李白"飞流直下三千尺，疑是银河落九天"这句诗，不禁为诗人丰富的想象力所折服。而今，看着从天而降的飞瀑，在急流和浩荡中喷涌而来，纵身跃下几十米悬崖，在清澈的湖底溅起细碎的浪花朵朵；镶着银色亮片、长长的披风在空中飘飘洒洒，在阳光的照射下泛着钻石般的光芒，谁还会疑惑银河三千尺不是黄果树飞瀑的真实写照？

倾国倾城的美貌固然是上帝额外垂怜，如果再加上五百年的精心修炼，得道成佛自然是人间佳话。小桥流水的静谧着实让人心绪平稳，看久了，难免心生倦怠。而今，与飞瀑对视良久，她的美丽竟让我魂不守舍。然而，更让我惊诧不已的是她气势恢宏的歌声。那是怎样的一种气魄！轰然之声不绝于耳，响彻云霄、撼人心魄。侧耳捕捉这首动人的交响乐，一声比一声更重地敲击着心灵最脆弱的地方，不知哪根神经被震动，突然感觉有一股热流从胸腔深处喷涌而出，把压抑已久的麻木连根卷起。也许，唯有前世千年修炼，方能成就歌声背后的天籁。

恍惚间，我乘着歌声的翅膀来到远古，依稀看见黄果树在丛林里悠闲地哼唱儿歌。不知何时，悄悄融入大自然跳动的快乐音符，倾泻的歌声自然流淌成激荡人心的世界名曲。只待有缘的你，用心欣赏、品味。

我终究是个凡人，看得越久痴迷越重，真想把她揽入怀中占为己有。这个念头一闪而过。她的笑容在阳光的映射下泛起珍珠似的浪花，干净得像一面能照出俗人心灵黑暗的魔镜。我不敢再直视她的眼眸，暗暗羞惭自己的贪婪和自私。生怕惊扰她，玷污一个美好的梦，只好悄悄走离她的视线。

不忍离去，便小心翼翼钻进水帘洞，蹑手蹑脚地绕到她身后，趁她不注意的时候，轻轻撩起她沾满露水的刘海。雨雾迷蒙，隐藏在她脸上的笑容依然端庄温婉，柔情万缕顺着飞溅的雨丝自然飘落了一个又一个花季。

她蓦然转身，回报我一个浅浅的迷人的笑靥。**透过她晶莹多情的眼睛，我分明看到了蕴藏已久的激情，那是江河对海洋的渴望。她从雪山一路走来，源源不断地从险峰奔流而下，内心止不住的澎湃的就是对蔚蓝海洋的深深眷恋。**

多想做她发梢上的一枚绿叶，不需灿烂的花朵点缀，静候她的多情，在她迷人的酒窝里一醉千年。即使望穿秋水，化作痴情的岩石，只要能与她长相厮守，这个梦便有了神奇的色彩。这一刻，突然很羡慕那些与她毗邻而居、隔窗相望的居民，有这样的美女日夜做伴，恐怕做梦都会笑醒的。

看 海

"小小的一一阵风呀，慢慢地走过来，请你们歇歇脚呀，暂时停下来。海上的浪花开呀，我才到海边来，原来嘛你也爱浪花才到海边来，啦……"

小时候很喜欢《踏浪》这首歌，每每哼唱，大海就像一个瑰丽的梦，令我心驰神往。在我的想象里，大海的颜色应该是蔚蓝如洗的，波涛应该是汹涌澎湃的，沙滩应该是白色柔软的，海天相接更应该是壮观浑然一体的。可是，从厦门、青岛、新加坡看过几次海之后，许是我的期望值过高，遗憾成了一块心病，渐渐地对看海失去了兴趣。

这一次有幸在严冬去了海南三亚，梦中的奇景真实还原出来，片刻的惊呼过后，赶紧按捺住跳动的喜悦，尽情享受大海温柔的馈赠。原来大海的颜色真的是梦中的宝石蓝，蓝得通透、干净，每望一眼，似乎都能涤荡繁杂的心事；海与天好像用隐形丝线巧妙地缝合在一起，完美得近乎天衣无缝；银色的沙滩软滑细腻，可以光着脚丫跳舞；细细的沙粒与脚趾顽皮地捉着迷藏，一不小心钻进衣服缝隙里，痒得人"咯咯"直笑；阳光可爱至极，不时透过椰树的缝隙投来娇俏的一笑，晒得人脸上麻酥酥的；"乱石穿空，惊涛拍岸，卷起千堆雪"的壮丽景象更是随处可见，吸引一批批弄潮儿勇敢地与海浪角逐青春的活力。

椰风阵阵袭来，海浪似乎懂得我的心思，热情地向我发出邀请。顾不得淑女形象，我一手拎着鞋子，一手挽着爱人的手加入到踏浪大军行列。海浪不知疲倦地一遍遍涌上来，轻轻吻着我的脚丫，痒痒的，感觉有一些小动物在挠我的脚心。偶尔，趁我们不注意时，一个大浪迅速卷来，瞬间打湿了衣裤。四目相对，没有尴尬的狼狈，眼角的菊花漾起了层层涟漪。

突然想起小时候家里毗邻一个水库，每到雨季水库开闸放水，我和小伙伴们放学后便卷起裤腿儿蹚着小河捉小鱼小虾。水平有限，只能眼睁睁地看着大鱼一跳一跳地从我们眼前溜走，在岸边来不及逃跑的小蜗牛便成了我们的战利品。不忍心看着小家伙命丧我手，临走时总会大发善心放它们一条生路。回到家，衣裤又湿又脏，难免遭大人们一番呵斥。可是下次依然屡教不改。现在回想起来，那份戏水的快乐竟然是童年挥之不去的记忆。

如今，事隔多年，与爱人手挽着手重温儿时的快乐，随着欢呼的人群感受来自海洋的气息，那份难得的悠闲与惬意，不知不觉间让我们找到了迷失已久的童心。

很幸运地在海边捡到一枚七彩贝壳，一阵窃喜，小心翼翼地用海水冲去泥沙，放到口袋里珍藏起来。附近商店出售的贝壳比它美丽十倍，价格也便宜，但它依然是我钟情的宝贝。因为它见证了我与大海的美丽邂逅，亲手捡拾的快乐更能将一份意外的收获与满足写进将来价值连城的温馨回忆里。

为了探寻海浪的惊险，顾不上劳累，我们转战到蜈支洲岛。还没顾上参观岛上的秀丽景色，波涛汹涌的岸边聚集的一群弄潮的勇士就吸引住了我们的视线。巨大的浪花呼啸着漫卷过来，用力拍打沙滩，轰鸣的响声震耳欲聋。弄潮儿们苦有一身绝技，也不敢游离浮飘球圈定的范围，胆大的便潜伏在浮飘球附近，露出圆溜溜的小脑袋，随着浪花翻滚的韵律，不时下沉消失了踪影，一幕幕惊险刺激的镜头仿佛在影院观看美国大片。

人群欢呼的热浪随之响彻云霄，蛊惑岸边的游人跃跃欲试。爱人看着眼热，现买了一条泳裤，勇敢地加入到弄潮儿的行列。他如鱼得水地与海浪嬉戏玩耍，结实的臂膀划出一道道优美的曲线。趁他露头的时候，我把镜头远远地对准他，他也会配合地扬扬手，摆一个快乐的 pose，然后像一条大鱼一样再次俯冲到海里。显然他很享受与大海搏击的快乐，竟然顺着浮飘球游得越来越远，终于模糊得分辨不清。我不禁为他担心起来。

过了好一会儿，他开心地游到岸边，脸上挂着胜利者的微笑，正蹲下身摆了一个很酷的造型让我拍照，没想到一个大浪突然从他身后偷袭，猝不及防，他被海浪卷了一个大跟头，做了一个非常标准的前滚翻动作。就在我惊魂未定之时，他晃晃悠悠地上了岸，小腿被海底的礁石划破了一个小口子，鲜血直流。他说死里逃生一次，心有余悸，但依然挡不住对大海的热爱。

亚龙湾被誉为"天下第一湾"，只一眼的撞击，我的心便被它的纯净征服了。看着老公非常享受海水的温柔，禁不住同伴一再怂恿，我这个北方旱鸭子终于克服心理障碍，牵着爱人的手，一步一挪走进海里。齐腰的海水漫过肚脐，凉爽的海风伴随浪花朵朵，一波又一波，不知疲倦地冲击着一个个令人兴奋的瞬间。我忍不住惊叫连连，可快乐早已失控，悄悄融进大海的怀抱里。与大海温存片刻，终于领悟了大海的温柔，懂得了什么叫"曾经沧海难为水"。

玩得累了，走上岸，直接躺在银白色柔软得几乎一捏即碎的沙子上，眼皮早就不争气地耷拉下来。躺了一会儿，丝丝凉气从四面八方包抄过来，冻得我直打哆嗦。旁边的游客用沙子把头部以下埋起来，像个活死人，样子有点儿恐怖，可是他们闭着眼似乎很享受。忍不住好奇，我也照着用手刨个坑，再用沙子把脑袋以下的身体盖严实。沙子摸起来湿凉，有些粘手，还带着海水的腥气。我半信半疑，权当体验游玩的乐趣。没过多久，身下慢慢热起来，仿佛睡在一张恒温电热毯上，一种从未有过的舒坦和温暖顿时袭遍全身。就这样悠闲地闭着眼睛享受日光浴，听着海浪有节奏的拍击声，微醉在冬日暖风中，真想一梦千年。

海底的世界更迷人吧？可惜思想斗争好久，还是做了胆小鬼。后来听潜水的游伴讲述奇幻美丽的海底珊瑚，并与形态各异、色彩缤纷的热带鱼在大海里畅游时，羡慕之余，难免留下些许遗憾。

"世间安得两全法，不负如来不负卿。"人生不过匆匆数年，很多事无法两全。少了珍惜，遗憾就会走得匆匆。挥手与大海依依惜别，泪眼朦胧，我听到了心灵深处最真切的呼唤——他年之后，我年老时，一定会做一只辛勤的候鸟，在这片神奇的地方找寻我曾经眷恋的惊喜，以弥补我对它的亏欠。

夜赏趵突泉花灯

婆婆住在济南，每年春节的探亲之路总是来也匆匆，去也匆匆。趵突泉毗邻闹区，近在咫尺之遥，寒冬的萧瑟却一次次熄灭了靠近它的冲动。美人迟暮，有碍观瞻，不看也罢。

去年春节来济南探亲，正好赶上趵突泉举办一年一次的花灯节。二姐家住青岛，冒着严寒从青岛特意开车过来看望我。姐妹二人好久不见，喜悦之情溢于言表。经过趵突泉时，里面张灯结彩，煞是热闹。于是牵着二姐的手一起走进传说中的中国第一泉——趵突泉。

趵突泉位居济南"七十二名泉"之首，被誉为"天下第一泉"。北魏郦道元《水经注》载："髯涌三窟，突出雪涛数尺，声如隐雷"；著名文学家蒲松龄则认为趵突泉是"海内之名泉第一，齐门之胜地无双"。文人墨客的众多美誉给它披上了一件炫目的金丝外衣，循着灯光的牵引，在迷离的夜色中找寻它的奇妙之处就成了我们此次夜游的首要任务。

趵突泉占地面积不大，方圆不过百米。白天，从园外透过茂密的植物窥探，丝毫看不出它有什么别致之处。晚上，入得园来，过道静悄悄的，隐隐约约透着一股神秘的色彩。曲径通幽处光亮闪烁，一组组造型奇特的彩灯颇显寂寞地眨着明亮的眼睛。游客不是很多，少了闹哄哄的吵嚷，这样的清静于我倒是求之不得的美景。我和二姐窃窃私语，倾诉着儿女情长的琐碎；闪光灯马不停蹄地照亮我们的倩影，静静记录我们心中流淌的歌声。

转过几个长廊，突然人声鼎沸，亮如白昼，趵突泉就那么不躲不闪在舞台中央干干净净亮相了。泉在一泓方池之中，北临泺源堂、西傍观澜亭、东架来鹤桥、南有长廊围合。如在日间，这样错落的景致一定是极其雅致的。今晚的夜色因了五彩灯光的辉映，显得格外美丽。温婉如小家碧玉的趵突泉一改往日矜持，盈盈地露出笑脸迎接远方的客人。隔着平静的水面数十米，趵突泉水从池底不断涌出，"突突"翻上水面，足有二尺之高。其形与元代著名画家、诗人赵孟頫描述的"平地涌出白玉壶"相吻合。镜头拉近，"且向波间看玉塔"，更让它的妩媚成为金代诗人元好问信手拈来的绝笔。

我到底还是迟来了一步，好想掬一捧趵突泉水，让它的清醇、甘洌滋润我的心肺。据说乾隆皇帝下江南，出京时携带的是北京玉泉水，到济南品尝趵突泉水后，便立即改用趵突泉水，并封趵突泉为"天下第一泉"。有了皇帝赞誉，这个贪婪的念头更让我蠢蠢欲动。无奈锃亮的灯光像一个个高清晰探头，慑于它的余威，只好把遗憾藏在叹息声中。

趵突泉水一年四季温度恒定在80℃左右。即使在这样的隆冬时节，湖面上依旧水汽袅袅，笼罩着一层薄薄的烟雾。放眼望去，泉池幽静，波光粼粼；楼阁彩绘，雕梁画栋。我想一定是玉帝起了私心，住惯了金碧辉煌的天宫，贪恋人间的花好月圆，方在闹市一隅建造了这所仙居，供他闲暇之时下凡尽情享用。我等凡夫俗子但凡看上一眼，也算是大饱了眼福。

趵突泉水极其清澈，池中放养着数千尾金鱼，大都超过一尺。鱼儿三五成群在水里嬉戏，清晰可见游动着的一片片的金光闪闪，其态婀娜，将趵突泉常年不冻的冬日童话演绎得惟妙惟肖。此时，岸上的灯火仿佛是专为它们架设的舞美背景，这些游走的小精灵乐此不疲地排练着大型舞蹈，忽而围聚在一起，如众星捧月般溢出水面，欢呼跳跃，惹来观众阵阵叫好声；忽而四处散去，如花苞渐渐凋谢，在水面漾起涟漪片片。今夜，它们本无意喧宾夺主，一支欢快的《鱼美人》之舞不期然地沸腾了平静的湖水。坐在泉边石凳上静心观赏，不消片刻，鱼儿们自得其乐的悠闲便将冬天的寒意驱赶干净。

许是被鱼儿夺了彩头，装扮一新的趵突泉忍不住"嫉妒"横生，身着凤冠霞陂，柔情款款，姗姗而来，俨然即将入洞房的新娘，点点娇羞映在脸上、滴滴妩媚露于眉梢。灯火阑珊处，轻轻掀起"新娘"的盖头，闭月羞花之容，每一处精心点缀的粉彩都让人思潮澎湃。片刻的恍惚过后，美人嫣然一笑，顾盼之间已掳获了我的心。

此时，湖面上盏盏荷花灯灼灼绽放，犹如一方寄情的手帕，载满相思物语，静静等着有缘人蹚过"爱湖"，轻轻摘下花蕊，用心去猜爱的谜题；痴情相守的鹤儿在水中绕颈缠绵，俨然一对神仙眷侣，用相依相伴的忠诚哼唱一首永恒的爱之歌；不断闪烁的灯光像迷离的泪水，悄悄眨着梦幻的眼睛，让人看不透、猜不着，又狂喜异常……

灯会自然是此台晚会压轴的曲目。"中华宝鼎"花灯荣膺榜首，十万个废弃药瓶手工穿连而成，伫立在海豹池北面，技艺之深，手工之烦琐，堪称中华一绝；"玉兔拜月"花灯用三万只蚕茧一点点粘连而成，俏立在李清照纪念堂前，尤为吸引游客的视线；以2010年上海世博会中国馆建筑及海宝形象为题材的"魅力世博"花灯在枫溪泉水面上大放光彩。这些灯与趵突泉水早已融为一体，成为一个完整的不可单独分割的美景。偌大的舞台灯火交错，流光溢彩，谁是主角已不再重要，重要的是它们共同谱写的这首韵味十足的春节序曲，为寒冬融进了火一般的热情。

很想一次饱览够，在这样"星火"璀璨的夜晚，牵着二姐的手"游园惊梦"实为人生一大快事。寒风瑟瑟，厚厚的皮衣遮挡不住亲情的澎湃。二姐实在是个尽职的模特，一展笑颜，听任我的摆布，把充满温情的情影留在每一个快乐瞬间。在美景中游走，目不暇接的兴奋让目光找不到停歇的理由，只好不停抓拍，生怕遗漏一处精彩。

镜头中奇异美景不断变幻，在夜晚彩灯的照耀下，平添了些许朦胧、暧昧的韵味，恍若人间仙境。回眸处，点点灯光像洒在银河里的星星，不停地向我们抛媚眼。也许今天恰逢王母娘娘生日庆典，这些衣着霓裳的仙女们正结伴提着灯笼去赴宴。路上不知是谁不经意地提到下凡思春的织女，惹得众仙姑"叽叽喳喳"议论个不休。这片欢声笑语羡煞了躲在月宫垂泪的嫦娥，可惜今晚的热闹与她无关。云儿朵朵，相思泛滥，桂花酒醉人。透过盈盈月光，大王后羿那双深情的眼睛正闪着无限的爱意向月宫传递着久别的牵挂。"两情若是久长时，又岂在朝朝暮暮。"感叹之余，唯有祈求月老赐给他们一根相思红线，牢牢牵系两颗饱受煎熬的心。

不知不觉走到漱玉泉边，泉水汩汩而流，清澈见底，掬水梳妆，那是怎样的闲情雅致。不禁羡慕起常在这里小坐的女词人李清照，在这样的夜晚，徜徉在如此诗意的湖畔，身心交融、感慨万分，那些流传千古的诗句想不喷涌而出才是奇迹呢！

天色越来越黑，关园的时间一点点在逼近。两个小时的游览时间短促得让人颇有些遗憾，那些没来得及细细欣赏的花灯，惊鸿一瞥之后只好用相机"咔嚓"下来。

满怀依恋地与它告别，二姐拉紧我的手嘱咐我注意脚下的台阶。闪烁的灯光仿佛知晓她的心事，善解人意地洒下一地柔和的光，送给我们一路温馨。

泪眼蒙眬，趵突泉的娇羞已然成一朵芬芳的记忆，深深刻在脑海中，盛开在每一个思乡的夜晚。多想用心为趵突泉谱上一曲悠扬的家乡小调，只是情到深处无语凝咽。原来，无法割舍的浓浓亲情早已汇聚成低沉、唯美又有些纠结的主旋律……

西溪寻梦

一段荡气回肠的爱情，如烟花般绚烂，定格在美丽的西溪。循着梦的足迹漂洋过海，那片旖旎的风光，不经意间就醉了斜阳。

踏上杭州西溪湿地，《非诚勿扰》的经典镜头在眼前一幕幕随着记忆铺开。极目远眺，爱情萌芽的那片水域，一草一木似乎都沾染上浪漫气息，悄悄耳语着爱情故事。平静的一汪湖水，因了爱情的注入，骤然平添了一股灵气；花草拥挤在一起，热情地向游人们打着招呼，恬静的微笑里写满了与爱情有关的光阴荏苒。

对舒淇谈不上十分喜欢，总觉得她有些浅薄，距离"知性女人"有些遥远。《非诚勿扰》这部故事片用近乎诙谐的笔调把一段三角畸形之恋刻画得淋漓尽致，让人性在冰山与欲望之中慢慢浮出水面。随着剧情深入，西溪的唯美镜头演绎着断肠人在天涯的悲剧，现实的残酷令舒淇饰演的"小三"尝尽了情感变幻的悲欢与无奈。

其实，我们走不出的往往是人为划定的这个圆，总以为抓到手心里的便是最好的。岂不知，有些得与失，经过时间考验，让我们落泪的感动有时就潜伏在放手的那一瞬间。

抑制住心潮澎湃，我坐上宽敞、舒适的"笠翁"号游船，在曲折的水道里缓缓穿梭，聆听江南小调的脉脉音韵，近距离地触摸西溪脉搏。两岸倾斜的树木极尽婀娜之态，弯着腰向游人招手致意，各色花儿灿烂地绽开盈盈笑脸，水波荡漾，船儿悠悠，我的思绪不知不觉插上神奇的翅膀，随着歌唱的鸟儿，飞往诞生爱情的国度。

爱情是那般神圣美好、令人痴迷。当舒淇在爱与恨、情与欲的边缘徘徊，无数次在如梦如幻的西溪梦境里挣扎，直至遇上心仪的"解语花"——葛优，才让我们相信，有些爱，唯有融入真性情，才能走得久远、醉人。

正恍惚间，偶遇一只小巧精致的摇橹船缓缓划过，一对依偎的情侣悄悄躲在装饰漂亮的船舱里，一边享受着两岸迷人的景色，一边迷醉于情人的温柔细语，一嗔一笑一回眸，前世的爱情已融合今生的幸福。不由得羡慕起船老大，每天徜徉在花海水云间，还能侧耳偷听小情侣的喃喃情话，那滋味一定非常惬意吧。

如若一时兴起，夜间与情人搭乘一叶小舟在水面上翩翩起舞，享受月光的温柔爱抚，沁人心脾的花香不时钻入鼻孔，呓语般的情话随风潜入骨髓，两唇相吻

的美妙瞬间，任一个涉世再深的女人也无法躲避激情的致命诱惑。剧中的舒淇无法从人为制造的感情旋涡中及时抽身而退，也是这片水土过于旖旎惹的祸吧。

迷恋愈深，痛苦愈重！当美妙的古筝曲将高山流水的潺潺之韵随风飘送过来，谁又能体会女主人公深深的无奈与挣扎！她沉入海底的那一瞬，那个关于西溪的浪漫的梦，才是她最向往的归宿。

游船在水云间看似随意地穿行，仿佛拨开浓雾，悄悄进入诗情画意的国画世界。淡妆浓抹，熏染之间，一幅醉人的江南美景便徐徐地铺展开。我目不暇接地放眼望去，生怕遗漏一个细节。偶尔与别的游船擦肩而过，盈盈的笑脸映在画中颇为生动，我赶紧拿起相机不失时机地抓拍下来。环顾西溪水道蜿蜒，不禁感叹大自然赋予的种种神奇。回过头，却发现对面的游客正兴致盎然地在拍摄我们，不禁莞尔一笑。人在旅途，谁又是谁眼中的风景？谁又是谁的过客？只因了这片变幻的水域，我们便成了彼此心目中最美的回忆。

穿过盘龙似的水道，水面越来越开阔，一眼竟然望不到边际，仿佛行进在茫茫的大海之中。刹那的怀疑之后，才知道我们"闯"入的这片"海域"原来是一年一度赛龙舟的风水宝地。想象着制作精湛的一排排龙舟争先恐后地从这里快速穿行，情郎们奋力划桨，在岸边加油喝彩的人群中那充满期望的情人的眼神，还有铿锵有力的啦啦队呐喊声，再加上锣鼓喧天的助威声，小船整齐划过的"唰唰"声，人声鼎沸的场面肯定十分壮观。不由得感叹江南水乡的绚丽生活，对这些生在天堂里的人们额外多了一份由衷的嫉妒。

露出水面的方寸土地袖珍得仿佛是人工堆砌而成，被湖水团团拥抱，俨然一个大大的水栽盆景。高大的树木沿水面近乎平躺着，倾斜的角度之低，让人不免担心树木会随时被生生折断了腰。其形极尽婀娜，远远望去，就像人为有意打造的堪称完美的插花作品。微风拂过，船只在绿荫下缓缓划过，碧绿的湖水荡起一波波美丽的涟漪，不经意地成了这幅插花作品中极具动态感的一个点缀。

下了船，不情愿地登上返程的路，再望一眼雾霭茫茫的水云间，亦梦亦幻，《非诚勿扰》的浪漫结局已定格在这里。婚姻无论怎么选择都是错，长久的婚姻就是将错就错！一辈子很短，我愿意和你将错就错，并且对着"钱"发誓：无论将来多么贫穷、多么困苦、多么不靠谱，都一定和你在一起。

挥手之间，我的爱连同我的梦已悄悄沉淀。当我再一次与西溪吻别，"迷茫"的舒淇已让我们找到了爱情彼岸。若干年后，美丽的金婚传奇就是我们对爱的最神圣的回报。

在西溪的梦里醒来，平凡的我们，只要真心相守相依到永远，谁又不是谁的梦境之源呢！

夜游荔枝湾

灯笼、荔树、文塔；小桥、流水、人家。

从古韵中流淌出来的荔枝湾，大红灯笼高高地挂在荔枝树上。透过夜色的笼罩、婆娑的人影，漫步在灯光幻影中，依稀的仍旧是秦淮河上的莺歌燕舞。

转过时空的距离，傍晚从泮溪酒家尝过精致的美食，刚走出门口，那片火红、耀眼的灯笼便铺天盖地般地闯入眼帘。一串串的灯笼就像夜色中的小精灵，调皮地眨着大眼睛，炫耀着火红的外衣，直把夜空染成朝霞般灿烂。想是红孩儿故意跟悟空斗法，一气之下拔了浑身毛发，复制了那么多可爱的红孩儿，只为在这荔枝湾畔留下童年的脚印，把笑声融进梦幻般的仙境。

对红灯笼谈不上有多喜爱，每一次看到宫廷大戏中的庆典活动，大红灯笼总是当仁不让地成为主角，奢华背后危机重重。这些造型奇特、做工考究的宫灯，原是权势的象征，终不是寻常百姓家的物件，也就不自然地对它的恩宠有些抵触。可是，当这片火红如焰火般绚丽，瞬间点燃了荔枝湾的苍茫夜色，那份悠闲、那份诗意、那份朦胧、那份热情交织在一起，便不得不让我对它刮目相看了。原来所谓奢侈的东西，一旦融入激情元素，悄然进入寻常百姓家，就成为赏心悦目的一道风景。

桥不多，还是那几座石拱桥，在红灯笼的映衬下，古朴得就像农家姑娘，没有华丽的外衣装饰，只是用星星点点的"泪光"怯怯地陪衬荔枝湾的火红。偶见一两只残旧的小船孤独地停靠岸边，痴痴地等待那个有缘人来开启一段生命之旅。望断秋水，满腔期待终成空，沧桑与遗憾不知不觉间刻在了小船眉头。

正要为船儿擦干眼泪，却见桥洞下两条多情的"接吻鱼"正含情脉脉地演绎着爱情神话故事。白天，它们只是镶嵌在桥洞上的"石眼"，相望千年，终无法感知彼此的关爱。可是，到了晚上，借助灯光的魅惑，它们便在彼此眼中找到了心跳的感觉。屏住呼吸，两唇轻轻相吻，一刹那的火花触电，爱情的种子便在荔枝湾生根发芽。有情侣依偎走过，偷听它们的甜言蜜语，也让接吻的鱼儿越发沉浸在爱情梦幻之中无法自拔。

浪漫的夜是属于有情人的，心旌摇荡的瞬间，我的爱已插上美丽的翅膀，跨越千山万水。如果牵手的人生，淡然地走过小桥流水，历经人世浮沉，也终能如这般花开花落修得正果吧。

徜徉在曲折的小径，感受荔枝树对流水的情意，在它们执着相守的梦境中，似乎也唯有小桥才听得懂它们的呓语，不禁羡慕荔枝树近水楼台先得月的优势。荔枝红透，约上三五知己，坐在梦幻画舫中，啜茗赏月，侧耳倾听吴侬软语的琴瑟声声，随着微波荡漾，这样的诗情画意岂不悠哉游哉？

我不禁醉了，醉了，醉倒在"小秦淮"的温柔怀抱里。

过了片刻，睁开眼睛一看，远处水面浮出的"出水芙蓉"让我深吸了一口气。一只只秀丽的彩灯宛若佳人，俏立在水中央。她们身着短短的小红裙，梦幻霓虹将她们的小蛮腰展现得淋漓尽致，点点灯光像彩色的水钻把她们的发髻装点得熠熠生辉，极尽奢华与妖媚。也许她们正在排练大型的芭蕾舞剧，那些可爱的小天鹅穿着红舞鞋，在水面上翩翩起舞。倘若配上时尚、动感的音乐，晚风拂过，美酒撩人，舞娘奔放，顷刻间，便会将夜色隐藏已久的欲望统统点燃。

灯火灿烂、小桥流水；古老建筑、熙攘人群，一动一静交替中，欢声笑语隔着月夜朦胧一波波地传递过来。转过街角，恰好碰上几个踢毽子的民间高手，他们围成一个圈，一跳一蹦，腾挪自如。毽子上下翻飞，仿佛来去自由，却始终是他们脚掌中的乖乖宝。我站在一旁饶有兴致地看了起来。因为我的关注，他们便把看家的绝活使了出来。明明一抬脚就能顺顺当当接到毽子，他们却一个闪身，出其不意地弯起一条腿在背后接住，然后从后面踢过去，动作非常娴熟，让人惊叹。更绝的是，其中一个身手矫健者腾空近一米，右腿轻轻一弯，毽子从胯下穿过，被左脚适时弹起两米之高，居然还能稳稳地落在伙伴的脚中。再定睛一看，这些运动健儿竟是六七十岁的老者，嫉妒之余，赶紧用相机把这片快乐"采摘"下来。

与健儿们挥手告别，灯火阑珊处，用青石筑就的文塔附近聚集了好多聊天小憩的人，几棵古榕树懂事地站立一旁，享受着喧嚣过后的静谧。这时，最快乐的当属孩童们，骑着自行车、溜着旱冰、玩着滑板车，三五成群，"叽叽喳喳"地吵醒了朦胧的夜色。徜徉在荔枝湾，满眼的风景不经意地便沉淀了劳累一天的疲惫。哪怕只是静静地欣赏片刻，那道古韵中自然流淌出来的情愫，即使在阴雨天，发酵的仍旧是对这片火红的深情向往。

夜色越来越浓，不知不觉间走到了出口，莫名地有些失落。一回头却看到一块扇形巨石，上有黄永玉画家书写的"荔枝湾"三个大字，不由得被他字体的"张牙舞爪"所震撼。一点点放肆、一点点张狂，还有一点点别致的妖媚，如诗般写意、如流水般自然，更像极了荔枝湾的神韵。

"一骑红尘妃子笑,无人知是荔枝来。"只这一句鞭挞的词,便让荔枝蒙上了不白之冤。**有时美丽到极致也是一种罪过,不能被常人拥有,便会无端地招惹一些怨恨、抵触与嫉妒。**荔枝红透的时候,只需轻轻揭开她神秘的红色面纱,洁净、乳白、芬芳的果肉,轻咬一口甜入骨髓,无须添光加彩,她的圆润、清香瞬间便会俘虏你的心。

临别时,我依依不舍地回头望着荔枝湾。"虞美人穿红绣鞋,月下引来步步娇。"苏小妹的千古绝对突然涌上心头。正恍惚间,隐隐约约传来喑哑的丝竹声,仿佛"水仙子持碧玉箫,风前吹出声声慢"。此刻,含羞带涩的荔枝湾,不正是与情人有约时,虞美人亦笑亦嗔、款款走来的唯美瞬间?莫非我就是前世多情的水仙子,与她一眼交错之后,便注定了一生的牵挂?

一线天的诱惑

早就听说过武夷山一线天景观以狭长、陡峭闻名,只是一直无缘得见。幸好天公作美,下了一晚的小雨清晨停歇了,太阳躲在云层里微露一抹金边,柔和的光线洒在脸上让人感觉不到冬天的寒意。坐在通往景区的车里,细听美女导游讲解一线天的奇观,顾不上欣赏沿途美丽的风景,激动的心早就心驰神往了。

"你们确实是很幸运的游客。武夷山一年四季多雨,晴朗的日子很少见,雨后初晴是一线天景点最美的时刻。"导游逐个打量我们,半开玩笑地说:"一线天是检验身体健康与否的一个天然标准。体重超过二百斤,腰围超过三尺的游客禁止入内。"游客们不以为然地哄堂大笑,兴奋的脸上隐藏不住跃跃欲试的冲动。

到达一线天洞口时，黑压压一大片人把洞口挤得水泄不通。洞口不是很大，颇似人工开凿的隧道口，黑黢黢的，看不清所以然。进到洞里却发现里面别有洞天，开阔平整，仿佛是远古时代的仙人隐居场所。熙攘的人群自动分成两排，像密集的蚂蚁上树一样亦步亦趋地游走在黯淡的光线里。

"这还是游人最少的时候，如果赶上旅游高峰期，这个百米长的景点一步一挪得走近两个小时。里面台阶很陡很滑，老弱病残者没有家人陪伴最好不要上去了，以防出现万一。"听导游这么一吓唬，与我同行的部分游客主动选择了放弃。我与爱人快速交换了一下眼神，肯定的目光让我们的手拉得更紧。"一线天最狭窄的地方仅能容一个成年人侧身而进，大家一定要排好队，互相照应。小心头上的岩石，别看了脚下忘了头上！"年轻的导游千叮咛万嘱咐，婆婆妈妈的话让我们听着有点儿不耐烦。

踩着石阶小心翼翼地走进洞中，恍然走进与世隔绝的远古洞穴，依稀可见一双双窥视的眼睛，借着微弱的光线投来阴冷的寒光。潮湿的空气、阴暗的洞穴、狭窄的通道、滴答的水声，仿佛地狱情景再现，令人不自然地毛骨悚然。由于紧张冰凉的手心微微沁出了少许汗液，偷眼看爱人，人家居然神情自若。不得不佩服人家恐怖片看多了也是好处多多，最起码关键时刻不失英雄本色。

突然，一道亮光从天际喷洒而入。原来洞穴上方裂开了一道长约百米狭长的缝隙，好似仙人比武论剑时不小心用剑尖轻轻划破岩石，电闪雷鸣之间，一个隐藏完整的仙洞就成了他们修炼奇功的世外桃源。阳光从缝隙中温情地投射下来，许是在黑暗中待得太久，突然碰上亮光，眼睛顿时有些模糊起来。使劲眨了眨眼，透过斑驳的缝隙，洞穴中原本不太清晰的景象此刻便一览无遗了。

我摸着两侧陡峭湿滑的岩石缓缓前行，有水珠顺着我的手腕巧妙地躲进衣袖里，顽皮地与我捉起迷藏。抬头一看，晶莹的水珠像断线的珍珠一样正蹦蹦跳跳地顺着陡峭的岩石一路滴落下来，溅到脸上湿润润的，偶尔深情一吻，便掳获了我的芳心。绿油油的苔藓植物见缝插针地扩大地盘，自作主张为灰色的岩石披了一件秀丽的厚厚的绿色羽绒外套。岩石显然默许了苔藓的张狂和热情，一任它们充分发挥想象力"涂抹"心中的春天。雨量过于充足，雨水不断腐蚀，两侧岩石棱角分明,凸凹不平,其形甚为壮观。侧耳倾听,有"哗哗"的流水声隐隐传来。顺着声音寻找,原来石缝中居然有一股清泉汩汩涌出。尽情饮用这里的琼浆玉液,做神仙的快乐可能唯有白蝙蝠能享受到。可惜我们没有遇到传说中能给人们带来福运的白蝙蝠,也许这些小生灵们在洞里待闷了,禁不住春天的诱惑,早就呼朋唤友结伴游玩去了。

拾级而上,台阶越来越陡,流水不断漫过鞋子;缝隙越来越窄,原本排成两队的人流逐渐合成一队;视线越来越模糊,刚才还光亮的地方如今只剩下微弱的一丝光线。小心翼翼地摸着两侧岩石,不时歪着脑袋行走,以免碰伤头部。流动的空气似乎停滞了,人群由于紧张莫名地骚动起来。

"如果这时老天一哆嗦,咱们立马就成肉夹馍了。"一个游客调侃道。回头看看如蚂蚁般插在岩石缝隙里蠕动的人群,不由得多了一些顾虑。

"五星红旗迎风飘扬,胜利歌声多么响亮……"一阵激昂的歌声瞬间点燃了压抑已久的激情。顺着声音望去,三个帅哥两个美女手拉着手,正放开嗓门兴奋地唱着歌,年轻的脸上洋溢着遮挡不住的青春活力。快乐的情绪顿时感染了很多人,合唱的队伍庞大起来,嘹亮的歌声响彻整个山洞,回音袅袅,骚动的人群逐渐平息下来。

"年轻真好!"一个上了年纪的女游客无限感慨道。

"还是这里的风光无限美。以后咱们抽空多出来走走,多与年轻人接触,多与大自然接触,咱们的身心也会老得慢点哟。"她身旁的老伴安慰着她,深情的眼神让我相信了爱情神话的天长地久。

在夹缝里忐忑行走,到了最窄的地方,不由得倒吸一口凉气。导游所言非虚,狭窄的空间只能容一个体重正常的人勉强通过,背着旅行包的游伴们不得不解下背包侧着身子小心穿过,还得不时地低下或歪着脑袋,以免下垂的岩石磕破了头。那些超重的人恐怕只能被夹在缝隙里做壁虎了。小心翼翼地穿过惊险的"瘦身石",望着自己逐渐丰满的体态,我庆幸地笑了。有了这个尺度衡量,以后再也不敢大快朵颐了,否则将与多少绝妙的大自然美景擦肩而过。

走出洞外,终于重见天日,回过头来望了一眼蜿蜒曲折、令人惊叹的一线天景观，听着游客们不断唏嘘的声音，唯有感叹大自然的鬼斧神工：到底是什么诱因让如此紧密的岩石裂开这么自然、狭长而又壮观的一道缝隙！难道是岩石与雨水两情缱绻，碰撞出激情火花，点燃了生命的灿烂？抑或是雨水对岩石暗恋太久，水滴石穿，感动了天神，让它们彼此欣赏、彼此做伴，直到天长地久？

都说有了裂缝的情感再也无法弥补。潮湿的心雾霾笼罩，情感缺陷更无处躲藏。当阳光不断渗透，注入和煦的温情，苔生植物安享阳光的抚摸，幻化成美丽的音符，这样的缺陷注定会成为人生必经的一道风景。

人生必须有裂缝，阳光才能照进来一这何尝不是禅悟后的春暖花开！

经过这样的波折，多一分欣赏生命的怡然、少一分享受安逸的坦然，坎坷人生就会更多一些从容和乐趣。即使缝隙里的尖刺不小心划破我们的双手，阴暗的彷徨让我们失去爱的方向，只要我们眼中的裂缝没有死角，心中还有阳光，风雨过后的相依相伴就是走入圆满的骄傲。

漫步七星桥

久闻"黄果树"大名，不仅仅因为黄果树大瀑布的壮观，更因为黄果树石林秀美的自然景色。前几天游览了黄果树大瀑布，亲自领略了什么是"疑是银河落九天"的壮观。如今，转战黄果树石林，不知道它会以怎样的胸怀来迎接我们这些远方的客人。

下了大巴，没走多远，便来到了七星桥景区。盆景区零星散布在清澈的水中，仿佛人工精心雕琢而成，五步一景，亦梦亦幻。有时我就纳闷了，天然的东西少了人工雕琢，越看越有味道，说不清是哪里的奇妙。这些袖珍"小陆地"，掩映在湖水中，仿佛承受不住湖水侵蚀，随时都有被淹没的危险，却又枝繁叶茂，怡然自得地享受流水滋润。婀娜的，可以说尽显妩媚的身姿，若即若离、含情脉脉地守候流水，似乎在等待一场旷世之恋的永恒。

小桥流水"哗啦啦"地演奏起婉转的江南小调，俨然为我们这些远道而来的客人接风洗尘。365块石阶弯弯曲曲，沿地势高低错落分布，预示坎坷人生的365天。我站在石块铺就的"数生步"前，不由得彷徨了，第一步到底应该迈左脚还是右脚。是不是把"每一天"的行程踏踏实实地踩在脚下，我们的明天就会走得更从容、更快乐？如果不小心弄湿了鞋子，噩运是否就会如影随形？那一刻，从不迷信的我竟然有些忐忑了。

"走吧，怕什么！人生哪能没有磕磕绊绊，怕湿鞋怎么走长路？"同伴一边催促我，一边拉着我的手，毫不迟疑地踏上"数生步"。

"数生步"铺设得非常讲究，从外表看，它们普通得不值得一提，但是每一块石阶台面上都刻着与生辰对应的一个中外伟人的名字，因为他们对人类做出的杰出贡献，这些平凡的石阶便多了一份令人敬畏的厚重。

很多名字对我来说还很陌生，我一边羞愧自己的孤陋寡闻，祈求这些载入史册的伟人原谅我的无知；一边虔诚地从他们"身上"小心翼翼地走过，不敢有什么闪失，生怕一不小心亵渎伟人的灵魂。

来到人世间，大多数人注定平庸一生，心境淡泊、与世无争无非是为自己的无能装裱上淡雅的画框，以掩饰无为的落寞。此时此刻，触动我的还是发自内心的沉重。相信每一个走过这里的人，都会重新审视自己的人生。命运对谁都是公平的，为什么我们不能让生命更灿烂一些！哪怕留一个芳香的足迹也不枉白来人世一遭！

我在属于我生日的那块石阶上停下脚步，站立良久，不由轻叹多年前与我同生辰的那个伟人。很遗憾他的名字我没有用心记下来，源于我对他略带亲近的排斥和嫉妒吧。轻轻跳过这块石头，我回头看了一眼，仿佛看见了若干年后微微向它致意的我。

流水欢快地哼着儿歌，小鸟在前面带路，阳光下的黄果树越发清秀可人，宛若采桑的罗敷，不施粉黛，娇羞之间尽显江南春色。走过人生的"沉重"，有节奏的步伐，伴随溪水流淌，感受舞蹈韵律，顿觉轻松许多，不知不觉便进入美妙的石林世界。原来这把用玉石精心雕刻的钥匙，在曲径通幽处轻轻一拧，便直接通往《石头记》的梦境了。

在想象中，石头终归是石头，冰冷的感觉多些。漫步在黄果树的石林中，大自然中风的杰作、水的作品，经时间细细打磨，不经意间创造了巧夺天工的神话，任谁的想象也无法复制出相同的奇幻景色。当梦中意境如海市蜃楼般突然浮现在眼前，瞬间眩晕过后，人生感悟便得以自然升华。**生活强加给我们的苦难，或多或少，增减随意，经岁月融蚀，洗净一身铅华，暖暖的笑意里饱含着的从容，清晰地记录着曾经的风雨怎样恣意涤荡我们一去不返的迷茫和纠结。**

穿梭在石林迷宫中，目不转睛地欣赏每一个角落，生怕镜头遗漏，成为永久的遗憾。没想到洞中有洞，猫腰钻进，别有洞天的奇幻更令人叹为观止。

这里的每块石头都与众不同，风韵独特，仿佛是天上神仙闭关修炼之所。高耸的细细长长的石块，像一把天然镂刻的神剑，直直地插在水中央。在流水的倒映下，闪着凛凛的冷冷的光；骄傲的石狮子卸掉了往日的八面威风，与流水尽情嬉戏，憨态尽显；石雕的屏风宽阔平整，辅以各种绿叶点缀，大气浑然天成。倘若摆放在大会客厅，一定能吸引客人眼球；天然小巧石盆上面竟然插满尖尖刺的仙人掌，叶片肥厚，长势颇旺，仿佛一转身进入了热带沙漠地区。在这里，干旱与湿润天然调和，没有明显分界线，一切物种都可以在这里安家落户、尽享太平，这也是上天对这块宝地额外眷顾吧。

很想做一块石头，静静地站在这里，细数光阴飞度。其实每块石头降临人间，都长着一副平凡的面孔。岁月磨砺、淘净污渍、滤掉杂质，生命的姿态才被打造成现在的辉煌。曹公仕途失意、发奋图强，才有了经典名著《石头记》。**有时，多一份执着和隐忍，巨人的肩膀就多承受一份厚重的力量，压在心头的巨石便会被广阔的心胸包裹，经岁月沉淀，融化成玲珑剔透的玉石。**

如果说石林是一个传奇，那么，生长在岩石缝隙中高大的爬藤植物就是传奇中的传奇。裸露在岩石上的根须，呈深褐色，夸张凸起，严重"静脉曲张"，恣意地伸出一双双"魔爪"，牢牢掐住岩石，似乎要掌控一切、傲视天下。

到底是什么力量让它们如此"猖狂"？观摩片刻，我似乎找到了答案。

求生是一种本能，对生活的热爱永远抵挡不住内心渴望的爆发。环境恶劣，生存面临挑战，超越自身压力，不用泥土妆饰、花草点缀，茂密的藤不经意地绘就了一幅撼人心魄的画卷。

做不成嶙峋怪异的奇石，就做这样的一根藤吧！长在黄果树脚下，始终保留自己的个性，与流水做伴、与顽石长眠，任岁月摧残也好。终了，留下些许闪光的足迹，从容走过人生这座奈何桥，少一些叹息，多一点收获也算是功德圆满了。

临走时，我深情地目送"美女榕"绰约的风姿在视线里一点点消失，敦煌飞天美女幻化成"根抱石"的自然景观已定格在脑海中。**大自然如此完美的杰作里，从来没有救世主，更没有主宰者。只要渴望风雨、靠近阳光，对生命充满敬畏、永不言弃，那么，生命里还有什么奇迹不能发生呢！**

第 二 章

心灵驿站

徜徉在《生命的黄沙》《错过的风景》和《迷雾》中《与心灵散步》,《静"煮"时光》。一路走来,穿过洒满雨露、鸟语花香的小径,你会不经意地发现,这里灌注的是生命之爱、生活之爱。

假如生活欺骗了你

《假如生活欺骗了你》

假如生活欺骗了你，

不要悲伤，不要心急！

忧郁的日子里须要镇静。

每一次吟诵普希金的这首诗，油然而生的感触发自心底：人生一世，草木一秋。历经数不清的磨难，触摸生命灵魂的刹那，生活回馈给我们的，往往是泪流满面的遗憾、伤痛，乃至绝望！

每一次站在悬崖边，看着在峭壁上努力生长，甚至有些卑微的植物，不错过一滴雨露的滋润，不放弃一片阳光的投射，让生命竞相绽放，不得不感叹生命的奇迹原来也可以这般的精彩。

每一次在人生的长河岸边回首，奔波的路上写满了挣扎和苦痛。尽管一路坎坷，额上刻满沧桑，却只能背着风，于无人处悄悄擦拭泪水，孤独前行。只因为远方的梦中还有一片金色麦田，总在不远处诱惑着我们。

每一次在黑夜里静坐，习惯了享受心灵的孤寂。也许唯有这样，我们的灵魂才能净化成纯蓝的色彩，才能享受大海的波澜壮阔。逝去的往事，早已湮在云海，无可追溯。而我们依然像那个在沙滩上执着奔跑的孩子，捡拾大海赠予的快乐与悲伤。

每一次面对内心的拷问，无法让交织的情感找到宣泄的出口，只好任痛苦沸腾成一首命运交响曲，在敲响心扉的刹那，感受凤凰涅槃、浴火重生的悲壮。

每一次向天际怒吼，倾泻所有的悲伤，穿过泪眼朦胧的缝隙，天边的夕阳早就缀满了彩云朵朵。那隐藏在万丈霞光里的幸福，就是乌云、暴雨、迷雾过后，留给我们的最纯真的感动。

假如生活欺骗了你，我的朋友，不要自责，更不要怀疑，请相信我，就像相信一个指路的灯塔。

它会告诉你，人间的沟沟坎坎只是为冲锋而设置的人为障碍，勇敢地跨过去，世外桃源的仙境就在前方等着你。

与心灵散步

华灯初上，霓虹闪烁，耀眼的光芒穿透夜色的层层笼罩，执着地把一份暧昧的情感通过电流释放出来；灯红酒绿，如风情鸡尾酒，将诱惑调制得扑朔迷离；车流如水，忙碌的身影浩浩荡荡地赶赴生命的邀约。

我坐在窗前，捧一杯暖暖的红茶，品啜心灵的宁静，感受时光一点一滴地消逝。

习惯了这样静静地一个人待着，仰望满天星光，寻找穿梭在银河中深情守望的牛郎织女星。

外面的花花世界纵然神奇美丽，虚幻的笑容还是掩盖不了心灵的废墟。夜光公主没有施给我任何法力，无法彻夜周旋于夜色、美酒中乐而不疲，只好自觉远离喧嚣、远离尘土飞扬。

有时，当一只笨笨的企鹅也不错。没有灿烂诱惑，陷阱无须设防；没有灯火迷离，心灵平静便成了小桥流水悠悠。

习惯了带着爱犬在园子里悠闲散步，开心时哼哼小曲，舒展劳累一天的筋骨，享受属于我的星星满天的夜晚，未尝不是人生快事。

狗儿的世界很简单，寻得一片小小的绿地打个滚儿，"偶遇"一块骨头啃几口，与喜欢的异性小伙伴"调调情"，瞬间便能找到快乐倾泻的渠道；曲径通幽处，光亮闪动，原是胖乎乎的小猫咪在树下打盹，被我的脚步声惊扰，恼怒地瞪着一双夜光眼偷偷打量外敌；鸟儿睡着了，青蛙叫得也累了；微风吹过，叶子"沙沙"的声音似泉水潺潺，百无聊赖地哼着如梦如幻的摇篮曲。

大自然赐予的快乐原是这么简单，不多不少，淡然冷寂。有时，我们刻意追求外面世界的繁华，总以为最美丽的风景始终在他乡，于是跋山涉水，倾注一世精力寻找，疲惫至极，才发现，心灵的平静始终藏在自己心里。

不再费心去想尘世的

烦扰是不是还有牵绊的思念，过去的伤感会不会走不出徘徊的步伐。享受如此静谧的夜晚，无忧无虑，温馨的幸福悄悄泛滥，暖了一颗漂泊的心。

时光"滴滴答答"流逝，催促四季不停变换生命的色彩。总在某个特定时刻提醒我们，曾经的岁月里，有过怎样的风霜雨雪。

明知放下就是解脱。可是，心弦的拨动还是那么不经意地撞击心脉。偶尔回顾，心潮澎湃，怆然泪下。

不敢任思绪随意游荡，只好静静地凝望明月发呆。

也许每一个月圆之日都见证了一个美丽的神话。从旧日挣扎中华丽转身，旧梦已碎成一地尘埃。我的爱连同我的骄傲，已化成生命的延续，在这样的夜晚，牵动所有神经，再也找不到原来偏执的方向。

恍惚之中，寂寞悄然转身，心中的牵挂随风飘远……

最浪漫的时刻就是牵着爱人的手，走在幽静的小径，窃窃私语夜的零乱。

芬芳的花朵渐渐凋零，熟悉的丁香味道早已埋藏在记忆深处；暖流暗涌，依然会在清凉的夜里传递一道深情的目光。

心灵异常孤寂，相思漫游成一幅捉摸不透的抽象画，沉迷在梦境里，再也找不到思念的尽头。

只好静静地守在窗前，倾听月亮与星星的对话。即使远隔万里，心与心的呼唤仍旧能在黎明时分划破天边第一缕晨曦，轻轻叩开封闭已久的天窗。

赶紧放飞手中的爱情鸟，让它衔着温馨的祝福，在蓝天白云间翱翔，演绎生命中看似平淡，却精彩纷呈的那个篇章。

而我，永远是他的主角，在两个人的故事里，讲述一个关于地老天荒的童话。

今夜，月光如水，我徜徉在温情的夜色里，享受心灵的轻轻碰撞，任由爱意在相思的温泉里迷失了方向。

拥抱阳光

清晨，迎着旭日一路飞奔，温馨的阳光洒满关爱，就在你不设防的时候，给了你一个热烈的拥抱。

轻轻摇下车窗，大口呼吸花香青草的味道，与透过车窗的阳光捉迷藏，一个迷人的微笑便让春天的妩媚尽情绽放开来。

每天与清晨的阳光拥抱，不知不觉暖了疲惫的心，一扫枯燥的烦扰，就连等红灯的片刻都是心灵的净化。

阳光爱抚的温柔，宛若情人的目光，不经意地微微一笑，饱含的深情便在眼角漾开了朵朵灿烂的菊花。

无语凝视，芳香袭人，瞬间陶醉了睡梦中还未苏醒的小精灵。

轻轻调匀呼吸，拥抱阳光炽热而专注的热情—浪漫的气氛、甜蜜的温情、浓浓的关爱，如洪水般泛滥，淹没了忧愁河上抛锚的小船。

人生路口，红灯不停闪烁，煎熬逐渐把耐心"煮"成困顿的焦躁。

枯燥的生活日复一日重复着单调的节奏，烦琐而又无奈。每与永恒抗衡，刚举起反抗的旗帜，时光就残酷地卷走所有的快乐。

透过岁月斑驳的缝隙，唯有阳光善意地眨着调皮的大眼睛，把黑暗悄悄驱逐出我们的梦境，投下一缕明媚，给每天的心情镶上彩云朵朵，在潮涨潮落的心河上洒下金光灿灿。

于是，面带微笑往每一天的平淡生活里撒入一点快乐添加剂。天长日久，竟似迷魂的药，吃得舒心快意，上瘾成癖。

总渴望一种永恒的光芒，即使融化所有的激情，无怨无悔仍能绘就人生斑斓的色彩；很想挽留生命中洁白的思念，高山流水会在梦醒时分哼唱和谐的音韵，在青草更青处迷醉晚霞的余晖。

孤帆远影，步履执着，牵挂的背影渐远渐离。

挥挥手，一声再见，转身天涯。

感谢生命中的阳光，背阴处尽管潮湿、黑暗，也不过占据心灵一隅。放下，惆怅自然找不到弥散的死角。就把抑郁的种子连根拔起吧！

大踏步走到阳光下，一份感恩、一丝谢意，心灵上空飘落的太阳雨，已在心头荡起涟漪片片。

陶醉在清晨的阳光里，感受阳光渗透的微笑，成熟路上，那道醉人的风景，便属于快乐的你和我。

错过的风景

车行路上，不期然地偶遇一路红灯。恰逢心情不顺，红灯便像一道道滴血的符咒，扰得人心神不安。

总想坐上火箭直奔玫瑰花盛开的伊甸园，谁料奔波途中，岔路荆棘、风雨雷电如影随形。愁眉不展，唯有一声长叹。

等待，多么美丽的字眼！等得太久，自然成了煎熬。

于是，积怨在旋涡里膨胀、挣扎，错过了绿灯亮时的轻松心境。即使铺天盖地的翠绿映入眼帘，也化作苍白的飞絮，消融在时光的河里，逐渐淹没了梦中淡泊宁静的芳草地。

有些人，匆匆邂逅，瞬间点燃了生命的烛火。却从未用心思量，便如一道彩虹擦肩而过。偶然想起，模糊得只剩一抹泛着黄边的轮廓。

错过？抑或过错！当我们无法挽留光阴的脚步，当岁月卷走全部激情，仰望天空，爆发的怒吼声里隐藏着多少鲜为人知的悲怆。

路上的车子川流不息，每个辘轳都极尽生命的极限快速旋转，奔向城市的各个角落。

心在路上，唯有牵挂是一首悠长的诗，反反复复吟诵着缠满纠结的甜蜜。

轻轻闭上眼睛，浮躁的心慢慢沉静下来。沁人心脾的清香早已按捺不住，无孔不入地钻进每个空隙。

原来，生命中还有这么多的感动无法割舍，譬如泉水般叮咚的情感，譬如朝露般晶莹的思念。

其实，我们倾尽一生找寻的快乐一直环绕在我们身边。只是行进的步伐太匆忙，不经意地遗落了生命中最值得珍惜和把握的情感。

如果停歇一会儿，用心品味生命的翠绿，那些沉重的叹息还会承载过多的贪婪和欲望吗？

还记得繁花盛开的晚上，你深情地握着我的手说："不离不弃，相伴到老。"十指相扣，岁月静止了真空包装的快乐。

那时，我们是上帝的宠儿，信守心灵的承诺，在午后乐此不疲地跳着青春圆舞曲，体验生命初开的灿烂。

风起的日子，秋叶狂奔，相思的小河在午夜悄悄断流。

你黯然离去，悲伤的剪影似一幅浓墨渲染的残荷。

细雨霏霏的清晨，微风掠过，不经意地抖落沾满泪水的露珠，翻卷的荷叶上，依然滚动着饱含忧郁的深情。

有些风景遗落了就是一生的遗憾。

即使沿着来时的路重新寻找，枯叶已掩埋了芳香的足迹，沧桑已抚平了心头的波澜。

别为错过的风景哭泣！

当枫叶染红了时光隧道，我们依然会守候心灵的平静，在彼此眼中找寻跳跃的青春音符。

不信，你看，那些淘气的钻入我们眼中的细小沙粒，就是上帝遣来的小天使——丘比特乱射的"铅箭"溅起的灰尘，戏剧性地让我们泪流满面。

却又不得不慨叹，风景这边独好！

怒放的生命

生命的极致是什么？

行走在人生中途，过往云烟转瞬即逝。夏天的雨水尽管丰饶，秋天的成熟尽管诱人，背后的冷清依然会如寒冬一样呼啸而来。

都说雪花是温柔的爱的天使，当它凝结成霜，绽放成晶亮的窗花，洁白的笑容里依然掩藏不住孤独的忧伤。

如果，命运之神悄悄赏给我一个礼物，在春天，我会播种我朝思暮想的渴望。我多希望夏姑娘配合我的步伐，给我深秋的期许。

如果，你能如孩童般，纯真的眼睛里填满单纯的等待，那么，寒冷的冬季尽管漫长，那颗小小的心里也会盈满万千的感动和快乐。

多想牢牢牵住命运的手，在如花的季节能挽你同行。哪怕梦里的灿烂如樱花般短暂，芳菲尽头落红无数！只要留在枕边的清香，是你最熟悉的味道。梦醒时分，你会看到我倾情回眸的风情万种。

我终是一棵卑微的丁香树，躲在繁花似锦的一隅，悄悄目送着春华秋实。

夏天汹涌而至，雨水不定期地扫荡干裂的心房。

青苔见缝插针，滋生在荒漠边缘，悄悄蔓延，不经意地染绿了心灵的空白；攀缘的凌霄花，到处炫耀枝叶的茂盛，争分夺秒地与炎热抗衡，在人们不屑的目光里，执着地搭起通往云霄的天梯。

最懂得快乐的便是鸟儿了，它们不知疲倦地唱着歌，俨然天生的艺术家，每个树梢都是它们尽情展示才艺的舞台。即使观众寥寥，它们依然入戏很深，倾情演绎着唯有自己能懂的独角戏。当你驻足倾听，歌声里沉淀的深情，都是那年那月梦里的那片绿色的向往。

午后的太阳雨飘飘洒洒，调皮地淋湿了相思的小船，一任颠簸的心事走得慌乱。

恍惚间，我们仿佛奔跑在时光的河里，手牵着手，笑声盈满了芬芳的丁香树。

命运像一只古钟，悠长的钟声总在心灵静寂的时刻重重地敲在心坎上。每一声拉长的余韵，超载的都是挥之不去的青春梦。

炎热的季节，连相思都是一种煎熬。

烈焰炙烤，你的背影清瘦成午夜的疼痛。

只好晒干丁香花瓣，缝制成香包，挂在窗前细数流年似火。

生，如夏花之灿烂；死，如秋叶之静美。唯有这般从容才能演绎生命的极致吧。

如果时光能倒流，你还愿意傻傻地候在丁香树下，为我找寻幸运的四叶草吗？

如果怒放的生命重展笑颜，我还愿意痴痴地等在奈何桥上，期盼初升的太阳洒落一地金光，任凭希望的火种燃烧丁香的梦，直至烟花般灿烂。

迷 雾

天好得出奇，暖暖的阳光照得人异常舒服，一点儿都感觉不到寒冷的味道。

早晨车行在路上，突然有一种暖意扑面而来。打开车窗瞭望，雾气迎面袭来，不知不觉间游走在"白雪"茫茫的迷雾中了。

雾气越来越浓，街道两旁的建筑物刚刚还在眼前清晰可见，只一会儿工夫模糊成一个大概轮廓。白霜铺了一地，曾经熟悉的一草一木、一路一景瞬间消失了踪影。

一个个高大建筑隐在浓雾中，恍恍惚惚在眼前飘浮，似曾相识，又那么陌生，如海市蜃楼般虚幻。赶紧在记忆中反复过滤，瞪大眼睛看了又看，仍旧找不到旧日相识的痕迹。只好循着红绿灯的指引，慢慢降低车速。

因为太熟悉，以为装在记忆里保存了，便会成为永恒的财产，就像一段发酵过的情感，总以为经过时间磨合，天长地久会是永远的神话。

迷雾笼罩，情感的朦胧自然多了一层令人心醉的神往；迷雾消散，越真实的东西有时越经受不住尘世烦扰的考验。走在人生长河中，迷雾下的虚幻是真是假已不重要。在这样的清晨，偶尔迷失，片刻恍惚，感受忐忑，也算是人生阅历的升华吧。

于是，小心翼翼打开双闪灯，在雾气中寻找迷茫的微妙。心绪慢慢平静下来，雾气逐渐升腾，幻化成天堂里若隐若现的仙境。

再次面对闪烁的红绿灯，没了往日等红灯的焦躁，克制不住的欢愉油然而生。那份祥和、略带亲切的温暖，闪着柔和的光束，不离不弃地眨着红眼睛，耐心地引导我穿过层层迷雾。

一直以为，情感沉淀下来，柔情蜜意就会自然地变成无味的白开水。原来，浓雾弥漫时，爱人关切的目光近在咫尺，只因为太熟悉，反而常常忽略了隐藏在背后的温柔和亲善。

花开的声音

每天清晨出门，我会习惯性地在走廊的穿衣镜前端详一会儿。当镜中明媚绽放的笑容里盛满幸福和优雅，再做几个调皮的鬼脸，一天的好心情基本上就风调雨顺了。

车行路上，与清风做伴，轻松的音乐缓缓流淌，不经意地触动心脉，灵感的窗户便打开了一条洋溢着春天气息的缝隙。

感慨着工作的快乐，提前半个小时来到单位，把微笑送给遇到的每位同事。沏上一杯红茶，冥想片刻，十指飞舞，激昂的文字瞬间便把满满的快乐码在一起。

当我们无法改变环境时，唯有调节自己的心情才是上上策。如果快乐是一件奢侈品，为什么要用一生的奔波来寻找？

有时，一个甜美的微笑，一份恬淡的满足，快乐便悄悄衍生出来，躲在屋檐下，只待无助的你抬头仰望。远方的那片蔚蓝，只要你愿意，它就是属于你的天空。

生活中有太多不如意，大雨倾盆，快乐被乌云压得透不过气来。问天无语，原来孤独无助的，不仅仅是我们凡夫俗子。观音自救时，恐怕也有太多的无奈与伤感吧。

至亲的人突然走了，世界上疼爱我们的人没了。不敢把怨恨的种子深埋在心里，唯恐孤独发芽，一不小心刺破柔软的心房。只好虔诚地祈求上帝照顾好我们的亲人。尽管他曾粗心地遗忘了一双充满泪水的眼睛，令懵懂的孩子提前感知了岁月的沧桑与残酷。

看惯了悲欢离合，不再为明日黄花黯然泪下。**花开花落原是生命的一次次轮回，每一个擦肩而过都是生命的点缀，一份感恩、一缕怀念足矣；不再奢求情感的永恒，烟花灿烂过后，怀揣一丝美好的回忆，于转身处迎来的那张笑脸，就是对永恒的一个新解。**

人生之路沟坎纵横，梦想跌宕起伏，无声处洒下清泪行行。不敢懈怠，不敢沉沦，趁着雨后天晴赶紧收拾好行囊继续赶路。

只因为，山菊花盛开的原野上，那双温情的眼睛，透过雨雾，静静凝视着跋涉的身影。

当你听到花开的声音，就是我"簌簌"流下的眼泪不断地滴在心头。只是隐藏太深，化成一粒粒晨露躲在花心里。

如果你走过来，握住我的手，你会看到我迷人的笑眉背后写满了深深的牵挂和无奈……

静"煮"时光

午后，几朵白云在蓝天上悠闲飘荡，几个哈欠打下来，竟有些昏昏然，随意找一个浓荫下的躺椅，坐下来闭目养神。

阳光从树木参差的缝隙中偶尔露出一丝微笑，照在脸上异常舒服，就像婴儿的小手轻轻挠痒；凉风吹过，槐花的阵阵香味便荡漾开来，调皮地钻进鼻孔。一个深呼吸，浅醉微醺，一梦千年最是惬意。

这时，最快乐的非麻雀莫属了。短促、清脆、饱含热情的叫声俨然事先排练好一样，此起彼伏，高低音配合极为默契，不知不觉间拉开圆舞曲序幕，瞬间陶醉了春天的梦；灌木丛中，机灵的喜鹊不停地腾飞跳跃，"叽叽喳喳"交流着春天的信息；卧倒在草丛中昏昏欲睡的狗儿们，更是憨态可掬，几番沉醉几番享受。

很喜欢这样的午后，清静怡然，远离尘世喧嚣，躲在心灵一隅，一任小桥流水从心田缓缓流淌。

不知从何时起，学会了静"煮"时光，把烦恼悄悄蒸发，暂时关闭心窗，安然享受一个人的世界。心灵静寂，心绪沉淀，久了，便自然铺就了一条可以自由呼吸的慢车道。

偶尔，远方朋友天籁般的笑声在耳旁缭绕，身心愉悦、沟通畅快，午后的阳光因真诚的问候平添了一丝清凉的慰藉。

与有缘人做有缘事！不愿错过，自然懂得珍惜。不想让烦扰干涸了心田，唯有祈盼幸福的雨时常落下。

也许，今生的牵挂是一曲无人能懂的高山流水。徜徉在歌声中，寻找契合的那道音韵，于花海中捡拾那串燃烧的火红。即使沧桑赠我一脸泪水，只要温柔的和声还能敲响午后的沉闷，只要生命的风铃还能随歌声摇摆，我依然会无怨无悔地穿行在阳光中，不贪不占。

每朵花的盛开，都是上天刻意的安排。惜春也罢，伤春也罢，花儿总会悄然绽放，悄然凋零。请相信，风会记得每朵花的香。

如果可能，我真想亲手酿一坛槐花酒，与阳光细品甜蜜的快乐。

不愿与浸淫在苦海中的朋友分享属于我的阳光，我怕我的快乐不小心变成一根毒刺，刺痛两颗不会防备的心。

多想告诉她们，看似美满的情感，外面都裹着一层厚厚的能融解苦痛的糖衣。再美的诺言也经不起天长日久的无聊磨合，经不起阴霾、酸雨的不断侵蚀。没有阳光渗透、晾晒，再浓的情感迟早会发霉，生蛀虫。

不知道该如何解释。

情感天平过于倾斜，没了赏春的心情，阳光的渗透只是廉价附属品。

可是，脆弱的，为什么总是那颗藏匿已久、无法平静的心？眼泪滴下的瞬间，沾满露水的槐花打湿了情感的翅膀。

侧耳倾听春天的旋律，盘旋在风里，无法携带的总是叹息过后的坚强和冷静。

静"煮"时光，在这样的午后，没有嘈杂的伴唱，却依然可以听到缠绵的歌声中流淌着光阴飞溅，如泉水、如爱情、如永恒……

给生命一个灿烂的理由

气温骤然升至二十摄氏度，春风拂面，小桥流水微波荡漾，春雪春雨一路交融，北国风光一夜间被浓缩成一幅清秀的山水画。

小心翼翼地摊开画卷，纸墨丹青略微有些泛黄，留下些许冬天煎熬的印痕。

倚窗远眺，桃花笑了、柳树绿了、小草醉了。

善妒的杏花姑娘，强忍住怒气，穿上一条素雅的白纱裙，还没来得及涂抹胭脂，便风风火火地挽着春雪的手尽情地跳起舞，将一身洁白展露得淋漓尽致；柳叶仙子风情万种地爬上秋千架，细细的腰肢随风摇摆，倾情的回眸一笑便将无限春光洒满情人谷的小径；嫩嫩的绿草不甘寂寞，

迫不及待地穿透干枯已久的萧瑟，豪饮春雨酿成的美酒。

万物生灵争分夺秒地分享大自然的恩赐，春暖花开的更迭看似平常，每种色彩都记载着生命的卑微绽放，却也悄悄展示着生命的卓尔不凡。尽管风霜苦雨会不断侵蚀，残酷地卷走我们的梦想，但，只要希望还在，执着还在，终能迎来生命的春天。

"俏也不争春"，一个"争"字道尽多少无奈。

姹紫嫣红把美丽演绎到极致，那些看似卑微的生命没有傲人的多姿多彩，没有浓浓的笔墨渲染，没有醉人的芳香扑鼻。可是，单纯的热情一经春风点燃，迅速蔓延整个原野。它们不懂得矜持的高贵，一树花开只为回报春天的回眸一笑。

身在红尘，静看云卷云舒；悄然绽放，飞红花尽送春归。被记得也好，被疏忽也罢，春天的明媚始终有它们含笑的身影。

不敢轻视任何一种生命，即使是脚下最卑微的小草也有灿烂的理由！寒风扫荡，扑灭一颗颗火种，满目疮痍。一场春雨滋润，小草依旧仰起头，微笑地向春天致意。

如果命运可以选择，今世桃花焉知不是前世牡丹？

干枯的季节，众多懒散的花仙子们还沉浸在冬眠中，早春的"桃之夭夭"已"灼灼其华"，满树灿烂就那么不经意地成为北方春天最大的亮点。

不甘心让卑微成为宿命，唯有与命运苦苦抗争。剥落缠绕已久、令人窒息的心"茧"，蜕变后的成熟写满了历经沧桑的淡定。

不敢任膨胀的心事走得太仓皇，就怕一不小心遗落春天的梦。

繁花似锦的诱惑实在太多，夏天的焦灼一个闪失便会烤干春天的热情。

赶紧收拾好行囊，把春天的妩媚装在心里，将"卑微"的种子包好，藏起。

只待来年，在春寒料峭中绽放属于自己的精彩。

春天的约会

昨夜，一场春雨悄无声息地在我的梦里洒下大片潮湿的感动。

清晨，露珠眨着晶莹的眼睛，脸上洋溢着幸福的微笑，于转角处留下温情几许。

草儿拼命挣脱牢笼，刚冒出尖尖的小嫩芽，还没穿好摇摆的舞裙，就光着小脚丫，与春雨嬉戏起来。

春姑娘笑意盈盈，迈着轻快、优雅的舞步，旋转之间，洒下一路花雨。

崇拜她的草根你追我赶，努力迎合美女青睐，姹紫嫣红，花开灼灼，还没来得及摘下幸运的橄榄枝，便齐刷刷地醉倒在春姑娘的石榴裙下，给大地披上了五彩嫁衣。

啊，春天来了……

湿润的空气源源不断地飘来，泥土气息一经发酵，芳香醉人，深吸一口，即为最奢侈的享受。

朗月当空，红杏树下即兴弹一曲《春江花月夜》，如愿抱得美人归，何尝不是人生之快事？

风铃"叮叮当当"，清脆悦耳，无需春风伴奏，心灵悸动的晚上，和谐的音韵流淌成风情迷人的小夜曲。

心窗封闭太久，嘈杂的心房长满青苔。无眠之夜，小心翼翼地藏匿内心的炽热，就怕春天的火种一不小心点燃眉尖的寂寞，焚烧还未启航的梦想。

多少次梦中醒来，暴风雪恣意扫荡来不及逃离的渴望，绿肥红瘦装点着记忆的萧瑟。怨春不语，渐渐迷失了爱的方向，只好将心事储藏起来。

可是，我们真的能拒绝春天满眼的绿意、无限的柔情？

春风拂面，悄悄惊醒沉睡一冬的相思。

睡眼蒙胧间，二月春风早已为我裁制了一条缀满翡翠花边的绿罗裙，邀我共舞春天圆舞曲。

玲珑的身姿随风摇曳，舞到兴头，春风褪去残旧的羽衣，阳光下莞尔一笑，暖了等待半生的寂寞。

桃花满天，映红了奈何桥上渐趋干枯的相思草。

枕在春天的臂弯里，静静享受温柔一点一滴地渗透。不由喜极而泣，生命的春天原是这般旖旎、羞涩、欲说还休……

青苔抬起卑微的头，勇敢地向春天吐露暗恋已久的倾慕。热泪涟涟，相思爬满额头，跳动的五线谱早已将缠绵的心事谱成一首春之恋歌。

真的很庆幸，没有错过春天的约会。呢喃的私语在耳边萦绕，斜风细雨飘来无言的爱意、无声的思念……

这一刻的痴迷，早已融化了等待千年的祈盼。

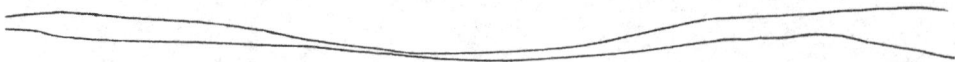

剪断三千烦恼丝

时光岸边，飞花、落雨、霓虹倾情演绎着春秋大戏，将一幕幕精彩与惆怅留给痴情的观众。转身处，洒下笑声几缕；回眸间，倾倒戏迷无数。

站在镜前，容颜依旧，甜美的微笑在嘴角漾开，大大的眼睛里隐藏着淡淡的落寞。回眸顾盼，妖娆的还是那颗天真未泯的童心。

你来，我便在这里静静地等你。

夕阳西下，余晖不经意地将期盼渲染成绮丽的晚霞；渔歌悠扬，伴着美丽的乡愁，没心没肺地哼个不停，任相思逍遥成彩云朵朵。

陶醉在你温柔的细语里，晨曦的呢喃唤醒了还未来得及入梦的快乐。

前世、今生的河到底有多宽？隔着相思的云霭，你在眉尖，我在心头。

匆匆翻开人生这本书，曲线的波折点点滴滴记录着每一个流泪瞬间；眼角的皱纹见证了成熟的每一个细节；风干的眼泪，依然掩饰不住逝去的纯真。

岁月催人老！

对镜梳妆，几根短短的白发伫立在发缝中。惊惶片刻，小心翼翼用镊子拔掉，徒增几分惆怅。

如果轻轻拔掉丝丝白发，就能挽留住青春的步伐，找回曾经的美丽。那么，那些在生命缝隙中恣意繁殖的烦恼，连根拔除之后，就能减轻生命的负重？

青春的梦里曾有那么多丰富的色彩，用纯净水调匀，蘸满激情，瞬间勾勒出的美景就是苍茫的大草原。那时的我们，在草原上策马扬鞭，无忧无虑，清风吹过，我们向生命致意，欢声笑语不经意地绘就了彩云朵朵。

多希望青丝缭绕的季节能永远延续这个梦。当白发刺痛敏感的神经，那些逝去的青春音符里早已盈满滚动的泪珠。

"别怕，我会一直陪着你慢慢变老。"你牵着我的手，轻声说。

当沧桑憔悴了所有的感动，当风雨厌倦了停歇的港湾，你还会爱我疲惫的灵魂，亦如今夜的星辰灿烂？我不停追问你一个童话故事的圆满结局，期待能在你眼中找到永恒。

我只能把握今生的幸福，来生相约且随缘吧。

是啊，今生的承诺太厚重，温柔的太阳雨承受不了牵挂的丝丝缠绕，还是剪断三千烦恼丝吧。

世上本无事，庸人自扰之！快乐本如此简单。

午后，夏风吹皱了一池相思。我的爱人，你还在荷花池畔寻找什么呢？

生命的黄沙

漫漫黄沙不期而至，将藏在枯草垛里残留的绿色植物扫荡殆尽。冷眼处，撒下愁怨几许，以漠然的姿态向深秋冷冷作别。

严寒逼近，太阳苍白无力地挤出一丝尴尬的微笑，任由冷酷做了急先锋，肆虐我们还没来得及收藏的快乐与骄傲。

冬天终于来了，诗人们无计可施，再美的想象也无法排解落寞的惆怅，只好在幽怨的诗句里找寻发泄出口。不得不感叹生命的轮回如此绝情——期待也好、追逐也罢，它依然来也匆匆、去也惶惶。

别哭，我的小女孩。心的寒冷是几近绝望的孤独，愁思郁结，眼泪滴在不如意的盐罐里，浸得久了，风干成水晶。终有一天，会幻化成粒粒钻石，衬托你的妩媚与风采。

我只想告诉你，我的小女孩，青春期的忧伤是人生最丰富的情感，醉倒在忧伤的湖里，即使无法自拔，那段经历若干年后依旧会是最美的虹，映在我们的记忆中。

现在你品尝的苦涩，只是欲望的结晶；你捉摸不透的迷惑，只是情感表面的眩晕。生命的硬度、强度，经岁月积淀、打磨，绝望尽头精彩纷呈。可是，过程极其漫长，必须耐心等待汗水和泪水层层浸染。

成长于谁都是不断蜕变地挣扎，苦痛铺天盖地席卷而来，在我们还没学会设防时，腥风血雨就裹着片片黄沙呼啸袭来，打得我们遍体鳞伤。

只是，岁月这位医师把伤口缝补得天衣无缝。阴雨季节，丝丝疼痛才会揪起一道道无法示人的伤疤。

很多时候，我们没有选择余地，人情世故的种种磨难，都是上苍有意安排的连环陷阱，考验、煎熬着我们涉世未深的良知。

不能怨恨，只能学会放下，用一颗宽容、无畏的心笑纳！

你知道吗，我的小女孩，我们选择微笑，就是选择一种优雅的姿态，选择对生命的高调礼赞——活着，感受顽强的使命！

也许你不相信，雪花飞舞，生命的春天已悄然降临，漫漫黄沙被我们心中孕育的温情感动，逐渐褪去冷酷的外衣；春暖花开，绽放在脸上的灿烂，便是黄沙对春天最卑微的致意。

青春的梦走远了，不要哭泣，来年的春天会还给你一个翠绿的向往。

擦干眼泪，试着把堆积在心中的黄沙和着汗水和梦想加固起来，然后，用智慧的铲子一点点剔除生命表面的缺陷。夕阳尽头，一座气势恢宏的极品沙雕成品就是我们毕生最杰出的作品。

眼泪无处释放时，去沙漠看看在黄沙中勇敢站立的骆驼吧。黄沙是它脚下的路、黄沙是它眼中的风景、黄沙是它心中的海，在它的脸上，你永远找不到忧伤的痕迹……

还等什么，我的小女孩，黄沙已经启程，赶紧舞动我们的梦想上路吧。

打开友谊这扇窗

人生得一知己足矣！

这声叹息穿越几个世纪，绵延万里，犹在耳畔回响。

伯牙鼓琴谁堪听，高山流水遇知音。跨越时空，古筝依然"铮铮"作响，撩拨心弦的寂寞，似雨打芭蕉，演绎着雪域火山激情的碰撞，于高山处撒下漫天飞花，于流水处卷起情韵悠悠。

知音难求，一个"求"字，辜负了多少花开花落的等待。

画一个圆，把焦躁圈起来，固守心灵平静。多希望相交的那个圆，隔着云海茫茫，慢慢靠拢，重叠两颗驿动的心。

拾级而上，高处不胜寒，飞雪洒下片片寂寥，铺满来时的路。圣洁的雪莲花，藏在雪山深处，幽幽地绽放出清冷的妩媚。

渴望在心灵深处涌动，如泉水汩汩，顺着血脉蜿蜒。心灵空寂的夜晚，引吭高歌，火焰在眼角燃烧，煎熬数不尽的落寞。

知己是朋友相知的最高境界。懂你的人，会不远千里为你摘下一颗幸运星，一经闪电碰撞，瞬间光芒万丈、霞光四射，在银河筑起一座连心桥。

朋友是一道自然、简单的风景。心事烦乱，无处排解，顺手推开窗户，一束无名的小花在窗下灿烂微笑，默默吐露芬芳，不经意间弥漫了心房。

它们从未刻意期待你的驻足，却在你失意的时候，给你一个热情的拥抱。

朋友是一盏不灭的心灯。人生岔路，黑暗纵横，朋友的祝福犹如夜星中冉冉升起的启明星，悄悄照亮我们黯淡的心房。

它不是阿拉伯神灯，不能满足物欲的贪婪和膨胀，却能慢慢融化冰冷的心，邀你与日月星辰分享夜空的妩媚与璀璨。

朋友是一道默默关注你的眼神。你的快乐盈满他的心头，他无语微笑，一任午后时光悄然流淌，荡起美丽的涟漪片片；你的忧伤爬上他的眉头，他无语轻叹，轻轻为你擦干眼泪，软语温言为你排解心头的郁闷；你的倾诉萦绕他的回忆，他无语回味，无须把酒言欢，一切尽在不言中。

朋友不用刻意维护，他会以你为圆心，不管离开多久、行走多远，牵挂半

径永远是那份浓浓的无法割舍的情谊。

有时你忽视他的存在，他会悄悄地来，给你一个调皮的惊喜；你满怀期待下一个流星雨的花季，他却悄悄走了，洒下一路思念。

没有知己，不必喟叹，人性净化到极致才会拥有这个梦；很多时候，我们太平庸，无法让高尚的灵魂行走在真空里。唯有牵住朋友的手，且行且珍惜。

生活还要继续，在黑暗的小屋里待久了，麻木的岂止是那颗锈迹斑斑的心！

赶紧打开友谊这扇窗，闭上眼轻轻呼吸，芬芳四溢，早与迟到的温情撞了个满怀。

有一种心情叫作美丽

每天清晨对镜梳妆，看着熟悉又有些陌生的脸孔一点点生动起来，忍不住给自己一个明媚的微笑。

阳光从纱帘的缝隙透过来，顽皮地分享我的快乐。挤眉弄眼做一个鬼脸，幸福的感觉顿时弥漫开来。

挑一件大方得体的衣裳，在镜前摆几个优美的姿势，想象 T 台上风情款款的模样，不由得莞尔一笑。

再用浅灰色的眉笔细细勾勒女人的妩媚，用淡紫的眼影晕染一双含情带笑的双眼，朱唇轻启，托腮顾盼，成熟的极致羞红了春天的半边脸。

年轻时，梦里的颜色那么缤纷，绚丽的眼影瞬间便把青春勾勒成一幅曼妙的山水画，绯红的胭脂不经意地染红了岁月的苍白。

总想拽住青春的尾巴，让每个细节走得玲珑剔透。

梦醒时分，贪婪的目光里写满失望，圣诞老人绝情地收回了许诺给我的礼物。

逝去的时光总是执着地走在快乐前面，永不止步。

不敢与岁月拔河，就怕一不小心就输得泪流满面。

蹚过岁月的河，时光沉淀了青春往事，再多的粉彩也无法装扮一张成熟精致的脸。

不再刻意雕琢出现在脸上的岁月痕迹，眼角的鱼尾纹丝丝缠绕着那年那月走过的相思梦；额上起伏的皱纹深深浅浅地勾画着往事悠悠梦里的那片云。

时光是个大强盗，在我还来不及欢呼的时候，已掠走了青春的羞涩和梦想。

我多么渴望拥有梦幻的天空，醉人的午后下着我精心酝酿的太阳雨，风起的瞬间飘着我亲手绘就的彩霞。

即使忧伤的歌曲颤动我最卑微的骄傲，心灵的折磨让我再也找不到哭泣的理由。我依然愿意沉醉在这个梦里，找寻被遗忘在阳光缝隙里的美丽。

大雨倾盆，浇灭了刚刚燃起的梦想。

别无选择的时候，微笑就是最柔韧的金丝线，不经意间便把沧桑的碎片拼接成灿烂的花海。

淡淡的期盼，鲜活了每一个烦琐的日子。

索性穿一件炫目的彩衣，穿梭在雨中，即使泪流满面，依然会舞出优雅的

探戈。

不忍心目睹人生故事片里写满缺憾和感伤，只好任由美丽的心情上演一部唯有自己能懂的悲情喜剧，尽情流着感动的泪水。尽管观众早已散尽。

有一种心情叫作美丽。参悟了这个禅意，旋转在空中飞舞的，就是我们高傲的灵魂！

而我，早为这份美丽感动，潸然泪下……

听，海哭的声音

小伙子又出现在海边，结实的臂膀在阳光的照射下闪着黝黑的光泽。他在船上娴熟地整理好出海的物件，便雄心勃勃地向大海出发了。

海姑娘细心观察他好久。每一次看到他脸上洋溢的青春朝气，激动的心像怀揣小兔子一样止不住乱跳。她偷偷地跟在他身后，让鱼儿们乖乖地进了他的渔网。

他心满意足地像个孩子一样咧嘴憨笑，不时地向大海作揖叩谢。

"海姑娘，我爱你！"有一天小伙子激动地冲着大海喊道。海洋给予他的馈赠令他开心无比。

海面上波涛滚滚，朵朵浪花洋溢着海姑娘的欢喜。从此她每天眼巴巴地盼望黎明到来。从他跳上船的那一刻起，她的心就随着他的船儿翻滚起伏，不论他走到哪里，她会温情脉脉地紧随其后，疼惜的目光里充满情窦初开的爱意和羞涩。

小伙子如愿以偿捕到很多大鱼，不久他买了一艘大船。像一个神话似的，只要他出海，他捕到的鱼总会比别人多数倍。最后他终于成了一个大富翁，再也不用驾船出海了。

海姑娘等呀等，眼泪一滴滴流下来，落到海水里，变成晶莹剔透的水晶，藏在海洋深处。当阳光照射海面的时候，那些闪着蓝光跳动的火焰，就是海姑娘深情的目光。

潮来潮往，海姑娘终于学会了不再叹息。黎明初起，相思泛滥的情愫依然会缠绕她的心。

如果你走过来静静地坐在她身边，你会听到她低沉的歌声中饱含着一份难言的感伤。

终于有一天，她又见到了他的情郎，他正划着一只简陋的小船来到海边。一脸的疲惫、满身的赘肉、世俗的贪欲在他脸上刻上了深深的烙痕。

"老天，你为什么对我这么不公平？又让我变成穷光蛋！难道我注定要与大海这疯婆子打一辈子交道？我怎么这么倒霉，我恨你——"他挥舞手臂，声嘶力竭地叫喊着，如撒泼的怨妇，用极尽恶毒的话不停地诅咒大海。

梦里的花开花落原来只是一场梦！
海姑娘禁不住热泪狂奔。轻叹一口气，飘然离去。

听，海哭的声音！
当你坐在海边，满怀忧伤的心事，倾听波涛的汹涌澎湃，那个陪你哭泣的就是海姑娘。

因为她懂得每一个伤心的人都有一个伤心的理由；每一个为爱执着的人都有一段缠绵悱恻的爱情故事……

花儿为什么总是充满泪水

很喜欢听蔡琴的歌，尤其是一个人开车上下班时。窗外嘈杂的声音仿佛都静止了，舒缓的节奏中流淌着一股淡淡的忧伤。无法捕捉，也无法逃逸，只好任由起伏的思绪跟随她低沉的嗓音漫游在缥缈的愁绪之中。

不经意间，哪段歌声勾起一段往昔难堪的回忆。悄悄擦拭眼角的泪水，透过车窗外匆匆而过的景致，蓦然回首，那些逝去的光阴里竟然隐藏那么多无法抹去的惆怅和思念。

狂风暴雨突然袭来，精心营造的爱的小屋瞬间坍塌。无法想象当初她是怎样勇敢地面对情感的背叛。也许爱的天空在镁光灯的照射下从来就没有和风细雨。爱得太彻底，以至于败得如此仓皇，等到大雨倾盆，无路可退，再也找不到回家的路。

"某年某月的某一天，就像一张破碎的脸，难以开口道再见，就让一切走远……"

低沉的旋律如雨打芭蕉，声声敲在心坎上，仿佛述说着久远的故事。在她的歌声中你听不到怨恨，也不会有渗透痴缠的字眼，可是，我分明听到一种发自肺腑的感叹。那逝去的如流水般的日子里，究竟有多少眼泪伴她度过无眠之夜，又究竟有多少爱恨情仇让她对这个纷繁的人世间多了一些挥之不去的无奈。

"十年婚姻，一片空白！"这八个字从心爱的人嘴里蹦出来，晴空霹雳瞬间炸毁了她的自信。任她有再多的明星光环，也无法留住一个执意离去的背影。她想不明白，十年无性婚姻的隐忍为什么阻挡不了家的破碎；她更想不明白，她的歌声能感动千万人，为什么却感动不了爱人冷酷的心？

那一刻，毒药穿肠过。辗转在无眠的夜里，她的忧伤化成精致的珠泪涟涟。小心翼翼地用歌声穿起来埋在心中，竟然成为滋润歌魂的"花肥"。经此一劫，再听她的歌，天籁的声音里平添了一股淡淡忧伤笼罩的低沉和怅惘。

"若爱，请深爱；若弃，请彻底。不要暧昧，伤人伤己。"痛定思痛，她毅然选择"听从"柏拉图大师的劝诫，放爱情一条生路。

她把自己的心安置在玻璃瓶中，用歌声演绎离别的伤感，再也没有让爱情逃出来，任流年光阴走得匆匆。

我们无法考究这场婚姻里谁是最后的赢家。前夫杨德昌高调挽着新婚娇娘绽放开心的笑容，走上戛纳红地毯的那一瞬间，除了祝福，除了微笑，她还有别的路可以走吗？

杨德昌英年辞世，锥心的疼痛让她尝尽了人生的苦涩。忧思郁结，却无法为心爱的人唱一首《别亦难》的挽歌。谁人知道，惨淡的笑容背后，隐藏的仍旧是一颗痴恋的心。

生离死别，所有怨恨自然冰释。

两颗心的共鸣才是婚姻的基础，任她爱得再深、再苦，感动的不过是自己！

终于悟透情感的玄机，十年光阴依然淡化不了她彻骨的疼痛。

"今生再也不做任何人的太太！"这样简单直白的一句话，凉薄的口气里依然抹杀不了充满痴情的绝望。

有时，真的很为这个坚强的女人自豪。爱情没了，放手决绝，泪沾衣襟，依然活得十分洒脱。

没有名利束缚，那些经典到无法复制的老歌，经她一唱三叹轻声哼起，犹如甜蜜的摇篮曲，瞬间唤起人们对美好往事的眷恋和向往。尽管时过境迁，佳人容颜已逝，她略带沧桑的嗓音依然深情款款，让疲惫的人们在她淡定的歌声中自由升华真挚的情感。

"到如今，年复一年，我不能停止怀念，怀念你，怀念从前，但愿那海风再起，只为那浪花的手，恰似你的温柔。"

人世间的爱情扑朔迷离，唯有一个"痴"字纠结于心，无法逃脱、无法放弃。在这样静谧的时刻，低声倾诉情感的悲欢离合，这些来自天籁的声音，因思念的滴滴渗透，自由回响的空间便泛起了层层缠绵的浪花。

"这不是件容易的事，我们却都没有哭泣，让它淡淡地来，让它好好地去。"

这首曲子她在心中唱了无数遍，一次次安慰自己，仍止不住轻声抽泣。许是这份伤感太美丽，已悄然扎根于她的声线里，才让低沉的音符因为爱的注入，有了一道难以解释的魔力。

花儿为什么总是充满泪水，因为它对这片土地爱得深沉。

当爱情偏离情感轨道，总有一种声音，来自上帝的梵音，告诉我们如何学会去爱……

秋天的膜拜

我近乎膜拜地喜欢黄色。

有人说，黄色象征火焰、热烈奔放；有人说，黄色象征成熟，深邃苍茫。其实我也说不清楚为什么喜欢，只是单纯的喜欢，哪怕手捧一束干枯的野菊，那淡雅的奶黄色依然会唤起我内心深处的柔软。

翠绿总归是最讨巧的色彩，生命的开始不管过程如何，盈满笑脸的欢迎仪式必是繁花似锦的春天。多一份呵护，集三千宠爱于一身，翠绿不知不觉间掌控眉眼间的骄傲，低沉、优雅，漫不经心地演绎着春江花月夜下的离别。

许是嫉妒的缘故，多看一眼，一汪春水便泛起涟漪片片。于是放归一只相思鸟，衔一枚北国红豆，捎去我的思念。当翠绿憔悴成后海一汪深情的目光，斑驳的小舟静静停在岸边，半亩荷塘，露珠闪烁，月下凝眸，你不会看到我惊喜的泪珠掩盖了如水的月光。

万绿丛中一点红，只这一抹红色，惊艳有些，妖娆更甚，一出场便羞怯了翠绿的衬托。**生命的本真如此残酷，花开次第原是造物主的偏爱，争也罢，妒也罢，繁华过后，一缕香魂都化作尘泥。**

夏雨滂沱，落红无数，吟一曲《残花》词——花开花落花无悔，缘来缘去缘如水。花飞为花悲？浅浅的相思终抵不过岁月的暴雨，不经意地拍打就击落了孕育一季的离愁。

洁白的雪花像天使的眼泪，失意的大眼睛不停地眨巴，眼泪漫天飞舞，光阴的萧索悄悄地铺满了来时的路。多想与你在雪中曼舞，穿一双红舞鞋，在雪地里留下我们纯真的足迹。

泛黄的记忆一不小心遗落了一个梦，浮出水面的白梅依稀映着人面桃花的朦胧。于是，捡拾一枝枯黄的稻穗，摇落满面灰尘，一任相思穿越严寒，走过春暖花开，跨过酷暑，轻轻哼唱秋日的私语。

坐在秋天的摇篮里，成熟的金色总是不温不火，静静地闪着柔和的光。因了它的诱惑，我便爱上了生命的秋天，凝重不失内敛。

突然明白了最爱黄色的理由—原来岁月给了我们太多无法承重的叹息，唯有温暖的黄色能够渐渐滤掉生命中清冷的杂质。

第 三 章

心灵浪花

把《木棉树的骄傲》《"榴味"人生》《诗殇》《情人泪》用《小女人的大智慧》全部《煮爱成粥》。在细雨霏霏的午后，透过人生这扇窗，细细品味岁月用《梦想的力量》精心熬成的粥，你会发现小女人绵长的爱意，痛得那么彻底、爱得那么深沉、行得那么从容、笑得那么甜美。

煮爱成粥

年少轻狂，一味贪吃；经年累月，千帆过尽。细品回味，爱之浓香竟似一锅淡雅的粥。

简单的白米粥，小火熬到黏稠，软软的，入口即化，无需辅料，清香便自然提炼到最高境界。恰如成熟恋情，褪尽繁华、养眼的表象，滋阴、养胃才是关键。如顺手放几粒新鲜红枣熬煮，调剂一下清淡的颜色，含在嘴里，甜蜜芳香便成了中年最温润的色调。

人过中年，历经沧海桑田，不再相信永恒的传说。只是，别轻易让红尘烦扰清除心底最柔软的梦。如果能用红枣的热情，点燃清淡的欲望，那么，走过凡尘的回眸，也定是清冷的季节最妩媚的回报。

煮一锅"神仙粥"，把所有的情感统统融进梦里，不管当初爱得有多炽热、恨得有多无奈、思得有多缠绵、痛得有多苦楚，且把眼泪、辛酸，用大火烧沸，再把焦灼、隐忍经文火慢慢熬煮，历经人生苦、辣、咸、酸，才能熬煮出鲜、香、甜的极品美味，既能填饱肚子，还能解暑驱寒，"粥"到病除。

盛一碗这样的粥在清晨细品，当初纠结的千愁万绪已荡然无存，相融的都是扯也扯不清的牵挂和释然。不由感叹，**时间是最杰出的魔法师，总会不经意地让我们有选择地忘记一些片段，那些和着眼泪服下的伤与痛，如今都成了过往的风庆云淡**

最喜欢皮蛋瘦肉粥，说不清它的玄妙在哪里。两种完全扯不上关系的食材，竖一个黑不溜秋，一个细皮嫩肉，没有养眼的色泽、浓郁的芳香，躲在尘世一隅，只是凡尘一粒。没想到一经白米搅和，再加上小火相助，却碰撞出激情的火花，黏稠适度，味道醇厚。吃后舌齿留香，让人经久难忘。

原以为上好的食材混合在一起就能熬煮出浓香四溢的粥。结果生活往往不按常理出牌，光鲜的外表掩盖不住五味杂陈的怪异。有时不经意地打碎精心调制的希望，无心插柳的收获竟是生命中无法用心把握的美丽。

才子佳人固然是上帝的宠儿，也曾艳羡他们飞舞在凡间，把一个个童话故事演绎得惟妙惟肖。可是，现实中的"灰姑娘"多以劳燕分飞改写了最后结局。原来，看似和谐的背后依然隐藏着悲剧伏笔，老天也会悄悄嫉妒锦上添花的圆满。

生活总喜欢跟我们开个不大不小的玩笑，也会偏心多给皮蛋一个机会，让它拥有一颗多情的心，一旦遇上生命中的洁白，它便将温柔尽数绽放，一任流年延续天长地久的神话。

煮爱成"粥"，无需太多的人工技巧，用慧眼去找寻属于自己的"皮蛋"，用真爱包容不同"食材"，磨合日久，走过寂寞的煎熬，让我们感动的，一定是用开心的笑容熬煮的浓香……

远离"保险"生活

总想生活安逸一些，仿佛只要上了保险，便能万事大吉、绝处逢生。很多时候发现所谓上了保险的生活，简直不堪一击，有些只是掩耳盗铃、自欺欺人的安慰罢了。

车行路上，难免发生剐蹭等小摩擦事故。尤其是新手，汽车上了"全险"之后，感觉驰骋自由了，反正车子出事故后也有保险公司全额理赔，自然放松了安全束缚，事故概率便随之增加许多。

刚开车头一年，我在一个月里连续发生三起交通小事故，4S汽车专修店修理工忍俊不禁的调侃至今记忆犹新。究其根源，大意是事故祸首，"全险"是帮凶。

尽管车技一般，为了减少事故概率，第二年索性取消"全险"，硬着头皮只上了"强险"。战战兢兢度过一年危险期，麻痹少了，敬畏多了，居然创造一个零事故奇迹。看来人生无常，真的不能完全依赖"全险"保佑，以坐享其成。

本以为爱情最稳妥的收藏地应该是婚姻围城。然而，这个看似保险的堡垒，也会不经意间让我们泪流满面。走进婚姻殿堂，善男信女使出看家绝技，虔诚地固守自己的小天地。经年之后，败走麦城的越来越多。始知婚姻需要用心经营，爱情同样没有保险。

心存敬畏，自然不敢懈怠，就怕一不小心成为一个过去式，洒落一地伤痛，无处流浪。只好用心打理小小的私人空间，让它充满诗情画意、小桥流水；不敢抱怨，就怕抱怨久了被无端扣上一顶怨妇的大帽子，成为一个污点刻在伤痕史上；不敢撒泼，面对一天一个变化的残酷现实，唯有卧薪尝胆，苦练内功，把自己打造成善解人意的"九尾神狐"；不敢任性，没人相信眼泪的温柔能够抚平情感的创伤，坚强永远是被逼到无奈的后盾。

总想把亲情用晶莹的器皿窖藏起来，仿佛只有在这个保险真空里，浓浓的厚度、贴心的恒温才能保持天长地久。满目疮痍，怆然泪下，无法将亲情的血液细细调匀。家长里短、爱恨交织，同样需要一份包容的大智慧。

从此，不敢打着亲情的幌子享受心安理得的收获，只好选择无条件地付出，相信血浓于水的亲情终会化解缠绕零乱的心结。

以前固执地认为友情的保险添加剂只用真诚一味药引足矣。有些经年故交因为种种现实原因，执意地从眼前消失，始知静看云卷云舒的心境，终抵不过人面桃花的凄美。

生活这本百科全书，翻得多了，见识长了；纠结少了，波澜自然绝迹了，遗憾也慢慢填满一道道记忆沟壑。

沧海桑田我们无法掌控，唯有远离保险重重迷雾，置身事外，淡然处之。

时过境迁，"误入藕花深处"，你会发现，历经跌宕起伏的人生"过滤"后的恬淡竟如此从容。只要我们摆脱保险天佑神话，只要我们的心低些，再低些……

谁在为中国式虚荣埋单

前些日子无意中看到一个视频，某女正在焚烧一些用肉体换来的各式假名牌皮包。又听说董大美人的初恋情人为讨其欢心，攒几年积蓄为她买了一个爱马仕名牌皮包，把董大美人哄得心花怒放，成为她炫耀情感的资本，可惜最终劳燕分飞。看来**用金钱买来的爱情，只能作为一种快餐，供"物质女"一时随心的消费。**

无独有偶，春节时去厦门算是真正领略了中国式虚荣。随行小友把大嶝岛描绘得神乎其神，出口奢侈品免税店的诱惑居然让全车游客自动放弃游览陈嘉庚故居的好机会。抱着看热闹的心态，我也兴致勃勃地加入其中。

时间有限，我与同行的两个小姑娘选择去皮包专卖区。原以为世界名牌免税店装修应该很华丽，能让顾客找到贵族消费的享受。没想到，一排排店铺极其简陋，一个接着一个，排列倒是整齐，不免有些诧异。顾客实在少得可怜，里面杂乱地摆放着一些上不得台面的劣质皮包。有些店主干脆候在门外非常热情地招揽顾客。

不想白白浪费时间，正准备离开，没想到与我同行的小姑娘轻车熟路进了一家店铺，与店家耳语几句，径直上了很隐蔽的二楼。我怕出现意外，赶忙紧随其后探个究竟。楼梯异常狭窄，仅容一人转身。上了二楼，灯光一亮，里面别有洞天。一些国际大牌皮包赫然现身，像夜游偷渡的游客提防警察发现，悄悄隐蔽在光线黯淡的地方。

不知同行的小姑娘与店家说了什么，只见店家去货架后面拿出一个带密码的手提箱，小心翼翼地放在玻璃柜台上，打开机关，一箱子欧米茄手表闪着程亮的光。小姑娘顿时来了兴致，试戴多款之后，眼睛定在一块超轻超薄的款式上，脸上的惊喜不经意地流露出来。老板要价两千元，再不往下压价。小姑娘心急如焚，语气有些哀求，可是老板丝毫不为之所动。

两人在价格上打起拉锯战，时间就这么一分一秒被浪费掉。小姑娘目不转睛地盯着腕上的手表，依依不舍。我不好催促她，想她还在权衡物品的价格是否超值。

老板摸透了她的心思，轻声细语地说："我们这里是最地道的1：1奢侈品仿真货，走出这个大门，你再也买不到比这个做得更真的手表了。"老板的话像一记重锤，击垮了小姑娘的最后防线。

"你真的要买？"我看她打开钱包拿出一张银行卡准备付款。

"我一个同学的爸爸从香港给她带回来一块同款式的手表，把我们羡慕得眼红。我也特别想有一块，今天好不容易碰上，错过了真有点儿可惜。"说话时她的眼睛一直盯着这块宝贝，眼睛闪着亮光。腕上的手表在昏暗灯光的映衬下闪着钻石般的光芒，她脸上的笑容写满了一个女孩子的梦想和骄傲。

"据我所知，正品欧米茄手表一块至少要三万元以上。你觉得你戴上它会有人相信？人家明星年薪百万，即使佩戴几十元钱一块的手表，别人也不会质疑手表的真伪，因为人家消费得起。可你还是个学生，父母还是工薪阶层，如果花两千元买一块赝品，被同学识破了，到时脸往哪搁？况且售后维修还得不到保障，如果回到家没多久，这两千元打水漂了，你会不会心疼？"我死死盯着她的眼，顾不上看老板铁青的脸。

"姐说得有道理，我正在犹豫这个事。"她爱恋地摸了摸腕上的手表，最后听了我的劝告，轻轻摘下来还给老板。

从楼上下来，小姑娘还一步三回头惦记着她心爱的宝贝。恰巧与旅行团的其他游客不期而遇。她们扫街成果显赫，每人手里拎着几只皮包满载而归，脸上挂着掩饰不住的开心。据说这些皮包都是世界顶级名牌的高仿真品，市价上万元，在这里只需几百块钱。与我同行的小姑娘又开始蠢蠢欲动起来。

我没用过那些大品牌皮包，对此也毫无兴趣。不过，既来之则安之，多了解一点人情世故，也算不虚此行。我陪同小姑娘穿梭于各种所谓的名牌皮包中，听她如数家珍描述各种奢侈品品牌优劣，大开眼界之余，不得不佩服现在的女孩子们真的已经变成奢侈品消费大军了。以前很不理解为什么如此昂贵的东西会有人追捧，看来，有了这些接班人的再接再厉，高物质消费在中国遍地开花就有了坚实的生存土壤。

想起前不久，一个做生意的朋友向我炫耀她手里的 LV 皮包，经过这样一番对名牌皮包的培训，我仿佛看到她去年来此地时的兴奋模样。也许唯有这样，有些女人被包裹的虚荣心才能得以灿烂，才能赢得世人所谓的对金钱的尊重吧。

木棉树的骄傲

小友问我，什么样的女人最美？我反问她。她沉思片刻说："自信的女人最美。"小姑娘边说边做出一种自信女人高傲的神态，未谙世事的眼神里充满对成熟魅力的憧憬。

可是，自信需要很多资本。假如你没有姣好的容貌、显赫的背景、丰富的学识，你拿什么来自信呢？如果你只是根小草，就算把头抬得再高，在高大的木棉树下，也得仰慕它的灿烂不是？

"我懂了，姐，女人当自强，我会让自己长成一棵木棉树！"

小友初来单位，有着刚出校门的天之骄子最渴望的梦想——一份安心的工作、专长可以自由发挥、被领导赏识尊重。只是现实太残酷，没有如愿按照她的梦想安排。

没人欣赏，更要养精蓄锐；不被认可，唯有卧薪尝胆。当你足够强大的时候，任何人都罩不住你的光芒！与其说我安慰她，不如说在破解人生困惑这道难题的过程中，我们学会了向自己挑战。

小友孜孜不倦地重新拾起课本，拿下一个个高难度证书。

"其实你真的很行。可是，为什么在学校时你不努力呢？"我盯着她的眼睛质问她。"今天你所经历的波折都是你从前懈怠的代价！不要抱怨命运多么不公平，大多时候，自己实力不行，被淘汰出局是迟早的事。经此一劫，我相信你会更懂得做人的道理。"

小友含泪无语，一年后披上嫁衣，找了一个相亲相爱的"经济男"。"姐，我还是听你的，幸福生活还得靠自己亲手打造。"小友信心满满，脸上洋溢着爱情的光彩。

正值豆蔻年华的女孩，无不梦想着现代版本的《灰姑娘》：开着宝马车的哥哥痴痴地等着与她喜结良缘，共同演绎琼瑶式的才子佳人的偶然相遇、相恋、相守。直到现实生活中王妃们先后败走围城，"小三"们如困兽一般在水深火热中挣扎，岁月之残酷、竞争之激烈，足以证明以美貌换取幸福婚姻的概率实在太渺茫。

当关大美人被富豪之家扫

地出门、林大美人忍气吞声求得现世安稳，不得不感叹，美貌的贬值速度已超过光速，只好另辟蹊径，杀出一条血路。

"要是我能过一天像你这样优雅的生活，我就知足了。"一个漂亮的售楼小姐对我说，精致的妆容掩饰不住与其年龄不相称的忧郁。

是啊，青春、靓丽是她们的实力招牌，每天与一掷千金的极品男人打交道，看到他们宠爱的女人姿色平平，心理落差难免加大。

"当初死命追你的穷小子，把爱情作为最纯洁的礼物献给你，你会欣然接受，与他一起奋斗吗？"她的眼神黯淡下来。"你当然不愿意！因为你觉得你的美貌是资本。即便多金的男人娶了你，凭什么会珍惜你？花钱买来的东西都是有价商品，包括感情，过期作废是必然的道理。"

我的话掷中她的要害。她轻叹一口气，幽幽地说："我信命，命里有时终会有，命里无时莫强求。"

其实，爱情在高价姑娘眼中有时真的太廉价，当她们拿青春美貌作为唯一赌注来谈婚论嫁时，撇开爱情神圣的嫁衣，便只剩下赤裸裸的物质崇拜了。

她们永远不愿相信，**命运其实掌握在自己手里。当自己不是公主时，就不要奢望得到王子的爱情。即使落魄，也要努力坚强，让自己活得更优雅一些。哪怕没有裹身的裙，也不要扛着空洞的脑袋怨恨丛生。当我们把身边的小男人精心打造成参天橡树，仰望他们的同时，还要以木棉树的姿态与他们交相辉映。不仅能分担寒潮、风雷、霹雳，还能共享雾霭、流岚、虹霓。那时，你才能在他们深情的眼神里找到被欣赏、被宠爱的骄傲。**

如果做一根攀缘的藤，借别人的高枝便可以安心享受生活的精彩，我相信这样的童话不会成为现实。因为，职场不相信柔弱的多情，情场更不相信痴缠的纠结。再美丽的攀附，历经天长地久的磨合，也是一个沉重的负担。

走在风雨里，巧妙地避开职场里的刀光剑影，最喜欢听男人疲倦时靠着女人肩膀沉沉的酣睡声。当他们在睡梦中醒来，露出一张孩子似的笑脸，时光的静止就是橡树回报小女人最可心的礼物。

不敢让自己孤军奋战，只好夜夜挑灯在书本中穿梭，再在实战中运用游击战术打几个漂亮的经济翻身仗，让自信逐渐成为武装自己的第一资本。

木棉花盛开的时候，满树灿若红霞的花朵，谁说不是上帝赐给小女人妩媚到极致的笑容！

活着就好

小友如是说："闲着，心情不好不坏，看到好多快乐的字眼，突然就觉得，自己真的没必要非快乐不可……"

不知道该如何宽慰她。年轻时我们都有过类似的经历，总在所谓的无法排解的忧伤中夸大烦恼的影响力，不由自主地为赋新词强说愁。时过境迁，才知道维特式的烦恼属于青春后遗症。

游走江湖，生活压力、情感困扰、前程一片迷茫，漂泊的灵魂无处安放，快乐似乎一夜之间成了奢侈品，只好陶醉在淡淡的忧伤中，为抑郁和心灰意冷买单。殊不知，这样的后果，往往让我们陷在无法自拔的烦恼怪圈中，纵容大好光阴从指缝中悄悄溜走，遗漏了很多看似平常的快乐与幸福，失去了观赏身边风景、体验人生苦短的经历。

世上真有世外桃源？真有藏在真空里的快乐？如果没有烦恼、忧伤、等待、煎熬，是不是所有的日子会走得从容灿烂？

我们祈祷这样美妙的时刻。也许，唯有爱情有这般魔力，可以四季春暖花开。只是情到深处，失意与挣扎伴生，快乐与忧伤同行，不停地在我们短暂的生命里轮流演绎春天的温柔、冬天的冷漠。

如果穿越冬天，整日沉浸在快乐的海洋，莫非赤道就是人间理想的天堂？

看一看那些被炽热的太阳烧焦的情感，每一阵挣扎过后，心中向往的仍旧是和风细雨的春天。也许，**少了冬天的摧残，春天的种子就不能破土而出，快乐也会逐渐走得单调，直到失去美丽的乐音，忧伤重又演变成新一轮的无奈与挣扎。**

身在职场，千般变化、万种柔情依然抵挡不住杀机重重、风声鹤唳。找一个干净、清心的避难所，也是每一个在职场打拼多年的江湖过客的心声。我等都是凡人，在情天恨海里挣扎，自然有种种不快乐的理由。长期浸淫其中，坏情绪蔓延，忧郁自然成了头号杀手，潜伏在身边，时刻威胁我们脆弱的神经。

曾经在这样的误区挣扎了好久，直到踏上汶川这片土地，目光所及之处一片狼藉。国道旧址七零八落，被泥沙飞石掩埋了半截身子；坍塌的学校，没了往日朗朗的读书声，就那么触目惊心地把地震的瞬间定格了；江还是那条岷江，滔滔不息，声势颇为壮观，可是，我却从江水的怒吼声里听到了遇难者的呐喊声。那一刻，纠结日久的所谓的痛苦与烦恼在生死面前显得那么微不足道。

上帝对每一个人都是仁慈的，但在天灾面前，没有人会相信这个谎言！我平静地观看灾后重建的盛景，缅怀在灾难中死去的同胞，触动我们心灵的仍旧是对生命的一种敬畏。

能平安、健康地活着就已经是造物主的额外恩赐，我们没有理由拒绝这份大礼，更没有理由任性地埋藏这份快乐！

"嘘，小点儿声，不要惊醒在地下沉睡的亡灵。"导游轻声提示游客注意脚下的步伐。当时灾情严重，据说有些来不及处理的尸体只好就地掩埋了。走在新建的柏油路面上，心情异常沉重。我原本不信鬼魂之说，可是，此时此刻，我竟然不敢大踏步前行，生怕一不小心"踩痛"地下的伤者。

逝者已矣。轻叹一声，我赶紧双手合十，虔诚地为走向天国的人们祈福，一份淡淡的哀思就是我对逝去的生命最关切的慰问。

"好好活着，我的孩子，你的快乐就是妈妈今生最大的牵挂。妈妈会在天堂保佑你！"伴随一声沉重的叹息，沙哑的呼唤穿越时空在我耳畔不断回响，我仿佛看到母亲挥手向我致意，待要寻时，青烟缕缕，不禁潸然泪下。

花开花落原是生命的轮回，天堂与地狱一步之遥，快乐总是忘乎所以走得快些，不期然地就把悲伤落在了后头。

活着就好！美好的生活犹如通红的朝阳，幸福的彼岸就在奔向阳光的旅程中。驶离这片土地，感受爱的重生，我们真的没有理由不幸福、不快乐，因为上帝已经在我们身后关闭了那扇丑陋的地狱之门。

如果明朝，还能看见雨露在花瓣上跳舞，你是幸运的；还能在人生的长河中尽情流着酸甜苦辣的泪水，你是幸福的；还能在情感更迭中找到最动心的那一刻，你是快乐的。即使忧伤无情扫荡，只要心中还有阳光，那份迟来的收获，一定会让我们感知得来不易的快乐才是人生的瑰宝。

忧伤的时候，就为逝者轻声唱一首生命的挽歌吧。如果仍旧无法排解，就抬头仰望星空吧，那些美丽的星星，就是逝者的眼泪，颗颗镶嵌着对生命的无限眷恋……

小女人的大智慧

朋友说："我向上帝祈祷，下辈子做小女人，捡拾战利品去！"

也许是上帝误导，仿佛小女人就应该是小鸟依人，坐收渔翁之利的乖乖女。如果守株待兔，痴痴地坐在梦想的摇篮里，就能如期收获战利品，这样的美事想一想也是人生快事。

世上哪有这等美差，就算天上真能掉馅饼，一两张已是奇迹，那些极品美女们早就争得死去活来，哪里轮得上平凡的我们。海藻们妄想凭借年轻貌美，走一条通往幸福的捷径，哪知尘世的一点点硝烟便让金碧辉煌的大厦瞬间支离破碎。纸质的幸福禁不起风吹浪打，爱情基石还得靠相濡以沫来调和。

走过爱情的风风雨雨，唯恐青春走得太苍白，依着心的感觉，毅然选择"裸婚"之路，独具慧眼挑选一只绩优股，静心享受打造大男人的乐趣。

周边朋友已然在安乐窝里静享太平，羡慕之余，不敢停下奔波的步伐，就怕一个闪失前功尽弃。沿着泪痕铺就的陡峭台阶一步步爬升，希望总在不远处招手。朝阳升起，一个明媚的微笑便将所有的苦痛沉淀成执着的动力。

直到把身边的小男人打造成极品男人，自豪之余，刚想享受一下生活的小小陶醉，环顾四周竟然杀机一片。年青靓丽的女孩子们早已设下重重包围圈，四面楚歌让小女人心惊胆战，不得不用心加固情感堡垒，打一场漂亮的爱情保卫战。

小女人历经岁月磨砺，从从容容地站在闪光镜头前，将一场风花雪月的故事演绎成经典的爱情大片，表面上风光无限，背后的付出才是真正的较量。

上天的恩赐只是梦里的一小块甜点，紧要关头不能充饥，更满足不了男人愈来愈贪婪的胃口。要想在成功男人心中巩固自己的地位，就得不停地修炼自己，将七十二变灵活运用到生活中的每一个细节，让每天的充实抗衡岁月的摧残。

小女人懂得取舍。如花的年龄已经逝去，再多的脂粉掩饰不了青春的凋谢。小女人也喜欢挥霍青春，有谁不愿意享受生活的馈赠。外面的花花世界充满了太多诱惑，不经意的沉沦便跌进一个无法脱身的陷阱。所以，当邻居——一所著名中学的老师——盛情邀请她去打麻将解闷时，她婉言谢绝了。

不敢正面与岁月争锋，只好在书香里静静沉淀自己。每一次捧着厚厚的书本，陶醉于书香墨韵中，在夜深人静之时细细品味生活百态，写下渗透滴滴浓情的感悟，总能惹来男人艳羡的目光。

"书，你帮我看吧。"男人的一句话让小女人找到了定海神针。

小女人懂得理财。成功男人的背后总有一个不断激励他也激励自己的女人。为这一句话，小女人乐此不疲地辛苦忙碌，不断收集大量信息，绞尽脑汁为男人出谋划策，不知不觉打下属于小女人的一片天。

物质女人头脑简单，习惯伸手要钱，是名副其实的寄生虫。在这个物欲横流的社会，金钱的运转何其庞大、惊险！小鸟依人、只知享乐的女人，在男人眼里充其量只是一只笼中的金丝雀。

所幸，小女人毕生的聪明才智在关键时刻发挥得淋漓尽致，在不见硝烟的经济战场上赢来掌声阵阵，也赢来了男人肯定的垂爱。

小女人懂得豁达。男人在战场上拼杀，无数惊险不能与之分享，但一定会与之回味。胜利时给他开心的祝福；失意时给他温暖的鼓励。就算小女人身陷职场危机、泪流成河，依然会平静地对男人说："我很好，别惦记我。"

小女人不会强求男人购置名车、豪宅，更不会当怨妇，无故指责男人的懈怠。当男人为未来努力奋斗打拼，小女人除了自豪，更多了一份责任和牵挂，丝毫不敢懈怠，小心翼翼地筑造婚姻和爱情的堡垒，每增添一块基石都能让男人刮目相看。终于有一天，男人不无羡慕地说："老婆，你别上班了，就做我的私人秘书吧。"

听着这些话，小女人真的很开心。但她知道幸福钓饵只能当生活调剂品，做一棵与橡树携手辉映的木棉，花开朵朵，才是小女人最幸运、最幸福的祈盼。

幸福在哪里

"如果感到幸福你就拍拍手，如果感到幸福你就跺跺脚……"这是我们小时候最熟悉的一首童谣。那时，快乐和幸福非常简单。长大了，忽略了童真的乐趣，总觉得金钱的庞大积累才是幸福的源泉。

成年人一旦踏入社会，谁敢停下前进步伐。"今天工作不努力，明天努力找工作。"就像一个魔咒，催促现代人为金钱疲于奔命，把每天上满发条，不知不觉间，时光的流逝让我们处在彷徨边缘。

他的生活在外人看来可谓是辉煌至极，十几年风雨打拼，他拥有了自己的公司，在这个陌生的城市扎下了根。可是，整日周旋于灯红酒绿之中，他的胃坏掉了，只能吃最简单的素菜，过苦行僧一样的生活。

"有时感觉真累，不知道生活的目标到底是什么？"他坐在那里，看似懒散的话语，透着些许无奈，从一双疲惫的眼睛里我读懂了一个男人的辛酸。

父亲早逝，兄弟年幼，作为兄长的他考虑再三，毅然辞去令人羡慕的公务员铁饭碗。创业路充满艰辛，为了拉客户，他的鞋子不知道跑烂了多少双。在夹缝里生存，忍辱负重的他没有流过一滴泪。

"小时候，家里很苦，总想多挣些钱出人头地，让母亲和兄弟们过得好些。这些年每天一睁开眼，脑子里只剩下钱了。现在，我都不知道，如果到了生命的终点，我还会依恋什么？"他茫然地瞅着窗外，不想让我看见他脸上的落寞。"有时看着身边活蹦乱跳的人突然离开了，心里好难过。这些年每天忙着挣钱，竟然没有一点儿私人爱好，也不知道怎样才能让自己快乐起来。"

他眉毛微蹙，怅惘似一团迷雾，在这个夜晚慢慢弥散开来。

"我不理解为什么你会有那么多的不快乐？难道金钱的堆积能让人产生窒息感？如果我有那么多钱，我会感觉自己置身于幸福的天堂。"我困惑地睁大双眼质问他。我真的弄不懂，为什么拥有辉煌的事业之后，不快乐却成了成功人士不得不面对的首要问题。

"总想时机成熟时放下一切，过自己想要的生活。日复一日，琐碎的事越来越多，老人、兄弟、孩子、侄子，甚至整个家族的事都得管。泥潭越陷越深，抽身离开成了泡影。"他轻叹一声，那一线最美的希望仿佛是海市蜃楼的幻影。

过自己想要的生活，跟着感觉走，这是多少人梦寐以求的诗意生活。可是，人在江湖飘，谁敢轻言浪漫！

"不敢松懈，习惯了忙碌的节奏。只是奋斗这么多年之后，精神空虚无意中成了一个黑洞。"他轻啜一口红茶，品的不是茶香，而是满满的无奈。

对金钱过度的病态追逐，已经让现代人陷入物欲怪圈。不断积累的财富成为炫耀的资本，代价就是牺牲自己的健康和快乐，这样的交换到底值不值？

相信每一个参加完丧礼的人都会感叹生命的脆弱。可是，一转身重新置身于商海浮沉的惊涛骇浪，这声叹息马上就成了泡沫，湮没在无边的黑夜里。

"有时，我觉得自己很失败，为孩子创造了良好的经济条件，可是孩子并不领情，学习和生活的积极性并不高。我不知道自己错在哪里，多年辛苦为谁忙。"透过他疲倦的眼角余晖，一个有挫败感的父亲让人看了那么心疼。"也许，我真的该放手了。你能告诉我，幸福在哪里？"那一刻，他像一个迷路的孩子，找不到生活迷宫的出口。

很多时候，我们极力为子孙开拓一片疆场，总想为他们劈开一条血路，那种大无畏的精神让我们感觉肩上的重任不可推卸。没想到一厢情愿的付出没换来孩子的感恩，忙碌的工作也错过了陪孩子一同成长的乐趣。

"没钱时，总以为钱是万能的；钱多了，没花对地方倒成了祸害。过度溺爱对孩子来说也是一种不负责任，因为你剥夺了他们体验苦难、体验生活的机会。"我把姜文教育孩子的经历讲给他，爱孩子就不要娇纵孩子，姜文能放下明星架子，带两个孩子远离大都市去新疆最偏僻的地方生存两年，就是吃苦教育的实践。结果证明"吃得苦中苦，方为人上人"确实是金玉良言。

"好好用心爱你身边的人！找到症结所在，你就会拥有他们的爱。同时也能找回迷失的自己。"听了我的话，他不断点头，阳光般的灿烂驱除了脸上覆盖已久的阴霾。

如果放慢节奏是一种奢侈，如果仰望星空是一种浪费，那么活着的意义又是什么？

"去过你想要的生活，实现你儿时的梦想吧。儿孙自有儿孙福，适当放手也是对孩子的一种信任和历练。如果你觉得压力太大，不妨去海南亚龙湾住上半个月，每天站在海边，对着阳光、海浪、椰林，你的心境就会慢慢平复下来，就会想通自己到底想要什么生活了。"蔚蓝的大海是我梦中的天堂，我相信每一个为凡尘琐事困扰的人，到了那里都会找到心灵的宁静。

从明天起，做一个幸福的人

喂马、劈柴，周游世界

从明天起，关心粮食和蔬菜

我有一所房子，面朝大海，春暖花开

从海子的歌声里，来自大自然的呼唤令人身心愉悦。每个人来到人世间，都是上帝的宠儿。当我们牺牲所有的快乐，成为金钱的奴隶，责任的翅膀上沾满过重的露水，就再也无法在梦想的天空自由自在飞翔了。

幸福到底在哪里？

早上醒来，给自己一个轻松的微笑，还能听到小燕子呢喃的叫声，还能感觉到春暖花开的愉悦，还能与家人感受时光一点一滴流逝的拥有……也许，幸福就在我们身边悄悄降临了。

"榴味"人生

对榴莲一直谈不上有什么特别的喜爱，它的模样怪怪的，浑身长满凸凹不平大大的尖刺，还散发着一股近乎恶臭的异味，让我不得不对它敬而远之。

前些年去马来西亚游玩，游伴们下了车就直奔榴莲专卖店，捧着一颗颗硕大的果肉旁若无人地大快朵颐，酣畅淋漓的场面颇为壮观。在好奇心的驱使下，我鼓足勇气买了一颗，尝了几口，软塌塌，油腻腻的，一种说不出来的怪味从腹腔蔓延至口腔，偶尔打个饱嗝，胃里顿时翻江倒海，一股难闻的气味像口臭一样熏得头疼，生怕别人闻到，做贼似的小心翼翼地闭嘴喘气，压低嗓子不敢大声说话。

自从包头开通直达海南三亚的航线，以前罕见的热带水果就源源不断涌进水果批发市场。有一天偶然路过一家卖榴莲的店铺，竟然被一种奇香所吸引，不由自主地站在榴莲面前贪婪地嗅起来。老板娘笑逐颜开，说服我花了百元大钞买了一颗非常饱满的榴莲。

回到家里，迫不及待地顺着裂开的缝隙用手使劲掰开榴莲，顾不上大大的尖刺扎痛手指心。淡黄色的果肉三三两两拥挤在一起，散发着天然奶油光泽。屏气吸了一口，冲入的香气直抵肺腑，极具挑战味蕾的冲动。赶紧咬了一大口，奇异的香味在唇齿间萦绕，竟然甘之如饴，这才信服"水果之王"的美誉果然名不虚传。按捺住莫名的喜悦，用小勺一口一口送到嘴里，慢慢咀嚼，不忍心放过一个细节。等到数枚果子全部进到肚子里，摸着滚圆的肚子，依然回味无穷，算是正式给榴莲一个可爱、至爱的名分。

我重新打量它，不禁纳闷：为什么之前我会如此厌恶它？真如老板娘所说，榴莲成熟到刚刚好才堪称人间美味，错过适合的采摘季节就错过了最美丽的心情。早一步，果子没熟，尽管外形圆实，青涩的味道却裹着味如嚼蜡的遗憾；晚一步，果子熟透，芳香已尽，哈喇恶臭不堪回味。唯有不早不晚，坚实的外壳自然裂缝，芳香若有若无，果肉软硬适中，入口即化，清香绵软，回味无穷。

也许人世间的遗憾大抵如此吧，没有早一步、晚一步，刚刚好才是真的好。我不禁为老板娘阐述的"榴味"人生折服了。

初恋时不懂爱情，常常被外表看似光鲜的华丽表面所迷惑，便认定所谓的一见钟情的浪漫，就是甜言蜜语、红色玫瑰铺就的灿烂。满心欢喜地将爱恋与期望投入进去，那些彩色玻璃碎片拼成的万花筒，变化无常，唯美到极致，却经不起柴米油盐的层层侵蚀。

走在人生中途，历经世间种种考验，抛掉浪漫的情感色彩向平凡平静靠拢，"榴味"弥漫的爱情居然不知不觉成了主流。它看似丑陋，没有美丽的糖纸包裹，无需绚丽的言语点缀，却可以从容地走过惨淡，走出阴霾笼罩的误解和失意，最终峰回路转，静享人间春色。

其实能欺骗我们的，不只是我们的眼睛，还有那颗饱经沧桑的心。有些物质女孩冷静地拒绝一份饱含爱心、看似平凡的青蛙王子的情感，毅然选择坐在宝马车里哭。谁又能说，穿上水晶鞋的公主就一定能得到梦想中的幸福？过度挑剔、理性选择，情感麻木自然成了伴生品；错过正常花期，包装尽管华美，透过世故的缝隙，依然遮盖不住情感的变质，铜臭味从骨子里溢出来，让人弃之不惜。

"劝君莫惜金缕衣，劝君惜取少年时。花开堪折直须折，莫待无花空折枝。"突然想起杜秋娘的《金缕衣》，莫贪心，花开正艳，折一枝足矣！

转过身，细品人生这道美味，淡淡的愉悦弥漫开来。玩味瞬间，"榴味"人生已不经意间开出香溢满园的极品花蕾。

放飞孩子的梦想

工作之余，大家聚在一起闲聊，平日里沉默寡言的男同事小舒爆出了冷门。

"昨天我女儿居然说要参加学校的主持人大赛，我一听就乐了。我劝她，就凭你这点儿本事，也就是吵架的料，趁早还是死了这份心吧。"他还煞有介事地解释说："现在的孩子太浮躁了，争强好胜的结果一定是头破血流，做一个平凡人，快乐地活着就好。"

我不理解他哪里来的这番心得，诧异地问他为什么如此打击孩子的自信心。

"人贵有自知之明。不是那块料，不要强出头，做人脚踏实地就好。"他津津乐道、侃侃而谈。

实在不敢苟同他的观点。

我平凡我快乐，据说是人生淡泊的一种心境。偶尔，我也会拿这个冠冕堂皇的借口为自己的平庸当挡箭牌。环顾左右，亲朋好友迅速崛起，再看看自己，早把青春的梦想和追求遗忘脑后，还把一顶"淡泊"的高帽心安理得地扣在头上沾沾自喜。

老子教导我们："知人者智，自知者明。"很多人就断章取义地理解为人贵有自知之明，还美其名曰做人的大智慧。老子还教导我们："胜人者有力，自胜者强。"可惜人们把这更有警醒作用的后半句故意忽略了，致使中庸之道盛行，逐渐掩盖了教育实质。

上帝给了每个孩子生命，他们来到人世间都是独一无二的宝贝。天资和禀赋是上帝赐予他们的礼物，用心挖掘，每个孩子身上都有特殊潜质，那些看似弱智的孩子往往具有一种超能量，常人的一双肉眼无法轻易识别。

孩子的心真的很脆弱，有时老师一句看似随意的表扬，孩子抿嘴偷乐的瞬间，自信心随之填得满满；相反，家长一句无意的贬斥，孩子皱起眉头假装不在意，却把自卑的种子埋在心中。天长日久，我们看到的自然是从谦卑到温驯的同一品种。

记得上初中时，语文老师布置一篇写黄河大桥的作文，我搜肠刮肚地把自己的心得体会写下来，改了又改，然后信心十足地期待老师的表扬。结果下课后，老师竟然把我叫到办公室，质问我是不是从作文杂志上抄的。屈辱的泪水霎时决堤，她怀疑的目光灼痛了我年幼的心。从此，教师在我心中的光辉形象被彻底颠覆了。这个黑点被放大后，青春期的叛逆加深了我对这个世界的茫然。

这么多年过去了，老师阴森森不信任的目光仍旧挂在记忆的远端。他们不知道，这把冷飕飕的软刀子一旦出鞘，瞬间就把孩子的自信和自尊刺得体无完肤。其实孩子从内心深处渴望的就是大人们的认可，还有鼓励的眼神。

每个人生来就有自己固定的坐标，父母作为孩子的合法监护人，牢牢掌握着孩子命运的生杀大权。"为了你好"成为最通用的口头禅，不停地向孩子灌输"枪打出头鸟""不听老人言，吃亏在眼前"的真理。听多了，棱角磨光了，平凡的快乐确实如花开花落般从容又写意。只是一不小心，灿烂的梦已消失得无影孩子成长轨迹出现偏差，很多家长不愿自省，更不懂得鼓励是教育孩子的最佳方式，只会一味地用一瓢冷水泼得孩子透心凉，还以过来人的身份引以为傲。殊不知，孩子在家长冷酷打压下是学会了听话、乖巧，但也学会了轻易向挑战、命运低头，也就注定了一生的平庸。

从小就不是父亲心目中的乖乖女，男尊女卑的思想左右着他的思维。他无法理解一个女孩子怎么会有那么多不切实际的非分之想。他认为女孩子迟早是泼出去的水，书读多了就成了傻子。每一次我的努力和汗水取得了好成绩，迎来的不是父亲赞赏的目光，而是止不住的挑剔和冷眼。不敢沉溺在这块阴影里自怨自艾，倔强的我，风干眼泪之后，朝着人生既定目标继续奔波。

如今，这个在我生命中不断放大、压得我透不过气来的黑点，经过多年努力，我终于用汗水和着泪水清除了。多想听到父亲发自肺腑的一句表扬！为了这个愿望，我一直在努力。终于等到父亲的一声叹息。他不知道，当初从他眼里投射出来的那道麻木而又冷酷的光束，在寒冷的季节，曾经怎样啃噬过我的心。

如果你真的很爱你的孩子，请小心呵护他们的自尊、骄傲和梦想，不要轻易给孩子的心灵人为地制造一个用"爱心"画就的黑点。

一句鼓励的话，也许违背你的初衷，但请你一定要小心维

护那颗脆弱的心。他会摔跤，会碰得鼻青脸肿，请不要挖苦、打击他，更不要冷漠置之。一个关注的眼神、一句温馨的话语、一个支持的臂膀，就会让孩子信心倍增，勇敢地爬起来，因为他知道他不是在孤军作战。摔倒了自然会懂得疼痛的滋味，走过荆棘、擦干泪水，收获的快乐与骄傲是一个孩子走向成熟的必经过程。

给孩子一片蔚蓝的天空吧！当你满含笑意放飞孩子的梦想时，你会发现，蓝天上飘着的朵朵白云，最美丽的那一朵盈满了孩子的自信与期盼。

诗　殇

上中学时最崇拜的就是诗人，仿佛诗人的光环足以照耀他们的人格魅力。于是，闲暇时便把名家诗歌工工整整地誊写在精美的笔记本上，在充满哲理的真空中自由游荡。与诗人们"对话"久了，不经意间错落的诗行如跳跃的音符，轻轻涤荡了我苍白的灵魂。席慕蓉的爱情诗如雨后春笋般在美丽的花季校园悄然盛开，滋润着少年时最青涩的萌动；汪国真的哲理小诗隽永、内涵丰富，像扬起的风帆引领我们青春梦想的方向。徐志摩的浪漫、叶赛宁的热烈、勃朗宁夫人的纯真、泰戈尔的优雅、雪莱的奔放……都让诗人成为那个年代的英雄。

20世纪80年代信息闭塞，对知识的尊重和渴望，让我们对诗人、作家充满了敬畏。每一次打开中学课文，深情地朗读艾青、冰心等老前辈的诗，渗透书香的灿烂让我们对未来充满了甜蜜的遐想。那时的天蓝得出奇，仿佛诗人的天空会永远飘着祥云、细雨。艳羡之余，仿造《红楼梦》里的"香菱写诗"，一步步迈进诗歌殿堂，流连忘返。

最辉煌的记忆是对徐志摩的崇拜。当时他的一部文集书价是五元，几乎等于我一年的零花钱。为了攒足这笔钱，只好偷偷把早点钱省下，饿了几个月肚子。这么多年过去了，我仍旧记得那个冬日的清晨，我怀揣五元钱骑上自行车一路狂奔到新华书店，厚厚的诗集捧在手里，还抑制不住"怦怦"的心跳。回家后用报纸把书皮包上，洗净手后才开始仔细翻看，不知不觉就沉醉在他描绘的缥缈的快乐中。课后背诵他的诗文就成了我的业余爱好，在新年联欢会上朗诵他的诗文也成了我的专利。时过境迁，记忆里依然留存很多经典唯美的诗篇，任岁月流逝也冲不走那段迷恋诗歌的青春岁月。

诗为心声，即使最卑微的诗句也是心底纯净的呐喊。陶醉在诗歌的意境中，玲珑的心事里装满了对未来的忐忑与憧憬，以至于让梦幻般的青春走得彷徨而又纠结。

多少次梦中醒来，凝视用心血写就的诗篇，一点一滴记录着人生的苦涩与期望，理想的翅膀便插上了唯有自己能懂的恬静。写着写着，周围投来的异样目光中，包含的隐晦内容越来越丰富，越发把心事藏得更紧，唯恐一不小心泄露青春的梦。

岁月无情淘汰了一些陈旧的东西，新生命的诞生促使诗人的血管崩裂，无人能懂的文字高难度组合一度让朦胧诗的辉煌直接登上文学巅峰。峰回路转，谁又能预料到通往诗歌的路慢慢会成为独木桥，顾城的疯狂更是为这条路沾满血腥。北岛的忧郁、海子的遁世无不给诗人蒙上一层灰色的面纱……透过他们无奈的眼神，黑暗尽头的那抹凄凉，任黎明的诗句如何啼血，也遮不住岁月残酷地扫荡。

"黛玉焚稿"，烧的是一段苦涩的恋情，结束的是心底对诗歌唯美、虚幻的追求。女诗人的命运往往人为地充满更多变数，即使一代大词人李清照才高八斗，也无法让上天额外眷顾，赢得爱情和婚姻的大满贯。泪眼婆娑，我看到了被心爱的丈夫遗弃后隐藏在清照词中的无奈与苍凉。

理想很丰满，现实很骨感。在诗歌创作道路上挣扎好久，一地的玻璃碎片无情地掩盖了光明出口。梦里的花开花落在尘土飞扬中改变了模样，那些激情澎湃的瞬间，逐渐凋零成青春苍白的一个符号。蓦然回首，干涩的眼里再无热泪盈眶。

一个前辈看在眼里好心劝诫我放弃这个梦。犹豫再三，所有的诗稿付之一炬。追寻十余年的梦就这样搁浅成一个淡淡的回忆，那份落寞成为心中挥之不去的痛。

我是诗歌的叛逆，放弃它纵然有种种苦衷，也不过是对青春梦想的一个嘲讽。有时，我觉得自己还算理智，可以理性地打败诗歌这个强大对手，冷静地欣赏那些仍陷在诗歌旋涡中无法自拔的诗人们呻吟的哭声。如今我可以不再为五斗米折腰，可以在文学殿堂里选择更适合我的文体，可是，内心深处对诗歌的亏欠，让我的心头重新笼上一层阴云。

多年之后，待要重拾青春时遗失的这个梦，无奈文字空洞，情感匮乏，时光走得太快，已拿走了我全部的创作梦想，连带那份激情也陪葬在人情冷暖的世故中。方才明白，有些东西，错过了，就是一生的空白和遗憾。

冷眼关注坚守阵地的诗人们无怨无悔地穿梭在诗歌梦里，用心灵的洁白，守候着最后的希冀。即使冷酷的现实赐予他们一脸灰尘，在他们的诗句里你依然能找到跳动着的明媚色彩。

何以解忧，唯有诗歌。一字一句凝练的唯美，那是夜莺对爱情的歌唱，也是黎明对火红的向往。

我相信终有一天，文学的再次复兴会给诗歌戴上荣耀的桂冠。希望到那时，对诗歌的尊重会让彷徨的诗人们找到回家的路，他们的眼里不再充满感伤的泪水。

瑜伽的呼唤

有一种声音，很有磁性，轻柔、舒缓，就在你闭目遐想的瞬间，似一股电流，轻轻穿透皮肤，直抵心灵深处。和缓的音乐伴随鸟语花香，和着流水潺潺，携着丝丝微风在耳边漫游。

那一刻，身心完全放松，仿佛置身于世外桃源。阳光的爱抚、雨露的滋润、微微沁湿额头的汗珠，把午后的快乐点缀得如梦如幻。于是，拾起一个七彩花篮，穿梭在旖旎的风光中，光着脚采摘一串串结着丰硕果实的笑声。

多希望时光静止，把所有的快乐与满足压缩成一张黑白胶片，即使老去，清晰的记忆也能随时播放这支颤动心脉的旋律。

风渐渐停息，音乐若有若无地在水面上飘着，不经意地滑出一圈圈涟漪。盘腿静坐调匀呼吸，手掌向上轻轻放膝盖上，微微颔首致意，畅快的呼吸不知何时变成一种贪婪的享受。慢慢睁开眼睛，从时光隧道里走出来，迷离的灯光、温柔的眼神、发自肺腑的微笑，仿佛脱胎换骨，让我们找到了一个未知的优雅温婉的自己。

它不追求速度的极限，一招一式极尽温柔舒展之态。或立，或坐，或卧，或仰，或跪……动作看似简单，如行云流水一气呵成，一伸一提一弯，俨然被一根无形的绳子牵引着，数秒之后，额头沁出的汗珠便顺着脸颊流了下来；繁杂些的动作简直令人咋舌，身体翻转扭曲，严重变形，近乎夸张，一动一静，随意间，便把舞蹈的轻盈和健美的力量糅合在一起。

高温瑜伽更是雅致之极，清丽的音乐从天堂的指缝中溜出来，如泉水叮咚轻轻叩击五彩的石子，一点一滴渗透到长满鲜花的田野里；热浪翻滚，雾气缓缓从加湿机中不断喷涌，犹如躺卧于南国热带雨林的地热温泉中。修炼片刻，呼吸酣畅、大汗淋漓，每一块肌肉完全放松下来，每一根线条拉伸到身体的极限，不胜娇喘之际早已腾云驾雾，与美丽的大自然撞了个满怀。

记得多年前在电视上第一次观看瑜伽大师表演，解说的女声软绵绵的，如催眠曲一样，听得人浑身直起鸡皮疙瘩；动作缓慢、招式怪诞，像慢镜头回放的变态版太极，心里多少对它有些不屑。

几年前，在朋友的怂恿下偶然地与瑜伽有了亲密接触。没想到，修炼日久，缓缓揭开瑜伽神秘的面纱，印度古典美女的风雅就乍现无遗了。她的内心世界极其丰富，需要你用心感受呼吸的诗意与淋漓，也需要你用爱来感受拉伸的愉悦和畅快。慢慢地向她靠拢，习惯了她的温柔抚摸，僵硬的身体不知何时领悟到古老文明的教化，举手投足间风情万种、挺胸拔背时风姿绰绰。那段时间，每一个与她有约的日子都走得恬淡而又从容。

可惜懒惰的温床太让人迷恋，我终是辜负了她的厚望，任性地以工作忙的种种借口逐渐远离了她的视线。夜深人静，她深情的呼唤不时地进入我的梦境。挣扎好久，还是选择了故意疏忽和淡忘。

流年似水，身体的每一寸关节开始感受年轮衰退的无情，离开她的疼痛逐渐成为心底的惆怅。

一个夏日黄昏，小区花坛边聚拢了好多人，舒缓的旋律自然流淌，不禁循声走过去探个究竟。只见一群"小蛮腰"穿着舒适的练功服在瑜伽垫上"翩翩起舞"。她们时而静若处子，将每一个造型演绎得婀娜多姿；时而腾挪自如，高难动作让观众瞠目结舌。她们柔韧的身体天生就是为瑜伽而生的吧，修炼到如此刚柔并济，如艺术体操绝美，谁说这不是瑜伽最美的境界！

我满含歉意地再一次走近瑜伽，臣服于她妩媚的多情。离开她的日子，心里不知何时长满杂草，昔日恬静的空中花园竟让懒惰、贪婪、欲望弄得面目全非，光着脚丫采摘鲜花的快乐竟成了明日黄花。

　　我不知道我在忙碌什么、寻找什么，终日紧张、终日疲惫，却一无所获，只剩下两手空空的茫然；焦虑来势汹汹，把空闲的每一分每一秒极尽所能地填得满满；叹息声逐渐湮没了激情的渴望，抑郁的种子不知不觉间在心灵深处生根、发芽、泛滥。

　　时光太残酷，我们无法阻止它疯狂地掠夺走我们的青春。多想，穿越到从前，在阳光的雨后采摘洒在青春梦里的串串银铃般的笑声。岁月渐离渐远，时光的泪水流个不停，一遍遍浸透饱经沧桑的憔悴。

　　瑜伽重新走进我的生活，忙碌的日子因了它的神奇，透支了一份意外的惊喜。身体放松下来，感受慢节奏的韵律，在自然舒展的天际间，静静享受时光寂然流逝的淡定；打开心灵天窗，解开缠绕已久的心结，清新的空气缓缓注入大脑空隙，将疲惫和焦虑涤荡成清清爽爽的凉风；快乐慢慢袭来，如影随形，微微上翘的嘴角不知不觉间泄露了所有的秘密。

　　总以为最美丽的风景始终在前方，需要花费很多精力去寻找。提速奔跑的途中，慵懒与懈怠缠绕不休，一不小心便陷入欲望沟壑，遗落了多少看似简单的快乐。

　　我虔诚地匍匐在弯曲的臂弯里，倾听心跳的声音，感受浊气腾空出世的欢愉。心灵的静寂、身心的放松、甜美的微笑、隔世的淡然，这不正是我们追寻已久，洒满阳光的灿烂日子？

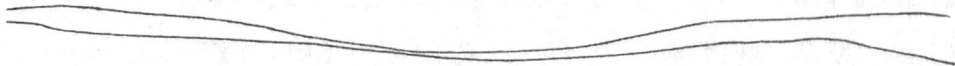

死不相问

《美人心计》中有很多经典对白，我却对"死不相问"这句台词情有独钟。汉文帝刘恒以一代帝王之尊倾情演绎了一个人间爱情神话，用一生的爱恋诠释了这个词的意义，就是面对心爱之人死不相问，不仅成就了男人的大智慧，也让爱情这颗奇葩开在帝王家。

"死不相问"是对信任一词的最高膜拜。爱她就接受她、爱她就信任她，这样婚姻才能牢固，两颗心的距离才能为零。

疑窦丛生，一如既往地保持高度信任，需要过人的坚忍，更需要一种超冷静的高姿态。人非圣贤，在诱惑面前，我们不得不承认自己终究是凡人，猜疑总是有意无意地干扰我们脆弱的神经。

误会缠绕，"死不相问"也是一种消极的逃避手段。不相信你的人，解释无用；相信你的人，无需解释。道理虽如此，有些话语不点透了，压抑日久，阴霾便会笼罩成疑云，在心头飘着冰冷的雨。遇到霜降，自然凝结成冰，冻结两颗不会防备的心。

信任的保质期很短促，再大的误会还得及时消除。两个人的"死不相问"累加到一块就成了冷暴力发源地。如果一任这种风暴恣意狂舞，爱的解体便成迟早之事。

信任的保鲜期也很脆弱。它是一件高贵的外套，再冷的寒风、再大的暴雪都无法剥夺它的优雅。可是，梅雨时节的沥沥细雨却会不知不觉霉烂它的心。

爱情，这个古老的神话，我们穷其一生追求的都是两颗心的激烈碰撞。可是，碰撞时不仅仅会产生火花、彩虹，还会伴生岩浆、暴雨，还会附着更多的泪水和伤痛。爱与恨、信任与误会就像孪生连体儿，无法分割，也无法承受。坦然面对的结果就是把眼泪化成微笑，然后睁一只眼、闭一只眼，用生活的温水和成一团泥，你中有我，我中有你，一不小心就捏成一对快乐的小泥人。

很多时候，我们苛求一份纯净的情感，"死不相问"就成了收藏这份情感的保险柜。不敢轻易打开，就怕一打开灰尘污染了纯净的空气。只好小心翼翼把它安置在心头，用情感的金锁牢牢锁住。

生活的琐碎还要继续，只要信任还在，爱就不会原地消亡。冰雪融化、春风荡漾，掀掉误会笼罩的层层面纱，露出的冰山美丽一角就是信任最大的收获。

人与人之间难免磕磕碰碰，人心猜忌造就了人情冷暖的不断更迭、导致了悲欢离合的不堪回首。多少人在失去最爱之后方悔悟，猜忌这颗隐性毒药，药效之强、之苦、之痛，都是生命中不能承受之轻！方醒悟"死不相问"才是爱情至上的崇高追求。努力做到这一点，误会尽管霸道，也得为真爱让路。可惜黄鹤已去，空楼悠悠，"死不相问"的境界之妙实在不是平常人所能掌控的。

"但愿人长久，千里共婵娟。"没有信任为伴，如何能实现"两情若是久长时，又岂在朝朝暮暮"的两心相印？

当信任的上空飘着牵挂的雨，爱满人间才会成就千古佳话。

然而，我们总是想当然地以爱的名义为猜疑找一个合理借口，以为这样就可以肆无忌惮地闯进对方心灵空间来去自由。一地鸡毛，满目疮痍，曾经灿烂的真爱上空残留一张用猜忌织就的丝网，美丽的爱情鸟早就飞得无影无踪了。

不敢奢望"死不相问"的大爱能降临到身边，总在扪心自问：风雨交加，能否给爱人一双飞翔的翅膀，用心灵的呼唤加以抚慰；烈日当空，能否为爱人捎去一缕和煦的微风，扫平压在心头的狂躁；地动山摇，能否保持明智的坚持，用一双信任的眼睛去迎接爱人真挚、忐忑的目光。

总在期待这样的一个奇迹：即使海枯石烂，也有一双专注的眼睛，充满信任和爱恋；即使沧海桑田，依然能够相濡以沫，真爱无悔。

这就是平凡爱情走向完美的一个升华过程吧。

"娘娘腔"也是男儿本色

从小受母亲影响，对戏曲有着一种近乎着迷的偏爱，尤其喜欢越剧、黄梅戏和京剧三个曲种。有时并不能完全听懂唱腔，但依然阻挡不了我的疯狂。上小学的时候，京剧《红娘》票价仅五分钱，我用平时攒下的零花钱悄悄买了两张票，放到母亲手里时，母亲的笑容非常灿烂，然后拉着我的手走进了观众很少的电影院。那时年幼，无法理解成人的世界，一知半解地看着崔莺莺与张生的爱情故事，居然也为红娘的深明大义而感动。回来后，把记住的几句唱词唱给小伙伴们听，把她们听得眼睛都直了。

黄梅戏唱腔简单些，像我们家喻户晓的《天仙配》选段《夫妻双双把家还》，让黄梅戏走入了寻常百姓家；越剧唱腔过于婉转，但人物造型漂亮，《五女拜寿》捧红了"小百花"艺术团，为戏剧界带来一股强劲旋风；京剧是中国国粹，电影《白蛇传》凭借美轮美奂的画面登上了戏剧顶峰。最早接触《红楼梦》《梁山伯与祝英台》这些经典的文学作品，我都是从戏剧开始熟悉的。即使是现在，每一次看到儿时熟悉的剧目重演，还会忍不住驻足欣赏回味。

这些年流行歌曲霸占着舞台，对戏剧的热忱逐渐烟消云散。直到看到"李玉刚版"的京剧，儿时的乐趣又重新找了回来。他的经典剧目——《贵妃醉酒》，完整地演绎了杨玉环的雍容华贵。他的唱腔华美不经雕琢、服装绮丽巧夺天工、扮相秀美不失皇家风韵、台风庄重浑然一体。唱到动情处，如夜莺婉转，缠绵的音韵里流淌着小桥流水的惬意；高亢处，铿锵有力，如骏马奔驰在塞外的草原上，冷峻中透露出一种孤傲，让人不得不惊叹中华戏剧之魅力，能让一个草根男旦演绎到叹为观止的境界。

杨玉环是中国历史上有名的四大美人之一，她高大丰腴的身材、倾国倾城的美貌、深厚的音乐底蕴、曼妙的舞姿，令她成为众多明星争相挑战的极限。据史书记载杨玉环能够旋转如飞，领舞大型绝世舞蹈《霓裳羽衣舞》，这就对演员的外形、气质和内涵有了近乎苛刻的要求。半个世纪以来，无数演员在影视作品中尝试塑造了很多版本的杨贵妃，可是没有一个人能够完整地挖掘到她的精髓和古韵，将她的身态和舞姿演绎得出神入化。

李玉刚用一个男儿身再现了一代美女的性感、妖娆和妩媚，这不能不说是中国戏剧史上的一个划时代的奇迹。没有亲见梅兰芳大师的高超演技是我们这一代人的遗憾，如今"李玉刚版"的现代京剧，逐渐征服了现代年轻人挑剔的听觉和视觉，让这个古老的文化遗产以这种华美的形式传承下来，他实在功不可没。

如今连年幼的孩童都会哼几句"李玉刚版"的京剧，梅大师地下有知会有多么欣慰。其实京剧并不神秘，它高雅得就像藏在深闺里的旷世才女，琴棋书画样样皆通，只要你用心观摩，它的古韵就会随着京胡的咿呀顿挫自然流淌出来。

小时候一看到画家笔下婀娜多姿的仕女飞天图，那些令人眼花缭乱的华美服饰就会立即吸引我的眼球。长长的彩色丝带随风翻滚，如云霞般灿烂的衣裳飘飘欲飞，珠环玉翠衬托着一张张俏脸，每看一眼都是视觉的最大享受。最喜欢看舞台上拖曳地面的古装彩衣，长长的水袖轻飘飘地扬起，在空中划出两道优美的曲线；娇俏的花旦轻移莲花步，一双妩媚的丹凤眼飞云流转，顾盼含情，我的心便随着美丽的嫦娥仙子直奔月宫的桂花树去了。

傍晚，银河星光闪烁，李玉刚巧施粉黛，身着亲手设计的华美衣裳，挽着长长的彩带飘然出场，举手投足间尽显芳华绝代。演唱间歇，彩带上下翻飞环绕，舞出一道道如彩虹交映的奇幻景象，直看得观众目瞪口呆。衣袂飘飘、凌空起舞、夜莺婉转，再加上舞美特技的灯光效果，中华这一绝技被他发挥得淋漓尽致。

曾经见过一个二十多岁的小姑娘舞动近十米长的彩带，仅两三分钟便大汗淋漓。没想到李玉刚舞动三十米长的彩带轻松自如，还能做出连续快速旋转的高难度动作，还能深情款款地吟唱曲调高亢的歌曲，把缠绵悱恻的爱情故事演绎得荡气回肠。

很多人嘲讽李玉刚的"娘娘腔"，认为他辱没了男人的阳刚之气，这种偏见和陋习还在世代延传。戏剧在旧社会地位卑下，戏子也是一个贬义词，女艺员反串青衣、老生在国人眼里还能包容，却偏偏古有梅兰芳、今有李玉刚颠覆了这个常理顺序，才让垄断男尊女卑思想的七尺男儿恨到牙痒。

每一门艺术的发扬光大都蕴含着前人的智慧结晶，只要这门艺术能够带给人们健康的赏心悦目的效果，我们就没有理由排斥、泼墨。欣赏不了咏叹调，有待提高的是我们的欣赏水平，但随意诋毁这门艺术的高雅只会彰显自己的低俗；无法接受李玉刚的表演，只能说明偏见之毒太重，蒙蔽了世俗的双眼，让我们分不清庸俗与创新的分水岭。

很多人去泰国兴致盎然地欣赏人妖"表演"，这是对艺术的极大讽刺，也是人性的一种堕落。每一种美，如果是以摧残人的身心健康为前提，即使再耀眼，也是打着艺术幌子的垃圾。可我们依然包容它的存在，不能不说世人的谄媚，到底还是远离了艺术正轨，去追寻动物纯粹的感官刺激。

李玉刚以草根身份在悉尼大剧院成功召开了盛世空前的个人演唱会，我相信从剧院里面走出来的每一个人都会对中国的戏曲艺术由衷地竖起大拇指，都会赞叹李玉刚的男儿本色。

艺术是没有国界的，美是不受歧视的，只要是民族的，就是世界的！我还是相信成功的路不止一条，通往它的入口永远都是实力做证！

给爱情一个感动的理由

童稚之爱：由于我爱，所以我爱；成熟之爱：由于我爱，所以被爱！

——题记

众多"金领男人"心目中的心动女生一骆琦终于花落林汉奇，这样的结局出乎所有人意料，却也在情理之中，更让喜欢《非诚勿扰》的观众感动于爱情的执着。

年轻时，心中澎湃的热情早早确定了寻找真爱的方向，似乎一份心跳的感觉、一见钟情的诱惑才是爱情的定义。闯过重重陷阱，撕掉玄妙情感的糖衣，一路蹒跚走来，幡然醒悟，爱情世界里平平淡淡才是真。

"我搬来搬去那么多国家，可能会比较国际化一点，你的背景和我很像，所以我们共同的话题还是蛮多的，希望你可以认真考虑一下。你站在这边也已经很久了，我可以带你去做脚底按摩，我请客！"第一次表白时，林汉奇说的话很直接，门当户对的优势被他运用得恰到好处，但缺少了一份真诚，不能直抵女孩子心灵深处的柔软，只好为他与骆琦的擦肩而过感到些许遗憾。

"我现在喜欢平常没化妆在喝咖啡的你、讲笑话的你，或者说每天过日子的你，所以我希望你能真正给我一个机会。"简单的告白，没有甜言蜜语，简单的关心和理解就把一份厚重的爱完整表达出来。时隔半年，林汉奇第二次勇敢地站在骆琦面前，话语中多了份相知与坦诚，那种对心仪女子发自肺腑的欣赏与爱恋是成熟男子蜕变后的睿智。

这样的执着考验一个人的耐力，更让观众见证了什么是一心一意只为你而来的勇气。时间似乎在刹那间停止。他的勇气可嘉，命运之神会给这个阳光大男孩一个机会吗？

接受吧，如果放弃这样的男孩，一定是你生命中的遗憾。我心里嘀咕着，忍不住替骆琦着急。给他一个机会，也是给自己一个机会。不要轻易错过一个为爱执着的人，毕竟不是每一个人都有两次勇敢公开表白的决心！

我真的希望她能接受他，不会像上次吃了秤砣——铁了心地扑灭他最后的热情。不管是电视台作秀，还是所谓的爱情蛊惑，这些都已不再重要，这一刻我只想老天成全那颗为爱挑战的心。

骆琦喜极而泣。他们牵手的瞬间，情感的上空飘满了感动的雨。

"喜欢你现在如花的容颜，也喜欢你将来苍老的皱纹和灵魂。"这样的爱情才是至爱的最高境界！

昔日恋人牵手婚姻殿堂，许下的誓言都是这般真诚，仿佛几十年的相依相伴都能凭一纸诺言终老白头。只可惜，花开花落见证了太多的劳燕分飞。

一代才女张爱玲初遇年长十四岁的胡兰成，他的温文尔雅、风流倜傥终成一剂慢性毒药渗入她的骨髓。张爱玲倾其所有，"让自己变得很低很低，低到尘埃里，内心却是欢喜的，还能从尘埃里开出了花来。"只可惜，她的倾心倾情，并未得到对方长久的感动。爱到飞蛾扑火的结局，终是"红玫瑰变成了一抹蚊子血，白玫瑰变成了心口上的一颗朱砂痣。"

因为懂得，所以慈悲。明知对方风流成性，却依然给自己找一个勉为其难坚持的理由。这样的纵容，无异于把自己置身于烤炉之上，再炽热的情感也会被蒸发掉所有水分。

当"岁月静好、现世安稳"变成明日黄花，一代才女迎风哭泣，如圣洁的百合，悄悄卷起一身的落寞与疼痛。即使跨越一个世纪的流光，我们依然能看到她脸上未干的泪痕，缀满深深的无奈和伤感。

"春日游，杏花吹满头。陌上谁家年少足风流？妾拟将身嫁与一生休。纵被无情弃，不能羞。"张爱玲用一生的苍凉为我们演绎了这种奋不顾身的"勇敢"有多笨拙。

男追女、隔座山，虽然辛苦，男人却乐此不疲地追寻着梦中的洛神，但凡得手，珍惜自己的劳动成果也是必然；女追男，隔层纸，虽然容易，却让风流男人不劳而获，弃之不惜便成了薄情男人惯用的伎俩。一代才女也无法扭转这个悲剧。感动自己的理由再充足，忽略了被爱的过程，终无法赢来男人的感动和世人的尊重，只好栽到自己精心设计的陷阱里，一任"虱子"爬满华美的生命的袍子。

我纯洁地爱你，不为奉承吹捧迷惑，

我勇敢地爱你，如同为正义而奋争！

爱你，以昔日的剧痛和童年的忠诚，

爱你，以眼泪、笑声及全部的生命。

勃朗宁夫人写下这激动人心的诗篇，她内心洋溢的熊熊烈火是爱情燃烧的火焰，向世人宣示了爱情的伟大与忠贞。"不仅欣赏你旷世的才华，还有你孤傲的灵魂，还有天真、脆弱、自卑的眼睛里隐藏不住的爱情的渴望……"被爱到极致，世界文坛便诞生了一个才华横溢的作家。爱情背面的底色尽管平淡，只要有温情源源不断注入，便能绘就浩瀚的河流，遮住岁月沧桑的痕迹。

一个孤独的丑小鸭坐在轮椅上煎熬了二十四年，终于听从爱情的呼唤，勇敢地站了起来。谁能否认爱情不是一个伟大的奇迹！当勃朗宁夫人在小她六岁的爱人怀里恬然睡去，十五年的爱情滋润、感动世界的十四行诗文集，让我们相信平凡的爱情是最温馨的田园风光，那里有山，有水，有诗意，有温暖，还有神话！

如果可以，请珍惜生命中的每一份感动。这样的爱情入口充盈激情的澎湃，婚姻通道养分充足、空气流通，心灵的渴望才会滋养得郁郁葱葱。

放弃那件爬满"虱子"的外套吧，尽管它华美艳丽，可它悄悄啃噬的却是生命的阳光！

前面的路还很长，不知道等待骆琦的会是怎样的色彩斑斓。

"最美好的事，不是睡到自然醒，而是每天早晨有个醒来的理由，或为心爱的人做一份早餐，或为看到他醒来时纯净的笑容。"骆琦无限感慨地写下这番话，小女人心中的梦幻已开启了浪漫的一页。

给爱情一个感动的理由，这样的爱方能见证天长地久。我想，有一天她真的找到了这个醒来的理由，被爱的感动足以保佑每一个初涉爱河的女子今后的生活风调雨顺。

祝福有情人吧！

梦想的力量

　　女友说，在这个世界上她最崇拜的人就是她母亲。老人家竟然在七十岁高龄时毅然决定学弹钢琴，而且是去外地学习，一去两年。

　　女友说她父亲体质羸弱，母亲长期照顾父亲，失去很多个人乐趣。父亲去世以后，全家人非常悲痛，儿女们想尽办法陪伴老太太，以免老人心生孤独之感。没想到有一天她母亲召开家庭会议，高调宣布决定去外地学习钢琴，实现自己年轻时的梦想。儿女们听了先是诧异，然后集体反对，毕竟母亲年事已高，手指僵化，别说弹琴，就是拿铲子炒菜都让儿女担心。可是，老人家非常固执，任凭儿女们说破天就是坚决不放弃。

　　实在拗不过母亲，儿女们只好亲自送老太太去上学。食宿要完全自理，刚开始儿女们着实不放心，每周末驱车三百里路前去探望母亲。母亲老了，脾气变得难以捉摸，儿女们认为母亲的任性只是孩子式的一时兴起，经不住枯燥、艰苦的训练，不久便会自动放弃。

　　出乎大家意料，老人尽管年纪最大，与她同班的学生都是二十岁左右的年轻人，但老人家竟然如鱼得水，学得不亦乐乎，还被同学们尊称为可爱的老奶奶。两年学期满后，母亲学有所成，已经能够在教堂唱诗班演奏简单的钢琴曲目。

　　梦想的支撑力到底有多大，我们无法统计。对梦想的执着，却让"人生七十古来稀"的老太太演绎了一曲震撼人心的命运交响曲。静静听朋友讲述家庭往事，内心翻滚着发自肺腑的敬佩和感动。

九十岁的美国作家塔莎·杜朵说："老了，不一定要成为家人的负担，只要懂得创造生活乐趣，老，不再是件让人畏惧的事。反之，你有充足的时间可以浪费在更多美好的事物上。"优雅地老去，怡然地享受生活，塔莎老奶奶用灿烂的后半生为我们做了一个榜样。

我们不能决定生命的长度，但能决定它的宽度。如何让自己的一生走得灿烂，对大多数中年人来说已经成了一道过往的风景。追悔莫及，一声叹息过后，只好将希望寄托到下一代身上，望子成龙、望女成凤就成了他们后半生追逐的梦想。其实这也是人性自私无能的一种表现。"己所不欲，勿施于人"的道理有几人真正懂得！可怜天下父母心！

一些刚走出大学校园的小同事，整日沉溺在网络游戏中不可自拔，甚至从不记得有过什么理想。当年，他们千辛万苦走过独木桥，在象牙塔里悠然度日，算是镀了金身，完成了上辈人的心愿，就以为已经尽了自己的责任。随遇而安是每个人生存的权利和自由，从他们迷茫的眼睛里，找不到理想的方向，未来的境遇便可想而知。

小时候，《我的理想》这篇作文每个学生都用心写过，那时憧憬着美好的未来，感觉奔向四个现代化是那么令人向往的事。不惑之年，蓦然回顾，童年时的愿望早已灰飞烟灭，唯有轻叹往事不堪回首。

可是，那个梦真的走远了吗？还是我们丧失了一颗进取的心，整日沉沦于麻木之中，再也找不到通向阳光的路。

环顾四周，成功人士跋涉的途中总有一颗叫作执着的星星在前面带路。乌云密布，雷电闪烁，没有星光指引，踉跄的步履依然穿行在黑暗中，永不放弃。所谓平庸与伟大的距离，只是凡人界定懒惰与努力的差距，甘于平庸，理想便早早成了不思进取的殉葬品。

感叹梦想的力量，更喜欢与乐观为伍。照过岁月的河，不经意间就会收获人间喜剧演绎的不同故事版本。风沙有时会迷了我们的双眼、荆棘有时会刺破我们的脚趾、诱惑有时会让我们跌进物欲的陷阱。只要心中的梦还在，向着阳光的方向一直奔跑，终会迎来希望的云朵、灿烂的彩虹。

历经潮起潮落，学会了远离悲观。当牢骚一路领军占据理想大本营，败局已定，也就彻底输给了所谓的命运无常。上帝创造每个人都是公平的，苦难施洒的厚度、分量因人而异，一分耕耘一分收获终会印证我们奔波的足迹。泪水多了一些，与幸福相抵，更多了一份坦然与从容。

从来不相信命运天赐，不敢用有限的生命静候守株待兔的"艳遇"，唯有老老实实、挥汗如雨耕耘理想三分地。当希望的曙光逐渐浮出海面，享受奋斗的艰辛和过程的快乐便成为明天最令人骄傲的丰富资历。

再过三十年，满头银发写满沧桑，七十岁的我，还会不会如老人家这般锲而不舍？再过五十年，风雨半个世纪，九十岁的我，还能坦然笑对塔莎老奶奶恬静的目光？

我终不悔，曾在理想的道路上这样狂奔过！尽管泪水早已风干，记忆里早已淹没了青春年少时的迷茫……

情人泪

《红楼梦》剧组二十五年再聚首，几多感慨几多思量！

——题记

曾经以为淡定是沧桑之后的符号。看惯了仓促岁月流逝的梦里的黑白颜色，习惯了秋风苦雨无处话悲凉的麻木。可是，为什么，这首熟悉的旋律一经响起，那凄婉的音韵里就载满了爱恨情仇？如潮的往事蜂拥而来，眼泪便会不由自主地流淌下来？

"天尽头，何处有香丘？……试看春残花渐落，便是红颜老死时。一朝春尽红颜老，花落人亡两不知……"一唱三叹的"花落人亡两不知"把《葬花吟》这首歌的主旋律一步步推向高潮，如怨如诉、如悲如泣，似一把锥心的匕首，慢慢刺向心窝最柔软处。红尘中的那些俗念，在泪水的旋涡里打着转，再也找不到情感出口，只好含泪和一曲《枉凝眉》。

"一个是水中月，一个是镜中花。想眼中能有多少泪珠儿，怎经得秋流到冬尽，春流到夏。"一字字、一句句，如点点离愁，欲说还休。

陈力倾情演唱着这些老歌，亦如二十多年前的悲情投入。脸颊上轻轻滑过的点点泪痕，在舞台灯光的照耀下闪烁着纯净的梦幻光彩。沧桑岁月没有抹去她沉寂多年的风采神韵，歌声依旧干净清亮，婉转得像午夜的夜莺，没有丝毫的杂质和苍老。据说，她用四年多的时间演唱完《红楼梦》插曲之后，便隐居加拿大至今。也许，用生命谱就的跳跃音符已同她未来的生活融为一个整体，成为她生命的一部分。如一坛老酒，窖藏多年，不忍示众，一经开启，浓香醇厚，顷刻间便唤醒了我们沉睡多年的记忆，让我们的思绪顺着她的声线，抚摸《红楼梦》的脉搏，去捕捉残存在旧梦里的温柔，在宝黛的悲剧里寻找爱情的永恒……

最早接触《红楼梦》版本还是竖排的繁体字。当时年纪尚轻，不过十四五岁，看不大懂。可是，每次读到《葬花吟》，小小年纪总不免为黛玉的多愁善感所感染。那种寄人篱下的悲凉、爱到深处的彷徨、满腹才情的无用、孤傲自怜的痛楚，点点滴滴、点点滴滴全是情人泪！这些玲珑的诗句竟然能够穿透我的胸膛，让我莫名地为一个活在红楼中的才女扼腕叹息。

更不敢看"黛玉焚稿"的那段决绝，缘尽人散，爱恨无常，花落人亡两不知。永远的痛留给最爱的人，无处话凄凉。"此情可待成追忆，只是当时已惘然"。误会重重，侯门深锁；两小无猜，世事无奈。人世间才有了这么多的分分合合，凄凄怨怨……

"但愿人长久，千里共婵娟。"这样的梦多美！每一个在爱恨情仇里挣扎的人，读着这样的诗句都会信心倍增。可是，现实无奈，总夹杂着那么多的不堪。仰天一声长叹："侬今葬花人笑痴，他年葬侬知是谁？"满眼痛楚，流尽韶华最后一滴相思泪，把青春的梦幻埋葬在苦海深处。

不如归去，不如归去！也许繁华如梦，天堂的尽头才能长满无忧草；徜徉在相思小径，梦里花落才有丝丝细雨润无声。

魂归故里，方知千秋岁月如梦。黛玉香魂一缕化为烟，这首绝唱便成为爱情史诗，留给痴男怨女一片洁净的天空，也让爱情神话延续着它的神秘色彩，影响一个个爱情飞蛾前仆后继地演绎悲情片断。流满眼泪，充满幽怨，楚楚动人的回眸一瞥，依旧是那片纯真的灿烂……

二十多年过去了，懵懂的岁月让我们感知了岁月成熟的代价；红楼里的恩恩怨怨让我们看透了情感更迭的苍凉。陈晓旭飘然仙逝，红颜薄命的路上又多了一个孤魂。每一次想起她饰演的林黛玉，一颦一笑、一嗔一怒，活灵活现，就那么真实地还原了一个虚拟人物的丰满。只可惜佳人同命。无奈感叹：天妒红颜，天妒红颜！

也许，晓旭前生就是曹公笔下的精灵，只为完成这个使命而生，倾注一生的心血演绎了这个至今无人超越的经典角色，将最美的瞬间留给了我们的青春记忆。当她皈依佛门，平静地离开人世，最美的笑容里一定注满了黛玉生前的渴望——飘逸的花中仙子藏在百花丛中，一任群芳妒，待到山花烂漫时，她在丛中笑。

"花谢花飞花满天，红消香断有谁怜？游丝软系飘春榭，落絮轻沾扑绣帘。"落英缤纷，这满目的灿烂应是良辰美景虚设。如果挽着爱人的手，细诉心声，这难得的惬意怎一个"爽"字了得！只可惜，物是人非事事休，欲语泪先流。黛玉葬花的忧伤、泪水和祈盼，最终敌不过人情世故的残酷。

"愿侬肋下生双翼，随花飞到天尽头。"可怜如花女儿心，晶莹剔透，却经不起尘世的污染。纵然心比天高，也只能在天堂的梦里展现她最凄美的笑容。倘若真有来生，她会不会是那只啼血的杜鹃鸟，相思泪竭，孤影飘零。

红尘一曲将离别，人去楼空花已尽。携着梦的牵引，愁肠百结，凄婉的歌声，早已将蠢蠢欲动的情愫团团困住，再也找不到栖息的归宿。如今一遍遍在老歌的旋律里徘徊，沉醉在如烟的梦里，生命的咏叹不知不觉画上一个沉重的休止符。

"天尽头，何处有香丘？……试看春残花渐落，便是红颜老死时。一朝春尽红颜老，花落人亡两不知……"天长地久有时尽，此恨绵绵无绝期。曲终人散，泪眼朦胧，恍惚中却看到黛玉回眸一笑，轻吟了一句："我欲与君相知，长命无绝衰。"是啊，把握今生的爱情才是每个性情女人的福运，且行且珍惜！

穿过世俗的荆棘，阳光已经刺痛了寻找真爱的双眼，那些隐藏在心灵深处的绝唱却依旧会在寒冷的冬季温暖旅程的寂寞，让失意的人们想起那个遥远的故事里，曾经有过怎样一双执着追求幸福的泪眼，给如许湛蓝的天空涂抹过如霞的云彩……

踏　雪

雪后初晴，阳光明媚。推开窗户，一股清凉的味道令人心旷神怡。于是走出屋外，在洁白的世界里尽情享受偷来的片刻欢愉。

雪很厚，融融的，像地毯一样，把大地罩了个严严实实。原本清冷的旷野，因雪花点缀而分外妖娆。举目远眺，蓝天洁净得像一块透明的宝石；闭目深呼吸，鼻孔翕动加速，湿润的空气里弥漫着令人兴奋的因素。突然想去探望住在不远的友人，近在咫尺，却因种种不着边际的理由，相见便成了未知数。

踏雪而行，莫名的兴奋不时袭来，有一种不可思议的快感。我缓缓穿行在雪中，积雪漫过鞋子，轻轻踩下去，雪花在脚底"咯吱咯吱"笑出声，我竟然开心得有些飘飘然。

不由得想起小时候，那时功课不太紧张，只上半天课。下午雪后放晴，几个小伙伴不约而同聚在一起就打起了雪仗。小脸冻得通红，小手戴着棉手套，包了几个雪球，不一会儿就肿成两个发面馒头。打在身上的雪花时常渗入脖子里，凉飕飕的，令人不由自主打个冷战；交战双方兴致很浓，跑着跳着，开心得不亦乐乎，一不注意就会摔个大跟头，起来时就变成身披雪花大衣的北极熊，那份尴尬总会逗得小伙伴们捧腹大笑。

堆雪人更是孩子们乐此不疲的一件快事，只是滚雪球的技巧太难掌握。拳头大小的雪球在蓬松的积雪上慢慢翻滚，不断变大，心里的期望值也随之增大，往往快要成型时，一个失误前功尽弃，成果被一脚踢烂，失望之余只好自认倒霉；幸运的话，费了半天牛劲，勉强滚成雪人的一个小脑袋，无论如何也想不通那硕大的雪人身子是如何滚成的。大人们看在眼里，用铁锹在积雪堆上一阵拍打，找来树枝、石头插上去，一个大大的雪人瞬间大功告成，把小伙伴们看得瞠目结舌，不得不感叹大人们的智慧超群。

堆雪人太麻烦，孩子们创造性地想出一个绝妙的主意，一个小伙伴站着不能动，大家不断地往她身上拍雪，不一会儿一个活灵活现的雪人天使便诞生了，如动画里的圣斗士一般，一动盔甲自然掉落，那份得意带着孩子们纯真的快乐定格成童年最甜蜜的回忆。

那时还不懂什么是形体艺术模特，只是觉得轮到谁当雪人是非常幸运的事，争执不下，只好石头剪子布分出胜者。由于天寒，当雪人的孩子往往会冻得眼泪鼻涕横流，难免招来大人们的一通训斥，可是依旧阻挡不了小伙伴们下次明知故犯。

想着这些童年趣事，仿佛还在眼前一幕幕放映，不禁莞尔一笑。寂静的原野，少了孩子们玩耍的身影，竟然荒凉得有些令人颓丧。现在的小皇帝们养尊处优惯了，渐成温室里的花朵，怎么有闲心玩这些无聊的游戏，怎么能体会我们小时候傻乎乎拥抱大自然的乐趣，又怎么能融入团队中协调作战感受友谊的快乐！

我不知道应该为现在的孩子感到庆幸，还是悲哀。

穿着高跟鞋，小心翼翼地在雪中"滑"行，一个趔趄险些摔倒。不由苦笑，时光不饶人，转眼已过不惑之年，童年的小伙伴早已杳无音讯。于是停下脚步，环顾周围似曾相识的一切，感觉那么陌生。高楼多了，汽车多了，票子多了，可是，属于我们的快乐为什么越来越少了……

我回过头，仔细盘点我走过的路。脚印深一脚浅一脚，排列整齐，俨然两串大大的惊叹号刻在时光的案板上，在我身后紧紧相随。我无法抹灭忧伤，也无法留住快乐，就像雪中的印痕，风光无限，也会自然消融。只好把它们留存在记忆中，任岁月风干。只待来年，桃花盛开的时候，邂逅一场心灵的盛宴。

不远处的松树上挂满雪花，如一尊白塔矗立在寒风中，不禁想起小伙伴扮成雪人的可爱模样，心里充满感动，赶紧蹲下来，虔诚地捧起一把把雪花，撒在我走过的途中。

突然眼睛被刺得酸痛，一抬头发现太阳不知何时露出笑颜。光线如此强烈，一不小心扫落了积聚在心底的惆怅。雪花一片一片，不时地从杨树枝上滚落下来，衣袂飘飘，风情万种，舞蹈今生最美丽的谢幕。我不由得看呆了，静下心来捕捉这份充满浪漫的灵动。

多少次我们急于赶路，忘了欣赏路边美丽的风景，逐渐迷失了纯真，陷在物欲迷茫中无法挣脱；多少次我们故意忽略身后期盼的眼神，忘了与家人团聚的快乐时光，没有时间体会生命的灿烂……

如果生命还能再重新走一遭，我们还愿不愿意回到从前，继续儿时的快乐，远离温室里的诱惑，走出户外，找寻那份逝去的童真？

冬 趣

　　周末清晨，一睁开蒙胧的睡眼，暖暖的阳光就从窗帘缝隙钻进来，让人直纳闷北方"五九"的天好似孩子的脸说变就变，前儿还是寒风凛冽，穿着厚厚的笨重的棉服不忘咒骂老天吝啬；今天却喜气洋洋，眼里充满无限期待，渴望春天提早降临。

　　冬天可去的地方实在太少，想了好一会儿，还是直奔植物园。园子里游人不多，偶尔见到几人，多是舒展筋骨进行户外锻炼的老人。喜鹊"啾啾"地叫着，不时地飞过光秃秃的树林，黑白相间的身影像一道闪电。它们并不怕人，距离游人十来米远，拖着长尾巴扑棱地扫着地上的落叶，像在自家院子里一样悠闲地散着步。最可爱的当数密密麻麻的小麻雀，它们成群结队地站在树梢上"叽叽喳喳"地唱着歌。偶尔有游人惊动它们，顿时一片沸腾，这群可爱的小精灵就像等待起跑的运动员，一听到发令枪响后，就争先恐后地飞离树梢，在天空中聚集在一起，黑压压一片，阵形变幻莫测，煞是壮观。冷清的树林，因了它们的欢腾，反倒让寂寥的冬季有了春潮涌动。

　　我的兴致不由得提起来，一路哼着小曲，不知不觉走到人工湖附近。嬉笑声阵阵传来，禁不住好奇心驱使，直奔人工湖探个究竟。

　　那里的水不是很深，夏秋时节游人划着带篷的彩船荡漾在湖水中，垂柳依依、蛙声蝉鸣、燕穿雀跃，倒也是一个休闲的好去处。这乍暖还寒的冬季能有什么彩头？

　　隔着老远我看到一辆辆快速滑动的简易冰车，一家人捂得严严实实端坐在三人座冰车上，孩子往往打头阵坐在第一排。冰车滑行速度飞快，像一列列小型玩具火车，在孩子"指挥"下，手中铁锹整齐划一，刺在冰面上，不时扬起一片片冰渣儿。孩子的动作看似规范，手中铁钎挥舞得像模像样，明眼人一看就是出力不出活的假把式。不过人家态度认真，小大人似的，旁人忍不住给些鼓励的赞叹。

　　年幼的孩子也不甘示弱，坐在父亲怀里，小脸冻得通红，两只小眼瞪得溜圆。偶尔遇到大冰块阻隔，冰车止不住晃动，惊叫声连连，可是古怪精灵的眼睛里依然充满了挑战；几个特别调皮的七八岁的孩子则威风八面地站在冰车后面，搂着父亲的脖子督促他们开足马力拼杀。年轻的父亲们拉着这么沉重的"大包袱"，只好躬着身拼尽全力把铁钎扎得更深，心甘情愿为孩子当起了快乐的拉车老黄牛；更胆大些的孩子索性自己滑一个单人冰车，尽管歪歪扭扭，有时侧滑还会不小心翻车，可是那股执拗劲令围观的人群看得兴致盎然；爷爷奶奶们也奋勇参战，不遗余力地在冰面上推着小孙子孙女满场跑，偶尔闪了一下腰肢，爽朗的笑声瞬间掩盖了冬天的寒冷，给这个冬季平添了些许温情的味道。

　　孩子们"咯咯"的笑声不绝于耳，大人们仿佛一下子回到孩童时期，其乐融融的场面煞是壮观。禁不住热血沸腾，我毫不犹豫地加入到欢乐的人群中，拿起铁钎在冰上飞舞起来。透过阳光的缝隙，那些久远的回忆突然如黑白胶片一样清晰，在我的脑海里不断放映温馨故事里的点点趣事……

　　北方的冬天冷得实在让人不敢恭维，那时受经济条件所限，一件宽大的棉袄缝缝补补得穿上几年，贴身的内衣那是想也不敢想的奢侈品。北风呼啸，像数条冰冷的小蛇，"飕飕"地顺着棉衣的每一处缝隙直往身上乱窜，一出家门眼泪鼻涕一大把，直把老天恨到牙痒。

　　不过，冬天也有冬天的乐趣，早有好事的人提前把水泼到房头，等到冰冻透了，简单的小型冰场就成了孩子们的冰上乐园。两根二十厘米长的角钢简单打磨一下，上面钉上几块木板，就成了简易冰车。铁锹一头用锉刀磨尖，一头用塑料布裹上几层当把手。男孩子蹲在冰车上面，无师自通就能把冰车滑得滴溜乱转。

　　场地有限，撞车事件自然层出不穷。那时的孩子皮实，不像现在的孩子这么娇贵，偶尔碰车撞个鼻青脸肿也是家常便饭。女孩子大显身手的机会不多，只能远远观看，傻傻地拍着小手为他们助威，羡慕之余只能感叹男孩子的风光。

算是补偿吧，不知是谁发明了一种适合女孩子玩的游戏，俗名是"抽懒老婆"。那时年幼，哪里会琢磨这个游戏俗名的不雅，如果知道这个俗名如此不堪，哪个小姑娘还会愿意拿鞭子抽自己的脸。

一条长长的鞭子，在冰面上不断抽着旋转的木制陀螺，直累得气喘吁吁，小脸小手冻得通红，可是内心的火热依然阻挡不了开心得意的笑声。偶尔有几个不甘寂寞的男孩子加入，一排排陀螺飞转的场面煞是热闹。不过，笑到最后的一定是那个陀螺转得最久的人。有时陀螺转得得意忘形，一不小心撞到墙角，掉下冰面，气得小姑娘们恨铁不成钢，拾起陀螺就狠狠砸在地上。

那时谁家有一个打磨精致的陀螺，定会让小伙伴们垂涎三尺。我至今还记得"二丫"家的那个陀螺，胖胖的，光溜溜的，当了好长时间的陀螺冠军。很多次去她家，一看见放在窗台上的陀螺我就眼冒金光。有一天终于趁人不注意，偷偷放到裤袋里。这么多年过去了，我还清晰地记得母亲拽着六岁的我去了"二丫"家，一边不断地向人家道歉，一边用责备的眼神看得我羞惭的情景。

上初中时，溜冰成了一项非常时尚的冬季运动。到了冬天，很多学校会把操场改造成溜冰场。寒风凛冽，可是丝毫阻挡不了冰上健儿们的热情，他们穿着速滑冰鞋潇洒地在冰面上自由滑行，如入无人之地。艳羡之余赶紧加入到学习行列。没有专人指导，创造性地发明了一种螃蟹式的滑行方法，样子谈不上多优美，依然能滑到气喘。

课余活动时间，班级会组织学生去溜冰，那种滑稽、热闹的场面至今仍是我记忆宝库中的亮点。同学们大多没有受过专业训练，租来的冰鞋又不太合脚，歪歪扭扭地捆绑好鞋带就上了战场。一帮同学聚在一起特别爱起哄，一个连着一个，后面的人两手紧紧拽住前面人的衣襟，不一会儿冰面上就形成一条不断扭动的人蛇。这种壮观的场面没维持多久，不知道中间哪个环节出了差错，就像多米诺骨牌一样，紧跟着摔倒一片，全军覆没的情景煞是壮观，往往能引来全场高分贝的叫喊声。

直到有一天在电视上看到关颖珊的冰舞，冰上的玄妙彻底征服了我。舞曲响起，她自信的微笑带着天使般的洁净，刚一出场就引来了掌声雷动。她在冰面上自由滑行，曼妙的身影简直就是一个高傲的小仙女。时而悠闲地徜徉在森林里，像美丽的白雪公主寻找冰雪世界的奇迹；时而展开羽翼翩翩飞舞，像一只快乐的小天鹅尽情与白云嬉戏，享受阳光的抚摸；时而飞奔、跳跃、旋转，与烈焰追逐着、翻滚着，那种冰与火的燃烧，静与动的衔接，直看得人眼花缭乱，我不由得陶醉在冰的迷幻世界。

冬天的寒冷我们无法选择，与其厌恶它，不如勇敢地接纳它。冬天的乐趣简单实在，却让我们找到了儿时快乐的源泉。虽然傻得有点可爱，冰冷的心早已真真切切地感受到春天的呼唤。当我们伸出双手热烈拥抱它时，它的温情竟是那么令人动容……

这时我不再羡慕生活在赤道上的人了，没了寒冷衬托，日复一日陶醉在温柔乡里，会失去多少精彩的希望和乐趣。

高跟鞋的诱惑

前些日子在网上看到这样一句话：当女人自动远离高跟鞋时，就离衰老不远了。盯着这句话寻思良久，竟然如坐针毡。

不知从什么时候起，鞋柜里柔软舒适的平底鞋渐渐多了，每次出门，衣服穿戴整齐，如果再配上一款时尚的高跟鞋肯定是锦上添花。可是，瞅着细细高高的鞋跟，脚指头吃过的苦头历历在目，不由得头皮发怵，犹豫再三，尽管搭配不太和谐，还是毅然选择了平底鞋，还美其名曰给双足自由。

双脚自由了，相应地，衣服就更自由了，比较正式的衣服逐渐被束之高阁，成了衣柜里珍藏的一道风景。起初，这样的情形倒也风平浪静，时间长了，感觉爱人的眼神越来越古怪，瞅我时总是皱着眉头。我假装不知道，依然我行我素，安心享受舒适的快乐。人活着已然不易，为什么还要跟自己过不去。

无意中浏览过一篇文章，大意是说有魅力的女人鞋柜中必须要有五双高跟鞋，才能诱惑男人蠢蠢欲动不断变幻的情愫。文章写得神乎其神，我开始怀疑自己的感觉是否出了问题。

试着与爱人沟通这个话题，没想到人家竟然拍手赞成，还肯定地说穿高跟鞋的女人更有女人味。为了求证这个命题真伪，我在办公室与男同事展开一番激烈的唇枪舌剑，最后寡不敌众，败下阵来。

依稀记得有一款特别时尚的女鞋，广告语写得更直白：一双高跟鞋，让我从女孩变为女人！反反复复读了几遍，越琢磨越觉得自己可能真的落伍了。

思量好久，终于跟爱人商量去买几双新款高跟鞋。没想到一向不爱逛街的他居然笑而应允，好脾气地陪我去王府井百货逛了好久，丝毫没有流露出一丁点的不耐烦。

我试穿一双双五厘米以上的高跟鞋从他眼前一遍遍飘过，他欣赏的目光里充满专业性的挑剔。为了巩固成果，我挺胸抬头，面带微笑，风情款款地走起模特步，足足过了一把"T台"瘾。

一个多小时过去了，终于如愿筛选出两双还算中意的鞋子，款式新潮奇特，唯一不足的就是鞋跟太高，足有八厘米。我犹豫不定地摆弄着鞋子，不禁倒吸一口凉气。我平时穿的鞋子鞋跟最高也不过四五厘米，这么高跟的鞋子穿一会儿显摆一下还行，穿久了能舒服？总不能买回家当个摆设还占地方吧。

禁不住售货员极力怂恿，我试穿这两双鞋子走了近二十分钟，感觉还不错。名牌鞋子角度设计合理，鞋掌"防水台"厚达2厘米，巧妙抵消了高度差。斜眼偷看爱人时，发现他正兴致勃勃地瞅着我，那副好脾气羡煞了两个售货小姑娘。

交完款，正准备把两双新鞋打包，爱人忙不迭地建议："你就直接穿上新买的那双豹纹高跟鞋吧。你知不知道，你穿上这款高跟鞋气质特别好。"他轻声对我耳语。"有那么玄乎？"我质疑他话里赞美的水分。为免他扫兴，还是照做了。

第一次穿这么高跟的鞋子，和高大挺拔的老公走在一起，身高比例似乎和谐、完美。在他肯定、赞赏的目光中，我的虚荣心悄悄膨胀起来，走起路不禁有些飘飘然，莫名地有一种想飞的感觉，便下意识地挺胸收腹，仿佛正穿着一件名贵礼服，足蹬一双镶钻水晶鞋，光彩四射、矜持优雅地穿行在人群中，抑制不住的开心挡也挡不住，满满的自信瞬间提升起来，脚步不由得轻快许多。

看来为了满足男人的面子，为了家庭幸福美满，更为了女人的骄傲，且"心甘情愿"地陶醉在高跟鞋的诱惑中吧，即使无法自拔也不失为明智之举，毕竟女人味还是男人更有话语权。

为了天下太平，姐妹们，穿起高跟鞋舞蹈吧！百变魔女修炼的第一步从这里起步，优雅到老，何尝不是每个女人最大的梦想呢。

魅力旗袍

今年的夏天来得比往年晚，明明已是六月中旬，早晚还是充满凉意。正午的太阳异常毒辣，难免令人厌恶。不过，五颜六色的裙子，尤其是可以穿上旗袍的冲动，让这个季节充满了浪漫与遐想。

很爱看张爱玲的小说，尤其喜欢她的名篇《倾城之恋》。书中描绘的各式风情款款的旗袍更是让人心生向往。不管是大家闺秀还是小家碧玉，有一件像样的旗袍都是绽放女性魅力的重要行头。也许，在每个小女人的内心深处，或多或少都藏有对旗袍的特殊爱恋，那展示女人唯美身段的衣裳简直就是鬼斧神工的雕刻。能够拥有一件，哪怕身材不太好，哪怕只在夜里偷偷穿上，在镜前孤芳自赏片刻，想必也是一件快事。

记得张曼玉主演的一部电影《花样年华》，故事情节忘得一干二净，可是，她"秀"的各式旗袍，那充满女人味梦幻般的演绎深深地留在我的记忆里。

一直觉得张曼玉长得不是很美，不像漂亮的关之琳一出场瞬间就能夺人眼球。她的美素雅而干净，尤其是她穿着华美旗袍时的神韵，举手投足、回眸间，就如一股淡淡幽香，高贵中渗透着优雅的气息。慢慢靠近，沁人心脾的芬芳就让你不得不对她刮目相看、情有独钟了。

20世纪30年代风靡大上海的交际花高调登上时装舞台，卷卷的短发，搭配上开衩很高的丝绒旗袍，足蹬红色高跟鞋，故作风情万种地扭着腰肢周旋于灯红酒绿中，俗艳的胭脂掩饰不住骨子里的狐媚，一不留神竟把旗袍文化推到了时装历史巅峰。与其说她们推动了旗袍产业发展，不如说她们时髦的着装满足了时尚流行品味，丰乳肥臀杨柳细腰的淋漓展现，打破了禁锢国人多年的封建思想。旗袍从宫廷走向民间，她们实在功不可没。

时过境迁，旗袍逐渐脱离大众视线，成为一个耀眼的符号留在旧式影片中。不知何时，大红色的劣质旗袍居然成了一些餐厅、夜总会漂亮的门迎小姐着装的首选。那些时尚的骨感美女，消瘦得令人惨不忍睹，不仅没有穿出旗袍丰满曲线的风韵，还无端亵渎了旗袍的庄重和典雅。如今是商业社会，此一时彼一时，老板迫于生计，想出这个招揽顾客的奇思妙招尚情有可原，只是白白糟蹋了我们的国粹，想想也为旗袍的命运感到悲哀。

也许美丽的东西命运大抵如此吧，就像雍容华贵的牡丹，凋谢了，失去了往日风采，不得不与辉煌的过去含泪告别。感叹世间万物轮回，美丽与丑陋竟是一步之遥，一不小心，我们成了残酷岁月的审判长。

前些日子与一个久违的朋友相约逛街。我自作聪明地领她逛了几家时尚成衣专卖店，没想到她挑挑拣拣，完全是一副心不在焉的样子。两个多钟头过去了，我们一无所获。实在弄不懂她到底喜欢什么。碍于情面，不好直接问，只好把这个谜团埋在心里。

她说领我去一个特别的地方，还俏皮地卖了一个关子。没想到她居然把我领到一家高档旗袍专卖店，令我错愕至极。打量着各式做工精细、华贵艳丽的旗袍，再看看她一米五几的身材，真的很为她的大胆感到震惊。现在旗袍已远离我们日常生活轨道，成了舞台上主持人的新宠，倘若穿在身上在大街上"招摇过市"，难免有不伦不类之嫌。朋友是学美术的，大概是身上的艺术家气质在作怪。看她一副痴迷的神态，真怀疑她哪根筋错位了。

我耐着性子陪她挑选，实在看不出其中门道。最后她相中一件薄薄的桑蚕丝夏装，图案竟然是写意的中国传统国花——牡丹。牡丹贵为花中之王，画在宣纸上，浓墨渲染出来的效果自是国画一绝。可是，印在丝质面料上，作为服装面料的主打色系难免有些俗气，怎么看也像是古装戏里的戏服。我一时半会儿回不过味来，真为她的审美感到迷惑不解。也许是我太落伍了！

她自信满满地从试衣间中风情款款地走出来，高挑的眉毛下一双盈满笑意的眼睛早就泄露了内心的小秘密。如电击一般，我站在她身边一时之间不知该说什么，旗袍的魅力让我五体投地，她的独具慧眼更让我由衷赞叹。

到底是中学美术老师，看起来平凡得不能再平凡的衣裳，在她身上就像变魔术一样，瞬间便把一个丑小鸭变成高贵、优雅而又美丽的俏佳人。那件旗袍剪裁得体，把她丰满的曲线衬托得淋漓尽致，花团锦簇的牡丹恰到好处地遮住了小肚上微微隆起的赘肉，让我们欣赏国画神韵之余，更感叹唯美旗袍的塑身性。

我不敢想象，她穿上这件衣服站到讲台上的轰动效应，是否会引起学生眼球的眩晕？目不转睛地盯着她在镜前得意地摆着 pose，不禁迷醉了。也许，这就是中国旗袍的独特魅力吧。

看来纯美的东西，只要我们懂得爱护与珍惜，即使久经岁月涤荡，依然掩饰不住它的美丽与光彩。

如今丝质旗袍已成了我的最爱，每每在人群中招摇过市，坦然地微微一笑，收获的便是满满的自信。

年过四十，韶华已逝，渐渐远离了时尚圈子。每每看到身着迷你裙的美腿靓妹，羡慕之余，唯有感叹时光太残酷——不知何时，我们还来不及防备，就悄悄地卷走了青春的激情和梦想。只好小心翼翼避开雷区，精心挑选适合自己气质与风韵的衣裳。

这时，不妨大胆地穿上旗袍，"秀秀""知性女人"的优雅端庄，"秀秀"

小家碧玉的温婉娴静，"秀秀""职场辣女"的风情妩媚，让魅力旗袍张扬我们的个性、衬托我们的"窈窕"，想必这也是中年女性焕发成熟魅力的蹊径吧。

父爱如丝

刚到新单位不久，发现一个很奇怪的现象。市场部小李人很勤快，二十七八岁，俊气、干净的脸上却留着一抹不伦不类的长胡子。

也许这是时下正流行的另类打扮。现在"80后""90后"思想叛逆，总有一些标新立异的想法和做法，让我们这些保守的"70后"理解不了。我想这就是代沟吧。

有一次跟他一起出去办事，发现他很热心，人也很爽快。压抑已久的疑问终于破土而出。

"你觉得年轻人下巴留着小胡子是不是代表个性和成熟？"我比较含蓄地问。

"什么呀，这哪跟哪呀！"他笑着解释说。"我儿子现在四个月大了，我每次抱他，他都喜欢揪着我的胡须玩耍。有一次我忘了刮胡子，他突然揪着我的胡须傻乐起来。有时哭闹起来，怎么都不好哄，一让他揪我的胡须他就喜笑颜开了。后来，我就索性把胡子蓄了起来，方便逗小家伙玩得痛快些。"

"那你不疼吗？小孩子的手又没轻没重的。"我诧异地问他。

"怎么不疼呢。别看他人小，力气可大着呢。有时疼得我直咧嘴。不过，只要小家伙高兴，这点苦真的算不了什么。"他憨憨地说，还拿出手机，给我看他宝贝儿子的百岁照片。

父爱如丝，藏在男人心中最柔软的这一部分看似简单，却是一个男人最坦然的胸怀。

也许这就是普天下初为人父的男人献给孩子的最真挚、最简单，也最贵重的礼物。

谁是你最疼爱的人

闲暇之余，大家坐在一起海侃。不知道是谁突然发问，谁是你最疼爱的人？

"那还用说！"大家几乎异口同声地回答。"当然是父母喽！"

是啊，父母是我们身边最亲的人，这应该是毋庸置疑的真理！可是他们真的是你最疼爱的人吗？

我们爱父母，是因为父母给予我们生命和无私的关怀。累了，父母的家是休息停靠的港湾；痛了，父母的爱是取之不尽修复伤口的神水。

我们疼爱人，是因为他们陪伴我们度过漫漫人生，给予我们别样的温情和愉悦。虽然夫妻只在人生中途偶遇，但我们却愿意花更多的精力来经营这个小家。

我们爱孩子，因为他们是我们生命延续的一部分。孩子的健康成长是为人父母拼搏的最大动力。我们从不指望他们回报什么，只要他们快乐活着就好。

我们爱孩子是疼在骨子里。当孩子遇到灾难，我们情愿拿自己的性命去换回孩子的命。与孩子朝夕相伴，浓浓的无法割舍的亲情早已渗进骨髓里。没了他们，生活将失去阳光，变得苍白而呆滞。

我们对爱人是疼在心头。走进婚姻围城，没有人敢掉以轻心，因为它的输赢直接关系到我们下半生的生活质量和心灵依托。唯有把爱人放在心头，倾注全部热情，才能经营好这份产业。

我们对父母的爱，却时常被岁月剥离得面目全非，最后只停留在嘴上。当我们逐渐长大离开家，有了自己的家庭和事业，父母的地位也由支柱变成鸡肋，变成眉头皱起的麻烦。好不容易远离唠叨、拥有自由，还有谁愿意洗耳倾听老人的絮语，哪怕只是简单的常回家看看。

唯有父母疼孩子才真的是无怨无悔，嘴上从未表白过，行动早已让人唏嘘不已。

到底谁是你最疼爱的人？

一番激烈讨论，将心比心之后，大家沉默无语了。

惊险过山车

清明过后，阳光明媚，桃花盛开，压抑许久的兴奋让人忍不住为春天高歌。

踩着春天的节奏一路前行，不知不觉来到包头乐园。远处聚集的人群不时爆发出一阵惊叫声，时而夹杂"咯咯"的笑声。放眼望去，一条铁龙腾空而起，蜿蜒曲折，扭着笨重的身躯在设计极其复杂的轨道上快速行进，更为惊险的是连续两个圆周运动，速度之快，只在眨眼之间；人头朝下，令人毛骨悚然。

记得小时候，淘气的男孩子会找一个小铁桶，用铁丝拴好，里面点着火红的煤炭，用来烤土豆或捕来的蚂蚱、麻雀等战利品。为了迅速提升火势，不知是谁发明了一种捷径——用胳膊使劲抡起铁桶做圆周运动。如果速度掌握刚刚好，煤炭借助风势会燃烧更旺；如果速度出一点儿差池，火红的煤炭便会抛撒出来，烫伤自然是难免的。那时孩子胆大命大，想当然地使劲折腾，全然不顾后果，现在回想起来多少有些后怕。

当初过山车落户包头时，人山人海的景象曾轰动一时。爱人拉着我在旁边观摩半个小时，越看腿越软，不禁担心起来，生怕一个失误，游客会如烧红的煤炭一样被甩出来，万一砸到我们头上，岂不是自找的飞来横祸！最后，两人不约而同达成共识，这种玩命的游戏还是远离为妙。

阳光实在太诱人，人群欢呼声由远及近，莫名地心中腾起一股冲动的热浪。挑战一下自己的极限又如何？我充满挑衅地瞅着爱人。

"要玩你自己玩，我可不奉陪！"爱人面露愠色及时制止了我。我失望地叹了口气，刚刚燃起的激情瞬间灰飞烟灭。

算了吧，陪你玩一会儿也死不了人吧。大概是不想在女人面前露怯，男人的虚荣心令他突然改变主意，拉着我的手果断地来到售票窗口。

骑虎难下，我只好乖乖地走上"刑场"，故作镇静地系好安全带，像真正的勇士一般，静静等待生死考验来临。

过山车缓缓爬坡，沉闷的车轮声"嘎吱嘎吱"响个不停，敲在心头有一种说不出来的瘆人感觉。坐在前排的小姑娘惊慌地向同伴诉说心中忐忑，惹得爱人不停地抱怨我的冒失。其实那一刻我的心脏紧张得"怦怦"直跳，似乎随时要蹦出胸膛。无奈哑巴吃黄连——有苦说不出，只好傻笑地瞅着爱人。

别紧张，深呼吸！关键时刻爱人的安慰及时抵达，我感激地瞅了他一眼。

还没来得及向爱人展露一个明媚的微笑，过山车便飞一般地俯冲下去，如腾云驾雾般脱离轨道。顿时天昏地暗、天旋地转、乾坤骤变，仿佛在阴森的大峡谷中极速穿梭，鬼哭狼嚎不堪入耳、风声鹤唳追兵四伏，瞬间迷失了方向。胸中亦翻江倒海地闹腾起来，脑中一片混沌，恐怖真真切切，我突然好怕死神会自动找上门来。

好想逃，惊慌地寻找出口，无奈身陷旋涡之中，眼前始终模糊一片。

在灾难面前，空谈淡定是何等卑劣和虚伪。我仿佛看到泰坦尼克号的沉没，仿佛听到露丝一声声绝望的呼喊。我多希望老天能伸出援手，超人能及时出现，把船从海底托起来，在观众热烈的掌声中，男女主人公拥抱热吻，然后响起爱情片中的主旋律，一任深情的歌声席卷观众的热泪。

超人，快救救我，赶紧让这一切停止吧！我在心底呐喊。

求生的欲望如此强烈，严重超乎我的想象。以前总觉得年纪轻轻早已看透生离死别，仿佛真的闭上眼睛就可以轻松逃离人世间的苦海重重，即使与世长辞也可以淡然直面。当死神近在咫尺，对光明的渴望，对生命的眷恋竟是骨子里隐藏不住的殷切希望。

那一刻，我终于懂得了生命可贵。可惜身陷囹圄，无能为力，不由自主地随着身体惯性往地狱方向沉陷，任凭我怎样祈祷，噩梦始终死死缠绕。脑子几近迸裂边缘，想也无用，索性紧紧闭上眼睛，听天由命。

黑暗来得比想象的要快许多倍，我下意识地抱紧安全阀，感觉身体快速被吸进旋转的黑洞。我真的很想大声惊叫，求助神仙帮助我，嘴巴却似上了封条，发不出任何声响。

以前看灾难片，一直不理解为什么面对突如其来的灾难，平日里特别机警的人居然会成为低能儿。原来，身陷危险绝境，理智思维全部停止运转，生命的本能实在让人不可思议。

我终究是个凡人，真的不愿这样离开人世，生命中还有那么多美好的事情等着我去体验，还有那么多爱我的人等着与我共舞生活的精彩。老天，保佑我吧！从胸腔发出的声音是那么急切。活着是如此美好，我突然感觉到奔腾的热泪在心里流淌。如果有幸逃脱厄运，我一定会珍惜上苍赐给我的所有，包括艰难、苦涩和泪水。

有时，生存的欲望唯有受到外力胁迫时才能露出冰山一角。生死轮回，谈起

容易，真正面对，考验的不仅仅是智慧，还有一颗热爱生活的心。

一分钟的时间有多煎熬，"身心俱焚"的感觉也许就是设计这款游戏大师的初衷吧。几近绝望之时，速度骤降，我从颠簸的云端缓缓睁开眼睛，闻到一股春天特有的气息。惊魂未定地走下来，脚下轻飘飘的，一种劫后余生的快慰让我止不住哈哈大笑。

"这种心跳玩一回足矣！"爱人煞白的脸上夹杂着一丝恐惧。

"这把瘾过得值！"我调皮地冲着他伸了伸舌头。

很多时候，琐碎的生活把我们变成了温水中的青蛙，习惯享受悠闲的自在，久而久之，生活的梦想和激情蒸发掉了，安心认定了自己的平凡。路遇一点点挑战，便找各种理由搪塞躲避，中规中矩的麻木自然成了平庸的烙印。

为什么不勇敢尝试一下挑战体能的终极体验？

偶尔"放纵"一回，从鬼门关上走一遭，领略的无限风光也许便是人性的大彻大悟。

绿萝情长

搬新家时，听说家里放置绿色植物可以净化室内空气，于是从花卉市场买回两盆绿萝。当时并没有特别在意去侍弄，只是偶尔想起时给它浇点水。有时外出，一走十多天，回来时，它的叶子枯萎大半，干瘪的身子奇拉着，就是执意不肯离开主茎。每次清扫家，只好满怀遗憾地把干枯的叶子一一摘下来。没想到浇足水，只几天工夫，它缓过劲儿来，又倔强地把养分输送到每一片叶子上，顽皮地在单调的茎上荡起了秋千。

跟那些开满灿烂花朵的植物比起来，绿萝实在卑微得让人有些厌倦。有时瞧着它一副半死不活的样子，真想把它从室内请出，让外面的风雨给它一个最后的归宿。

也许它懂得了我的心思，谦卑地把骄傲隐藏起来，一任阳光照射有些倦怠的容颜，抓紧一切机会享受生命灿烂，竟然不知不觉间长满绿油油的一盆。藤蔓、枝丫相互缠绕，无意中摆出一个天然盆景造型，让人不得不惊叹小小生命创造的奇迹。

高兴之余从花苑买来一个做工非常考究的仿古铁艺花架，把它们放在花架上，摆放在卧室阳台上。绿萝受到特殊眷顾后，心情格外舒畅，尽情舒展小蛮腰，没多久，就把一米高的花架围了个密密实实。新长出的嫩绿的小叶子，昂首挺胸，活泼机灵，在花盆中央摆出舞台上的缤纷造型；一片片深绿色稍大些的叶子均匀地散列在花盆四周，参差错落，成了阳台上最抢眼的一道风景。

感动于它们的顽强，每次浇完水后我会把窗户打开一会儿，给它们透透气，再买来肥料定期施肥；感动于我的爱心，它们配合得很默契，油亮的叶子越长越饱满。

现在它们已经默默陪伴我近四年光景，不管我如何疏忽、冷落它们，它们都不会太计较，仍旧会给我一个甜甜的微笑，于每次浇水时，静静聆听我的心声，开心地享受与我在一起的欢颜片刻。

朝夕相伴，相互依恋逐渐成为一种习惯，它们享受着我的呵护，并回报我一个绿莹莹的满盆灿烂。

谁说花儿没有情感？尽管它们不会说人话，可是，当你用怜爱的目光深情地注视它们时，小心翼翼地用手轻轻抚摸它们时，颤动你心弦的快乐，就是它们仰视你的温柔的目光。

有时，看着一团团油亮的叶子发会儿呆，你会不经意地发现，它们真的能听懂人语。当你陷入愁怨中无法自拔时，你会听到来自它们心底的细细的声音——

永远不要拒绝阳光！只要心中有阳光，四季花开就不再是梦！

是啊，能打败我们的只有我们自己！

那一刻，缠绕已久的心结倏地解开了，心亮了，世界宽了……

再定睛看这些绿油油的"心"形叶子，蓦然有些感动。莫非它们是前世沾有灵性的菩提叶，用神秘的拂尘轻扫心灵上的尘埃？

经历这么多波折，远离尘世的纷纷扰扰，它们依然恬静地享受着阳光的抚摸，浅吟低唱绿叶对根的情意之歌；默默地张开双臂，为我吸收室内的尘埃与杂质，从来没有一丝埋怨；风起的时候，叶子微微飘荡，养眼的一丛绿意不经意间卷走了我的烦恼。而我，也习惯了与它们相伴，每每在睡觉前深情地望上它们两眼，梦里的花开花落便给了我一个又一个温馨的夜晚。

三月的温情

在儿时印象里，北方三月沙尘暴恐怖到极限，漫天乌云时常压得人透不过气来，狂风怒吼，席卷阵阵黄沙，恣意奔腾、咆哮，将人间地狱般的景色由梦境直接搬到眼前，直演得人心惊肉跳。

门是不敢出了，不信佛不信因果的人这时也变成虔诚的信徒，祈祷灾难早早过去。老人们说沙尘暴是老天发怒了，惩罚人类作孽太多。年少时，每次沙尘过境便蜷缩在家里，无助地想世界末日会不会提前来临。实在想不通，昏昏沉沉睡着了，一觉醒来，世界又恢复了往日模样，久盼的春雨居然洒了一地。

习惯了三月反复无常的脾性，即使出生在这个季节，依然遏制不了我对三月的抵触。有时，真的很羡慕那些在秋天出生的女孩子，温婉可人，如江南小家碧玉。有一次忍不住责怪母亲为什么生我时不挑个好时辰。母亲爱怜地把我拥在怀里，柔声说："傻孩子，你是老天赐给妈妈的最好的礼物。别看你平日里大大咧咧，其实你心地很善良，就像这三月的天，狂沙阴云过后总会带给农民贵如油的春雨。你说没有三月的奉献，怎么会有秋天的收获？"

我不知道没有读过几天书的母亲为什么会有如此精辟的理论。不过，我想天底下的母亲在孩子面前都是一本厚厚的百科全书。

这些年，高楼大厦如雨后春笋般冒出来，仰望一些高耸的地标建筑，人的渺小越发显得卑微。有时不敢抬头看天，就怕看多了找不到自己。

中午，我沉沉地在睡梦中穿梭，一股清新湿润的空气顺着鼻翼的呼吸一点点沁人肺腑。我深吸一大口，舒服地睁开睡意蒙胧的双眼，一张盈满善意的笑脸在我眼前不停地晃。

"下雨了，享受一下春天的滋润吧。"这话从一个长相看起来有点糙的大男人嘴里吐出来，难免有些矫情。"春天是个盛产诗人的季节。"我打趣男同事小舒。人家不以为意，把头探到窗外，像个孩子似的，伸出双手去接雨水，不时做出一种很夸张的享受模样，逗得同事们忍不住哈哈大笑。我站起身，顺着湿漉漉的潮气望向窗外。

不知何时，淅淅沥沥的春雨偷袭了前一晚春雪占领的每一块地盘。原以为它们是前世冤家，以这样的结局相遇一定会有一场爱恨情仇的战争。没想到春雨一点一滴落在春雪的怀抱里，相融的刹那，我听到了春雪娇喘的声音。也许是春雨的拥抱过于热烈，片刻工夫春雪便缴械投降了。唯有感叹世间的爱，一份包容的温情瞬间就能瓦解冰冻的心。干枯的草儿们见证了这段爱情奇迹，偷偷吸吮它们重逢时激动的泪水，一任相思滋润焦灼的等待。

仰望天空，点点雨水排着有序的队伍，如流星雨般急匆匆赶赴大地的约会。或许是走得太急，有些雨珠偏离了方向，落在我的肩膀上，冲我眨了眨亮晶晶的眼睛，贪恋片刻尘世的温暖，一转眼消逝成深情的一汪春水。

"天街小雨润如酥，草色遥看近却无。最是一年春好处，绝胜烟柳满皇都。"

雨丝飘飘洒洒，尽情飞扬，玩得不亦乐乎。我情不自禁伸出舌头，期待与春雨来个近距离接触。凉丝丝的小雨趁势撒起娇来，干脆跟我捉起了迷藏。时而偷吻一下我的脸颊，留下一个湿润润的吻；时而轻轻触摸我的手，惹得我心旌摇荡。

正恍惚间，无意中瞥见一只在雨中撒欢儿的小流浪狗，全没了饥饿时的窘态，在空旷的地界来回奔跑。时而如狡兔般上下跳跃，追随着春雨；时而舒服地在枯草中打着滚，让温情的雨水冲洗一冬的尘埃；时而低下小脑袋畅饮春露，享受春天的滋润。

隔着时空的距离，想必我与诗人感同身受，一样的雨中情，不一样的时空场景，发的却是相同的感慨吧。

我不由得陶醉在三月的温情里。

莫非真如母亲所说，生在三月的我是一个幸运儿，是上帝派来的春天的使者？

北国的春天来得迟缓，乍暖还寒的凉意总是漫不经心地浇透了人们心底刚刚燃起的渴望。揭下它灰色的面纱，谁能抵挡一双笑意盈盈的媚眼？谁人知道她"任性"的背后，藏有一颗怎样仁慈济世的心？

雨渐渐停歇，空气中散发着清润的芳香，前些天沙尘扫荡的痕迹已荡然无存。极目远眺，远处高耸的建筑尽显恢宏之态，大片绿化带里的枯草"咕咚咕咚"大口饱灌着贵如油的春雨，只待春风携来桃花香，塞外江南便会初露端倪。

是谁说"天若有情天亦老"？其实，无情最是贪心人！大自然已经恩赐给我们免费的阳光和雨露，过度的挥霍才招致天怒人怨的沙尘暴；生活赐给我们的惬意与快乐也是免费的，不懂得珍惜，自然只能留下满腹的遗憾和怅惘。

人是宇宙中太渺小的一颗尘埃，没有对大自然的敬畏之心，盲目在欲望边缘周旋，谁能逃离苦海的暗礁丛生？

当我们不再心存怨恨，人与自然的和谐悄然相融，三月的温情才会露出阳光般的笑脸。有一颗感恩的心做支撑，生活中再大的狂风暴雨也不过是黎明前的黑暗。

春天依旧会有黄沙漫漫、依旧会有寒风料峭，给它一个宽容的微笑吧。一转

身，春天就会还给我们缤纷灿烂的花季。

这一刻，我竟为自己生在春天感到自豪了。

昆都仑河的记忆

小时候，家里毗邻昆都仑河，靠近河槽的细沙地是我童年最快乐的游戏场所。晚饭后，小伙伴们唱着歌，挽着手，开心地在沙地上玩耍。胆大的不时空翻几个跟头，无人指导，动作干净利落；胆小的，譬如我，下腰的本事在班级里也算是数一数二。

那时的孩子没有现在这么娇贵，一群疯丫头一经吆喝立马组成一个小分队，挺进沙地自然是约定俗成的目的地。夏天是孩子们最享受的季节，河两岸野花遍地，彩蝶翩归，大自然把最原始的生态美就那么淋漓尽致地赠给了我们。捕抓蝴蝶是小伙伴们的拿手绝活。偶有彩蝶在眼前飘过，立马脱下衣衫，全然不管害羞为何物。轻手轻脚靠近，屏住呼吸，用衣衫猛地罩住蝴蝶，然后，慢慢卷起衣服寻找猎物。狡猾些的蝴蝶不会乱扑腾，趁着我们寻找间隙，一瞅准机会便动作敏捷地冲出包围圈，跌跌撞撞地扇着翅膀急急飞走了，气得我们干瞪眼。不过，大多数蝴蝶笨得可爱，一旦被衣衫罩住就不停地扑腾，行踪暴露，很快成了我们瓶中的战利品。

粉蝶多得不计其数，有时去附近庄稼地里游玩，脚步声稍重一些，惊起的粉蝶腾空而起，翩翩起舞的阵势看得人眼花缭乱。粉蝶翅膀上有一层像花粉一样的东西，特别黏稠，很容易沾到衣襟上，洗起来特别麻烦，这倒成了粉蝶保护自己的有效保护伞，孩子们索性离它们远远的。倒是那些彩色蝴蝶，色彩斑斓，造型奇异，自然成了孩子们追逐的对象，一经发现立即杀无赦。现在想起来，死于我们手下的彩蝶不计其数，如果做成标本保藏起来，说不定也有很大的升值空间。

接近雨季，蜻蜓便多了起来。孩子们不管三七二十一，见到一个捉一个。最惨的是蜻蜓交尾时，双双成了我们的阶下囚。大人们见了，总不免斥责我们几句，说蜻蜓是益虫，吃蚊子。可是，看它傻乎乎的模样，轻易就成了我们的俘虏，怎么也无法把它与蚊子联想到一起。可恶的蚊子无孔不入地吸我们的血，让我们忍无可忍，却奈何不得，如此笨的蜻蜓居然能吃蚊子？想想真的不可思议！大自然的奥妙太多了，想多了只能让我们的小脑袋瓜爆裂，不如听大人的话，放蜻蜓们一条生路。

蚂蚱是众人皆知的害虫，虫灾泛滥却是我们大展身手的好机会。下课后，小伙伴们三五成群，拿了袋子直奔庄稼地。蚂蚱防范意识强，跳跃功夫堪称一流。不过，智商不高。我们瞅准跳跃的方向，就在它起身时用衣服猛地罩住，短平快打得稳、准、狠，不一会儿工夫，百余只蚂蚱便成了我们的囊中物。一部分分给家里养的鸡，个头大些的，索性放在炉子上烘烤。在那个缺衣少食的年代，蚂蚱也是肉，居然成了小伙伴们偷偷解馋的零食。

暴雨来临时，防汛工作便成了重中之重。只记得那年的暴雨特别多，一下就连着几天，冰雹像玻璃球一样，"噼里啪啦"打得木制的窗棂快散了架。大人们惊惶失措地加班加点，据母亲说在装沙袋，以防河堤被暴涨的河水冲垮，可能会把我家淹了。那时年幼，实在不懂得母亲在担心什么，还暗自庆幸暴雨来得及时。因为水位上涨，上游的水库就会放水，成群结队的大鲤鱼会冲破"牢笼"，随着不断翻涌的洪水顺流而下，偶尔蹿出水面，眼尖的小伙伴们便会眼红地惊叫起来，胆大的壮汉索性拿出捕鱼大网，欢腾的场面自然成了各路神仙跃跃欲试的比武场。

当时特别羡慕邻居家有三个壮小伙，每到防汛季节，他家捕的鱼足够一年的肉食。隔着一堵院墙，奇香无比的炖鱼香飘十里，馋得我的哈喇子流成了一股小溪，天长日久渗进了童年记忆里。以至于若干年后，对红烧鲤鱼特别青睐，也是因为这个缘故吧。

　　记得那年夏天，他家捕的鱼特别多，分了一点儿给我家，母亲乐得逢人便说养儿子多的好处，把我们姐妹气得憋闷了好几天。突然有一天晚上，隔壁传来一阵撕心裂肺的哭声。母亲轻声说他们家的小儿子捕鱼时被洪水卷走了，幸好被下游的居民救了起来，暂时神志不清，急得一家人团团转，发誓以后再不捕鱼了。母亲连连叮嘱我们，洪水无情，会随时要了我们的命。不知是惊恐过度，还是那瘆人的哭声让人畏惧，从此对水有了很深的芥蒂，再也不敢轻易涉水，自然成了旱鸭子。

　　过后没几天，父亲和母亲在一天夜里把我们姐妹叫醒，简单收拾了一下行装，闹哄哄地上了一辆罩着雨布的大卡车。外面的雨还在下着，简陋的雨布不停地往里面渗水。我瑟缩地躲在人群里，不敢吭声。卡车载着很多人，一些陌生的面孔，再加上急躁的心情，看起来多少有些恐怖。卡车一路颠簸，走了好一阵子，停在一个破旧的学校里面。母亲把我们安顿在课桌上，给我们盖上被子。一觉过后，天蒙蒙亮，肚子饿得"咕噜咕噜"乱叫，像往常一样正准备找饽饽吃，结果发现母亲坐在凳子上，双眼布满红血丝，头发凌乱地扎成一团。母亲唉声叹气地说："我们的家回不去了，可能被大水冲毁了，让我们忍着点饿，一会凡有人送食物来。"父亲愁眉不展，与很多男人聚在一起商谈着什么。年幼的我，还不懂得逃难的艰辛，只关心那片沙土还会不会在，那片草地还会不会有蝴蝶。擦了擦眼睛，突然醒悟过来，左顾右盼寻找熟悉的小伙伴。结果不一会儿工夫，几个小伙伴便手挽着手捉起了迷藏，全然不管大人们在水深火热中煎熬。

　　还好，我们在学校里只待了两天。暴雨过后，洪水退去，大卡车又把我们送回了家。母亲一打开家门就哭了，惹得我们不自觉地陪着掉眼泪。"金窝银窝不如自己家狗窝！"母亲一边感叹，一边赶紧生火做饭，又买了点儿肉包了顿饺子。劫后余生的快乐传染性极强，吃过喷香的饺子，竟然暗暗祈祷下一次暴雨来得更猛烈些，这样我就有机会吃饺子了，母亲父亲不用上班，一家人可以团团圆圆在一起。

　　以后生活渐渐好起来，不知道是谁发现河沙是最好的建材，结果挖沙工人像蚂蚁一样涌入河滩，满目疮痍的大坑密密麻麻；机器轰隆，铲平了庄稼地，盖起了高楼大厦；高高的水泥大坝坚固牢实，早已断流的河床留下大片皲裂的土地。熟悉的小伙伴们大都随着家人陆续搬走了。蝴蝶飞了，蚂蚱没了，蜻蜓也不见了，童年的记忆被生生斩断，年幼的心莫名地竟有一丝疼痛。于是成年之后毅然选择了离开。

漂泊好久，家人告诉我，昔日河畔已被改造成昆都仑河水上景观。不由得惊喜万分，于是踏上童年寻梦之旅。

小桥流水，雕梁画栋，垂柳依依，颇有几分江南园林风韵。我站在岸边，无限感慨。方方正正的大蓄水池一个连着一个，错落有致，微波荡漾。正值酷暑时节，自然成了游泳池，吸引着狗儿们奋不顾身地跳到水里，表演起创意十足的各式狗刨，逗得围观的游客哈哈大笑。只是我遍寻十里，终没找到梦中熟悉的彩蝶、蜻蜓和蚂蚱。也许，时过境迁，儿时的梦飘远了，只能停在记忆里，任凭世间最美丽的画笔也描绘不出我心中的向往。

突然，一群"叽叽喳喳"的喜鹊从头顶掠过，几只不知名的水鸟在河面上表演起惊险的飞翔动作，不知不觉间，衔走了我的落寞与失意。**原来，记忆的色彩经小精灵的雕琢，激情的火花顿时碰撞出来，生机无限，动感的跳跃一下子覆盖了枯萎的记忆，瞬间绘就了一幅栩栩如生的乡恋图。只待有缘的我，借着烛光，在记忆深处，找寻那首流淌着快乐的儿歌。**

第 四 章

心灵颤音

《爱琴海的月光》中，饱含着《春雪之恋》演绎的《舞台人生》，《温暖》的《太阳雨》不经意地便让《阳光的诱惑》成就了一段《美丽的错误》。轻轻敲响心灵的颤音，侧耳倾听，缠绵的情感里流淌的全是发自肺腑的歌。

太阳雨

七月，阳光炙烤大地。每一阵风过，婀娜的心事骤添一抹淡淡的忧思。

远方，你舞动云彩，撒欢儿地洒下一地太阳雨。淋湿的渴望，瞬间涨满了一池相思。

多想与你为伴，摘一朵雨后的云朵，装扮夏季缤纷的花环。

如果你牵着我的手，踏着雨水追寻逝去的流年，你会发现，我期待的眸中，早已种下深情几许。只待有缘的你，用一枝滴露的玫瑰打开紧锁的花房。

小径幽深，青苔绿草遮不住相思蔓延。

你不来，我不敢离开，唯有固守一园芬芳，等你。

也许等得太久，水分被阳光烤干，相思裸露出来，渐渐凝结成心头的痂。

不敢抬头看你，只怕一眼的电闪雷鸣，泄露我所有的秘密，把我的相思连根拔起。

多希望你深情的目光不要游离太远，你执着的步伐会为我停留片刻。

你可知道，银河岸边，闪烁的朵朵晶亮，每一颗都缀满我苦涩的泪珠。

你可知道，那等待了几个世纪的祈盼，轮回的又岂止是一个灿烂的花之梦！

大雨过后，如果你有幸走进花丛深处，你会看见那些还来不及绽放的花瓣，

紧裹着的花蕊中，藏满了青涩的北国红豆。

你不知道，你陪我走过的光阴缕缕，洒在身后的笑声朗朗，惊醒了多少颗昏睡的露珠。

多想贪婪地收藏所有的快乐，裁阳光为银色的裙，截彩虹为炫目的腰带，携细雨为一生的伴侣，夕阳西下，舞出生命的色彩，点滴渗透我们还来不及收敛的苍白人生。

你调皮一笑，任阳光照耀阴霾丛生的小径。

我佯装妩媚地向白云挥手致意，缠绵的心事绽开一朵芬芳的涟漪。

你永远不会看见我眼角的泪痕，漾在脸上的微笑溢满了纠结。

黎明时分，暴雨倾盆，我轻轻关闭心房，悄悄走离你的天空。

青苔依旧会在梅雨时节泛滥，恣意缠绕一个粉红色的梦。

当你走近，请不要惊扰她。

在阳光灿烂的日子里，她还会自动打开心扉，追寻太阳的足迹，享受太阳雨的温柔抚摸。

女人香

闻香识女人。

久在深闺，人淡如菊，心素如简。可是，藏在女人媚骨里的女人香，如窖藏的酒，随着时光流逝，越发清香醇厚。轻轻揭下素雅的外衣，那股清香瞬间迷醉了一个小女人的七彩梦。

青涩的季节，连笑容都显得腼腆。悄悄地在脸上扑些干粉，浓郁的茉莉花香似乎能渗透到血液里，娇羞的脸便因这神奇的花香平添了一抹难言的愉悦。

一块小小的力士香皂，经好莱坞明星轮番广告轰炸，便成了最受女孩追捧的高级化妆品。沐浴后，用滑溜细腻的香皂仔细地擦遍全身，试图将每一个泡沫精华完全吸附起来。闭上眼睛深呼吸，浑身散发的幽香便成了最奢侈的享受。

小资情调蔓延，香水悄悄走进我们的生活。那些精雕细琢的小玻璃瓶，单是它美丽、诗意、小巧的外表，就引得无数女子为之倾心。

出门时喷洒少许，沁人心脾的香气弥漫开来，香雾缭绕，呼吸畅快淋漓，瞬间笼罩了干枯的梦。羞惭的空气无处躲藏，只好任凭这片浸润着花香的芳草地里群芳争妍，直至玫瑰占了鳌头，眼见大势已去，只好灰溜溜地为美人让出一道霞光。

香水的味道总有些暧昧，尤其在华灯初上的夜晚，就像情人的眼神，迷离深邃。有时，从梦境中醒来，香气依然缭绕，牢牢占据心房一隅，竟似梦中情人的味道。回味良久，沸腾的雨雾中闪烁着一双透亮的眼睛，穿过星空，不停地扫射相思的缝隙。

爱上香水，源于那年的情人节。

他牵着我的手，故作神秘地说要在情人节送我一件特别的礼物。一脸的惊诧，挡不住的欣喜，竟像小孩子一样焦渴地等待答案揭晓。

相濡以沫的岁月渐趋平淡，如清澈的小溪水顺着时间的脉搏静静流淌。无须费心解读，在对方的眼睛里，瞬间就能捕捉到心灵相通的默契。

起风的日子，多盼望激情的火花能点燃浪漫的烟花，在流光溢彩里找回消逝已久的彩霞满天。

很怀念在草地上神侃的日子，没有美酒佳肴助兴，只有夜空月色如水，却丝毫阻挡不了相爱的人憧憬未来的美好；很怀念电影院痴迷落泪的那一瞬间，即使现实赐予我们一地冰霜，故事里的感动依然让我们怀揣一份相知，在爱情冰面上舞出人生的精彩；很怀念那些凄冷的寒夜，他把我的手暖在怀里，任眼泪潮湿了整个心房……

当他把香水轻轻放在我手上，眼角的微笑早已泄露了藏在眉梢里的溺爱。

谁说男人的浪漫不是另一种温情的回馈？

岁月风干的苦难，经风雨侵蚀、涤荡，早已氤氲成香雾，缭绕于女人的心扉深处，也荡漾在男人痴迷的目光中。

习惯了晨起时的淡淡香气，轻轻呼吸，怡人的芳香浸润到骨子里，驱走心灵上空潜伏的烦忧。

习惯了枕着淡淡的清香入睡，恬静安然，弥漫的花香不知不觉熏染了四季的平淡。

习惯了把情感藏在花蕊中，情愫异常泛滥，暗暗涌动的女人香便悄悄拨动心底最温柔的和弦。梦醒瞬间，绽放在脸上的微笑，就是对幸福最完美的诠释。

习惯了香水的味道，参悟了爱的滋味，那渗透血液的女人香就成了小女人独享的专利，总在风轻云淡的日子若隐若现地昭示着爱情的成熟和女人的妩媚。

舞台人生

谁的眼泪在飞?

如泣如诉的旋律一遍遍在脑海中缠绕，颤动着每个旅人的心扉。

你躲在角落里，静静地享受黑咖啡的苦涩。无语相对，聚焦的情感泄露了一地相思。

镁光灯如鬼魅的影子一般闪着蓝色的诱惑，动感的海浪在清冷的视线里跳跃着、翻滚着。单薄的我，如一只逆行的小鸟，在惊涛骇浪的上空找寻生命的感动，于转身处，洒下几滴明亮的泪珠。

我微笑着向你示意，眼光游离的瞬间，你的颤动，我的感动，如闪电一般，将舞台背景点燃，绚丽的烟花绽放成夜空中闪亮的星星点点。

从选择舞台的那一刻起，我就把眼泪层层过滤，用妩媚的从容遮掩咸涩的味道，用恬淡的微笑分解叹息的苦楚。

唯有你知道，明媚的春天里，那些载歌载舞的露珠，那些滚动着热情的人间小精灵，在她们璀璨的笑靥里藏有多少不为人所知的小秘密。

不敢沉醉在你温柔的海洋里，就怕一不小心泄露一地春光，我的爱，连同我小小的骄傲，过早地搁浅在快乐港湾。只好悄悄走离你的视线，让你关切的目光，随着迷离的灯光，追逐我的灿烂。

偶尔四目交错，一眼的电闪雷鸣，震撼心灵的触动，就将春风春雨交融成春天最美妙的旋律。

你轻轻拨动情感的弦，和着我纯净的歌声，梦里的桃花不知不觉染红了思念的小径。

你是我最忠实的观众，默默地关注着我成长的每一个细节。掌声寥寥，我孤独地守候着明月弯弯，你温暖的目光充满鼓励和关切，即使远隔重洋，我知道，那片海域，是我心帆停歇的港湾。

多想让奔波的情感停留片刻，给你一丝温情，哪怕只是一滴雨露，也能滋润你干渴的心。

秋凉的无奈、谢幕的不堪、思念中匆匆离去的背影，将一个个惊天动地的爱情故事切割得支离破碎。只好用一个华丽的妆容演绎传说中的完美，将我们的爱情锁进记忆的抽屉，不再翻阅。

我勇敢地站在一个人的舞台上，任残酷的冷风拍打我心底残留的情愫。即使大雨泼我一身冷漠，即使你的笑容淡化成风中的粉蝶翩翩，即使不得不洒下清泪行行，我还是愿意站在这里，把人生的精致一点一滴刻录下来，用厚重的沧桑沉淀灵魂的骄躁。

如今，我仍旧在伤感的故事情节里一遍遍徘徊，用我低沉的歌声去唤醒每一个为爱彷徨的人。再多情感的唯美，写不尽梁祝的缱绻；梦里化蝶的浪漫，唯有清晨的露珠能见证苦恋的挣扎。

当你的泪滴落在我的脸上，我只能把忧伤和思念全部留给你，把快乐和妩媚留给喜爱我的观众。

如果人生还能重新选择，我依然愿意选择这个舞台，用我们的故事去打动别人的心扉，用我的歌声去等候你的温柔。

当我倾情演绎人生这部精彩的舞台剧，终能等到观众如潮的掌声，泪眼朦胧的骄傲背后，你的执迷不悟，就是我梦中花园里那朵悄悄绽放的奇葩。

如果有一天，生命的音符停止了歌唱，你会看见我的爱，亦如舞台的灯光，在你没有防备的时候，早已辉映在你的心里。

　　每一个漆黑的夜晚

　　每一次孤独笼罩

　　你的坚持就是我背后的一盏灯

　　繁华落尽

　　我终是那个在夜光下

　　苦苦等你的女子

啼血的杜鹃

那天，你从我的窗前飘过，微笑着向我颔首致意。不经意的一瞥，清凉的滋味弥漫了午后的潮湿。

我把心事层层包裹起来，翘首等待你的光临。

窗前的百合羞答答地绽放出风情的妩媚。唯有它知道，黄昏后落寞的情怀里隐藏着多少难言的心事。

夏天的灿烂走得太急，望断天涯路，你的背影重叠成帆，悄悄驶离港湾，任由惊涛骇浪敲打雨中的百合。

我多希望你能听懂我深情的歌声，你流浪的步伐能为我停歇片刻。

阴云密布，暴风骤雨侵袭了心海残存的最后一块领地。无法为你重新点燃生命的烛火，颠簸的心事再也盛不下湿漉漉的思念，只好目送你的背影消失在地平线。

走吧，走吧！你终究是浪迹天涯的游子，领略过异国他乡的情韵，在思念的尽头会为我捎来一束洁白的百合。

没人知道我嘶哑的疼痛，那穿过天脉的寂静回声，是一只啼血的杜鹃献给夜晚的最诚挚的礼物。

如果你有幸听到这样的一首歌，请不要为我悲伤。

我流泪，是因为怦然心动的情感已注入我的血液，思念的小径被大水冲没，我的爱连同我的梦被连根拔起。多想割断所有的思念，把你连同那片火红的夏果一同埋葬。

如果，走出生命的误区，喝一碗"孟婆汤"就能将前尘往事一笔勾销，是不是走过的快乐就不再阴霾丛生？

为什么午夜的思念，总是充斥红艳艳的回忆？深秋的挽歌，一遍遍地演绎生命的灿烂，却走不出迷雾的深邃……

别为我哭泣，如果有一天杜鹃停止歌唱，毅然选择拥抱黑夜的静谧。

你姗姗来迟，给我一个温暖的拥抱。

晚风徐徐，吹皱了我心海的涟漪。

当你驻足聆听，你会听到我幽咽的歌声里，深情跳跃、相思泛滥。

如果明天风再起，你的脚步还会如约而来？

如果我啼血的姿态能换回你千年的回眸一笑，最后一次的感动，就是黑夜对黎明的最虔诚的祈祷。

即使远隔万里，心海电波被乌云遮挡。梦醒时分，你会听到我在梦魇中发出的声声啼鸣。

因为每个音符都是浸润鲜血的深情！

触动心灵的颤音

很多时候，触动我们心灵的不一定是天籁之音。如烟的往事，流淌着纯真岁月的歌声，徜徉在落寞的情怀里。不经意地掀开青春一角，便在月光如水的夜晚，轻轻拨动了隐藏心底的情愫……

"后来，我总算学会了如何去爱，可惜你，早已远去，消失在人海。后来，终于在眼泪中明白，有些人一旦错过就不在……"

年少时，半是懵懂，半是轻狂，无法梳理蠢蠢欲动的情感，压抑日久，遗憾便成了青春的休止符。如今时过境迁，重新打量逝去的光阴，蓦然回首，我们已经不知不觉间遗落了少年的纯真。

还记得十六岁的那个夏日，你深情地拉着我的手说，永不分离。

永远到底有多远？年轻的心不敢承诺天长地久的煎熬。黑暗来临，孤单的我悄悄逃离了情感旋涡。

大雪纷纷扬扬，寒冷的冰霜彻底掩埋了夏日的热情。

我的仓皇，你的痛楚，转瞬之间填补了记忆的空白。

月圆之夜，鸟儿低吟浅唱。满满的相思，牵系的全是黑夜的叹息。

泪眼朦胧，那道多情的目光，如闪电一般，穿透黑夜的静谧，惊起蛰伏已久的思念。

如果我勇敢地牵你的手，遗憾是不是就不会走得那么匆忙？而我们，也会满怀虔诚地见证永远的传奇？

有些人注定是生命的过客。

抬头仰望，一颗流星轻轻划过天际，闪烁着波光盈盈，如我多情的泪光，在你诧异的视线里，悄悄隐退微弱的光芒。

"很爱很爱你，所以愿意舍得让你，往更多幸福的地方飞去；很爱很爱你，只有让你拥有爱情，我才安心……"

美妙的情感交织着无数渴望，播洒到梦中的青草地里。

毛毛细雨飞扬，泛白的记忆便在午后穿起一个五彩风铃，和着微风节拍，不经意地哼唱起青春时遗落的这首歌。

不敢任相思飘得太远，就怕一个转身摇落朝霞的灿烂。索性把心事藏起来，只留下一条浅窄的缝隙，期待有缘的你，借着烛光，用心读懂我矜持背后的深情。

多希望，暴雨倾盆，你如约而来，陪我一起赏荷听雨，静待彩虹灿烂。

你冒雨而来，锈迹斑斑的大门紧闭。轻叹一声，怅然离去。

在你身后，微微开启的那扇窗里，晶莹的泪光早为你铺就了一条嵌满祝福的阳光大道。

午夜梦回，心痛一阵一阵不断袭来，任由盛满苦涩的回忆泛滥成灾。

不敢触摸你的疼痛，就怕牵系的目光缠绕你飞翔的翅膀。

黎明时分，紧闭篱门，依然挡不住相思蔓延。

如果少爱你一分，真爱是不是就可以走得风轻云淡？

在这静寂的时刻，冰雹猝不及防地打碎了水晶花瓶，暴雨淹没了散了一地的花瓣。风雨飘摇，谁人能解那颗玲珑的心里，竟然包裹着怎样不堪的落寞与疼痛……

"想要问问你敢不敢，像你说过那样地爱我；想要问问你敢不敢，像我这样为爱痴狂……"

在情感的荒漠上跋涉，焦渴的心渐渐蒙上一层灰色的阴影。偶遇一眼清泉，片刻的惊喜过后，落寞依然萧瑟，无法掩饰内心刻骨的忧伤。

回头远望，流沙掩埋了来时的路，你的背影风干成最苦涩的一道回忆。

挣扎太久，迷失了努力的方向。干涸的心实在承载不了小河暴涨，只好在心底为你预留一个温馨的港湾，将来不及寄出的祝福装进信笺。只待风起，为你捎来远方的问候。

多想捧着你的脸，让你看见我焦灼的目光里隐藏不住的爱恋。赶在暴风雨来临之前，勇敢地打开心锁，给你一个暖暖的拥抱。

如果再相遇，撇开俗世烦恼，小桥流水便能将前尘往事洗刷得一尘不染？

最美还是初相遇！

真挚的情感在酒窖封存，日久天长，酿成醇厚浓郁的酒。思念启航的日子，取一小杯独酌，将痛苦与遗憾摇匀、沉淀，细细品啜，一丝苦涩里依然掩藏不住醉人的相思味道。

"当孤单变成一种习惯，习惯到我已经不再去想该怎么办，就算心烦意乱，就算没有人做伴，自由和落寞之间怎么换算……"

千帆过尽，没有爱的天空总是阴云密布。

暴雨来临，没有你做伴，孤单就成了我的影子，顺着雨水流进相思暴涨的

是不是长大后，孤单就成了必然的经历？而我们也必然在孤单中品尝各种滋味的渗透？

多想拒绝长大，把青春里的快乐定格在十六岁的花季。

多想，像鸵鸟一样，把孤傲埋进你的胸膛，让你的热烈慢慢融化我的谦卑。

寂寞的夜，惆怅盘旋，把叹息的声音拉得好长好长……

不知何时，已经习惯了一个人走。

快乐即使卑微，也会在阳光充足的午后洒下几滴温馨的太阳雨。静谧的夜晚，那种蚀骨的风情，常躲在屋后散发出幽蓝的光。而我，再不敢用力推开那扇重重的门，就怕流年似火，焚毁心中圣洁的伊甸园。

今晚月色如水，我带着银色羽毛面具在人群中即兴跳舞。

也许，也唯有你，才能看到我布满泪痕的眼睛，在星星眨眼之间，遗落了一个多么迷离的微笑……

人生过半，我们的青春竟让一个叫奶茶的歌手——刘若英，演绎得惟妙惟肖。她的嗓音没有天籁般的质感，也没有夜莺的婉转，却如泉水叮咚，点滴渗透了我们来不及追溯的青春岁月。

谁的青春没有遗憾！

这些触动我们心灵的颤音，回望的瞬间，爱的音符依然欢快地在我们的梦中跳跃，轻吟浅唱那年走过的浪漫与温情……

踏　青

春天的步履走得异常凌乱。

扑朔迷离的五月，如梦幻般的夏天提前登陆，在春暖花开的枝头闪烁着灿烂的笑脸。

不料，北风呼啸，寒意重袭，还来不及诧异，早开的多情的花瓣已落英缤纷。

旷野中一片静寂。

我挎着用五彩丝线编织的花篮，在草原深处找寻生命跳动的色彩。

期许缤纷五月会给我一个意外惊喜，填满属于春天的梦。我可以用我火红的热情点燃春天里的那把野火，哪怕燃尽我的渴望！

总想当那个幸运的采蘑菇的小姑娘，晴朗的早晨，唱着歌儿，沾湿一身雨露，采到生命中最大最饱满的那颗大红菇。不为饕餮，只为享受丰收的小小喜悦。

生命中的很多色彩被污染，光怪陆离，似迷幻的倒影，再也找不到原来的素雅。茫然四顾，希望渺渺。

多希望那一点点的纯净，能够停留在视线之内。哪怕只是一个不起眼的小蘑菇，只要还有芬芳残留，我依然会乐此不疲地享受大自然的额外恩赐。荆棘刺破了脚掌，泪水滴到裸露的土地上，我终于一无所获地向春天告别。

原来我来得太早，抑或太迟，干旱已悄悄吞蚀了这片土地。

只好挥挥手，故作潇洒地与五月告别。

可是，我心中的五月，依然唱着那首古老的儿歌，弥漫在远方……

春雪之恋

我是姗姗来迟的春雪，在这个阳光明媚的日子里，只想用一冬孕育的温情，给你一个热情的拥抱。

我在你的视线里尽情飞舞，捉弄着你的耐心。偶尔，顽皮地深情一笑，把温柔的爱恋播洒在你的发线。顺着你脸颊滴落的水珠，颗颗都闪烁着我惊喜的泪光。

冷傲依然是我的面具，洁白的羽毛将面具装点得神秘而又优雅。我穿着雪白的长披风，极尽妩媚地与春风翩翩起舞，只想用我轻盈、曼妙的舞姿征服你，与你一起走进春暖花开。

就在你低头的瞬间，我的热情直抵你的心房，温柔的碰撞便绽开了早春第一朵花蕾。只有我知道，在你怀中悄悄融化的泪珠，早已暖了一冬的渴盼。

只想用我一生的柔情赶赴你的千年之约，即使拥有瞬间化作烟花一吻，倾情回眸，春天的灿烂便定格成旖旎的一道风景。

你是温柔多情的春雨，总在风雪飘荡的空隙，钻进我的发梢，与我轻声细语南国的温馨。春天的色彩，因你的呢喃，越发绚丽。

我徜徉在你的梦里，踏遍万水千山，在世外桃源的路口，找到了用纯净的阳光铺就的银光大道。

我们挽着太阳一路飞奔，醉了斜阳，醉了彩霞。

多想，靠在你的胸口，任春雨泛滥，渗透心田，浇灌荒芜几个世纪的情感沙漠。

只是，我终是春雪，在午夜钟声敲响的时刻，相见恨晚便成了迟暮的挽歌，不得不在消失的刹那，把我的泪滴在你的胸口。

你可知道，与你相遇，那是我追寻一生的梦想啊！

如果能化成春雨，融化在你的眼里，与你畅游春天的一秒，挥别，就不再是痛苦地转身。

温　暖

有一种温暖叫作关注。隔着云山雾海，感觉不到彼此呼吸的畅快。可是，发自肺腑的关爱，隔着海洋的湿空气，慢慢传播开来。关注的视线里，几多真诚、几多柔情。从此，生活多了一分淡淡的欣喜、一分神秘的向往。

有一种温暖叫作默契。每天迎着第一缕晨曦走到阳光下，来自大自然的芳香沁人心脾，瞬间陶醉了一颗驿动的心。没有窃窃私语的喧嚣，不会有调皮的孩子恶意打碎盛满甜蜜的花瓶。一道多情、牵挂的眼神，天地合一的快乐，已然在胸腔悄悄蔓延。

有一种温暖叫作祝福。缠绵的雨季淡出视野，心存一份美好，浓浓的关爱不知不觉间就温暖了冬天的漫长旅程。无须鲜花的浪漫，无须辞藻的华丽，一颗拳拳的心，饱蘸雪花的祝福，便装点了人间天堂的温馨。梦醒时分，雪花温情绽放，在你怀里微醺浅醉的小精灵，就是昨夜的满天繁星。

有一种温暖叫作思念。每当小雨来得正是时候，思念就牵着一缕温柔定格在蓝天。相思的红线太细，拽不动牵挂的帆。只好让风儿寄去几枚种子，穿透世俗阻挡，在我们的灵魂深处倔强地发芽。红叶漫天，片片飞舞的激情，都是被夕阳染红的焦灼。

有一种温暖叫作拥抱。不再刻意用冷漠隐藏炽热的情怀，冰雪融化，沧海桑田，所有的等待都是两颗心相守的过程。退归的你，迎着春风给我一个温暖的拥抱。泪眼婆娑，错过的如花季节缤纷重现，激情的一吻，就是绿叶对大地深情的眷恋。

有一种温暖叫作感动。感动曾经的感动，旧日的灰黄记忆已经霉烂。拂去布满创伤的旧情，淡淡的思念穿透尘世障碍，一任牵挂走得彻底。而你，亦如从前，盈满笑意的脸上挂着初相识的真挚与忐忑。如果时光倒流，爱满人间、花开四季终是一个不愿醒来的梦。

有一种温暖叫作乐观。埋葬冰冷的回忆，满含爱意地迎接每一个灿烂的日子。当我们与春天紧紧相拥，错过的沧海便填满了来自心海彼岸的阳光；当风沙不经意地让我们泪落如雨，且把苦涩风干，用泪珠滋润干枯的心田。来年收获的，便是梦中的花团锦簇。

今夜，你会不会想我

月亮穿透云层，露出盈盈笑脸。月光如水，浸透相思几许。

穿过时光隧道，执着地追寻你的目光，一任银河在身后洒下繁星点点。即使远隔千山万水，跨越沧海桑田，思念也能乘着歌声的翅膀漂洋过海。

心事异常拥挤，胸膛掀起惊涛骇浪，情感的阀门瞬间失控，眼泪淹没了思念的路。

静静伫立在窗前，流星闪烁，唯美的情感总是遗憾走得最急。

不想刻意寻找生命的永恒，那道光彩穿透迷雾的瞬间，早已照亮了爱的方向。

今夜，你会不会想我，亦如我心事悠悠。

我把相思藏在你的眼睛里，你注视我的刹那，我的影子就成了你生命的符号。只要有光亮照射，我们会从彼此的视线里找到超载的深情、甜蜜的忧伤。

假如时光在这一刻静止，荒芜了的，又岂止是两颗心的叹息！

隔着夜空，你喃喃的话语千般柔情，似鸟儿婉转，声声传递爱的讯息，扰得人夜不能寐。只好任由相思的云层积压，静等流星雨悄悄滑落，填补心灵的缝隙。

今夜，你会不会想我，亦如我心潮澎湃。

当月亮悄悄隐身云层后，你可知道，那是我想你的心，被丘比特窥视之后的点点羞涩。

多想与嫦娥为伴，在每一个月圆之日，续写一个神奇的传说。世间如有桂花酿，只想与你豪饮千杯，不醉不归。

沐浴在月亮河里，执一支诗情的笔，在画意中改写平淡的轨迹，一任时光卷走苍白的等待。

今夜，你会不会想我，亦如我心海泛滥。

当你款款地走进我的梦里，在我耳边倾诉和风细雨，驻足片刻，心海涟漪泛起了美丽的波纹，枯燥的日子便有了鸟语花香。

如果冬季来临，你还会踏月而来，给我一个温暖的拥抱吗？

冰雪覆盖了月光的宁静，你的脸上依旧挂着温暖的笑容。

阳光的午后，你随风捎给我一片雪花的思念，让我融化在你的怀中，沉沉睡去。

你，还会等我吗

记得那夜，你跟我说，你会永远把我放在心中。

彩虹已断，思念踏上了不归路。而我，仍旧站在驿站的路口，等你。

无聊的日子，泪水找不到发泄的出口。只好隐藏所有的期待，任凭夏日的火热烤焦一颗躁动的心。

想你，仍旧会在雨后。

每一个细雨霏霏的午后，我独自撑着伞，徘徊在悠长的小径，每一块饱满的鹅卵石上都铭刻着我们手挽手走过的足迹。

伞，还是那把紫色的伞。你曾经深情地把它放到我的手里，许我一生浪漫，为我遮挡一世风雨。

你的声音那么熟悉，伴着清凉的雨丝糅进我的梦里。在午夜，缥缈成风，一任黑暗吞噬了相思的温柔。

那片曾经溢彩的流韵，缓缓地消逝在黎明的地平线；飘摇在风中的激荡，逐渐被晨曦覆盖，演绎成生命中最辉煌的绝唱。

我是那只摇摆的风铃，一直挂在你的窗前，锈迹斑斑的印迹无法阻挡我内心的澎湃。每当清风掠过，我会鼓足勇气，哼唱不成曲调的情歌，向你传递塞外的梵音。

我相信，我的心韵，你会懂。

你驻足片刻，常规式的问候平淡如水。

可是，我分明听到了你的叹息声，分明看到了消瘦背影拖曳的无尽的惆怅。

思念总在这样寂寥的午后掀起阵阵惊涛骇浪。

如果，我能隐藏所有的悲伤，还你一个浅浅的笑靥，这也是我们的前生之约吧。

不想刻意惊扰你。也许你的梦里已没了往日的青山绿水，我只是你枯黄记忆中的一枚落叶，只在风起的日子让你想起曾经的彩霞满天。

只好送你一个目视的距离。

你走，我再不会哭，亦如今晚的月色迷离。

你，还会等我吗？繁星闪烁，凄美的仍是梦里的银河。

我，终究只是你梦里悄悄眨眼的那颗星。

凡尘落尽的夜晚，仰望星空，你一定能看到一颗最闪亮的星星。那是我盈满爱恋的双眼，为你流出的最后一滴相思泪。

爱琴海的月光

厌倦了城市里的高楼大厦；阴霾持续，连呼吸都成了奢侈品。

多想，插上一双隐形的翅膀，在蓝天与白云之间找寻飞翔的快乐，感受那种叫清新的情感。

雨季悄悄来临，静静拨动藏在心底微微颤动的心弦。

细雨蒙蒙的黄昏，我听到了大自然的声声呼唤——来吧，我的孩子，快到我的怀里来！解开枷锁，把疲惫藏起，这里没有游戏角逐，没有冷酷逼迫，只有爱的和声细语。只要你愿意，外面的无限春光就会属于你……

多想陪你一起去流浪，沿着黄河岸边找寻梦中失落的波涛滚滚，感悟母亲河的宽容与伟大；循着小桥流水的梦境，在南国的花香鸟语中穿梭，采撷每一粒希望的种子，播撒在干涸的心田上；远离尘世喧嚣，去雪域高原摘一枝圣洁的雪莲花，寻找迷失已久的纯净与豪放。

如果我能托起明天的太阳，把每一道黑暗镶上灿烂的金边，我一定会在黎明初起时分站在梦想彼岸，勇敢地牵住你的手。

带我走吧，哪怕是在梦里！

我愿意做你的水手，陪你流浪远方，找寻梦中的橄榄树。

你说，爱琴海藏着你的梦，那里有你蓝色的天堂……

　　如果，我能舞动每一片在寂寞中飘零的情怀，是不是就可以挽着你的手，让爱琴海的月光抚摸我们的脸庞，一任心跳的感觉把相思蔓延？

　　如果，流浪的脚步伴着爱的节奏踏遍万水千山，是不是我们就可以给永恒设计一个最温暖的情节？

　　而我，永远是故事里的主角，陪你一起演绎人生的精彩。

　　大雨滂沱，淋湿了我的翅膀，我在你的梦里悄悄滑落。

　　你还会不会等我，等我晒干泪痕，一同迎接风雨侵袭，只为梦中的那道彩虹？

　　为什么云雾散后，你执着的步伐充满坚韧，让我不得不追随你的背影，忍受与离别对抗的无奈。

　　爱琴海是你梦想的天堂，那里承载着你孤独的梦。

　　走吧，在你转身离去的瞬间，我的祝福已为你铺垫了一道最温柔的月光，上面撒满了爱琴海的蓝色梦幻，还有我深沉的爱。

美丽的错误

　　"如何让你遇见我，在我最美丽的时刻。为这，我已在佛前求了五百年，求他让我们结一段尘缘。"

　　最美的相遇，始于莲花盛开的季节，我正娉婷，你已风华。

　　红尘滚滚，浓雾弥漫，满池的莲香也遮不住你眼角的疲惫。

　　我多希望，你能留下来，在莲花池畔为我弹一曲《高山流水》。我会轻轻闭上眼

　　沉醉其中。瞬间交融的快乐，一经深情撩拨，不经意地颤动了最温柔的心脉。

　　你无言转身。

　　沾满晨露的莲叶上，默默流淌着我饱含真情的泪珠；干枯的花朵，一瓣一瓣撕裂，缀满我黯然的忧伤。

　　为了与你再次重逢，我跨越千山万水，在世纪轮回中，遍寻你的影子。在你必经的路旁，绽放一树梨花，只想用我的洁白和温婉抚慰你的沧桑。

　　我把娇羞藏在衣襟，满树的雪花飞舞都是我素雅的裙卷起的花瓣雨。

　　风起，你轻轻挥动手臂。落在你手心里，微微颤动的花瓣，是我等待一生的惊喜。

　　别问我蹉跎了多少岁月，也别问我辜负了多少青丝，夕阳西沉，从没有人见过我的泪雨滂沱。

　　多少次雨声阵阵，雷鸣轰炸，我把心事小心翼翼地藏好，就怕一个闪失粉碎了刚刚冉冉而起的希望。

　　你在路灯下徘徊，寂寥的身影，把叹息拉长了千米。

　　我站在你身后，目视你的剪影在闪电中狂舞，一任流年扫荡心中的零乱。

　　奈何桥上雨打梨花，洒落一地相思。

　　也许千年的回眸一盼，换来的还是今生的擦肩而过。

　　你径自走来，放我的手于你的怀中。

　　我的泪喷涌而出，和着颤抖的心律，滴成一首无言的歌。

　　你可知道，为了给你呈上我最完美的歌声，我早已把爱恋谱上相思小调，和着寂寞的节拍，在午夜低吟浅唱了无数遍。

　　月亮近在咫尺，悄悄为我们送来温馨的祝福。

　　银河已断，织女善解人意地为我们铺就了星光大道；孤寂的夜晚，为我们点燃心灯的，竟是憨憨的牛郎。

　　如果爱上你是佛的旨意，我宁愿终生修炼，徜徉在这个梦里执迷不悟，让这个美丽的错误，一错再错！

多想删除你

多想删除你，在你转身飞舞的刹那。

如果轻按鼠标，就能把你，连同所有的过往连根拔起，你便再也不会在我的心海掀起狂风暴雨；如果喝下一碗"孟婆汤"，睡醒之后，只记得现在的风轻云淡就能忘记曾经牵手时甜蜜的灿烂；如果记忆真有这样的删除快捷路径，前世的烦扰、今生的依恋便可以走得无声无息。

为什么，迷离的夜晚，轻轻滑落的泪水，会如此黯然神伤？

变幻的情感披上道道银光，消逝在梦中的云海；流星闪过的泪光里，那些可以追溯的思念已戛然而止。

过往的快乐，点滴沉醉你的气息。清风拂过，飘来熟悉的温言软语，每一朵花都散发着你的芳香。

静谧的夜里，你的身影幻化成石；每一缕绽放的微笑，都注满了你谜一般的深邃。

站在思念的尽头，静心守候你的归期。不再期待天女散花的奇迹，一任岁月悠悠，卷走风花雪月的寂寥。

你轻轻舞动衣袖，在我的梦里旋转。

而我，始终是那个痴迷的观众，追逐着你跳动的身影，直到夜幕低垂，笙歌渐歇。

多希望热情浸染的芳草地依然彩霞满天，白云轻轻掠过，你会对我投以深情的一瞥。

暴风骤雨无情，折断了天使腾飞的翅膀，也让这一季的春天走得润物无声。

如果拾起记忆碎片，把每一片被删除的记忆粘贴成一幅拼花的抽象画，是不是就可以重新续写一个美丽的结局，来生相约不再遥远？

梦醒时分，你站在思念的水平线上向我招手。

海浪滔天，我的呼喊化成大海的一声叹息，淹没在晨起的浓雾里。

原来我拼尽全力删除的只是一些浮光掠影。那些扎根在心灵深处的渴望与呼唤，是如此厚重，任岁月巧手如何勾勒，也盖不住生命色彩的斑斓与奔放！

如果离开你，牵挂就得走得心安、淡然，也许，前生五百年的修炼，还得紧跟今生挣扎的步伐。

重新在炼狱走一回，却仍旧逃不出你精心布置的温柔陷阱。

轻叹。

春风拂过脸颊。一滴热泪已燃起一季相思。

阳光的诱惑

五月，阳光明媚，满眼的绿意在春风中招摇。

走在阳光里，大口呼吸春天的气息，闭上眼睛，冥想片刻，脑海中便凝成一幅美丽的画卷，只待春风春雨交融，催生一个浪漫的征程。

看云，只是一个小小的借口。

外面的天好蓝，蓝得可以沉淀昨日干枯的梦，一扫笼罩已久的阴霾，重现纯净的天空；云朵好美，美得可以让梦想插上精致的翅膀，滋生一季相思的缱绻。

多想，放飞七彩风筝，倦怠的心可以重新找到飞翔的快乐。

很期待风起的日子，卷走沉淀已久还来不及释放的落寞。

昨日狂风肆虐无情，刮落枯枝条条，把残余的温柔扫荡殆尽。

也许生活唯有这般残酷，生命的春天才会姗姗来迟。冷暖交替的无常，风云变幻的诡异，看透了，领悟了，心自然平静了。久了，阳光的缝隙里便长出了生命的绿色。

心事异常拥挤，霉变了连日的好心情。灰暗逐渐遮盖了阳光，一季尘埃不经意地堆满了潮湿的心房。

不敢让怨恨填满胸腔，就怕一不小心遗落心中的太阳。

赶紧从阴暗的小屋逃出来，勇敢地站在阳光下。

外面的世界真明亮，用心感受，阳光的诱惑瞬间便陶醉了春天的梦。

窗外，花朵开得正艳，舒展的花瓣缀满了梦想的热烈；晶莹的露珠藏在绿草丛中，调皮地眨着眼睛，若隐若现。

有缘的你，如若走近，你会发现，春天的幸运之门早已开启了一扇通往幸福的窗。

只要你轻轻按响金色门铃，你会听到轻快的乐曲里，早已漾满了春天的感动。

铺开晾晒藏匿已久的心事，让阳光抚平忧郁的褶皱；剪断一个个相互缠绕、解不开的心结，轻装与春风共舞；采撷一大把山花，用爱的歌声层层浸润，快乐便成了春天最美的收获。

那些所谓的痛苦原是虚拟的一道符咒，蛛网遍布，将心事愈缠愈紧，逐渐丧失了逃生的本能。

就在这个雨季来临之前，阳光的诱惑已悄悄渗进我们的血液。只要我们的心再宽一些、再勇敢一些，那在空中飞舞的彩虹，一定会带给我们别样的风情、别样的春光。

那年花开

那年花开，我们曾经相约去看海……

初相识的美丽，犹如老式胶片，黑白两色，却能变幻出神奇的色彩。你的笑声穿透云层障碍，一泻千里，融化了泛黄的记忆。

黎明初起，我穿着缀满星星的长裙向你轻轻走来。莞尔一笑，情感的电光瞬间划破天际，留下两颗心的焦渴。

你可知道，为了结这段良缘，我等落了多少夕阳。

暴雨无情地浇灭刚刚燃起的希望，潮湿的心里青苔遍地，我的爱连同我的梦已泛滥成灾。我站在雨中为你歌唱，只想用我的婉转陶醉你的心。

你如约赶赴这场盛宴，牵手的刹那，彩虹露出了灿烂的笑容。

轻轻依着你的臂弯，踮起脚尖，努力配合你的快步舞。

多想轻吻你的唇，把隐藏不住的思念和爱恋印在你心里。

夜光妩媚多情，早把我的相思刻成一张精致的碟片。想你的时候，便能回放那年花开的美丽。

快乐走得那么诗意，你深邃的眼神，如温柔的陷阱，让我沉陷、沉陷……直至无法自拔。

我贪婪地吮吸相思煎熬的泪水，一任缠绵的目光将你前行的脚步凌乱。

花开时节，把泛滥的情感及时封存，是不是牵手的缘分就能定格成美丽的图片，回忆就可以顺着快乐寻找梦的起源？

风起落时，你的背影渐行渐远，沙哑的歌声渺茫成雾里的那片海。

泪眼蒙眬，你已幻化成一道精致的剪影，轻倚斜阳，洒下片片余晖。

不敢轻易回放这段插曲，就怕焦灼的等待燃成灰烬，只好把它锁进记忆的黑匣子里。

晨曦来临，轻抚斑驳的记忆，不小心遗落一地相思。

很怀念心中的那片海，因了你的承诺，便成了一道永恒的风景。任思念潮涨潮落，静静述说那年花开的旖旎。

在梦中的海洋颠簸起伏，你的容颜渐渐模糊。可是，刻在心中的美丽影像，如海市蜃楼般妖娆，总在风轻云淡之后，悄悄填补情感的空白。

是不是跨越时空的障碍，我们就可以淡然地走过四季，遗忘心中的海，还有那年花开的美丽？

岁月流转，浓雾弥漫的清晨，我还会等在这里，轻声哼唱那首老歌；依然会不经意地想起你，想起我们美丽的相约，那年花开的诱惑，还有梦中的海浪滚滚……

哭泣的百合

你说，你很享受飞翔的快乐，即使烈日炎炎，也阻挡不了你对蓝天的渴望；你说，你有一双隐形翅膀，黑夜降临，能飞天一揽明月，与繁星在云河里畅谈。那时的你，豪情万丈，远方的诱惑如彩霞般绚烂，点燃你青春的梦想。

年轻的梦负载不了太多沉重，我的牵挂成了一道金色枷锁，只好挥泪斩断情缘，悄悄走离你的世界。

你的舞台幻影迷离，在闪烁的灯光背后，你不会看见一枝孤傲的百合，静静地追随你的背影，用淡雅的清香熏染你梦中的迷蒙。

生活总是不经意地让我们错过许多，岔路的诱惑往往充满陷阱，让我们沉沦

其中、无法自拔，轻易就丢弃生命中最饱满的稻穗，还天真地以为，沧海桑田过后，一切还来得及重新捡拾。

别为我伤感，我的爱人。暴风骤雨打落枝头的灿烂，百合的笑容依然清纯恬静。即使青白的花瓣一片片枯萎，再也找不到思念的途径，淡淡幽香依然会溢满有关你的回忆。

别为我迷茫，我的爱人。当你听到风中传来"沙沙"声，那是哭泣的百合洒在梦里的悠悠心事，为你传递相思的点点爱恋。

别为我哭泣，我的爱人。当你轻轻走来，向你张开双臂的，依然是你梦中的天使。别在意沧桑的纹理划破了娇嫩的完美曲线，那是等待的落寞留下的岁月印迹。

多想回到从前，那时的我们，单纯得如黎明的露珠，贪婪地吮吸彼此的爱恋；浪漫与温情一路高歌，撒下满天星光。

彼此守候，此生不渝！你的誓言美得如秋日的红叶，却经不起寒风料峭的侵袭。风中的叹息摇落了晚霞，也卷走了百合最深沉的爱恋。

外面的风浪太大，打湿了你的翅膀。你的泪滴在百合花瓣上，咸咸的，满是苦涩的思念。

拨开枝叶缝隙，藏在花蕊中的珠泪早已涟涟。

你可知道，错过的花季里，孤寂的百合等落了多少夕阳！

别为我悔恨，我的爱人。如果我的牵挂还能在你心头萦绕，如果我的祝福还能给你的苍凉一丝慰藉，请你给我一个致意的微笑。

这样，我还有勇气为爱情歌唱，还能为你舒展我最凄美的笑靥。即使时光再次打落一地花瓣，那道洁白的思念里依然会缀满爱恨情仇沉淀过后的芬芳余韵。

昨日重现，在梦里，你依然是我的梦中情人，款款深情，让我泪流满面。

绝 唱

人生中途，过往的风景逐渐消逝。爱恨交织，时常浮出水面，煎熬等待的执着。

一个情字，诉不尽沧桑背后的挣扎。泪珠纷飞，相思雨浇灭了心头燃起的烈焰滚滚；一个转身，咫尺天涯，海枯石烂掩饰不了梁祝化蝶的凄美。

奈何桥上，风卷残云。你可记得，满地花瓣，哪一朵是你曾为我冒雨采摘的惊喜？

多少次行于旧日相识的小径，熟悉的情话在耳边缭绕，穿过天际的叹息如此深情，一不小心谱成《我心永恒》的主旋律，轻轻撩拨心湖深处荡漾的忧思。

如果穿越时空轨道，你还愿意陪我回到清纯的少年时代，沿着铁路线寻找爱情永恒的梦想？你还愿意挽着我的手，在每一个月圆之日，许我一个明媚的心愿？

我没有端庄的高贵，自然不会有唐诗的骄傲；我没有华丽的妆容，自然不会有宋词的婉约；我没有千回百转的歌喉，自然不会有元曲的小桥流水。

翻阅一页页精美的诗卷，我是你眼中的哪一篇？

我多希望我是那篇绝唱，藏在你内心深处，在雨夜唱着唯有你能听懂的音韵。

雷雨声阵阵袭来，如天籁之声，为我们的交融和着最奔放的鼓点；你深情的目光，如闪电一般，穿透清冷的夜色，滑出最优美的探戈；荡气回肠的旋律，一经热情点拨，喷涌的画面就凝成永恒的记忆。

诱惑闪着银光，似一张包装完美的锡纸，遮盖了生活的丑陋。一点点剥离，黯然泪下，曾经的山盟海誓渐行渐远……

千帆阅尽，我多希望能幸运地搭上拯救爱情的诺亚方舟，我可以靠着你的肩膀走完漫长人生。

眼泪滴在沙漠缝隙里，思念断流，千年的歌声唱不尽哀怨的悲欢离合。

勇敢地走出沙漠，去寻找蔚蓝的海洋吧！

蓝天、白云、浪花，那么美丽，唯有驻足欣赏的人，才配拥有它的纯洁。一碰即碎的光阴，残忍地掠夺走了我们生命中最早的绽放，教会了我们放手也是最潇洒的转身。

如果可以深爱，就把世俗的贪欲埋在心中吧。

熄灭欲望的活火山，内心的宁静悄悄渗透，粉红的回忆不期然地就染红了相思湖畔的那片枫林。

再次扬起生命的帆，回头相望，深情凝视我们的爱人，就是上天馈赠给我们的最可心的礼物。

简单爱，真诚守候，绝唱的延续！

如果爱可以这样从容，我愿意背上行囊，在清晨出发，与我所爱的人相依相伴，一路奔波、一路收获，直到永恒。

天使之吻

深秋的寂寞还没来得及谢幕，草儿还躲在温柔乡里做着甜美的梦，初冬的第一场雪，就那么不经意地覆盖了昨日的温柔。

雪花洋洋洒洒地在空中尽兴舞蹈。时而快速旋转一曲风情华尔兹，不知不觉间陶醉了晚秋的梦；时而放慢脚步倾情演奏浪漫小夜曲，趁着夜色迷离悄悄魅惑了情人的魂，令闪烁的霓虹灯忘了回家的路。

黑夜太漫长，即使长袖善舞的歌者也找不到忧伤的曲调。迷失在这样的夜晚，雪花尽头全是白雾茫茫……

如果前生所有的等待都是为了与你重逢，如果梦里的洁白真的如许纯真，为什么，寂寞的夜里流淌的全是天使的眼泪。而我，再也看不见飘逸身影背后的多情？

也许，迷惑我们视线的总是这些冬天的精灵，在他们俏皮的眼神中竟然隐藏着那么多的冷酷？

总想把一生的痴恋演绎成梦幻曲，那里有阿尔卑斯山的雪花飞舞，有威尼斯的小桥流水，还有塞纳河畔的诗情画意

哪怕梦里的舞者只是我一个人的疯狂，我仍旧愿意相信天使的眼泪，在繁星满天的夜晚会闪着蓝色的梦幻的光。

捧起一把雪花，看着它在我的手心里慢慢融化成一团污水。

原来梦里的纯洁只是黑夜送给我的一个小礼物，是天使不愿看见我失望的眼神，给了我一个甜蜜的吻。

我的泪滴在雪水里，冰冷的又岂止是天使的热情

第 五 章

心灵私语

《幸福的味道》是什么？是爱人的《生日礼物》《一条鱼的深情》《爱的怀抱》？
还是妈妈做的《茴香饺子》《猪肉烩菜》？在午后煮一壶浓茶，细品散发幽香的幸福的味
道，你会发现，这些率真、隽永的小故事里写不尽小女人浪漫、唯美、深情的爱的私语。

故乡的疼痛

　　从记事起，母亲就叮嘱我，我的故乡在山东高密。那里有她的亲人——比她年长三岁的哥哥，已经去世多年的父母。

　　母亲从小家境还算不错。姥爷参加过红军，享受军属待遇，一双儿女承欢膝下，家和万事兴。母亲年幼贪玩，不喜读书，只上了小学二年级，便自动辍学离开学校，让姥爷恨其不争。年满十八岁时，姥爷和姥姥听信媒人介绍，把母亲许配给有城市户口、当兵转业回城的父亲。

　　母亲在娘家一直娇生惯养，嫁到城里，本以为彻底逃离了农耕苦海，城里的生活会比农村好很多。可世事难料，在包头定居后，先后生下五个孩子。尽管母亲上了一个集体工的工作补贴家用，日子依然捉襟见肘。父亲一扫提亲时的敦厚，脾气异常暴躁，吵架成了家常便饭，母亲的眼泪便流成了河。

　　夜深人静的时候，我喜欢钻在母亲的被窝里，听母亲轻声讲述故乡的美好。在母亲的描绘中，遥远的地方有一个小山村，那里有爱她的爹娘，有朴实的风土人情，还有她做姑娘时最快乐的时光。每每看到母亲对家乡的一往情深，轻轻擦泪的瞬间，我仿佛看到了她心中隐藏的幸福源泉。

　　那时的我太年幼，实在无法体会故乡的含义。听父亲说高密是一个土得掉渣、非常闭塞的小山村，他之所以参军，就是为了摆脱故乡的贫穷和落后。在他的言谈之中，故乡的色彩是灰色的，甚至是黑暗的，不值得一提。

　　母亲听了从不辩解，常常暗自垂泪，悄悄向我传达思乡之情，后悔当初没有听姥爷的劝告继续读书，耽误了自己的前程不说，还套在旧式婚姻的牢笼中。如今莫言获得诺贝尔奖，高密这个小县城因他的出色被赋予了一道神秘的色彩。看来养育母亲的地方也算得上是一个风水宝地。

在别人眼里，小山东是我头上的烙印，无论我走到哪里，我的祖籍是山东，故乡也被人为定性为山东。山东究竟在哪里，故乡究竟在何方，对出生在包头的我来说，竟是一个未知的谜。

七岁时随母亲回了一趟老家。依稀记得我们坐了好长好长时间的火车，迷迷糊糊地来到一个非常荒凉的小山村。全村的人很友好地出来迎接我们，婶子们问长问短，不停地挥动衣袖擦眼泪；母亲激动得放声大哭，仿佛生离死别的重逢。孩童们天生自来熟，一顿饭的工夫便打成一片，与我同龄的玩伴们整天带着我在村子里面乱逛。晒在屋顶的地瓜干，白花花一片，饿了，随手抓一块放在嘴里咀嚼，竟不逊色于美味的饼干。水豆腐现吃现磨，蒸熟之后，滑溜溜的，像嫩嫩的鸡蛋羹一样。在物质严重匮乏的年代，能随时吃一块水豆腐也是顶级享受了。最开心的莫过于去村头看露天电影，《小兵张嘎》看了几遍也不过瘾，调皮的男孩子在散场后会学着故事里面的情节，反复演绎小英雄的神话，逗得傻乎乎的女孩们把他们崇拜成小天神。小山村的快乐淳朴自然，就像每天升起的朝阳与红霞，把欢声笑语洒满我有限的童年记忆的角落。

半个月的时光太短暂，临行前母亲带着我去给姥姥上坟。途中经过很多高低不平的小土堆，每个小土堆上都有一些残旧的碗、罐，里面的东西黑乎乎的看不大清楚，偶尔还会听到哭声，那种瘆人的感觉就像到了童话故事里巫婆出没的地方，吓得我瞪大眼睛，死死地抓住母亲的手。

不知走了多久，大人们在一个不起眼的小土堆旁停下来，把一些平时见不到的白馍与一些供品整整齐齐地摆放在上头。母亲让我跪在小土堆面前给姥姥磕头，我听话地照做了。当时还不能真正懂得死亡意味着什么，从小没见过姥姥，实在弄不清姥姥为什么会一个人躺在这么荒凉的地方，只是呆呆地看着悲伤的母亲，在一旁不由自主地陪着掉眼泪。母亲趴在坟堆上哭得死去活来，婶子们劝了又劝，母亲才依依不舍地拉着心惊胆战的我离开坟地。

十多年后，母亲永远离开我的时候，我才懂得失去母亲是一件多么可怕、多么让人绝望的事情，才体会到世界上最痛苦的事莫过于失去最疼爱我们的母亲，才理解母亲给姥姥上坟时的悲恸欲绝。那时的我，年纪尚幼，还不懂得死亡意味着什么，只顾呆呆地看着母亲，心里竟期盼着早点儿离开姥姥睡觉的地方。如果我能懂事地为母亲擦一把眼泪，她的心会不会少一点儿疼痛？而我，历经这么久的回忆，对母亲的思念会不会少一分遗憾和愧疚？

时隔多年，丧母之痛仍旧是我心底蚀骨的疼痛。无人的夜里，辗转难眠，母亲趴在姥姥的坟地上失声痛哭的情景—悲痛的神情、凄然无助的茫然，便如黑白胶片一样，在我的脑海里不停地放映，泪水不知不觉流满脸颊。窗外繁星闪烁，可是，我不知道哪颗星星才是母亲关注我的眼睛！

母亲在故乡的日子里，我总能看到她面对亲朋好友泪流满面的情景。多少次母亲拉着我的小手不住地叹息，后悔踏上包办婚姻的不归之路，每次想回头时，五个孩子的牵绊让母亲付出了沉痛的代价。我不知道该如何安慰母亲，趁着婶子们进来探望的空，便偷偷溜出去找小伙伴们玩耍去了。

都说亲不亲家乡人，美不美故乡水！乡下的一切对在城市里长大的孩子来说，都是充满新鲜感的，乡亲们的疼爱让我有一种受宠若惊的欣喜。我每天与小伙伴疯玩到傍晚不愿回家，母亲丝毫没有责怪，只一味纵容我，让我尽情享受乡间的快乐。不知为何，我身上莫名其妙地起了满身红疙瘩，奇痒无比，擦抹什么药水也无济于事。母亲怕我抓挠后的伤口溃烂严重，只好带着我提前踏上归程。

两天两夜的火车让母亲思乡的情绪得以缓解。说来也怪，到家不到半天，我身上的红疙瘩竟消失得无影无踪。母亲说这是水土不服引起的过敏症状。她轻叹一声，把我搂在怀里，不停地嘱咐我，不要忘了那里才是我的故乡。

母亲的乡音很重，即使耳濡目染，我也没能学得一句地道的山东话；在包头历经四十年的风雨，更没学得半句老包头的音调。一口还算标准的普通话，让我与故乡有了深深的隔膜。

也许命中注定我就是一个浪迹天涯的游子。从山东到内蒙古，骨子里流淌的依旧是山东人的血性。生我、养我的地方是内蒙古大草原，那里有蒙古族人的包容与粗犷，我本应该把这里视为我的故乡。可是，我依然是一个外乡人的身份。即使饮着昆都仑河的水，与蒙古包近在咫尺，在梦里挥之不去的与故乡有关的记忆，依然是那个有很多小坟堆的小山村，那个让母亲魂牵梦萦的青山绿水。

如今，母亲去世二十多年了，她的音容笑貌已跟随年少时的回忆飘散在风中。如果可能，将来葬我于大海之中！母亲去世前，仿佛预感到什么，总是开玩笑地叮嘱我。思乡情切，母亲曾回过故乡多次，高密与青岛只有三百里路程，可是母亲惦记家人，每次都是来也匆匆，去也匆匆，一次次与大海擦肩而过。我不知道母亲为什么对大海有如此情愫，还留下这样的遗言。也许在母亲的梦里，宽容、博大的海洋才是她最眷恋的故乡？

带着疑惑，我第一次来到青岛黄岛海滨，看到那个依山傍海极其精致的小房子，想起母亲那充满向往的眼神，强忍住心跳，立即买下了。再过些年，当我年老的时候，我会把母亲的骨灰撒在这片祥和的水域，让青山绿水为母亲筑就一道最美丽的风景。我站在窗边，静静凝视着海浪滚滚，仿佛看到母亲拉着我的手，赤足走在海边，向我诉说大海的美丽传说，那里有她童年的梦，承载着悠悠的思乡情……

茴香饺子

小时候，饺子是极其稀罕的食品，逢年过节，全家人热热闹闹围坐在一起，欢欢喜喜地包一顿饺子，图个大吉大利。自然最开心的当属小孩子们，看着包好的饺子排成队整齐地码放在盖帘上，恨不得直接生吞吃了。饺子下到锅里，不一会儿肉香味飘出来，只好使劲咽着口水，按捺住垂涎欲滴的窘态。等到一个个胖乎乎的小家伙从沸腾的锅里捞出来，那双不安分的小手早就忘了筷子的功能，抓住一个饺子直接放到嘴里，烫得直伸舌头，惹得大人们好一顿训斥。

家里孩子多，包饺子自然成了力气活。母亲白天工作繁忙，下班后家务又多，根本无暇顾及那么多怎么也填不饱肚子的小"恶狼"们。久而久之，饺子成了庆祝重大节日的奢侈品。

直至我上了初中，家里经济条件有所改善，姐姐们长大了，成为母亲的左膀右臂，能够为母亲分担更多的家务，包饺子就成了母亲开心时的作品。全家人统一分工，择菜的、剁肉的、和面的、剥蒜的……各司其职。肉馅准备完毕，母亲负责揉面、包饺子，我配合母亲，大姐和二姐轮流擀皮，一家人忙得其乐融融。我包饺子的速度与质量能经受严格考验之后，就成了我的个人专利。

饺子馅有很多种，可是吃来吃去，全家人对茴香饺子情有独钟。茴香有一种奇特的味道，煸炒不太好吃，蒸煮炖更不入味。奇怪的是，它与略微肥些的猪肉和成肉馅，添加香油、酱油、葱、姜、盐、味精，搅匀之后，就会散发出一种浓浓的香味。不仅解腻，还久吃不厌。加上价格低廉、不招小虫、清洗方便的优点，就成了童年乃至今天我最爱吃的饺子品种。

爱人是山东人，之前没有接触过茴香。第一次来我家拜访，母亲特意包了茴香馅饺子招待他。他象征性地吃了几个，皱了一下眉头，礼貌地放下筷子说吃饱了。母亲没太在意，认为他有些腼腆，也是情理之中的事。

婚后，经济拮据，包饺子似乎是最省钱最方便的菜肴，我就把这门绝技发扬光大。刚开始爱人非常抵触茴香馅，为此我们还大吵一顿。经我一番耐心的"批评"和"再教育"，他决定放弃挑食的毛病，勇敢地尝试我喜欢吃的各式食物。

来自天南海北的人组合在一起，浓情蜜意衰退之后，饮食差异有时比文化差异更能彻底捣毁一个小家。夫妻吃不在一起，譬如说一方喜甜，另一方喜辣，刚开始还会努力迎合，时间长了，饭桌上缺少必要的交流碰撞，看着对方吃着令自己庆恶的食品，慢慢地食之无味，久了，难免纷争不断，再深厚的感情也会出现裂缝。直等到危机爆发，婚姻大厦早在不知不觉间千疮百孔了。

夫妻能够吃在一起，这种快慰相信是每个困在婚姻围城里的人发出的最大感慨。天长日久、不断磨合，两个看似性格、长相各异的人逐渐呈现出夫妻相，这与饮食的调和规律密切相关。

老一辈人常劝诫我们：要想抓住男人的心，先要抓住男人的胃。看来吃在婚姻的幸福指数中所占的比例非常高。可是，**一贯讨好男人，只会宠坏男人，加速婚姻破裂；美满的婚姻必须相互取悦、相互迁就**。功夫不负有心人，多年后的一天，爱人用实际行动证明茴香饺子也是他的最爱时，那种得意就来自于一种文化悄悄渗透、征服另一种文化的满足感。

现在饺子已成为各大酒店最普通的主食，各式美味饺子如雨后春笋般演绎着富裕传奇。为了省事，想吃饺子便直接去酒店消费，充分享受着现代人快节奏的便捷，早把包饺子的乐趣忘在脑后。

"有多久咱们没包过饺子了，现在吃遍山珍海味，最怀念的还是你包的茴香饺子。"一天爱人坐在餐桌边不无感慨地说，那神情仿佛是在怀念一个久远的过往。

我当时装作没在意，空闲时买了上好的面粉预备着。他回家时，我早早把肉馅和好，把面揉好待用。正收拾厨房，没想到，就那么一会儿工夫，一个个鹅蛋大小、有些厚实的面皮成了他的杰作，他还包了几个饺子成品向我炫耀，漾在脸上的快乐就像小孩子得了满分等着大人夸奖似的。

不忍心扫他的兴，我违心夸他真能干。那些肚皮鼓鼓的饺子，像小猪崽似的，一个个胖墩墩的，看着倒蛮可爱。不过煮的时候分外用心，花了好长时间才算搞定。他吃得不亦乐乎，大汗淋漓，最后美中不足地感叹道：面筋道一点儿就更好了。

晚上趁他看书的工夫，我把剩余的面包成鸭蛋大小的饺子。小巧可爱的饺子皮薄肉大，总想突破重围，春光乍现。经沸水煮熟，肉馅就像裹了一件透明外套，与面皮紧紧粘在一起。咬在嘴里，糯糯的、滑滑的，芳香四溢。

爱人用筷子夹起一个，仔细研究一番，不可思议地摇了摇头，最后只好把师傅的桂冠无条件地放在我头上。师傅就是师傅！我一边开心地取笑他所包的大饺子的憨态，一边乐呵呵地看着他风卷残云般迅速消灭这些可爱的小家伙们。

一条鱼的深情

做家务对男人来说可能永远是一个谜。尤其做饭，是爱人最头疼的事。每次他大展手脚在厨房忙了个热火朝天，结果却总是事与愿违，不得不灰溜溜地败下阵来。只好安慰他，并不是所有人都是模范丈夫的料。不过，他看着我一个人在厨房里忙来忙去，也坐不自在，便会主动过来帮我打打下手，做一些力所能及择菜之类的麻烦琐事。

爱人来自农村，从高中开始一直住校，直到考上大学，还是在食堂排队打饭。也许是一心求学的缘故，家务事基本上不在行。有时看他笨拙的样子，没能帮上忙，反倒给我添乱，索性让他远离了厨房。

我喜欢吃鱼，尤其是红烧鲤鱼，味道极其鲜美。有一次鼓足勇气准备炖鱼。只记得当整条鲤鱼在锅里煎的时候，突然意外地翻了个身，吓得我惊叫一声。热油飞溅到胳膊上，铲子掉在地上，一脸的泪痕。才知道君子远庖厨也有一定道理。

过了一段时间，有一天爱人回家突然说要给我炖鱼吃，当时真的是一脸的惊愕。他让我去休息，然后关上厨房门，一个人忙活起来。半个钟头过后，一股浓浓的鱼香味从厨房里不断溢出来，他满脸的得意让我不得不对他刮目相看。我吃得津津有味，百思不得其解，他才不慌不忙地透露了偷艺的经过。

原来他去一家饭店吃饭，点了一道红烧鱼，吃后感觉人家厨艺不一般，就去厨房向大厨虚心讨教。

刚开始人家说什么也不告诉他。是啊，谁会把自己的看家本领轻易地透露给经熟人引荐，大厨方才明白他的意图。于是就把所有的要领实打实地告诉了他。结果就有了他的看家绝技。

他积极探索，把这一道菜发扬光大，又向朋友学了清蒸、清炖的做法，把我感动得稀里哗啦。

鲤鱼刺多，很多时候他嫌吃着麻烦，总是吃鱼头，或就着鱼汤拌饭，而我就是那个没心没肺、大快朵颐的七把叉。每一次看着我"风卷残云"，成了"净盘使者"的可爱模样，他的笑容总是特别灿烂，爱怜的目光里满是疼惜。

记得很多年以前，那时他一无所有，他说会为了给我一个美好的明天去努力。那时他的承诺就像一条小鱼对深海的眷恋，虽然温馨却总感觉遥远。

如今，他已成长为深海中的一条大鱼，却依然记得这个美丽的传说。总是感叹他的这片深情。想必，这也是鱼儿对海洋深情的回报吧。

猪肉烩菜

猪肉烩菜，顾名思义就是把肉和菜杂七杂八放在一起大锅烩。当然，烩菜也得讲究章法、火候，否则大烩菜就成了一锅煮，味道、外观可想而知。

小时候家里孩子多，大烩菜自然是主打菜。那时粮、油、肉、布等生活用品都须凭票购买，大鱼大肉更是奢侈品。所谓的猪肉烩菜，充其量就是几片肥肉漂着，味道寡淡无味。现在经济条件好了，东北菜中的"猪肉烩酸菜"逐渐风靡起来，原来上不得台面的菜，经"翠花，上酸菜了——"这么一吆喝，居然成了特色菜，赶紧重操旧业把这道菜发扬光大。

五花肉是大烩菜的主料，肥瘦均匀、比较厚实的五花肉为上品。先用葱姜炒出香味，再用白糖、酱油红烧，然后按顺序依次放入白菜或酸菜、豆腐、粉条，出锅时撒入蒜末调味。北方特别讲究的杀猪菜是一道地方名菜，家养的猪在初冬时节被宰杀，膘肥得流油，新鲜就是最好的调料，烩上满满一大锅，十里飘香绝不是虚言。

为了改善生活，我八岁时，母亲买了一只小猪崽喂养。中午放学后去离家不远的草地挖一些野菜就成了我的主要任务之一。回到家放下书包把野菜剁碎，再掺杂些麸子拌成猪食，天长日久，不胜其烦，积怨渐深，只是敢怒不敢言。那只小猪崽每每饿得嗷嗷叫，一双小眼睛贼溜溜地瞅着我，看得我发怵，恨不得赶紧让人把它轰走。时间长了，它一看见我回来就开心地用头拱门跟我打招呼，傻乎乎的模样逗得我笑个不停。它要求不高，吃饱睡足是它最大的享受，吃到高兴时，嘴里哼哼唧唧地叫个不停。有时我放学贪玩，误了它吃饭的时间，回家少不了遭到大人们的一番训斥，便把恶气撒到它头上，故意把猪食剁成大块。小家伙倒不介意，噎得直瞪眼，难受的模样刺激了我的良心发现，从此再不敢"虐待"它。

这小猪说起来也算福大命大，有一次不知怎么钻出猪圈，跑到邻居家撒欢，结果一脚踩空掉到菜窖里。邻居下班回家听到动物的叫声，刚开始还怕得惊出一身冷汗，一看是我家小猪，赶紧告知我家。一个壮汉小心翼翼地下到三米深的菜窖，用绳子把它拽上来，小猪竟然毫发无损。

我清晰地记得那一年的冬天特别冷，雪后初晴，北风呼啸，一群陌生人聚集在我家门口。小猪经过一年多的精心喂养，已经长成膘肥体壮的大肥猪。它似乎觉察到什么，说什么也不让那些人靠近，发疯一样攻击用绳索捆绑它的人。我吓得直往大人身后躲。最终它还是被制伏了，临走时眼睛还直瞪瞪地瞅着我。两个壮汉用扁担挑着走了，它凄厉的叫声竟然被人群的欢呼声掩盖了。

那年的冬天是我们家最幸福、最快乐的时光，香香的猪肉烩菜终于成了盘中餐。每到饭点，猪肉飘香，早就垂涎欲滴，哪里还顾得上怀念与小猪的情谊。

母亲借了一口直径近一米的大锅，花费一下午的时间，炖了一大锅肉，给邻居挨家挨户送去一大碗，差不多送了十来碗。我们心中纵有太多不舍，也不敢吱声干涉大人的事。那时邻里关系简单、和谐，谁家缺什么，直接登门入户去借，也不用敲门。谁家都没有大白天锁门的习惯。不像现在，美观的防盗门隔开了自家与外界的联系，邻里之间住上十年还不知对方姓甚名谁。

母亲没有多少文化，善良的她总是提醒我们：受人点水之恩当涌泉相报。我记得事后母亲为我们每人盛上一碗看不见肉的烩菜，笑呵呵地向我们解释说："咱家小猪能平安长这么大，邻居们没少帮忙，咱们时刻不能忘了人家的恩情。"

猪肉在当时是稀罕品，母亲自然得精打细算过日子。每天做菜时切下一小块，其余的放在临时搭建的凉房里冻起来。没想到被贼惦记上了，一夜之间，门锁被撬坏了，猪肉没了。母亲气得跺脚直哭，后悔没早做给孩子们吃了。赶紧去派出所报了案。

结果让人大跌眼镜，偷肉的贼竟然是本街坊一个十四五岁的男孩。他是家中老大，趁父母白天上班不在家时，把偷来的肉陆续煮了，分给弟弟妹妹们吃了。孩子的父亲带着孩子登门认错，象征性地补偿了一点钱。因为羞愧，一个大男人一直低着头给母亲赔不是，母亲不好过于苛责他，毕竟邻里之间平素低头不见抬头见。没想到孩子的眼泪汪汪反倒让母亲一时慌了神。

"谁吃还不是吃！"母亲一边安慰孩子的父亲，一边替孩子擦眼泪。"还算是有良心的哥哥，还没学会吃独食，就冲他这一点，俺这个当娘的还追究啥？"母亲的话掷地有声，声声敲在大家的心坎上。孩子的父亲悄悄背过身，用袖子擦了把眼泪，对着母亲深鞠一躬，领着孩子走了。母亲眼角泛着泪花，我们不敢插嘴寻问。不过，母亲从此再也没有养过猪。

"我还是非常想念母亲做的红烧肉烩菜。我上小学的时候，曾经吃过满满一大碗肉，那个香啊，至今想起来还止不住口水直流。"每当我精心烹制好菜肴，爱人吃着喷香的肉块，还不忘跟我念叨婆婆的手艺，一脸的憧憬让我对婆婆的手艺崇拜得不得了。

前年，终于有机会见识了婆婆的红烧肉烩菜，一碗的油腻，只瞟了一眼食欲立马就消失了。爱人夹起一块，没咀嚼几下便吐了出来，用疑惑的眼神瞅着他母亲。

"没尝出你想念的味道吧？"我揶揄他，算是替他解围。"别说是红烧肉，那时就是肥肉也是上等美味。"常言道巧妇难为无米之炊。母亲深谙其理，想着法地改善家中伙食。瘦肉不禁吃，买肉时母亲特别叮嘱我们要买肥膘肉，把肥肉炼成荤油，以备炒菜时增加一点油水。然后，用肥肉炼油剩下的渣做成大白菜包子，虽然腥味十足，在当时也算是比较奢侈的美味。

其实，不是菜的口味变了，而是经济条件好了，人的味蕾越来越挑剔了。否则"珍珠翡翠白玉汤"也不可能成为朱元璋逃难过后念念不忘的珍馐佳肴了。爱人无限感慨，摸着心宽体胖的肚子，提醒我以后常进行饥饿训练，不要撑坏了胃，以至于不知美食其味，还徒增疾病。

现在好吃的东西太多了，可是怎么吃也吃不出儿时母亲做的味道。母亲的伟大确实是苦日子逼出来的，孩子们知足的味蕾也是苦日子练就的。

母亲走了二十多年了，带着那么多遗憾离开了我。有时，望着桌上飘香的猪肉烩菜，母亲愁苦的眼神就会浮现在眼前。如果母亲还在多好，我会时常为她做上一锅美味的猪肉烩菜，让她安安心心地过好每一天，再也不用为吃了上顿没有下顿而犯愁。

我为写真狂

偶然的机会站在了镜头前面。经化妆师一双巧手上下翻飞，片刻工夫，镜子前出现了一个完全陌生、颇有些艳丽的我。这还真让我有点儿不知所措了。

爱美是女人的天性，如果爹娘遗传了一副好皮囊，如关之琳般妖艳、林青霞般清丽、张曼玉般温婉，鹤立鸡群的荣耀足以让女人有女王般的优越感。年轻佳丽从眼前不时飘过，羡慕之余，不好埋怨爹娘，庆幸还算长得五官端正，对得起观众。

平日里对镜梳妆，总不免对自己的相貌挑三拣四。没有闭月羞花的容貌应该是每个平凡女子最大的遗憾吧。也想学学《简·爱》，用灵魂的纯洁高度战胜心理的黑暗和自卑。每次较量，气馁之余，发现男人的视线里总是飘着"好色"的狡黠，姣好的面容永远是男人选美的第一标准，所谓的内涵修养无非是女人先天不足后天弥补的必要手段。无奈只好加入到浩浩荡荡的修炼大军行列，把卑微全部浸透在书香里，以半生寂寞作为脱胎换骨的代价。

听朋友介绍，我在包百步行街找了一家比较有名的影楼准备拍一组个人写真集。忐忑不安地坐在装修精美的化妆镜前，一个小时过后，细细打量镜中的我，左看右看、横看竖看就是不相信自己的眼睛。亮白的粉底把脸上的瑕疵遮掩殆尽；

一双会说话的大眼睛映着盈盈秋水；长长的睫毛翻卷外翘，扑闪间便把女人的妩媚"秀"到极致；透亮的嘴唇没了往日的惨淡，饱满得像沾着雨露的玫瑰；围在身上的长裙，与其说是衣裳，不如说是化妆师的杰出创意。一块长长的纱或布在身上巧妙地转几圈，再看似随意地在腰侧或肩上系一个俏丽的蝴蝶结，一件清新、典雅、高贵的晚礼服瞬间便让人叹为观止了。

平素不太会摆弄头发，披肩直发梳了近二十年。如今，长长的头发，或如波浪般翻滚尽显妩媚娇柔；或轻巧地拧个麻花辫子尽显青春靓丽；或高高盘在头顶尽显端庄优雅；或在发梢插上几枝灿烂的花朵尽显飘逸妩媚。轻盈迈步，莞尔一笑，感觉自己就像是从童话故事里走出来的白雪公主。

镜中人巧笑倩兮、美目盼兮。不免自恋起来，开始"搔首弄姿"。各式各样的衣服、妆容衬托出各种气质，见证了百变女郎加工、诞生的全过程。化妆的魅力神奇得令人叹服，任凭我想象力再丰富，也无法把现在的我与刚才的"丑小鸭"联想到一起。看来自己真的 out 了。

书中自有黄金屋，书中自有颜如玉。以前一直这样自我安慰，为不爱打扮、也不会打扮的自己找了个最冠冕堂皇的理由。索性离化妆品、饰品远远地，还清高地认为活得自然、坦然、洒脱。谁知一不小心，无情的岁月便把黄脸婆的标签醒目地贴在脑门上。

女为悦己者容！这个道理谁都知晓。不过，婚姻的麻木逐渐滋生懒惰，慢慢地也就随遇而安了。一张素面朝天的脸看久了，连自己都找不到激情的色彩；一条布裙再怎么清雅，穿久了，也像一块干净的抹布。于是，想方设法打扮自己，却苦于无处下手，索性远离了时尚圈子，自然收获的是男人鄙夷、略带怜悯的目光。

如今，我用手轻轻摸了摸发烫的脸颊，莫名地有些恍惚起来，笑容情不自禁漾开了美丽的涟漪。对着镜子做了几个调皮可爱的鬼脸，一双妩媚的大眼睛里藏着掩饰不住的惊奇和快乐。

窃喜之时，一双窥视的小眼睛出现在镜子右后侧。我笑着说："要看你就大大方方地看吧，阿姨不介意。"

一个六七岁的小姑娘不好意思地蹭到我身边，胖嘟嘟的小脸上洋溢着一种崇拜的神情。"阿姨真的好漂亮！"小家伙的声音很大，惹得化妆师们忍俊不禁地笑了起来。

"小姑娘嘴可真甜。阿姨再漂亮，能有新娘子漂亮？"我打趣地问她。

"当然了，你比我姑姑她们都漂亮，我真的没骗你。"小姑娘着急地辩解着。

当天有三对新人在拍婚纱照，新娘青春逼人，再加上奢华的妆容，宛若从画像中飘出来的七仙女。感叹明日黄花的残酷，情绪不免有些低落。小姑娘由衷的赞扬，如及时添加的兴奋剂，瞬间提升了我的自信与骄傲，一个开心的微笑是我回赠给她的最美的礼物。

摄影师和助理全部是清一色的小伙子，示范动作时翘着兰花指，多了一份脂粉气，却极其优雅妩媚，让我自愧不如。幸亏我有点瑜伽功底，再加上过去跳过肚皮舞，一般的动作还能轻松应付过去。有些高难度动作怪异至极，实在想象不出照片冲洗出来的效果，只好把好奇心揣在肚里，任由摄影师摆布。小姑娘成了我的铁杆跟班，全程跟踪我的拍摄实况，全然忘了陪同姑姑来的目的了。

清汤挂面般的长发披了多年，尽管它能为自己赢得一个知性清雅的美名，时间长了，审美难免疲劳，常羡慕流行的飘逸卷发。这一次终于有机会尝试改变，不禁蠢蠢欲动。化妆师用电棒看似随意地拧了几下，翻滚的大波浪瞬间让我有一种窒息的感觉。蓝色的透明纱裹在身上，拖曳着梦幻在"夜幕"中穿行，那双深邃的眼睛里全是迷雾的叹息。陶醉在这片温柔乡里，一任激动的情绪跟着摄影师的镜头上下波动。

摄影师拿着相机，或站，或跪，或趴，非常敬业；助理在旁边高举反光板"煽风点火"造着声势。两人不断调整摄影角度，配合默契。我的任务则是高质量按照指令完成指定动作。一听到"笑"的指令，就自然展露风情的妩媚。刚开始觉得很好玩，配合得游刃有余。不断重复若干次，脸上的肌肉慢慢僵硬，微笑竟然成了苦差事。原来看似简单的脸部舒展运动，若要训练成一种职业习惯也有诸多不易，终于理解明星镁光灯下的艰辛与光环背后的付出。

为了犒赏我的配合，拍照结束后，摄影师在相机上把拍摄成品一张张演示给我看，那些唯美、类似油画的图片，每一张都是上帝的杰作，我不禁为一个崭新的自我陶醉了。

有人说，衰老的标志就是不敢轻易尝试新事物。偶尔换换发型、造型，为写真"癫狂"一回，收获的又何止是心情的怡然！那藏在岁月里的"骚动"，不经意间便留住了青春的永恒。

拖着一身疲惫离开影楼，昔日自以为是、蠢笨的"丑小鸭"已然抬起高傲的头。微笑仰望，快乐已集聚成云，直待清风撩起，与蓝天辉映高歌；自信也已启航，飞向梦中的霓裳王国，与嫦娥翩翩起舞……

生日礼物

二十岁，她与他初相识。不善言辞的他用输液管编了一个精致的小鱼儿送给她做生日礼物，她放在手心里把玩了一会儿，回到家轻轻放进抽屉里。闲暇时拿出来欣赏，那个小鱼儿吊着长长的尾巴在眼前直晃，逼真得就像在那段青春岁月里自由游走的鱼精灵，不知不觉卷走了她全部的快乐，沉淀了青春岁月里对爱的憧憬。

二十四岁，人生的抉择让他们尝尽了酸甜苦辣，爱与恨的交织考验着他们感情的浓度与厚度。历经五年爱情长跑，她做了他的新娘。小日子如流水一样，淘不尽柴米油盐的层层侵蚀。"你喜欢学习，送你一只英雄钢笔作为生日礼物，希望老婆大人喜欢。"他诚挚的笑容里满是关爱。她开心地接过礼物，一直舍不得用，结果成了陈年古董，静静地躺在梳妆盒里，见证他们清贫而又平淡的生活。

二十八岁，世事沉浮，贫贱夫妻百事哀。泪水如泉水一样，在夜里辗转成一道道坎。多事之秋，公公突然离世，她拿出家中仅有的四千元积蓄给他打点老人后事。一周之后，他买了一个仿真钻戒送给她当生日礼物。"你不知道，我弟弟看我花两元钱买这个戒指给你时的那种惊愕的眼神，我说他大嫂不会介意的。"他瞅着她，似乎想从她脸上看到圣洁的光辉。她平静地接过戒指，微笑着套到无名指上。他抿着嘴唇，强忍住没让眼泪掉下来，然后轻轻地把她抱在怀里。

三十二岁，拨云见日后的阳光洒满了艰辛的一路。她生日当天，他开车带她走进了装修无比奢华的首饰店。女人天生对首饰有一种由衷的热爱，看她穿梭其中，兴致盎然，他的脸上多少有些不自在。结果挑来挑去，她只选了一个千余元的小钻戒，却兴奋得像中了五百万元大奖。回到家里，他终于忍不住多了一嘴："女人到底还是爱慕虚荣，还是真金白银最能打动女人的心。恐怕我以前送你的那个仿真戒指早就丢到垃圾箱里了吧。"女人眼里噙着泪，默默地走进卧室，把一个用红绒布包着的已经有了锈迹的戒指放到他眼前。男人拿起戒指看了一眼，抬起头时已热泪盈眶。

三十六岁，上帝眷顾了他们的恩爱，给爱情插上了美丽的翅膀。他带着她穿梭在各大售楼中心，享受着金钱带给他们的愉悦。"我真的好想要这套大房子，如果能住在这里……"当她看到装修精致奢华的样板间，控制不住地向他描绘起她想象中的蓝图，快乐不知不觉感染了他。"就当圆你的公主梦吧！"他拉着她的手，毅然买下当时市价最贵的一套房子作为生日礼物送给她。她如孩童般装修每个房间，让快乐的梦幻色彩填满房间的每一个角落。结果天遂人愿，这套房子市场行情逐年飙升，弄得他只好折服于她日渐膨胀的"任性"与"奢侈"。

四十岁，女人眼角的鱼尾纹抒写着爱情谷的起起落落，左手摸右手的感觉一度让婚姻触礁。当海水漫过爱的小屋，往日点点滴滴的美好尽显心头，疮痍过后的疼痛让他们找到了回家的路。他牵着她的手来到宝马汽车销售店，售车小姐如贵宾一样接待他们，眼睛却始终关注在男人身上。男人开始试驾，体验宝马越野车速度的极致。在达到一百二十公里时速时突然来了个急刹车，坐在后座的女人被安全带牢牢地拴在座位上。女人轻声说："就是这辆车吧。"男人牵着女人的手下了车，讲好车价之后，对销售经理说：今天是女人的生日，这是他送给爱人的最诚挚的礼物。感动于他们的恩爱，销售经理直接下浮两千元作为爱的礼物送给他们。"姐，你真幸福！我真的不知道去哪里才能找到这么好的先生，你的福气是你前世修来的，祝福你们。"售车小姐无比羡慕地对女人说。

"老婆，你的胃口不要越来越大。否则，累死我也满足不了你的欲望。"男人怜爱地瞅着女人，那份自豪明显地写在脸上。

"你知不知道，从嫁给你的那一天，我就决定吃定你了，这就叫作后发制人，你懂不懂！别以为小女人好欺负好糊弄，关键时刻会让你流汗流泪流血流到心甘情愿。"女人开心地哈哈大笑。两人手挽着手走过开满鲜花的花园，身后洒满了沁人的馨香万缕。

茶韵悠悠

有一种人，但凡看上一眼，一见钟情的狂喜就会让你怦然心动；有一种文化，只要接近，深陷其中便是早晚的事。这就是传说中魔法魅力的实证吧。

自从与茶第一次亲密接触，我便不可救药地爱上了它。每逢节假日，稍有空闲，我便穿梭在茶坊之间，不经意地"淘"些宝贝。有时买到一套心仪的茶具，哪怕只是一个小小的盛放茶叶的物件，回家后也会开心地把玩半天。

"工欲善其事，必先利其器。"懂得了这个道理，品茶的功夫还没怎么了得，但凡市面上能买到的紫砂、陶瓷、玻璃等各种沏茶用具却是一应俱全。家里一米六长的欧式餐桌原本只是一个摆设，结果让各种茶具占了大半，反倒显得异常拥挤。

我自得其乐地不断添置各种家什，爱人嘴上没有说什么，行动上还算是积极配合。他饶有兴致地欣赏我的"作品"，可惜我笨手笨脚，不是烫了手指头，就是碰翻杯子，要不就是弄混了顺序。手忙脚乱演示完一套工夫茶，人家早已笑翻了天。

每次他从外面办事回来，看他口渴的样子，我会讨好地问他要不要沏壶茶。只要有人肯分享我的劳动成果，对我来说就是莫大的欣慰。而他总会故作勉强地说喝点儿也好，算是给我一个天大的面子。我赶紧烧水，还得谦恭地请示人家想喝什么茶。等到飘香的茶水一杯杯落进肚里，看着人家心满意足懒懒地离开餐桌，竟然开心得像捡了一块大大的金元宝。

不知不觉间，我的沏茶功夫逐渐娴熟起来。即使演示关公巡城、韩信点兵这样的高难度茶艺也有如行云流水了。以前觉得沏茶工序实在太烦琐，用酒盅大的小杯喝茶根本无法尽兴，哪如用北方大碗喝酒来得痛快。不过，深谙其道，精心泡制，茶叶的原汁原味被快速分解，茶香四溢，淋漓尽致，工夫茶的魅力慢慢凸显出来，也就臣服于沏茶的讲究与细致了。

有一天我午睡醒来，他竟然讨好地问我要不要喝茶。原来他早学我的模样自己沏茶喝了个痛快。我诧异地看他一板一眼演示泡茶功夫，不得不感叹人家孺子可教也，娴熟的手法简直帅呆了。我赶紧送上我的夸张表扬。

接下来的几天，我热心地为他选购了一整套茶盘茶具，方便他拿到办公室自己冲泡，又不厌其烦地叮嘱他注意一些细节。在我的耳提面命之下，他终于正式拜我为师。他味觉敏锐，每种茶喝过之后，下一次浅尝一口便能说出茶叶的名字，更让我对他崇拜得不得了。其实很多时候我是故意逗他玩的，两人心照不宣，自娱自乐就好。如此这般，在我的"糖衣炮弹"攻势下，他不可救药地喜欢上饮茶，中国茶文化终于又多了一个忠实的传承人。

以前很少喝茶，朋友送的茶叶象征性地喝过一两次便束之高阁，或转手送人。现在，每种茶叶他会亲自品评，合适的再推荐给我。有了这个共同爱好，去外地旅游，购买当地名茶就成了我们共同的消遣；节假日不忙时，在茶室里闲逛成了我们乐此不疲的一项固定保留节目。

餐桌日渐拥挤，建一个合适的茶室就成了当务之急的大事。根雕茶台由千年古树树根制作而成，其型自然、流畅，雕工精湛，摆放在家里着实气派，极具观赏性，而且充满田园气息。可是价钱昂贵，都在数万元以上。说来也巧，有次在街上闲逛，偶然发现一套非常雅致的藤编茶桌，四个小圆凳古香古色，价格也不算太贵，毫不犹豫买下来，摆放在阳台上。慵懒的午后，泡一壶红茶，坐在凳上小憩，暖暖的阳光洒在身上，甜蜜的茶香不知不觉渗进骨子里。

茶文化就这样走进我的生活，带给我无穷的乐趣和享受。"茶韵"悠悠的日子，品尝茶叶清香的滴滴精粹，我总在想，一种文化能够流传千古，它一定有一种特质，只待你一亲近，就会心甘情愿成为它的俘虏。这或许就是中国茶文化博大精深的奥妙所在吧。

冬天里的温暖

北方寒冬，狂风怒吼，飞雪漫天飞舞，真所谓塞外严寒滴水成冰。骑车在外，煎熬的滋味更是雪上加霜。感慨着大自然的冷酷，那些残存在冬天里的温馨回忆，不经意间让人温暖阵阵……

那时经济条件差，出行全靠自行车，不到半个小时车程，一脸的冰霜，几乎冻成了雪人。这时，最渴望的就是暖暖的火炉。那烧得通红的炭火总是寒冬冷酷背后深情的向往。

对寒冬的畏惧、憎恨，缘于我手脚特别怕冷。记得有一次跟爱人在正月里骑车出行，走到半路，突然发现手冻麻了，到了十字路口竟然捏不住车闸，不由得失声惊叫起来。爱人急忙跳下车，横拦住我的车子，脱下我手上戴的皮棉手套，用他散发着热气的大手反复揉搓我的手。

他说我的手套保暖功能太差，中看不中用，等我的手慢慢缓过劲来能正常活动了，他立即脱下他的手套给我戴上。我戴着他的男式五指大手套，样子颇有点儿滑稽。不过，他的手套确实暖暖的，透着一股热气。

我们骑车继续前行，余温消逝得比想象的还要快。坚持到目的地，我的手冻得红肿，无法弯曲，不争气的眼泪顺着脸颊流了下来。他戴着我的手套，手腕裸露在外面，手也冻得冰凉。他赶紧解开棉服，把我的手放在他怀里，轻轻为我擦拭眼泪，然后把我紧紧地抱在怀里。我看见他眼角充盈着歉意的泪水，我能听到他的心在哭泣。

从此以后，不管再远的路，他都会坚持骑车带我，也让自行车上的恋歌见证了我们平凡而温馨的爱情。天很冷的时候，他会把我的手插在他的腋下取暖，我也会顺势挠他痒痒，逗他哈哈大笑，冬天就这样走过了一年又一年。

现在经济条件好了，逐渐步入有车一族，类似的痛苦经历成了旧日的一段回忆。一到冬天，手还是会止不住地冰凉，保暖的羊毛手套就成了生活必需品。有时出门办事、逛街，一不留神，手套就没了踪影，只好心虚地瞅着他，等着接受他责备的目光。

"还好，没把人丢了就好。"每当这时，他总会笑呵呵地安慰我，摆出一副无可奈何的神情，然后握紧我的手放到他的棉衣兜里。下一次回家时，他会买给我三四双款式不同漂亮又保暖的羊毛手套。"这些手套一个冬天足够你丢了吧？"他讨好的样子传递着爱的温暖，笑意盈满阳光，总能让我看到雨后彩虹的灿烂。

这种被宠爱的滋味确实是冬天最美的一种享受。戴上他买的手套，还没出门，心里已然暖意融融。用心保管好这些手套就成了我每次出门叮嘱自己的大事。还好，去年冬天只丢了一只。

有时拉开衣柜抽屉，以前用过的手套大多丢得只剩下一只，我把它们整齐地码放在角落里，不忍丢弃。因为这些"残缺"的手套点点滴滴记录着冬天里的快乐、温暖与甜蜜。一看到它们，缤纷的色彩便把那些难忘的回忆叠加在一起，定格在那个"美丽"的冬天。

师恩拳拳

在我们的生命中，对我们影响最深的就是那些能唤起我们求知欲的恩师。正是她们的引导，让我们的青春有了一个辉煌的记忆。

——题记

遨游在书的海洋中，感觉世界是那么辽阔。我如饥似渴地汲取一切营养，课外时间阅读小说成了我最大的爱好。从没统计过到底读过多少书，凡是能搜罗来的古今中外名著都在涉猎范围内。为了躲避家人检查，有时夜里干脆躲到被窝里打着手电筒偷偷地看，近视的度数逐年增加，自然"小说迷"就成了我的雅号。

语文这门功课对我来说一直很轻松，写作更是我的拿手好戏。从没刻意去模仿，笔下的文字优美灵动，如清泉一样自然流淌出来。每每在作文中引用同学们前所未见的典故，无意间的神来之笔获得老师的褒奖，都让自己成为班上一道小小的风景，也让自己收获了一点虚荣心的满足。

高二时，于琴老师教我们文科班的语文课。她年过五十，身材瘦溜，腰板挺直，着装时髦。20 世纪 80 年代中期，人们穿衣打扮保守、朴素，但她总能让我们眼前一亮，不同款式的长裙把她的纤腰衬托得婀娜妩媚，惹得我们这些丰满型的少女妒忌得眼红。她交谊舞跳得不错，常出入各种联谊晚会。据学生家长描述，在晚会上她常穿着漂亮的长舞裙，像花蝴蝶一样穿梭在人群中，优雅的舞姿总能成为全场注目的焦点。不由得对她充满好奇，在私底下悄悄议论她的另类，其实更多的是对她的崇拜。

她的声音尖细，却很有感染力。在讲台上讲着讲着，我们就随着她进入到一个神奇的世外桃源。那里的景色有些陌生，每一阵墨香飘过，都散发着文字独有的魅力。穿行其中，兴致盎然。原本枯燥的诗词经她娓娓道来的一番阐释，增添了一份飞扬的神采，让我们领略到"唐风宋骨"的禅韵。讲到兴奋处，她会情不自禁地手舞足蹈，仿佛融进所有的感情，把我们一下子带到了诗词所描写的特定环境中。

至今仍记得她朗诵"虞美人穿红绣鞋，月下引来步步娇"时，轻移莲花步，微翘兰花指，颔首半遮面，把一个含羞妩媚的女子在讲台演绎得活灵活现，诗词的神韵不经意间成了她导演的作品。上她的课，仿佛看一场生动的电影，谈不上惊心动魄，却让学生陶醉其中，逐渐领悟了东方文化的博大精深，在头脑中开启了一扇语言之窗。

从那时起，我不可救药地喜欢上了宋词，尤其是李清照的词，婉约到极致，句句敲在我的心坎上。我开始背诵这些名家作品，在诗情画意中寻找文学的足迹，不断滋养自己。渐渐地，心中似有一团火要喷发出来。是的，我要把对生活的感受、对生命的理解抒发出来！也许新诗的自由更能让我找到亲切的感觉，宋词的韵律也为我所钟爱。当一首首沾着宋词气息的新诗破土而出，当校报上我的名字频频出现时，对于老师的尊重变成了发自肺腑的崇敬。

每次当堂作文课第一个完成的总是我，在蠢蠢欲动的虚荣心的驱使下，能得到于老师的赞美就是我不断努力的目标。尽管我的作文分数很高，但每次讲评示范文章从来没有我的份。这让我有点儿失望，却激起我更强烈的表现欲，暗中铆足劲，相信终有一天她会对我另眼相看。

等了好久，发现这个希望越来越渺茫。更可恨的是，有一次我当堂作文写完以后，正开心地与邻座窃窃私语，没想到被她看见了。

"你不要以为自己会写点儿东西就扬扬得意，'枪打出头鸟'！你还是好自为之吧。"她的话尖酸刻薄，像一把尖刀直插进我的心脏，不争气的眼泪顿时流成了河。

我开始有意躲避她的目光，避免与她正面冲撞。她在我的作文本上写下的评语越来越多，语气中肯，赞许、提携之情溢于言表，还有很高的分数，心里还是会窃喜。那些她在课堂上赞赏有加的作文，我私下里借来一看，评语只有寥寥几句，分数还远比我的低，不禁更加迷惑，但更多的是委屈。

后来有一天与一个邻班的同学聊天，聊着聊着，她突然对我的作文大加赞赏起来。我纳闷地问她怎么会看见我的文章。她说于老师总在她们班上拿我的文章当范文，大加赞赏我的才情。

原来如此，我这才明白于老师的用心良苦。

以前上课碰到最难回答的问题，同学们都会习惯性地把目光投向我，局促不安的我恨不得找个地缝直接钻进去。可是，最后还是不能幸免被于老师逮着。每次不情愿地被叫起来，体验那种难堪的煎熬，对她的恼怒便多了一分。现在知晓了她的小秘密，我就提前预习、思考，她的刁难过后就是雨过天晴的由衷赞许。慢慢地，我就能主动配合她的步伐在文学海洋里畅游了。

直到毕业前的一次联欢会，她特意坐在我身边，笑着说："老师总是批评你，对你有些刻薄，你恨老师吗？"

"我怎么会恨您呢，您对我的好，我都记在心里呢。"我直视她的眼睛诚恳地回答。

"真的？看来老师没有看错你！"她微笑着点了点头。

"老师喜欢我，怕我骄傲，才会对我额外'照顾'的，我懂得！"我憨憨地笑道。

她的眼睛有些湿润，想说些什么，嘴角抽搐了几下，却终于什么也没有说，临走时用力拍了拍我的肩膀。

是的，我懂！老师您对我的关爱，我会永远铭记于心。看着她消瘦的背影，我在心里默默地感谢她，相信她也能读懂我的心。

这么多年过去了，她的音容笑貌依旧藏在我心深处。在文字里穿梭自如，有时难免陶醉于自己的小才情，这时，总能看见她一双含笑、严厉的眼睛时刻提醒着我：继续努力，别骄傲！

我的围棋梦

迷上围棋，这中间还有一段开心的小插曲。

上初中时分到重点班，班主任薛启星是一个年轻有为、精力充沛的男老师。他爱好比较广泛，尤擅长棋牌。在他的影响下，班里迅速掀起棋牌热潮。尤其是象棋，那股汹涌的浪潮瞬间席卷了全班男生。下课铃声一响，即使只有十分钟的课间休息时间，眼疾手快的人已把楚汉两界的争斗转眼间摆在书桌上，一群男生聚在一起直接进入到"厮杀"的白热状态。围观的男同学不甘示弱，摩拳擦掌，支招的支招，着急的着急，看得不亦乐乎。主战的两位选手，拿出大将风度，几十个回合转眼间尘埃落定，赢的人异常开心，仿佛在上学路上捡了一个金元宝；输的人满脸不悦，整天想着要翻盘。

相比之下，围棋像一个安静的淑女，在阳光一角悄悄弥漫着淡淡的清香。它没有象棋那般招摇，引不来围观群众的阵阵喝彩声，一招一式似乎都在冥想中苦苦挣扎。两个沉默不语的棋手，一经好事者多嘴支招，恼怒之余，冷冷的眼神就像射出去的毒箭，令多嘴的人顿时心虚，只好讪讪地做那个"观棋不语"的"真君子"。长达数小时的无声争斗，成为放学后几个尖子生独享的专利。观察一段时间，围棋的深奥让我越来越捉摸不透。更神奇的是，黑白棋子的诱惑好像是一道符咒，竟让平日里习惯打闹的顽皮学生变得安静下来，深不可测。

不过这些风景只属于男生。每一次看到他们如火如荼地操练到痴迷，我的兴趣被吊了起来，几次想参与其中，竟然没有一个人愿意给我解读一言半句。就连平时关系较好的几个男生也是一样的嘴脸，眼里写满疑惑和不屑，把他们引以为豪的大男子主义发挥到极致。

此路不通，只好曲线救国，还好班主任平日里很器重我，利用这一点我在假期时专门拜访了薛老师，开始了围棋入门的系统学习。所谓响鼓不用重锤，经高人指点之后，棋艺迅速上升。又听老师建议买了日本一位九段大师写的棋谱回家钻研，两个月的卧薪尝胆，一上战场就把那些自以为是的家伙们惊得目瞪口呆，让他们从此以后再也不敢小瞧女生，那份得意至今回想起来还有一种飞上云端的痛快感觉。

对象棋好像天生不感冒，至今弄不懂那几十个棋子为什么能让那么多男人爱恋到陶醉。也许在"战场"上"挥刀"砍杀的沸腾可以让热血男儿们过把战争瘾。不过，这种"战争"硝烟弥漫，充满"血腥"的味道，让我敬而远之。

对围棋的痴迷，源于它的那份优雅。简单的一分硬币大小的黑白两色棋子，在食指与中指弹拨下轻轻落定，方寸棋盘之间，看似风平浪静，却四面埋伏，玄机重重。很多时候连自己也不免奇怪，本是很好动的人，却能安静地坐下来反复琢磨其中奥秘，有时甚至长达三四个小时，那种如醉如痴的状态，只有身陷其中才能体会。

那时特别佩服聂卫平、陈祖德这些棋坛名宿，对他们的每一场比赛的关注程度不亚于一个超级粉丝。当然，棋技有限，走一步看三步的水平至今没有达到，但还是一知半解地守在电视旁，看得津津有味。现在想起那时对围棋的痴狂程度，如果用在学习上，我或许能成为一个超级尖子生。

上高中后，功课紧张起来，慢慢地对围棋的痴迷程度下降了许多。不知道几个男同学是怎么知道我会下棋，总想着法子要来跟我切磋技艺。我谦让几下，"手起刀落"便把这些虾兵蟹将杀得片甲不留。在一片喝彩声中，我们班的男生们简直把我奉若神明了。

进入文科班后，兴趣又发生变化，乒乓球成了我业余活动的全部。围棋太耗时间、精力，又难逢对手，基本上放下了，只有电视转播的时候才会关注一下。

那时班里掀起空前的古诗词热潮，教语文的于琴老师是学校有名的特级教师，古代文学造诣颇深。谁填写出来的诗词意境优美，在课堂上就能得到她的赞许，还有同学们羡慕嫉妒恨的眼神。在虚荣心驱使下，我费了九牛二虎之力，填写的东西还是四不像，入不了老师的法眼。那些平仄的限制几乎把我的神经搞乱，无奈只好灰溜溜地败下阵来，由衷地佩服古代文人骚客的高智商。

刘静是其中的一位佼佼者，她填写的诗词平仄工整，意境超脱，颇具林黛玉诗词哀婉、清丽的神韵，常常获得于老师的赞扬，因此对她的才情多了一分欣赏。说实在的，这之前大家都很疏远她，因为她性格极其内向，喜欢独来独往，仿佛是一个活在孤独世界里的修女；她不苟言笑，时常捧着文学刊物待在座位上。茫然的眼神、冷漠的面孔，像她的名字一样，静得仿佛与世隔绝，外面的热闹好像与她永远无关。慢慢地，她就从同学们关注的视线里消失了。

有一天下午课活时间，我正与几个女生闲谈，她突然来到我面前，把两盒沉沉的棋子"咚"的一声放在课桌上，居然说要与我下盘围棋，一副胸有成竹打擂的挑战模样。

我有些纳闷，至今还记得当时的迷惑：那么文静的女孩怎么会有如此冲动、鲁莽的行为？

她的眼神带着挑衅，一丝冷笑得意地挂在嘴角，压抑得我透不过气来，就客气地拒绝了她的请求。

她颜面尽失，这样的结果可能出乎她的预料，刻薄的话带着刺儿从她嘴里迅速"滑"出来，弄得我一时不知所措。骑虎难下，围观的男同学趁势瞎起哄，唯恐天下不乱。我只好硬着头皮跟她进行了长达一个多小时的大决战。

大局已定，我长长地舒了口气，脸上胜利的微笑不经意地出卖了虚荣心的满足。眼见大势已去，她突然站起来，抬起右手一抹把棋子全部打乱，泪水顺着脸颊滴落到棋盘上。围观的男同学相顾无言迅速散去。我有些慌乱，怯怯地站起来，不知道该说什么安慰她才好。

事后我非常自责，当时只顾"杀"得尽兴，丝毫没有顾及她惨败之后的感受。如果圆滑一些，只赢她几目，她也不会如此难堪。可惜我情商不高，无法随心所欲地掌控棋盘局势，再加上虚荣心作祟，她的眼泪就成了多年之后我记忆中挥之不去的歉疚。

临近毕业，想想大家同学一场也不容易，特别想跟她缓和一下矛盾，便请她在纪念册上写点留言，结果她冷冷的眼神让我碰了个硬钉子。想来这事已经成为我们之间无法解开的死结。

黄昏后时常会想起那段快乐的旧时光，黑白两色棋子犹如一双含情的双眸，穿过世俗的寒冷，在孤寂的夜里给我一个暖暖的拥抱。二十多年过去了，一想起围棋的变幻莫测，就会想起这个怪怪的奇女子，就会想起仙逝的陈晓旭，想起《红楼梦》中的林妹妹，一样的才情、一样的落寞、一样的孤僻，也一样地让人难以捉摸。

爱在丁香灿烂时

淅淅沥沥的春雨下了一整天，湿润润的毛毛细雨温柔地吻着我的脸。经过广场绿地，闭上眼睛陶醉的瞬间，就连呼吸也酣畅至极。林荫小路上，不时传来情侣们嬉笑打闹的声音，漂亮的阳伞下十指相扣的甜蜜，不经意地成了见证幸福的道具。

我和爱人徜徉在雨中，像所有在雨中散步的行人一样，静静地享受与大自然的亲密接触。结婚十多年，平日里工作繁忙，聚少离多，波澜不惊的平淡逐渐成了生活基调。

突然，一颗豆大的水珠从头顶树梢上滚落下来，直接钻进我的嘴里，我忍俊不禁地笑出声来。放眼望去，嫩绿的小草早已按捺不住春天的召唤，急切地冲出重围，露出尖尖的下巴迎合春雨的深情；粗犷的大地一改往日的冷酷，一夜之间改头换面，如娇媚欲滴的少女，盈盈的大眼睛里滚动着一江春水；柳树欣喜地将二月春风精心剪裁的绿叶一片片穿起来，密密麻麻地从高空垂吊下来；艳红的桃花开的铺天盖地，唯恐误了与春天的约会，一身盛装悄然席卷了人们的眼球。

唯有丁香含羞带涩地躲在角落里，白色、粉色、紫色的小花团团挤成一片，幽幽地将孕育一冬的芬芳缓缓地吐露出来。它们不是十分抢眼，没有绚丽招摇的姿色，骨子里的热情奔放一经春雨及时浇灌，瞬间变身为雅致娴静的小家碧玉，藏在树丛中，与恋人悄悄私语昨日的梦境。

微风拂过，香气趁机钻进鼻孔，五脏六腑顿时被清香笼罩。陶醉在香气弥漫中，那些与丁香有关的爱情故事总会让人浮想联翩。

在戴望舒的诗中，丁香常与愁怨粘连在一起。千古绝唱——《雨巷》中的丁香姑娘被诗人格外钟情，便成了读者梦中的洛神。斜风细雨，诗人独自撑着一把油纸伞走在小路上，只为遇见心仪的她。他的丁香姑娘，经他一咏三叹，相思缠绵，便在细雨霏霏中定格成一幅绝美的剪影。不禁猜想，如此佳人想必是非常可人的女子，只因藏在深闺人不识。也许，她的美妙如蒙娜丽莎一般迷人、深邃，在诗人的幻境中久久徘徊不去。惆怅之余，只好将深情的喟叹留给读者回味。

他诗中的丁香姑娘太神秘，始终蒙着一层紫色的面纱，我们看不到她如梦如幻的眼睛，也无法察觉她心中的纠结。可是，她身上散发的那股淡淡的幽香，已牢牢掳获了诗人的心。从此，我开始痴心妄想做那个让诗人牵肠挂肚的幸运儿。

透过雨雾，满园的丁香正开得灿烂。不知为何，突然忆起与爱人相恋时的甜蜜往事，不经意地拨动了春天的颤音。

那时口袋里没有多少钱，在丁香树下谈情说爱可能是穷学生最省钱又诗意的拍拖方式。唯恐旁人偷听悄悄话，很多时候，只能以眼神交流。慌乱的心抵挡不

住吸引力的强大磁场，怦怦地像小鹿一样跳个不停。欣喜无法藏掖，趁着月色朦胧，两只手不知不觉便缠绕在一起。

爱情真的太美妙，尤其在丁香花盛开的夜晚。星星调皮地眨着好奇的大眼睛，仿佛想看透情人间的一切小秘密。这时，不得不感谢丁香的善解人意，它不时地散发出幽香，给恋人们沸腾的血液中及时注入一剂忘情水，让他们痴迷地享受爱情的甜蜜；又用密集的枝叶遮挡住月亮哥哥火辣辣的充满嫉妒的目光，让恋人们安心躲在树下倾诉衷肠。

校园恋情单纯、浪漫，而又短暂。告别校园，忙碌的生活让人疲于奔命，丁香的味道逐渐成为过往云烟。

今年雨水出奇的多，香气氤氲，抬眼相望，心中最柔软的地方莫名地有点儿感伤。

我们停在一株丁香树旁，爱人俯下身子，用手轻轻捏着一簇花蕾，闭上眼睛，深深吸了一口气，陶醉在花香中。过了一会儿，回过头来问我："咱们有多久没有一同在丁香园中散步了？"

"真的很久了……"他喃喃自语道。于是拉起我的手，向我保证，以后有时间一定会多陪陪我。没有感情的渗透，再美的丁香也是记忆中的摆设。

我无语。热泪已不小心滴在盛开的丁香花瓣上。

残缺的美

很少看电视娱乐节目，偶尔看了一期江苏台热播的《非诚勿扰》，感慨颇深。

一个阳光帅气的二十八岁大男孩在选择心动女生时说，不希望选择单亲家庭的女孩。他认为在残缺的家庭中长大的女孩，性格上会有严重缺陷，不利于组成美满家庭。然后，他又列举周围的一些事例来佐证这个观点。

出乎他的意料，他话音刚落，女嘉宾台上一个长发飘飘、很文静的女孩早已泪流满面。"如果让我们选择，我们都愿意选择一个温暖的家庭。可是，天灾人祸不是我们能左右的。我们没有正常的家庭，心里很自卑。因为缺少爱，所以更渴望拥有爱，但这不应该成为我们被歧视的理由……"说到这里，演播现场一片寂静。

虽然面对的是收视率极高的电视实况转播，女孩丝毫掩饰不住心中的酸楚，凄苦的泪水一泻千里。这些情不自禁、发自肺腑的告白令现场观众为之动容。紧接着一片哗然，就在大家还没回过味儿来的时候，主持人孟非义愤填膺，痛斥这个心智不成熟的大男孩，气势咄咄逼人，一点儿没让人感觉到他的霸道和无礼，反倒让我对他的主持风格佩服得五体投地，不由得对这个传闻中收视率颇高的相亲节目刮目相看。

是啊，如果我们能自己选择，谁不愿意选择一个光环显赫的家庭，为爱环抱，集三千宠爱于一身，不仅有一个遮风挡雨的幸福港湾，还能心安理得地享受上苍的关爱和恩赐。如果谁有幸降临在这样的家庭，只能说你今生的福分是前世的造化，值得庆幸，但绝不值得炫耀，更不是俯视别人的资本。

按理说每个人都应该是上帝的宠儿。但是，上帝太忙，也有疏忽的时候，不得不让一些幼小的心灵从小承受太多的不堪。当种种不幸降临时，忍受是冰冷的痛、坚强是苦涩的笑。没有人知道，那颗渴望爱的种子，早就悄悄藏匿于她们心间。

从小很羡慕别人家的祥和，从心底里渴望有一个慈爱的父亲。每一次父亲醉后撒起酒疯，拳头像雨点般砸向劳累一天的母亲，对他的憎恨便是我童年不断重复的噩梦。我多希望快点儿长大，可以保护我的母亲；我多希望早早离开家，可以遇到一个爱我、宠我的人。

多少次泪湿枕巾，无望的黑夜吞没了青春的梦。穿梭在书本中，找寻那个叫作坚强的字眼，用泪水一遍遍浸染，终于学会了微笑，学会了忍耐，也学会了用一颗包容的心去爱我身边的人。

有时一个人独自站在寒风中，想哭的时候，没有父亲的大手为你擦拭脸上的泪痕；开心的时候，没有父亲的笑容陪你在阳光下恣意舞蹈。悄悄把眼泪藏在心中，日久天长，微笑便成了醒目招牌。如果有那么一天，你幸运地走进她们的灵魂深处，你会看到早春里卑微绽放的生命已经染绿了她们的渴望。

花样年华，一个倾心爱我的男孩走进我的生活，我能给予他的就是我全部的爱。当他在我的督促下一天天进步，终于飘到人生辉煌的起点，那一刻的放手，就是我对真爱最美的诠释。

因为缺失，才会渴望；因为渴望，才会冷静。当昔日恋人含恨离开，泪眼蒙眬的背后凝聚着的全是深深的牵挂。多年以后，迎着他痛楚的目光，还给他的仍旧是那双含笑的双眸，还有风雨过后的坦然。

他永远不会知道，他深爱的女孩，心灵深处多么渴望他的拥抱！当她遇上真爱，寻梦的路上就会充满勇气和执着，才会睁大一双困惑的眼睛，冷眼看人世浮沉；于花开花谢之后，选择最适合自己的那道风景，不贪不占。

你是人，还是神？他的质问挂着大大的惊叹号。

无语。那一刻泪落如雨。在温情的摇篮中长大的他，或许永远不会懂得，有一种真爱叫作放手。

懂得珍惜，无条件地付出才会走得执着；懂得真爱，坎坷情路便充满冷静和坦然。有时牺牲一片云彩，却会不经意地收获满天星光灿烂。不信，你看那眨着眼睛含笑的星星，每一颗都是用生活的苦涩浸泡过的泪珠儿。

如今，上帝赐给我一个懂我、怜惜我的爱人，弥补了我心中残缺的那份渴望。一路彷徨，一路付出；一路收获，一路坦然。走出心灵的沙漠，谁说迎来的不是春暖花开的明媚！

昔日被人看好的金童玉女纷纷从婚姻围城里惨败而归，真的不理解，生活中鸡毛蒜皮的小事会成为婚姻解体的导火索。打开爱的"枷锁"的单身贵族们，谁敢扪心自问：自己的婚姻缺陷到底在哪里？

幸福拥有太多，上帝难免会心生嫉妒吧。倘若灰姑娘没有经历家庭变故，即使穿上水晶鞋，获得梦寐以求的爱情，也一样不会懂得和珍惜幸福的来之不易。

残缺是一种缺陷。可是，历经生活的种种磨难，爱的温柔一点点渗透、修补，不经意间，残缺就成了画家雕刻的维纳斯，那种惊世的凄美，只有慧眼才能识就。

因为残缺所以懂得，因为懂得所以慈悲，因为慈悲所以坦然。

当真爱的上空飘着她们用眼泪和温情织就的丝路花雨，谁还会怀疑这些折断翅膀的小精灵不是上帝派到人间误入荆棘中的天使！

玩 具

日子一天天过得飞快，转瞬间，童年已成为遥远而不可触摸的回忆。儿时的快乐时光，伴随求学的艰辛，离我们渐行渐远。

现在，孩子的玩具越来越多，让人眼花缭乱。先进的电动玩具上可在天空翱翔，下可进水里潜伏；手机、电脑更是势不可当，走到哪里都能看到孩童们专注打网络游戏的身影。是世界改变了我们，还是我们改变了世界？

记得儿时玩具少得实在可怜，一个沙包、一根皮筋、一只皮球，再加上一些特制的土玩具，就是玩耍的全部家当。最盛行的当属"羊拐"，即羊的膝盖骨，洗好晾干之后，用五颜六色的油漆刷上颜色，便成了儿时最普遍的玩具，我们这里俗称为"嘎乐哈"。它的外形四四方方，极像小巧可爱的小板凳。玩耍时，用手把皮球高高抛起，在球落下来之前，用手指快速翻动五六个"小板凳"，眼疾手快地把它们整齐划一地排成理想的一队，时间一长，手指的灵活度达到弹拨自如的地步。

贪玩是孩子的天性，没有资金不是问题，孩子们就地取材发明了一些土玩具。在河槽里挖淤泥，捏泥人、坦克、大炮是男孩子的专利；女孩子则避重就轻，随处可见的小石子便成了最简单的消遣游戏。欲开动脑子时，就把石子变成棋子，玩玩五子棋；欲碰运气时，填空格游戏就成了我们的最爱。在地上用树枝简单地画几个方格，然后根据猜拳结果，一格一格地放下相应的石子，两个傻傻的小女孩一坐两小时，竟然玩得忘乎所以。那些玩具现在看起来简陋、粗鄙至极，却记录着我们简单、快乐的童年。

拥有一个洋娃娃那是想都不敢想的梦。每每看到电视里有钱人家的女孩子随意摆弄着漂亮、逼真的洋娃娃，羡慕之余，只好去逛逛商场，眼巴巴地瞅着再普通不过的布娃娃，一副垂涎欲滴的神态，通常会招来售货员的无数白眼。能够拥有它，可以说是我童年最大最奢侈的梦想，哪怕摸一摸也好！

好不容易攒够一点儿零花钱，却不得不在小人书和洋娃娃之间做出残酷的选择。经过一系列思想斗争，愿望的天平还是倾向了小人书。那里有很多我想知道的故事，可以让我的思绪插上想象的翅膀，带给我更多的兴奋和满足。

每次一看到自己收藏的满满一木箱子的小人书，洋娃娃的诱惑就暂时被抛到九霄云外了。闲暇时我会时常摆弄我的个人资产，在小朋友妒忌的眼神里找到些许成就感。我爱书是出了名的，倘若谁弄坏了我的小人书，必会遭到我的白眼和封锁。偶尔也会做些小交易，用小人书与小伙伴们交换玩具。

不过，对家中姐妹们来说，我的小人书也是她们的免费公共资源，她们一边吃着用自己的零花钱买的零食，一边理所当然地翻阅我的小人书。为此矛盾升级，我维护图书所有权的利益总会遭到父母强加干涉，最后只好眼泪汪汪地感叹世道不公，还得违心接受家人赐予我的"书呆子"的外号。

那时对小人书的痴迷程度一直令家人不解，他们认为我傻得有些不可思议。他们实在弄不懂为什么一个孩童对书的痴迷程度会那么深，那里面到底有什么神奇能够让我自动远离洋娃娃、糖果和零食的诱惑。

其实，对洋娃娃的渴望仍旧是我童年的一个梦。夜幕降临的时候，我会呆呆地仰望灿烂的星空，像《卖火柴的小女孩》一样，痴痴幻想如果有一天能够拥有一大笔钱那该多好啊！我会买一所大大的房子，里面塞满我喜欢的各式各样的洋娃娃。我会抱着它们、枕着它们入睡，像一个小公主似的甜甜地进入梦乡。

我一直把这个梦藏在心底。前些年装修新居时，这个梦想终于实现了。我一口气买了好多布绒玩具和洋娃娃，把它们排列好放在沙发、床头、桌子上。只要有空的地方，我就把我儿时的梦填得满满的。这些充满童趣的小物件成了家里的主要摆设，惹得爱人很纳闷。他不知道，那种沉积已久的渴望，一经明火点燃，足以让一个成年女子为之疯狂。

20 世纪 90 年代初期，芭比娃娃迅速席卷大陆。它漂亮的衣裳、俏丽的模样让我的心为之一动。有一次逛街时，一个八九岁的小女孩站在玩具柜台边上，手里拿着几个芭比娃娃，一时拿不定主意挑选哪一个。我饶有兴致地凑上前去，一看到这些美丽"俏佳人"，视线一下子就被牢牢抓住了，再也无法移步。

爱人看在眼里，赶紧走上前善解人意地帮我解了围，跟店员说想给朋友的孩子送点儿小礼物。精挑细选之后，我们买下了一组附带六件漂亮衣裳的芭比娃娃。

回到家顾不上忙别的事，迫不及待地把盒子摊在床上开始摆弄起来。先为漂亮的芭比娃娃换上典雅的黄色晚礼服，再把她两颊旁的金色波浪卷发编成两个蓬松的长辫子，配上银色的钥匙环当作项圈，穿上红红的小巧的高跟鞋，胳膊上再挎着精致的小皮包，一个高贵迷人的小公主瞬间就让我找到了久违了的属于童年的那种乐趣。也许是我脸上的笑容太灿烂，那份迟来的满足和快乐，竟然逗得爱人也不时地来凑热闹。

很羡慕现在的孩子，经济上的宽裕可以让很多梦想一夜成真，而不必像我们一样，带着遗憾错过一程又一程。可是，在他们看似满足的脸上，为什么找不到我们童年时的那种快乐和渴望？

也许得到太容易，反倒学不会珍惜，理所当然地拥有就成为孩子向父母索求的直接理由。现在的孩子自私成性，攀比之风日盛，我多希望他们远离电动玩具、远离电脑游戏、远离大人呵护，在大自然中享受与小伙伴们一起玩耍的乐趣，分享制作最简单的玩具，脸上绽放洁净、快乐的阳光，心里开满鲜花朵朵。

逃学逸事

逃学总归不是件光彩的事。如果再大肆宣扬，那就是主动往自己脸上抹灰了，这等事想来谁都不会轻易公开。毕竟可以在阳光下曝晒的都应该是一些能上台面的光鲜事。

如果说我曾经逃过学，想必这是任何一个老师都无法相信的事。毕竟在她们眼里我是那么出色的班干部，怎么会有这样的历史污点。这么多年过去了，一想起逃学往事，历历在目，总会情不自禁地笑出声来。

20世纪80年代的中学生青涩得如早春的杏子，对美好情感充满神奇的向往。哪个少年不钟情？哪个少女不怀春？有些情感一经青春期发酵，任凭寒冬再残酷，初春的晌午也会露出可爱的笑脸。为了迷惑成年人的视线，只好用"正经"这张光鲜的纸把心里的小秘密里三层外三层包裹得严严实实，生怕一不小心露出"马脚"，像作家铁凝《没有纽扣的红衬衫》中的安然一样，成为"红杏出墙"的靶子。

高中生活是我人生中最灿烂最逍遥的一段快乐时光，高二进入文科班，更是如鱼得水，个性越发张扬。紧张的功课之余，疯疯癫癫地与一帮铁杆们打成一片，组成了令人羡慕的铁杆小分队。

20世纪80年代，港台文化来势汹汹，迅速占领大陆市场。霹雳舞领导潮流风靡一时，好多粉丝就像现在的青少年迷恋街舞一样，跳舞跳到手抽筋都是常有的事；港台歌星、影星如一股强劲旋风，刹那间席卷了校园的每一个角落，成为学生争相追捧的偶像；琼瑶阿姨不失时机地占领了中学生课外阅读领域，众多痴男怨女陶醉在浪漫的言情小说里不能自拔。琼瑶剧"捧红"了一大批俊男靓女——林青霞、胡慧中、秦汉、秦祥林等明星的铁杆粉丝数量惊人，以至于琼瑶成了引领青春万岁的带头人。

文英是我们小分队中消息最灵通的人。她非常崇拜林青霞、胡慧中，有关她们的故事如数家珍。一天上午她偷偷跟我说，琼瑶剧《燃烧吧，火鸟》将在少年宫放映最后一场，林青霞领衔主演，还有林凤娇、刘文正加盟。她说得神乎其神，让我不禁心驰神往。而我早就想一睹这些明星风采，权衡再三，蠢蠢欲动的激情占了上风。于是，悄悄策划拉几个铁杆一起偷偷去看这场电影。

我把这个消息第一时间传达给铁杆小分队队员，迅速得到女生的热烈响应，就连小分队里的男生听说此事也表现出极大的兴趣，竟然全部加盟此次行动，这着实让我感叹琼瑶阿姨的魅力势不可当。为了防止事情败露，我们严密封锁消息，决定利用下午自习时间前去观看。

好不容易熬到下午，做贼心虚的我们打听到班主任老师正好有事不在，窃喜之余，赶紧溜到车棚，在看车老大爷诧异的目光中，我们三男三女像潜伏的特工一样，装作相互不认识，刻意隔着一段距离，飞速骑上自行车开溜了。

逃离虎口，大家心照不宣直奔影院，卡着放映点走进放映大厅时，密封严实的窗帘已经拉上，狭窄的过道黑乎乎的，大大小小的脑袋把座位填得满满的。在工作人员手电筒的引导下，我们小心翼翼地穿过一道道"封锁线"，在座位上刚坐定，电影就放映了。

林青霞青春靓丽，声音甜美，一出场就让我们眼前一亮。看惯了北方挺拔的白杨林，突然看到南方婀娜的榕树，那种娇柔和妩媚别有一番异域风情。她身上有一种特殊的味道，不似玫瑰矫情、牡丹雍容，就像一株兰花，散发着淡淡幽香，靠得越近越令人迷醉。

林凤娇、刘文正并未在剧中出演任何角色，这让我多少有点儿失望。吕秀菱饰演盲女巧眉，感情投入，演技之高，竟然艳压群芳，夺了林青霞的彩头。巧眉儿时因故双目失明，现实生活无法容忍她的无能，遭遇一连串的挫折和打击之后，在爱情和亲情的感召下，她终于战胜自我，如燃烧的火鸟，历经磨砺而后重生。剧情达到高潮时，很多女性观众都为她的坚强掉了不少眼泪。我偷偷地用眼角余光观察三个男生的表情，他们专注度之高，大大出乎我的意料。

回到班级，大家一致商定闭口不谈电影，这事很快悄无声息地过去了。要说那阵儿，事后我们还是心有余悸的。毕竟传出去影响不好。如果被班主任老师逮个正着，写检讨是小事，后果简直不堪设想；被学校知道，无疑雪上加霜，给个记大过纪律处分都是可能的。其实，大家不谈电影还有另外的原因：这样的爱情故事片对中学生来说尚属"少儿不宜"，有关恋爱的话题在那个年代还是令人谈虎色变的。

这么多年过去了，片中的部分情节仍记忆犹新，像飞舞的青春永远定格在那段美丽的时光里。也许是第一次看琼瑶剧，动人的情节掀开了青春迷茫的一角；也许是歌手高凌风演唱的主题歌过于深情，让我们沉湎于青春岁月，对美丽的爱情充满了无限渴望；也许是第一次逃课，这种"惊心动魄"的涉险经历让我们终生难忘。现在，每一次看到街头恩爱的小情侣拥揽着招摇过市，那段逃课经历就会浮现出来，伴随巧眉弹奏的钢琴声，如流水般在心中荡漾。

这样的逃课事件在我的校园生活中仅有一次，却让我终生铭记了琼瑶的一个爱情童话故事，也让我对美丽的爱情充满了憧憬和向往。时过境迁，不知我的同学们是否还记得这个开心的小插曲。但我相信，这样的人生体验在每个人的青春年代都会占有一席之地。

过来人常告诫我们，琼瑶式的爱情只能演绎在电视剧中，现实太残酷，柴米油盐的琐碎终会击破这些粉色泡沫。一路走来，当我用执着和真诚收获了梦想中的爱情，我真的很感谢为我们编织爱情神话的琼瑶，是她给了我们一个梦——在爱的世界里，只要有一种大无畏的坦然，水晶鞋一样能穿在"笨拙"的小天鹅脚上。

有时，真的很感谢这次逃课的经历，无意中与琼瑶"邂逅"，沉淀了一个关于青春、关于爱的梦。

梅雨纷飞，情感上空时常飘着浓浓的雾霭。巧眉的挣扎、执着如一颗启明星高挂在天际，指引我寻找梦的出口。

无论境况如何不堪，我们没有理由放弃梦想！

如果命运还能让我们再一次为"燃烧的火鸟"沸腾，我依然愿意点燃青春的火焰，为重生的自己喝彩！

风筝之恋

三月天，乍暖还寒。

七彩风筝漫天飞舞，争先恐后地在空中占领自己的地盘，唯恐误了与春天的约会。成群结队的小燕子像黑色小精灵，在低空急切穿梭，追寻梦中情人。眨眼间，勇敢的小燕子已追上风筝姐姐，与她一道融入浓浓春色中。欢乐声此起彼伏，一只瞪着一双圆眼睛的"猫头鹰"不断在我脑海中闪现，撒欢儿地在远方翱翔。

春风舞动时节，我与爱人相识在大学校园中。对囊中羞涩的穷学生来说，金银珠宝、蜡烛晚餐，那是想都不敢想的梦想。即使过生日，也没有什么奢侈的礼物。很多时候，一个钥匙链、一支笔、一本书就能把我打发得心花怒放。

我们时常漫步在充满花香的校园里畅谈未来，浓郁的丁香花开了一季又一季。有一次路过广场，看到许多孩子在大人的引导下放风筝，莫名地嫉妒起他们的快乐。有些感慨地说："现在的小孩真幸福，放风筝都有大人陪着。真遗憾儿时的记忆如此苍白，连风筝都没放过。"

转眼间到了休息日，爱人故作神秘地说要送我一个礼物，保证我会喜欢。接着他变戏法似的从身后拿出来一个风筝。我先是惊喜，赶紧拽着他去室外组装。可是，一看到丑陋的图案不由得大失所望。那是一个黑乎乎的猫头鹰，两只铜铃般的大眼睛瞪得圆圆的，令人毛骨悚然；两只鹰爪像铁钳般弯曲，凶神恶煞般，准备随时捕食。

要是一个漂亮的蝴蝶或是蜻蜓该多好！女人大多喜欢精致唯美的物件，即便是一些无伤大雅的细节，在女人眼里，也是天大的不可忽略的事。他终是太粗心大意了，从来没有用心揣摩过我的喜好。不由得皱起眉，轻叹了一口气。

他说，卖风筝的小贩保证这个"猫头鹰"是所有风筝中飞得最高的，那些花花绿绿的中看不中用。他一边安慰我，一边把我领到空旷的大野地，即时演绎这只风筝神奇的传说。

神了！这只风筝果然很争气，第一次放飞，它就直冲云霄，直到盘上的五十米线全部放净，它还在空中急切地拉扯我的手臂，想要我给它更大的施展空间。随后，把盘上的线加长一百米，满足了它的心愿。它不负众望，一直保持遥遥领先的劲头，让我们在欢呼的人群中着实骄傲了好多回。

从此，这只普普通通的"猫头鹰"就成了我们节假日最忠实的小伙伴，给我们带来无尽的欢乐和自豪。

"碧落秋方静，腾空力尚微。清风如可托，终共白云飞。""猫头鹰"仿佛知道我的心，每次在天空翱翔，都不忘深情地向我们点头致意。它深知，自己本事再大，没有清风相伴，终无法与白云共舞；爱人手中的那根线，尽管细微，却始终牵系它的梦想和依恋。陶醉在知心爱人的温柔情怀里，清风与风筝两情缱绻，无数的感动清晰地记录着平凡岁月点滴的幸福。

直到现在，我仍旧记得他当初说的话。他说，我暂时送不起你金银首饰、高楼大厦，但是，我会为你的快乐、为我们的明天而努力！

这只风筝陪伴我们好几年，飞翔的快乐激励我们向理想彼岸一步步挺进，终于守得云开见月明。可是，历经岁月沧桑，它还是"老"了。"翅膀"支离破碎；"筋骨"酥脆，没了弹性。

爱人说，一看到它就会勾起那段辛酸的难堪回忆，总觉得没有送给我一份像样的礼物感到羞愧。尽管我一再坚持想要保留它做纪念，他还是忍痛把它丢进垃圾箱。

日子如流水般将浪漫和激情沉淀下来,柴米油盐交响曲逐渐成为生活主旋律。磕磕绊绊的日子里,烦乱地听着婚姻变奏曲,一任沮丧卷走残余的热情。不知为何,夜深人静时,"猫头鹰"总会瞪着两只圆眼睛,提醒我们要相濡以沫,珍惜一起走过的风风雨雨。

晚饭后,我们常携手去熟悉的广场散步,静静地坐在一起,欣赏各式风筝在空中即兴舞蹈。时尚的夜光风筝"星星点点"地装扮着夜空,将七彩风筝的传奇越发演绎得出神入化。月圆之夜,我的"猫头鹰"便躲在天空一隅,悄悄地向我们传达离别的相思与问候。偶尔目光交错,美丽的爱情故事便掀开诗意的篇章,让我们找到风筝与清风共舞的惬意与缠绵……

手机时代

时钟已过了晚上九点,爱人的电话还没有如约打来,心里莫名的有些紧张,便主动打了他的电话,没想到手机提示音竟然是关机。不甘心这样的结果,一直打到深夜11点多,显示的还是这种无可奈何的提示音。

在忐忑不安中熬到第二天清晨,电话终于接通,积聚一晚的焦虑瞬间灰飞烟灭。他的声音带着睡意蒙胧的沙哑,显然是被我的电话铃声吵醒的。我不便发作,平静地问他昨晚为什么关机。

"工作上遇到点儿麻烦事,总有人打电话不停地骚扰我,我也不想多管,一生气索性关机睡觉了。"他知趣地赶紧解释。

"可你知道我一晚上没睡好吗?担心你出什么事了。以后再遇到这样的事,是不是应该提前知会我一声？"理解归理解，提心吊胆的滋味不好受，还是不由得下达了夫人指令。

"知道了，一定遵命！没想到老婆大人如此关心我，我有点儿受宠若惊。"他的回答顽皮中透露出一股惊喜，把我的郁闷一扫而空。

其实夫妻相处的最高境界的就是相互信任和关心，尤其在手机时代，二十四小时为对方开机，约定俗成的一种习惯已成为关爱的直接表达。

生活日趋平稳、平淡，爱情经柴米油盐不断侵蚀，逐渐褪掉浪漫色彩，转化为浓浓亲情。手机进入寻常百姓家，每天一个问候电话，看似麻烦，却成了亲情维系的固定方式，把相隔两地的情感用无线电串联起来，一端系着牵挂，一端系着恩爱，天长日久，最佳红娘的角色自然成了手机独享的专利。

很多时感觉手机用处不是很大，垃圾短信干扰频繁，整天随身携带难免厌烦。心血来潮时便想甩掉这个大包袱。可是，屋漏偏逢连夜雨，偶尔忘带手机，突发事件像事先约定好一样，总会赶在一起发作，让人抓狂。为了避免不必要的误会和麻烦，出门检查手机就成了最重要的程序。

手机给我们生活带来诸多便利，不管相隔多远，瞬间接通就能感知心灵火花的迸射。长长的电话号码记忆起来颇伤脑筋，储存在通讯簿里简直是为愚笨如我这样的人所设计的最伟大的发明。偶尔忘带手机，着急打电话时，大脑一片空白，竟然有一种与世隔绝的无助感，十几个混乱的数字瞬间便把焦虑转变成无法释怀的愁闷。

不禁纳闷：难不成我们被手机绑架了？没有手机时，我们不是也过得那么坦然与从容吗？

很怀念没有手机的年代，相距遥远，思念便成了一种习惯。每当夜幕降临，坐在窗边，细数天上的星星，把爱人的归期计算了一遍又一遍。煎熬多了一些，久别重逢的快乐收获的却是更多的珍惜。

思念泛滥成灾，层层过滤，沉淀在文字里，便有了一沓子相思的美丽印迹。闲暇时整理以前的物件，尘封的信件静悄悄地躺在抽屉里，墨迹已然发黄，字里行间情真意切，渗透着恋人的缕缕情思和对未来生活的执着，读起来感人肺腑。

　　爱人的心很细腻，平时话不多，不会甜言蜜语哄女人开心。相恋时，落在纸上的文字娟秀得如小家碧玉，少了一层羞涩，多了一份朴实的柔情，跳跃起来也是那般的风情万种。每次读他的信，禁不住怦然心动。原来相思情愫一经发酵，天才诗人便成为热恋的宠儿，激情的文字神采飞扬，隔空的拥抱温馨持久，悄悄暖了等待半生的寂寞。

　　阳光充足的午后，泡一杯色彩艳丽的花果茶细品，任思绪飘到从前充满等待与期盼的日子。那些流逝的青春岁月，如鲜花般绽放、枯萎，一年又一年，不经意间掠走那么多的思念和煎熬。

　　如今，呢喃细语随时可以从手机里流淌出来，少了纸上你侬我侬的矫情，一声叮咛，一份牵挂，不期然地与生活的五彩斑斓相撞，便有了花果茶的清雅幽香。轻啜一口，咽下满满的幸福，那年那月的激情岁月里已然积聚了那么多的感动……

　　手机省略了写信思考的一道道烦琐的程序，那份难言的快感已成明日黄花一去不返。问候更简单、直接，慢慢成了白开水，少了一些浓情蜜意，多了一份淡淡的牵挂和随意。

　　特殊纪念日时，爱人的祝福短信悄然而至，简短却洋溢着关切。那份被惦记、被宠爱的幸福俨然年少时收到电报一样激荡人心，眼睛盯着小屏幕，快乐早已插上翅膀，彼此的依赖不经意间日渐深重。

　　也许，手机时代的恋人永远无法体会落在信笺上的那份缠绵。不过，近在咫尺的关注，少了信笺的笔墨清香，却让爱的牵挂走得简单又快捷，谁又能说，手机不是上帝献给爱人们的更可心的礼物？

自行车上的恋歌

　　年少时从未奢望靠一双精致的水晶鞋来改变命运，灰姑娘的奇迹只是童话世界中的一个温馨谎言。貌美如花的明星大腕们尚且不敢凭借青春恣意挥霍大好年华，戴安娜王妃的悲剧更让我坚信拥有爱情才是通往幸福生活的有效路径。

　　婚前花前月下容易，婚后贫贱夫妻百事哀。每当经过房屋林立、气派奢华的高档小区，我坐在爱人的自行车后面，不免感慨万千。

　　"这么多的房子，什么时候会有属于我们的一间？"眼泪轻轻流淌，残酷的岁月不经意地击碎了美丽的梦。

　　"会有的！一定会有的！"他腾出一只手，使劲握住我的手，不断安慰我。

　　其实我的心很低，对物质没有太多索求，唯一心愿就是有朝一日能如愿以偿拥有一个真正属于自己的家。那时的梦看似缥缈，遥不可及。有时骑车路遇一些霸道的豪车，年轻漂亮的女孩子从车窗里投来的不屑一瞥，如一根毒刺扎得心痛。

　　"等我们有一天有钱了，我一定会为你买一所大房子，也会把你像宝贝似的供着，给你买一辆宝马车开开。"他信誓旦旦地为我描绘未来的美好蓝图。听多了，仿佛是天方夜谭的神话。

　　爱人身材高大，自然成为骑车带我出行的主力军。每次出门，他在路边慢慢骑车等我，我紧跑几步，然后纵身一跳坐到后车架上，自然地搂住他的腰，放心地把身家性命全部交给他。他用力蹬车，一副生龙活虎的模样，载着我的梦驶过了一年又一年。

　　有一次或许是我跳跃时间没掌握好，或许是冬天穿得过于笨重，跳车时一下子腾空了，四仰八叉地摔倒在路边，难堪至极，脚还扭伤了。他赶紧把我搀扶起来，用车把我推回家，点着烧酒为我推拿止痛。我疼得龇牙咧嘴，眼泪不争气地流了一脸。他一边安慰我，一边不停揉搓。一会儿工夫，手掌心揉得通红，豆大的汗珠从额头滚落下来。他装作不经意地擦了把汗水，顺带擦干了眼角闪着内疚和疼惜的泪花。

　　下次出行，他让我先坐在后车架上，省却了跑跳环节；然后他躬下身把车把压稳，铆足劲紧蹬几下；刚开始车子略微有些晃动，我坐在上面非常紧张，生怕他控制不住车子，把我摔个"狗啃屎"。没想到他沉着冷静、发挥超常，片刻工夫便完全掌握好节奏，一路高唱凯歌穿行自如了。

　　侧身坐着，时间长了，血液循环不顺畅，下地时双脚酸麻，就像腾空踩在棉花团上，严重时根本走不了路。爱人灵机一动，在后车架下安了两个儿童脚镣，我就可以像小孩子一样分开双腿坐在后面，双手环抱他的腰，既舒适又稳当。不过，这样招摇过市，每一次都能收获很多路人诧异、惊羡的眼神。

　　我们曾骑着车在节假日游遍市区的大街小巷，郊区的景点也留下了我们欢乐的足迹。清贫的生活渗透着包容、理解，便充满了小桥流水的诗情画意。可是，车轱辘饱受摧残，辐条隔三岔五断一根，每隔四五个月需换外胎。我实在不忍心他骑车带我累得大汗淋漓，就提议再买一辆自行车以减少他的负担。可他死活不同意，还振振有词地说，是男人就应该带着女人，这点苦受不了还算男人！

　　经过近十年打拼奋斗，我们终于有了自己的家，拥有了第一辆汽车。感慨之余，爱人偷偷告诉我，其实骑自行车带我出行真是一件苦差事，每次累得快撑不下去了，就暗暗发誓一定要努力挣钱买汽车。不过，苦中作乐也让他找到了爱情甜蜜的感觉。

　　开车时间长了难免心生厌倦，再加上媒体大力提倡低碳环保，三年前的一天，爱人突然心血来潮，想找一找当初骑车带我上街的乐趣，也想重温一下往日浪漫。他的提议立即得到我的热烈响应，赶紧把放在车库里积满灰尘的自行车找出来，精心擦洗，打足气，兴冲冲地推着走出小区。

　　他哼着小曲得意扬扬地骑着自行车上了非机动车道。本来我还想按照惯例提前坐在后车架上，一看人家悠哉游哉很享受的模样，并没有停车等我先上的迹象，索性拼尽全力紧跑几步，跳上后车架的一刹那，他的车把开始不停地摇晃，蛇形路走得惊险又刺激，逗得坐在后面的我忍不住哈哈大笑。

　　他喘着粗气回过头说："你怎么这么重啊！"我自知理亏，抿住嘴不敢接着打击他的积极性。

　　他艰难地骑了一段路，最多也就二百多米，车子慢得像蜗牛在爬。看来是累得实在蹬不动了，为了面子，还在死命硬撑着。我一看大事不妙，赶紧识趣地跳下车来。两人心照不宣灰溜溜地推着自行车打道回府，毫不犹豫地把自行车雪藏起来。

枕着长发入梦

不知从何时起，时尚像一个符咒与我们的生活如影随形。红裙子流行，刺目的大红就不管不顾地在人海中恣意穿梭；尖头皮鞋泛滥，卓别林式的皮鞋俨然在马路上行驶的小船，鞋尖细长、外翘，怎么看怎么滑稽。

不敢指责时尚的蛊惑，暴风骤雨再迅猛，风平浪静都是最终的归宿；流行元素再怎么庸俗，携带的斜风细雨也会慢慢渗透大众审美。如今，烫染发盛行，翻滚的披肩大波浪色彩炫目，在街头形成一道亮丽的流动风景线。偶有新潮"白毛女"乍现，银发闪闪、个性张扬，令人瞠目结舌，唯有感叹世界变化太奇妙。

爱美是女人天性。一成不变的直发披了二十年，每天瞅着同一张熟悉得不能再熟悉的面孔，厌倦情绪逐渐占了上风。女友常怂恿我紧追时尚步伐，把头发漂染成时下最流行的葡萄紫色，再烫一头波浪大卷发，"秀"一下时髦的魅力，抓住稍纵即逝的美丽。

真的怦然心动。美丽的诱惑对女人来说是一个致命的温柔陷阱。男人永远不会理解为什么女人的衣柜里总缺少一件漂亮的衣裳，更不理解她们为什么总跟自己的头发过不去。

爱江山更爱美人是男人的通性，小女人深谙其道，便极尽媚态去吸引男人挑剔的目光；用心折腾自己，不过是为悦己者容，用妩媚这把撒手锏，征服男人善变的心。

深思熟虑，斗争好久，还是不敢轻举妄动。在别人看似简单的背后，我的苦衷却无处诉说。

爱人性情随和，对我没有过多苛求。日复一日，情感磨合渐趋平稳，小桥流水滋养了我的无拘无束。唯有这一头长发，似乎是他的最爱，而且专属于他。倘若一意孤行，为这点儿小事伤了和气反倒得不偿失。

多年前我烫过一次卷发，爱人下班后，我兴奋地"秀"给他看，期待得到他的赞扬。没想到他死死地盯着我，一脸严肃，没有发表一句评论。此后几天，他故意不搭理我，神情淡漠，仿佛是我们的感情末日。

我很纳闷。经不住我的软磨硬泡，他告诉我说，一看见我的满头卷发就头疼，尤其清晨，头发乱糟糟的，像鸡窝似的炸成一团，原本的好心情一下子烦透了。他喜欢我梳着长长的披肩发，感觉那样更有女人味，以后未经他的允许我不能擅自做主染烫头发。

不理解中国男人为什么喜欢清汤挂面式的披肩长发，也许是受琼瑶电影女主人公的影响吧。那份不经世事浸染的清纯、率真，把一头直发渲染得淋漓尽致。激荡的音乐响起，如瀑布般飞扬的长发在风中飘逸，那唯美的画面，定格在我们的青春回忆里，成为无数男人心中永远不会褪色的浪漫。

既然披肩长发更能彰显女人味，也能满足男人的特殊癖好，将长发进行到底就成了我的光荣使命。更何况直发打理起来方便，清晨起床，不用刻意梳理，长发依然飘飘，没有黄脸婆蓬头垢面的憔悴。每次看到爱人痴迷的眼神和略带孩子气的眷恋，即使千帆阅尽，依然情有独钟，不得不为长发情结背后的神奇魅力所折服。

动力强大，再加上养护及时，一头油亮的披肩长发成了令我骄傲的一个资本。每每蠢蠢欲动，试探着有点儿想法时，便被爱人无情的冷水给熄灭了。只好眼睁睁地看着姐妹们在不同的季节里变换各种色彩，炫着美丽发式，怅然若失。

有一天路过假发柜台，看到一个漂亮的长卷发女孩正在试戴一个直发头套，于是鼓足勇气试了一下梦想中的"大波浪"。结果对着镜子左看右看，滑稽得像话剧里的外国演员；心血来潮拍了一组个人写真，如愿过了一把瘾。不知是看习惯了往日尊容，还是被镜子里"大波浪"的美艳所迷惑，那个风情得近乎陌生的脸孔，越看越不真实。

　　有些东西，习惯到自然，已深入骨髓。就像爱情，走过甜蜜的过程，凝固的亲情便成了心中再也无法割舍的眷恋。一旦剥离，失血的痛苦瞬间就会让人痉挛。

　　走在风雨里，自然美是一幅清新脱俗的国画，将爱情的精彩，饱蘸生活的热情，看似随意地就勾勒出生命中最优雅的那抹神韵。

　　从此，对镜梳妆，习惯了给自己一个甜美的微笑。岁月的痕迹还没来得及在脸上留下过多的沧桑，这头乌黑的长发实在功不可没。每夜枕着长发入梦，不经意间点燃了生命的烛火，黯淡的人生便多了一些跳跃的色彩。索性陶醉在爱人"专制"的宠爱里，任凭丝丝长发在风中飘逸。

爱的怀抱

　　年少时琼瑶小说看多了，很憧憬一段惊天动地的爱情。只是现实残酷，击碎了一个个缠绵的梦，从此再不敢轻易走进幸福"陷阱"。直到遇见高高大大的他，给了我一个温暖的怀抱，才相信前世所有的煎熬都是为了等待在合适的时间出现的那个人。

　　那时的我如一枚青涩的夏果，敏感地把自卑小心包裹起来。他个子高大、结实匀称，跟他走在一起，身高落差明显太大。我不习惯穿高跟鞋，总会下意识地走在比较高的台阶上，偶尔说话忘形，脚下一个趔趄，摔跤是常有的事，这些不安定的因素慢慢累积，成了我难言的心病。

　　多次约会之后，相互了解增多，逐渐对他解除了防线。很多时候，一个鼓励的眼神、一个明媚的微笑就能让彼此感觉心跳的加速。

　　"让我抱你走走，好吗？"有一天黄昏我们手挽手在林荫路边散步时，他突然有些羞涩地对我说。

　　他说得太突然，我竟然一时半会儿没回过味儿来，羞涩地瞅着他只顾傻笑。"我有点胖。"我赶忙婉言拒绝他的冲动。

　　这样温馨的情节是影视片里的煽情动作，小鸟依人型的女人被男人抱在怀里，满满的幸福洋溢在脸上，看多了唯有嫉妒的份儿。低头瞅瞅自己丰满的身材，这样亲昵的举动恐怕只会引来东施效颦的恶果，更何况是在人来人往的大街上。我偷偷瞄了一下路过的行人，不远处竟然还有几个乘凉的老太太正往我们这边瞅着呢。

　　没想到他弯下腰直接把我横抱起来，我下意识地用手搂住他的脖子，在他怀里不好意思地挣扎了几下。他的力气比我想象的要大得多，我越挣扎他抱得越紧，最后只好乖乖投降。他的眼里掩饰不住满满的爱意，还有一丝调皮的微笑。一会儿工夫我便克服了羞涩障碍，安心躺在他的怀里享受片刻的浪漫与陶醉。他抱着我居然四平八稳，还能健步如飞，禁不住因他的"莽撞"行为开心得"咯咯"大笑起来。

　　路上的行人知趣地闪在路边，投来颇为善意的目光，仿佛在为他加油。经过那几个老太太时，她们竟然开心地不断点头向我们微笑致意。快乐的感染性如此强大，确实超乎我的意料，让我找到了被宠爱的甜蜜和一种无法诉说的愉悦。他每走一步我就开心地计数，数到二百多步，他早已累得大汗淋漓，气喘吁吁，不得不把我放下来，狼狈的样子憨憨的、傻傻的，可爱极了。我赶紧拿出手帕为他擦拭脸上的汗水，笑声伴随着骄傲早已冲上九天云霄。

　　这片刻的兴奋深深地印在我们的脑海中，让我们找到了一种既简单又直接的快乐，不断重复这一场景就成了我们恋爱期间最入味的调剂品。误会丛生时，他会出其不意地把我抱起来，汗水夹杂着快乐一路飞翔，不知不觉遗忘了种种烦恼。

　　越来越喜欢被他抱在怀里，那种感觉暖暖的，令人陶醉。经过多次勘探，看似憨厚的他表面上有点固执，内心却丰富、浪漫、细腻。慢慢地，孤独与自卑远离了我。

二十年风雨，岁月沧桑，这段爱情佳话尘埃落定。事隔多年，每每想起这一幕不免感慨连连。现在，习惯了穿高跟鞋，身高的差距不再是问题，自信也在他的温情打造下一路随行。

前些日子散步时，他不知为何突然心血来潮，居然还想尝试一下这样的情景剧。看着他发福的肚子，还有自己珠圆玉润的身材，我不置可否地笑了笑。毕竟年过四十岁月不饶人！

也许是我的笑声激起了他的挑战欲。他抻了抻胳膊，做了几个伸展准备运动，还算是游刃有余地把我抱在怀里。

"怎么样？敢小瞧我！"他自豪的神色让我强忍住笑使劲抿着嘴唇。

刚开始他还雄赳赳、气昂昂，颇有点儿大将风度。走了二十多步，踉踉跄跄的步伐越来越吃力，抱着我的胳膊也明显地开始抖动起来。不忍心看他继续坚持的窘态，生怕他闪了腰，便主动讨饶。他没敢逞能，顺势把我放下来，气喘吁吁地抚着胸口，颇伤感地说："真的老了……"

我一边用纸巾擦去他额头沁出的大滴汗珠，一边安慰他，青春期的美好珍存在记忆里就好，偶尔翻阅，享受那时的朦胧醉意，也是见证平凡爱情携手走过二十年的快乐回味。

粉毛衣

秋雨淅淅沥沥地下了一整夜，气温骤然下降许多，早上一出家门冻得直打哆嗦。真想穿上母亲编织的那件粉色的毛衣，遮风又能挡雨，还能带给我数不尽的关爱和思念。

说实话，母亲编织的针脚并不太好，织毛衣根本不是她擅长的女红。看着别人家的女孩子穿着鲜艳的毛衣到处炫耀，忍不住磨着母亲让她也给我织一件。母亲实在拗不过我，闲暇之余，买了粉红色的腈纶线，像模像样地跟着大婶们从一针一线开始学习编织。

母亲白天工作很累，晚上还得照顾一家大小的饮食起居。每次拿起毛衣针的时候，胳膊累得酸痛，疲劳的双眼似乎要黏合到一块。年少的我，不懂得体谅母亲的辛苦，眼巴巴地看着母亲在灯光下为我熬夜，竟然还乐得合不拢嘴。

编织毛衣全靠十个手指灵活配合，飞针走线丝毫马虎不得，必须牢记在哪里加针、减针，变换针法。否则出了差错，无法弥补，只好拆了重新编织，几个小时的辛苦眼瞅着变成了泡影。

母亲第一次编织，还想着给我配上花色，用白毛线在胸前和背后交叉两个大大的 V 字形，这样自然加大了编织难度。拆了织、织了拆，历经半年之久，毛衣最终亮相时，母亲长长舒了一口气，看我喜欢得爱不释手，积攒半年的劳累便化作自豪的喜悦。

大姐手巧，从小精通编织，工作之余承揽了家人所有的毛线活。母亲乐得清闲，这件毛衣就成了母亲唯一的杰作。每次我穿在身上，姐妹们极其羡慕，便纷纷抱怨母亲偏心。母亲也不恼，总会笑呵呵地说谁让人家运气好赶上了，气得姐妹们无话可说。

我参加工作后，经济宽裕了，纯毛织品更耐寒，逐渐取代了腈纶织品。这件粉色的毛衣穿的年头长了，袖口磨损严重，款式日渐过时。可是，一看到它就能想起母亲怜爱的目光，舍不得把它压在箱底，用颜色类似的线补好。日常穿戴明显不合时宜，只好拿到单位，贴身穿在里面，外面套上一件宽大的工作服，再寒冷的日子也能感受到一股暖流，透着母亲的体温一点点地传递给我。

失意时，一摸到这件毛衣，眼泪就不由自主地流下来。母亲走了那么久，我不知道她在天堂过得好不好，会不会冷？梦中，母亲孤苦的眼神充满牵挂和不舍，我哭喊着伸手去抓她时，她却失去了踪影……

我清晰地记得那一年的冬天特别冷，南方遭遇百年罕见的雪灾，单位号召员工捐赠财物。可巧那天我有事请假没上班。第二天我来到单位，一打开更衣柜，毛衣竟然不翼而飞。惊慌片刻，赶紧去寻问办公室的康姐。

"昨天是捐赠棉衣的最后期限，我看你平时穿的那件毛衣太过时了，就替你做主捐了。你家条件那么好，就别艰苦朴素了。"康姐一脸和气地向我解释。

"你知不知道捐给哪里了？还能找回来吗？"我着急地问。

"好像还在工会放着，已经打包好了，听说明天一早准备托运走。"她不解地瞅着我，还在纳闷自己到底做错了什么。

我飞一般地跑到工会，看着几个一米多高的大包整齐地码放在墙角，心里的一块大石头立马落了地，强忍多时的泪水终于顺着脸颊淌了出来。

"出什么事了？"工会主席从没见过我的梨花带雨，一时之间一个四十多岁的大男人竟让一个小女人的失态弄得手足无措。

"我昨天有事不在，我的一件旧毛衣康姐替我捐了。这件毛衣对我来说很重要！"我边解释边把头埋到大包里快速翻找起来。

几近失望时，粉色的毛衣终于露出冰山一角。我激动地把它紧紧拿在手里，惊喜的泪珠如断线的珠子一样簌簌地掉个不停，生怕一个闪失，不小心遗落了，赶紧脱下随身穿的新毛衣来替换它。

"这件毛衣已经很旧了，捐了就捐了吧。你这件毛衣新新的，还是纯毛的，捐了多可惜。"他拿着我的毛衣，不解地问我。

"这件毛衣是我母亲留给我的唯一的遗物，它在我心里是无价之宝！"说完这句话，心满意足的我转身准备离开办公室。

"你等等！"工会主席叫住我，把我的新毛衣放在我手里。"拿着，快穿上！别冻着，否则你母亲会心疼呢。"我心头一酸，想说声谢谢却哽咽着说不出话来。我抬眼瞅了瞅他，他眼里有一股晶亮的东西不停地闪烁着。

幸福的味道

年关将近，抢购风潮云涌，浩浩荡荡的采购大军主动加入到商家精心设置的"温柔陷阱"里无法自拔。走出王府井百货，双手拎着胜利品，大包小包把虚荣心填得满满。不知为什么，心里莫名地有些失落，那些与"年"相关的记忆，把我带到了与母亲在一起的日子。

小时候家里穷，最盼过年，过年有好多好吃的，一饱口福是每个馋嘴的孩子最快乐的事。那时肚里的油水少得可怜，一到开饭时间早已饿得前胸贴后背，闻到谁家飘来炖肉的香味，隔着几栋房敏锐的嗅觉也能捕捉到，垂涎欲滴的模样时常会令母亲感叹经济的拮据。

过年时，母亲会变戏法似的精心准备很多平日里不常见的食品。酥脆的油炸食品，裹着母亲浓浓的爱，是冬日里最可口的小吃。每次品尝母亲的杰作——香软的炸糕、香脆的麻花、香酥的油饼，吃得津津有味，越发佩服母亲的心灵手巧。那段日子，母亲忙得晕头转向，累得挥汗如雨，我们吃在嘴里，甜在心头，年味浓浓便让幸福的味道成了年少时最温馨的梦。

当地人时兴制作油炸糕，颗粒饱满的糯米成为成品的工序既烦琐又费劲。母亲是山东人，从没制作过油炸糕，经不住孩子们的一再恳恳，乐此不疲地反复实践，终于掌握了这门绝活。每逢春节孩子们便会翘首以待欣赏这部精彩的重头戏。

糯米在外面加工碾成粉末后上锅蒸熟，稍凉后须趁热制作，否则糯米的黏性就会丧失。面团冒着蒸汽，把母亲的双手烫得通红。母亲小心翼翼地左一下右一下揉搓，动作颇滑稽，看得我们忍俊不禁地笑出声来。我想尝试一下，刚触摸热面团，就"啊"的一声惨叫了起来，娇嫩的小手被烫得火辣辣的。只好瞪大眼睛瞅着母亲的手灵活地用糯米面皮包住豆沙馅，拍成圆鼓鼓的饼，然后用滚烫的热油炸至金黄，捞出后略微凉凉，轻咬一口，香甜的红豆沙立马把牙齿染红了，也把童年的快乐填满了记忆的每个瞬间。

年关是母亲最忙碌的时候，每一次睡眼蒙胧的我从梦中惊醒，总能看到母亲在灯下一针一针缝制鞋子。家里人多，鞋子需求量大，记不清母亲到底做了多少双鞋了，日复一日、年复一年地看着母亲重复这个动作，艰辛的岁月流满了母亲的汗水。

母亲的手很巧，鲜艳、结实的条绒布一经母亲的手摆弄，便成了艺术品。剪裁、上浆、缝制、绣花，繁复的程序经半月之久，一双双美观、保暖的棉鞋便成了孩子们的骄傲。每次穿上急不可待地享受小朋友艳羡的目光，竟是年少时最自豪的快乐时光。

母亲的鞋样很多，都用硬纸制作，整体地码放在一起，足有一尺多高。我的脚掌宽，母亲没有学过美术，可是每次设计的鞋子总比现在买的要合适、舒服很多。样式非常时尚，有点儿像现在流行的雪地靴，不用上拉锁也能奔跑自如。胶鞋底非常厚实，不用胶粘，全部手工缝制。母亲用尖尖的锥子扎透鞋底，然后用粗针引上麻线一根根用劲拽出来。缝制过程看似简单，飞针走线像绣花一样。近前细看，母亲的手指常被勒出一道道血痕。昏暗的灯光再加上劳累，母亲时常会被尖尖的针刺破手指，鲜血直流，下意识地惊叫一声，不小心被我们看到，她就把手指头迅速放进嘴里使劲吮吸，然后装作若无其事地伸出来给我们看。

去外面量身定制衣服要花费很多钱，母亲用省吃俭用攒下的钱买了一架缝纫机，一般的小活计倒也难不住她。母亲没上过几天学，大字不识几个，裁剪书也看不大懂，碰上懂得裁剪的姐妹，她会虚心取经，慢慢地，母亲做出来的衣服开始像模像样。

记得五六岁时，母亲给我做了一件的确良花裙，样式是照着朋友从上海捎回来的裙子克隆的。当时只顾开心了，一套上就直接跑到邻居家去炫耀，结果惹得小朋友们羡慕得口水直流。邻居大娘用手摸了摸我的裙子，突然发现我没有穿内裤，便开玩笑地取笑我不知羞。我赶忙捂住裙子跑回家，羞得小脸通红，直让母亲诧异不已。

我上小学时，母亲裁制成衣水平已达到专业级，但凡能入她眼的衣服，借回家鼓捣两天，最后成品基本上就八九不离十了。那时包头经济发展落后，衣服款式单一，时髦一点儿的衣裳全得从上海、北京这样的大城市托人捎来。每年春季开学，穿上母亲精心缝制的漂亮鞋子，再搭配上剪裁得体的衣服，贫乏的岁月便多了一些令同学们艳羡的七彩颜色。

花季女孩一天天迅速长大，拥有一件剪裁得体的新衣裳就成了最奢侈的梦。家里姐妹多，穿姐姐们的旧衣裳自然成了传统。只有过年的时候，才能穿上一件属于自己的新衣裳，对爱美的小女孩来说，这个梦真叫人望眼欲穿。一入冬，母亲忙里偷闲早早做好了新衣，叠得整整齐齐地码放在柜子里。女孩子们趁大人不在家时，按捺不住喜悦，偷偷地在身上比量了好多次。不过，还得听母亲的话，大年三十吃过年夜饭后才可以正式穿上显摆一下。

母亲早早地走了，也把这份快乐埋藏了。如今，大商场里商品琳琅满目，食品诱人、衣物时尚、鞋子花哨，花再多的钱买回的只是淡淡的满足，再也找不回年少时的冲动和向往

每一次想起灯光下忙碌的母亲，回忆有母亲相伴的日子，简单的快乐融入母爱的热度和浓度，幸福的滋味就成为童年最熟悉的味道。即使寒夜深深，也能温暖一个游子的残梦。

0℃的温柔

　　数九寒冬是塞外最冷的天。"九九歌"在北方流传甚广：一九二九不出手，三九四九冰上走，五九六九沿河看柳……可是，今年的冬天有点儿怪，"三九"天最低气温居然达到有史以来的最高点0℃爸，这对于习惯了北方风沙严寒的人们来说，的确是一件稀罕事。

　　乍见这样的温柔场景，还没来得及欢呼雀跃，老天又把一道符咒贴在大门外。雾霾持续数日，天一直灰蒙蒙的，能见度很低，出门必须戴厚厚的口罩，连呼吸一口新鲜空气都变成一种奢侈。

　　前几天还暗自庆幸气温回暖，这样在室外活动时不至于冻得手脚冰凉。没想到，"副作用"如此强烈，一场突如其来的重感冒，让我近距离领教了0℃的"温柔魅力"。

　　周末逛街买年货，当时没觉得累，回家后有些困倦，昏昏沉沉地睡了，一阵清醒一阵迷糊，嗓子不知何时哑得说不出话来，一咳嗽五脏六腑跟着颤动。

　　不知道睡了多久，每次醒来都能看到爱人关切的眼神。"渴了吗？要不要喝点儿水？""想吃点儿什么，我给你做，要不给你买？"他的声音好柔和，以前听他说话从来没有如此动听过。他轻轻抚摸我的额头，竟然开心得像个孩子。"烧终于退了！你刚才发烧的模样真吓死我了，38.6摄氏度。如果再不退烧，不管你愿不愿意都得带你上医院。"他"威吓"的口气里掩饰不住发自肺腑的疼惜。

　　我挣扎着爬起来想吃点儿东西，无奈食欲太差，放到嘴里味同嚼蜡。"要不出去活动活动筋骨？我扶你去植物园逛逛吧。"一听爱人说去植物园，我的爱犬小虎虎从狗窝里蹿出来，用它的小脑袋不停地蹭我的小腿，直到我答应为止。

植物园分外冷清。积雪还没完全融掉，一小块一小块像豆腐块似的凌乱分散着，蓬松地盖在干枯的落叶上；光秃秃的枝丫尽收眼底，没有绿色点缀，几笔潦草的速写瞬间把冬天的惨淡勾画到极致；小径少有人来，静寂得只能听到我们缓缓而行的脚步声。不由眉头一皱，实在提不起欣赏的兴致。

平日植物园禁止小狗入内，每次散步经过这里，小虎虎探头探脑地想钻进去终未得逞。这次终于逮住机会进入渴望已久的地界，撒欢儿的热情即刻被点燃，首先冲向发现的第一目标。它调皮地追逐在地上悠闲散步的喜鹊，发疯一样追得它们扑棱棱地展开双翅乱飞成一团。顺着鸟儿们飞翔的方向，远处白杨树的枝丫上竟然趴满了黑压压的一大片喜鹊，仿佛书画家故意蘸满浓墨，随意滴洒，一挥而就速成的群鸟图，数量之多大大出乎我的想象。

喜鹊在民间是吉祥的鸟，黑白相间的花色并不招摇。个头偏大，黑绿色的长尾巴耷拉着，像指挥家穿的燕尾服，颇具"绅士范"。小虎虎撒起野来，哪顾得上怜香惜玉，所到之处，必上演一部群鸟惊飞片。时间一长，聪明的喜鹊回过味了，看它不过是一只傻里傻气的小狗，跑得再快也飞不起来。胆大些的喜鹊索性戏弄起它来，只等小狗近在咫尺，才不慌不忙地徐徐飞起，还得意扬扬地围着它兜起了圈子，直把小虎虎气得跳起来往上扑。可是干着急也没有用，最后只好悻悻地掉转头，接着寻找好欺负的"软柿子"。树枝上无数双小眼睛淡定地看着它们戏耍，谁又能说狗儿不是它们不请自来的滑稽演员。我从不知道平日里温驯的小虎虎还有如此搞笑的喜剧天分，这一幕逗得我捧腹大笑，不由得咳嗽起来，涕泪横流。

为了烘托气氛，不远处的麻雀也赶来凑热闹，叽叽喳喳地叫个不停。别看它们个头不大，昂起头在我们眼前飞过，一副旁若无人的神态。偶尔抬起头打量我们这些"外星"人，也是不慌不忙地斜视两眼，全然没放在眼里；成群结队的喜鹊不知为何一时兴起，欢呼着在相距近百米的两棵树间飞来飞去，还没等末尾的鸟儿站稳脚跟，领头的鸟又率众返回，如此反复多次，乐此不疲，不禁暗暗揣测它们在进行军事演练吧；个性的鸟儿选择高高的看似弱不禁风的杨柳末梢孤独守望，偶尔深情地呼唤一声同伴，像极了才高八斗、一副仙风道骨的文人，远离尘嚣，只为守候心灵的平静。

这里没有花香袭人，唯有鸟语声声环绕，呆立片刻，病痛顿时减轻大半。

以前固执地认为严寒覆盖了很多东西，包括鸟儿们的足迹，不免为冬天的萧索感到遗憾。谁料想这里竟然成了小动物的天堂。如果不是无意之中来到这里，又如何能观赏到如此欢愉的演出。

更离奇的是爱人居然小曲不离口，脸上洋溢着极其灿烂的笑容，不禁纳闷平日里不苟言笑的他为何如此开心忘形。

"你知不知道，你生病的样子很可爱，像一只依人小鸟。平日里你经常颐指气使，听你唠唠叨叨烦透了，现在看你这么乖顺，温柔得令人怜爱，莫名地就觉

得特别快乐。"我的心不由得为之一动。

是啊，生命中的"雾霾"时常会让我们迷失寻找的方向，总是偏执地以想象为中心，把自己的喜怒哀乐发挥得随心所欲，还以爱的名义，想当然地饰演自己认为状态最佳的角色。谁知，演着演着，不知不觉入戏很深，走火入魔，往往疏忽了家人的感受，把温柔介于冰火两重天。燃烧过，灰烬惨淡；冷却后，遗憾痛心。谁又能把握最佳的分寸和火候？

冰是睡着的水，唯有驱走严寒，生命的春天才会化冻、消融，呈现水的温柔。心事拥挤时，不妨跳出人为的局限，走出户外，多感受 0℃ 的温柔。

透过尘埃，你会不经意地发现，生活中的美无处不在。但是，最让我们感动的，还是家人质朴而贴心的 0℃ 的温柔。

第 六 章

心灵呼唤

　　谁能在一个月之内，用心灵的呼唤巧妙地打开一个迷茫的小女孩嵌在心底的沉重的枷锁？当你驻足在这里，见证一个奇迹发生时，你会感叹：爱的世界尽管玄妙，但倾听和理解才是智慧的延伸。天下父母哪个不疼爱自己的孩子，可有谁能看到孩子心灵上的阴影？

用**爱**打开孩子心灵的**枷锁**之一

描绘蓝图

　　多年前的一天，爱人打电话要我帮个忙。原来与他合作甚好的 L 总的女儿刚上初中，学习成绩一直上不去。他爱人高中毕业，水平有限，实在辅导不了孩子。先后请了几个家教，孩子成绩丝毫不见起色，跟我爱人说起这件事不免长吁短叹。鉴于他们俩平时合作甚好，爱人主动请缨帮他解决这个大难题。

　　"你就当多了一个实践机会好吗？反正你的大学英语至今也没有派上用场。如果实在带不了，也只能说明他的孩子确实太笨，你不用有什么精神负担。"爱人在电话里连哄带骗，他知道我做事较真，只要答应一定会全力以赴。

　　L 总的家在我家相邻的小区，路程不算太远。平时联系不多，走动自然不频繁。以前晚宴上曾见过他家孩子几面，非常内向安静的一个女孩，不爱说话，一双大眼睛总是呆呆地低垂着，面无表情，混在人群中，实在是一个容易被人忽视的孩子。

　　我提前打电话预约，晚上七点多礼貌性地拜访了她们母女。我坐在餐桌旁，与孩子母亲短暂交流之后，认真翻了翻孩子的期中考试试卷，头一下子乱成一团麻。语数外都不及格，英语成绩只有十几分，就连最基本的词汇孩子都答得一塌糊涂。

　　我质疑地瞅着孩子的母亲，眼里充满困惑。孩子早已知趣地走进自己房间，把房门轻轻关上了。

　　她母亲羞惭地说："这个成绩实在让妹子见笑了，我也知道家丑不可外扬，不到万不得已，我们也不会跟朋友讲。现在孩子的学习成绩是压在我们夫妻心头上的大石头。我每天专职守着孩子，变着花样给她做好吃的，生怕耽误孩子的成长发育。可是孩子的学习成绩无论我怎么努力，依然在班级里排名倒数。为这事，她爸没少跟我慪气。"说到这里，她的眼睛上蒙上了一层雨雾。"你不知道，为了上这所重点中学，她爸托了好多关系，花了好多赞助费。原指望孩子将来能有出息，咱们做父母的再苦再累也值。没想到孩子实在学不进去。不知道她每天在想什么，也不多说话，我让她学习她就听话地看书，让她练琴她就乖乖地弹一会儿。学习成绩就是上不来，我们先后请了几个家教，教了几天老师都主动撤了；学琴也没多大长进，学了两三年才过了二级。"她母亲边说边擦眼泪。

"你如果愿意带婷婷，我天天给你做好吃的，你以后一下班就过来，我会尽心尽力当好嫂子的。"婷婷的妈妈急切的口气中带着些许讨好和无奈。

"L嫂你别见外，大家都是朋友，只要我能帮上忙，我一定会尽心尽力的。"我客气地笑了笑，L嫂赶紧把女儿叫过来。

我让婷婷弹一首她最拿手的钢琴曲。孩子不情愿地从房间里走出来，听话地坐在凳子上机械地弹了起来。曲子断断续续，衔接的部分特别生硬，音符像一个个被人强拉着蹦出来的。价值两万多元的钢琴，占据房间很大一部分，却成了小家伙的精神负担，不免有些可惜。当时一户六十多平方米的新单元房也不过四五万元，一般的企业正式职工月收入仅千余元。

"现在一堂钢琴课45分钟就得花105元。我们平时省吃俭用，把主要精力、财力全投入到她身上，就想她长大后多一条出路。可是，就是起不了一点儿作用。看来这个孩子真的没什么指望了。"L嫂不停地擦着眼泪长吁短叹。

我跟L嫂看似漫不经心地聊天，不时侧目观察婷婷的反应。那孩子非常乖巧，整晚没有发出一点儿动静，坐在角落里捧着一本书，不知道是真看书还是在胡思乱想。反正L嫂说，孩子经常处于这种状态，让人哭笑不得，又是一个女孩家，打骂不得，说重了还怕伤了孩子的自尊心，现在已经完全束手无策了。

回到家已经十点多了。洗漱完毕，我躺在床上翻来覆去睡不着，这个烫手的山芋到底该不该接？

我把利害得失反反复复权衡了一遍又一遍。不知道为什么，那孩子怯怯的眼神在我的脑海中挥之不去，似乎藏着不为外人所知的忧郁，我实在不忍心再一次伤害这个无辜可怜的孩子。

最后决定亲自带这个孩子，我相信孩子智力没有问题。听到我的答复，L嫂喜出望外。不过，我唯一的条件就是让孩子放学后，在家里吃完晚饭，然后来我家与我一起同住同学。我想这样近距离地亲密接触，没有外界干扰，更容易走进孩子的心灵世界。L嫂犹豫片刻，经我耐心解释，狠了狠心还是答应了。

第一个晚上她们没有来，L嫂打电话解释说，孩子有点儿害怕，没有跟陌生人接近过。在我的一番苦心劝导下，她答应第二天一定会把孩子带来。

第二天她们一同来到我家。我与L嫂寒暄了几句，客气地把她挡在门外。婷婷脸上闪过一抹失望，夹杂着一点儿恐慌。但看见我温和的笑容，硬挤出一丝微笑，恋恋不舍地与母亲摆手告别。

她带来一大堆零食，一有空隙时间就往嘴里快速填上一点，我不便发作，直盯盯地瞅着她，她索性把零食大大方方拿出来，讨好地说是她妈妈让她给我带来的。我严厉地告诉她，以后不许吃任何零食，一来这些垃圾食品对身体发育不好，二来分散学习注意力。她乖乖地点了下头，此后再没带零食来。

她三下五除二就把代数作业做完了，还有点儿小得意。我在一旁冷眼旁观，总共八道计算题，她竟然错了七道题。我让她当着我的面把作业重新做，一步一步罗列，不能偷一点儿懒。她极不情愿地按照我的要求列式做完，再对照答案，又开心又有点儿不好意思地瞅着我，非常尴尬。

"你觉得你笨吗？为什么刚开始做不对呢？"我细心地挖掘问题背后的原因。

"我还是太马虎了。"她轻描淡写地回答。

"可是你每道题都马虎，会造成什么恶果呢？你本来不是个笨孩子，就因为你次次马虎，结果时间长了就成了别人眼中的问题孩子，你觉得冤不冤呢？"我盯着她的眼睛问她。在我的注视下，她眼里多了一丝慌乱。

"其实我第一眼看见你，就感觉你是一个很正常的孩子。你现在学习成绩不好，并不是因为你智商有问题，你只是不懂得正确的学习方法而已。如果你愿意好好配合阿姨，到期末的时候，我保证你的学习成绩能达到中等以上。到时，很多人都会吃惊的，你的老师和同学都会对你刮目相看。你相信会有这样的奇迹吗？"也许是我为她描绘的蓝图太美，她充满稚气的眼睛睁得大大的。

"真的？你不会骗我吧？可是，我一觉得不太可能。"一刹那的惊喜过后，她脸上又重新布满了阴云。

"只要你愿意配合，阿姨对你有信心！"我握着她冰凉的小手，感觉她的手心里沁出了很多汗。"咱们一起创造这个奇迹好不好？"

也许是我的微笑"杀伤力"太强，孩子戒备的心逐渐放松了，内心深处的渴望与信赖使她的瞳孔充满了光亮，她的手竟然微微地颤抖起来；也许是我给出的诱惑太迷人，孩子小小的心里承担不了那么多的兴奋，各种表情不断变幻，最后露出了属于孩子的接近天使的会心的笑容。

这个晚上我没有怎么监督她学习。我让她讲学校的种种见闻，以打消她对我的陌生感。慢慢地走进她的内心，那些被大人们忽略的地方竟然藏有那么多不堪的经历、鲜为人知的落寞与疼痛……

当她甜甜地在我身边睡去，我真的很不情愿惊醒她，真希望她是童话故事中的睡美人，一梦千年，一觉过后就是鲜花盛开的早晨。

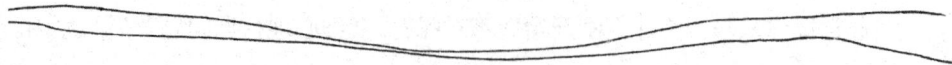

强化教育

刺耳的铃声在耳边不合时宜地响个不停，我顿时有些心慌。这么早打电话，不会是家人出什么大事了吧。正准备接"电话"，一眼瞥见在我身边睡得正香的婷婷。

她的睡相很甜美，即使是这样持续的闹铃声也没有妨碍她在梦乡里遨游。我轻轻推了她一把，不忍心惊扰她的美梦。她哼了一声，又换了个姿势接着睡。

思想急剧斗争一分钟，我还是狠狠心把她的被子掀了起来。"赶紧起床！已经五点半了，把桌子上的那杯凉开水喝了，洗漱完赶紧背诵课文！"我的语气很强硬。尽管万般不情愿，她还是揉着惺忪的睡眼从床上恋恋不舍地爬起来。

她拿起杯子象征性地喝了一口就放下了，准备偷偷开溜去洗漱。"全喝了！这又不是毒药。一个良好的生活习惯才能保证你一天旺盛的学习精力。"我的口气不容置疑，目光严厉。她躲闪不及，只好乖乖地一饮而尽。

也许是不想让我生气吧，她洗漱完后自觉地拿起英语课本坐在椅子上，轻声念我昨晚教她的一篇简短的会话课文。"你站起来背诵，想象你现在被老师叫到讲台上，同学们直盯着你，等着你背诵课文。"她听话地站起来，挺直腰板，拿书的手还有些微微颤动——显然，她还不太习惯。"你的声音不够大，要保证全班同学都能听到。"我一遍遍否定她的音量，直到她足够勇敢地发出最大声。

现在想起来，我当时的强硬态度确实一点儿都不比容嬷嬷好到哪去，还好，她没看过《还珠格格》，否则我还得为自己的狠心找台阶下犯愁呢。

　　我一直特别推崇李阳大声喊出来的英语教学方法，因为自信心的培养不是说在嘴上的。当我们真的站在舞台中央，达到忘我的地步，那种由内而生的自信油然升腾起来，再用心磨砺，才能成为自己的专属招牌，这也是为什么欧美发达国家把演讲放在青少年教育首位的原因。

　　以前我上台演讲时这种问题比较突出，在众多观众的注视下，怯场忘记台词是常有的事。如果有一天真的能把个人的表现欲全部激发出来，也就把潜在的那个自卑的"我"抛却了。

　　这个过程说起来容易，做起来很难。即使是现在，当我独自站在宽敞的舞台上表演时，腿还是会不由自主地抖动，毕竟历练的机会不多。不过通过这个办法，持续不断地加以训练，我相信她的胆量会越来越大，慢慢就会形成良好的学习习惯。还好，她只是一张白纸，不经意间成了我的一个试验品。

　　昨天晚上这篇简短的课文我一字一句地教她，用了将近一个小时。我要求她跟我学，包括语调、重音、连读等。她一板一眼地背诵，模仿得惟妙惟肖，优美的童声随着音调起伏更增添了一种悦耳的韵律。

　　她背诵完一遍，我会纠正她的发音错误，没想到她领会得非常好，完全不用我提醒第二遍。只用了二十多分钟，她已经倒背如流了，语速极快，大大出乎我的意料。

　　"再把昨天语文老师布置的要背诵的课文背诵一下，还得站着，音量可以适当低些。如果累了，就歇息十分钟吧。"关键时刻再急也不能一口气吃个热包子，过分严厉生怕她产生抵触心理。

　　"我不累。"小家伙自觉地开始背诵语文课文。反复三四遍之后，三大段的课文就能磕磕巴巴地复述下来。不到半个小时，竟然完全搞定了。她的记忆力超常，让我颇感欣慰，不由得对她心生一份怜惜。

　　"赶紧收拾收拾上学去吧。"我一边催促她，一边叮嘱她。"到了学校别忘记吃早点。放学后赶紧回家吃饭练琴，七点半准时过来。"她麻利地收拾好课本，背起鼓囊囊的书包走出我家门。

　　这个忙碌的早晨因为她的出现，节奏变得紧张而又急迫，仿佛回到了当年备战高考的状态。坐在上班的通勤班车里，人流如织，大脑一片空白。可是，昨天晚上与婷婷的对话一遍遍地在脑海中穿梭，飞快地过滤、跳跃，我的眉头不由得越皱越紧。

"你长大了有什么理想？有没有想过将来要从事什么工作？"这个常规问题看似遥远，却是每个青少年必须要面对的最实际的问题。

"我不知道。总归不会饿死吧。"她轻声应答。"我班老师和我爸都说我是废物。"她面无表情地说出这句话，像一根毒刺扎在我的肉里。

"老师这么说我还能理解。班上六十多个人，你考试不好拖了班级后腿，影响她的工资和声誉，她气极这么说也算情有可原。你爸爸竟然也这么说？他就是这么直接跟你说的？"我真的不敢相信会有这种事，一个父亲会这么狠毒地刺激自己的孩子。

"去年我爸把我带到海德夜总会，让我看那些漂亮的小姐。"她咬着嘴唇顿了顿，"他说我连做小姐的资格都没有。因为我不漂亮。"她的眼里闪过一丝不易觉察的憎恨。

"你不喜欢你爸爸，是吗？"我看着她的眼睛，小心翼翼地问她。"嗯。"她轻声应了一下。"他是个生意人，眼里只有钱，我有时一个多月都见不到他的身影。每次回来，只跟我们吃几顿饭，从来都不关心我和妈妈。有时因为一点点小事就跟妈妈吵架，把妈妈气哭，他不常回家我感觉挺好的。"她语气平淡、表情平静，没有丝毫起落，仿佛述说一个与她无关的故事。

谁说金钱与幸福直接挂钩？在很多人眼里，她是一个多么幸运的宠儿，生活在经济条件优越的家庭，能够学习大多数孩子在梦里才能弹奏的钢琴。可她依然不快乐。原来一个孩子的爱与恨埋在心里竟然能隐藏得这么深！又有多少家长能静下心来，去耐心地倾听她们的声音呢！

打动心灵

　　这几天我一直琢磨该怎样迅速创造点儿小火花，如果能找到一个突破口，让孩子见到一丝胜利的曙光，她确立信心之后，漂漂亮亮地打赢这场仗，我就有了八分胜算。今天上午婷婷语速奇快，倒背如流的一幕让我更坚定了自己的决心。

　　英语是我的专业，而我在记忆单词方面颇有心得。于是，决定教她一些记忆单词的捷径，用一个月的时间掌握其他学生三年的词汇量。如果这个试验能够获得成功，小天才的诞生就不再是神话了。

　　晚上门铃响起来的时候，我打开门只看见婷婷一个人。"你妈妈今天怎么没有陪你来？"我左右张望了一下，确实没有看见她母亲。"我觉得没有必要了。我一个人能行的。"她轻声说着，一闪身进来直奔书桌，静静地开始做作业。

　　代数作业有二十多道题，我检查时发现错了两道题。我没说什么，让她把这两道题再做一遍。她有点儿不好意思地重新做，结果还算令我满意。

　　"英语作业不会做，是吧？不要着急，先对着答案把作业抄上。过些日子阿姨保证你英语成绩在班里名列前茅。其实婷婷是一个非常聪明的孩子，今天早上，我发现婷婷是一匹千里马。"我适时地开始表扬她。"阿姨逗我玩吧？我长这么大，还没有人说我聪明呢。"小家伙半信半疑地瞅着我。

　　"你学过千里马和伯乐的故事吧？千里马很多是其貌不扬的，有时甚至是丑陋的。但它的奇异一般人是发现不了的。只有长一双慧眼的人才能发现。"我故作玄虚地勾起她的兴趣。"你想呀，今天这段课文如果是一般的孩子少说也得背诵两个小时。可你不到半小时就背得滚瓜烂熟了。这说明什么呢？"婷婷很困惑，睁大了眼睛，不知道该怎么回答我。

"这说明你的记忆力非常好。你是我长这么大见过的记忆力最好的孩子。所以我有信心让你一个月之内掌握五百个单词，也就是别的孩子三年所学的单词量，你相信吗？"我握住她的小手。可能是激动的缘故，她的小手颤抖得非常厉害。

"咱们重新学一下今天学校英语课教授的课文，学完了我们从头开始学习音标。你的基础不好也不怪你，以前你在旗县学校，没有系统地学过，来到这所重点中学跟不上进度也是自然的。不过你放心，音标很容易学的，等你掌握了，再难的词也能拼出来。而且英语单词只要读音正确，基本上就能拼写出来，比汉语好学多了。你现在所要做的，就是全力以赴积极配合好阿姨。"她轻轻地点着头，眼睛好奇地睁得老大。

课文比昨天那篇略长些，词汇量也相应多些，只好让她死记硬背，首先掌握单词的正确读音。她倒也乖乖地跟着，眉头不经意地皱了起来。

"你觉得有什么不对的地方吗？如果有疑问，你只管说。"我微笑着鼓励她。"阿姨，我觉得餐馆这个词的发音好像不对，我们老师不是这么教的。"她吞吞吐吐地轻声说。

"那你们老师怎么读？"我用眼神鼓励她说出来。"我也学不上来，反正不是阿姨这么教的。"在我的追问下，她尴尬得有点儿不知所措。

我"扑哧"一下乐了。"没关系，谁对谁错这很容易搞清楚。我这里有快译通，正好有读音功能，咱们听一下不就完了。"还好，结果证明我的发音是对的。"可是，我这么念，老师听了会不会不高兴？"关键时刻乖乖女的致命弱点浮出水面，可恼又可笑。

"如果你们老师因为这个批评你，你不要跟老师争辩，你回来告诉我，我去你们学校找校长理论。老师也是人，也有疏忽大意犯错的时候。但如果她因此苛责一个学生，她就不配为人师表。"她似懂非懂地不断点头，但我知道我在她心中的分量又加重了一个筹码。

这篇课文用了不到一个小时她就完全掌握了。"明天早晨你一起来就背这篇课文，直到能够流利背诵。学了这么长时间，咱们休息半个小时，随便聊聊天，你把学校里这几天发生的有趣的事给我讲讲，好吗？"

学校有很多稀奇古怪的事，她讲着讲着，不由得兴奋起来，就像变了一个人似的，有时会情不自禁地笑出声来。另外，我在她描述的时候还发现，原来她笑起来的样子很甜美。只是压抑太久，一双美丽的大眼睛因为没有灵气便成了呆板的死鱼眼。

"你在学校有朋友吗？"我巧妙地转移话题，只想不知不觉地走进她的内心世界。"没有。没有人爱跟我玩。"她低着头，抿着嘴唇轻声说。

"你渴望同学们接纳你，也想有几个好朋友，对吗？"我温和地盯着她的眼睛。"嗯。"她的声音小得出奇，略有些暗哑。

"你放心吧，我保证咱们婷婷过不了两个月就能让同学们大吃一惊，你的同学们也会真心接纳你。到时，你爱跟谁交朋友，都是人家的荣幸呢。"我充满肯定的语气没有调侃的味道，给了她无限的希望。"真的吗？真的会有那一天？我都不敢想象呢。"她开心地笑了，脸上洋溢着陶醉的憧憬。

接下来的几个音标学得很顺利。当她熟练地掌握了正确的发音方式，我就让她把所学过的课本里，与之相关的单词一个个挑出来，找出同类项，再加以比较。挑选出来的单词挨着顺序学完，我再接着考她，不经意间又轻松掌握三十多个单词。最后，统计自己的丰收成果时，她竟有点儿不相信自己的眼睛。

夜深了，不敢让她熬夜，以免影响第二天的听课效果。临睡时，我们躺在床上，我一边考她单词，她一边应答，不知不觉地，她的呼吸慢慢沉了下来，逐渐进入梦乡。可能是由于劳累所致，再加上兴奋，我一时半会儿睡不着觉，却听见她梦呓里还在喃喃地背着单词。不忍心惊扰她，只好轻轻地为她盖好被子。

初见成效

这样忙碌的日子持续了四天，婷婷按部就班地接受了我的学习方法。看着这张白纸一点点地涂抹上预期的颜色，这个半成品终于有了些许眉目和看头，我打心眼里有一种满足感。疲倦是难免的，有时很想停下来歇一会儿，轻松地睡个懒觉，看会儿电视，再重新过一过以前习惯的享受舒适的小日子。可是，一看到她充满依赖和信任的目光，这个念头顿时就消失了。

她的接受能力比我想象的要强好多，尤其是音标的学习。每一次完全掌握之后，顺畅地读出很多过去怎么也弄不懂的单词发音，她的脸上就有一种抑制不住的开心。我趁热打铁，顺便把重音、音节的知识一点点地灌输给她，我相信十多天之后她就能无障碍地拼出英汉词典里的任意一个单词。

音标系统学习一直被中学老师视为洪水猛兽，其实让学生掌握正确的读写方法根本没有想象中的那么难。就像我们一上小学首先要学汉语拼音，尽管枯燥，但掌握之后就能够自己查字典，不用再依赖老师，慢慢地自学水平提升后，孩子学习的热忱也就高涨了。

她每天以三十多个单词的速度学习，课文背诵保证一天一文。五点钟闹钟准时响起，婷婷条件反射般一骨碌从床上爬起来，很自觉地就进入到早晨的备战状态。背诵完毕之后，到学校还有半小时的早自习时间，可以再巩固一下在家里的记忆成果。

那天是周末，在下班回家的路上L嫂给我打来电话，开心地说她炖了一大锅排骨，晚上会让婷婷拿给我。我听出她的声音非常兴奋，也是为了犒劳我这些日子的辛苦吧。

晚上婷婷果真拎了一个大包给我。"我妈给你带了很多好吃的，她让我代她好好谢谢你。"婷婷的脸上充满了阳光。

我明显的感觉婷婷心情特别好，我检查她作业时，居然听到她哼起了小曲。

"今天是不是有什么好消息要告诉阿姨？"孩子单纯的脸上实在藏不住太多的快乐和秘密，一眼就很容易看透。

"阿姨你真厉害！今天'老刁'表扬我了呢。"她兴奋的声音里有种掩饰不住的得意。

"'老刁'是谁？"从没听她说起过这个人，乍一听到这样的称谓还有些莫名其妙。

"就是我们班主任刘老师。她平时管得很严，同学们都怕她，背后管她叫老刁婆子，简称'老刁'。"孩子的世界真奇怪，因为不满、怨恨等原因给老师起外号在我读书的年代也是常有的事。

"她很老吗？有五六十岁了？"我纳闷地问了一句。

"没有那么老，也就四十多岁吧。"她回答得很干脆。"不过她成天板着个脸，就像个丑陋的老巫婆，大家都不喜欢她。"

第一次听婷婷讲起班主任老师的坏话，那种恨恨的感觉让人忍俊不禁。现在的孩子跟我们上学时一模一样，爱恨情仇完全凭直观，对严厉的老师总有一种又怕又恨的抵触心。

"那你给阿姨讲一讲她表扬你的过程，是什么缘故呢？"问题的关键在这里，这才是孩子的兴奋点。

"忘了跟你说了，'老刁'教我们英语，每天对英语课抓得特别紧。昨天她布置背课文，同学们都没太当回事。今天快放学时，她突然来到班级，堵在门口说谁把课文顺利背下来，谁就能回家；背不下来的，就留在教室里，直到能够背诵下来才可以放学。"她顿了一下，喝了口水。

"然后呢？你保证没问题吧。"考别的我不敢保证，但背课文我相信只要她不慌张，应该不成问题。

"我们班顺利地过了两个人，其中就有我一个。"她口气里充满了自豪。"那个勉强能通过的同学还磕巴呢，我刚上讲台背诵立马就把大家给镇住了。"

"真的吗？那你给我讲一讲细节。"婷婷兴奋的眼神让她看起来特别可爱。受她的快乐传染，我不由自主地想打探更多的精彩。

"轮到我背的时候，我叽里咕噜几下就背完了，同学们都看傻眼了，'老刁'一时都没回过神。然后她把我叫到讲台上，又让我当着大家的面重新背了一遍。结果我当然还是叽里咕噜几下就搞定了，还没等我回过味儿来，老师和同学们就为我鼓起了热烈的掌声。"说到这里，我看到她脸上有一种控制不住的兴奋。"我长这么大，还是头一次遇到这种情况。"她用手摸着自己因为兴奋而略有些泛红的脸，"'老刁'当着全班同学的面表扬了我，还夸我聪明，又训斥了英语课代表几句，居然让全班同学向我学习呢。"我从她得意的神色里看到了一个少女的娇羞和可爱。

"这种感觉是不是很好？阿姨没骗你，是吧？连老师都开始表扬你聪明了，说明她以前对你的学习没太上心。以后咱们再接再厉，巩固战斗成果，相信更大的惊喜还在后头。其实，咱们婷婷原本就是英语皇后。"在兴头上，我使劲握住她的手，给她鼓气。黎明前的一线曙光如期降临，大大增强了我的自信心。

"'老刁'这回是真生气了，让那些一点儿都不会背的学生站成一排，每人给了一个大嘴巴子。"她说着开心的事，不自觉就露出了孩子的天性，开始看别人的热闹了。

"现在居然还有这种事？"我的笑容收敛起来，皱着眉头问她。"在你们重点中学还有体罚学生的老师？她打人下手狠吗？难道就没有家长去找校长反映，或去教育局告她？"我特别反感体罚学生的老师，尤其是女老师，更让人深恶痛绝。

"哪会有家长去告她呢，她在我们学校是优秀老师，能来她的班都得托关系走后门才行。别的班才五十多个学生，我们班人满为患，都六十多个了，如果还有地方，肯定还会想法塞进来。家长也理解她的苦心，小孩子不打不成材，反正也打不坏。"关键时刻想不到她还很通情达理的。

"那她打过你吗？"这才是我最关心的话题。她轻轻地点了下头。"打的次数多吗？"她低下头不回答。"你跟你妈妈说起过这件事吗？"她摇了摇头。"你恨她吗？"她还是摇了摇头。

"以前她打你，确实是她不对。不过，以后她要是再敢打你，你就回来告诉阿姨，阿姨一定会去教育局告她，比她强的老师多了去了。她以前不是也说你是废物吗，再让她这种老师胡作非为地教下去，好孩子也会被教坏的！"这样的暴力行为对孩子身心是一种严重摧残，即使打着爱的名义也不行。尤其对女孩子来说，自尊心受到伤害之后就会自暴自弃，逐渐丧失生活的勇气。显然，以前的婷婷就是这种暴力教育的牺牲品。我严厉地盯着她的眼睛一再嘱咐她，她含着眼泪使劲地点了下头。

"不过我相信以后她没有这个机会了。"我握着婷婷的手，语气放得极其缓和。"她今天不是表扬你了吗？这就说明咱们婷婷已经得到她的认可了。以后你的成绩赶上来，她会更喜欢你呢。所以，咱们还得乘胜追击。"她破涕为笑，一扫刚才的阴云密布。

"对了，这事你跟你妈说了吗？"我明知故问地逗她。

"当然了，我长这么大还是头一次听到老师夸我聪明呢，我回家讲给我妈听，她一下子就乐开了花，立马就说要炖排骨犒劳阿姨。"小家伙一脸的兴奋很快就把所有秘密全抖搂出来。

"看来老师说一句话顶上阿姨说一百句话呀。"我佯装生气。

"我知道阿姨对我好，我心里有数呢。"小家伙乖巧地搂着我的胳膊，迷魂药及时就给我端上来了。

用**爱**打开孩子心灵的**枷锁**之五

作文提升

　　周六早晨，闹铃在黎明时分响起来，婷婷麻利地穿起衣服。很想让她再睡一会儿，片刻的怜惜过后，我还是假装没看见，注视着她有规律地进行早上的一项项功课。

　　快七点的时候，她如往常一样麻利地收拾好书包准备出门，我赶紧叫住她。"阿姨你有事快点儿说吧，要不一会儿上学迟到了。"她边说边蹲下身系紧鞋带。

　　"今天是周六，不用去学校。你忘了？"我忍住笑问她。

　　"哎哟，我还真的给忘了呢。"她有点儿不好意思地摸了摸脸蛋。

　　"你觉得最近学习压力大吗？还吃得消吗？"我担心孩子是否能接受这样高强度的训练，不想出现拔苗助长的悲剧。

　　"没事的，我觉得挺好的。我以前一上学校就头疼，要不是为了妈妈，我一天都不想上学了。现在感觉听老师讲课能听懂了，上学也没有以前那么恐怖了。"她的回答让我吃了一颗定心丸。

　　"今天是周末，上午你得去上钢琴课，晚上你还愿意来阿姨家学习吗？如果你想休息，给你放一天假也行。"我征询她的意见，不想让她过于疲惫。

　　"我没事的，我没事的。还是接着来学习好了，只要阿姨没事就好。"她回答得很干脆，急切的话语里透着一股我期望中的学习热忱。"我觉得以前落下的功课太多了，现在有阿姨热心教我，我感激还来不及。真想一天当成三天使，睡觉都觉得是浪费时间呢。"她的诚意写在脸上，我心里骤然添了一股暖流。

　　"晚上我决定给你讲讲怎样写好作文。你们语文老师不是布置一篇作文要求写你周围最亲近的人吗？你写《我的妈妈》就好。你先拟初稿，晚上我给你详细点评，一定要认真一点儿。"她没有说话，眼里闪过一丝迷茫。

"不会写也无所谓的，你能写成什么样就写成什么样，只要尽力就好。阿姨了，解你，不会笑话你的。"我用眼神鼓励她。"晚上我跟你妈妈说好了，五点钟吃晚饭，再练四十分钟钢琴，把上午音乐老师教的课程巩固练习一下，七点钟你再过来。今天是周末，不想让你太熬夜，好好睡一觉才好，听到了吗？"她连连点头。看着她走出我的视线，我终于美美地舒了一口气，又钻回被窝好好补了一个回笼觉。

傍晚，如期听到门铃声，打开门看见婷婷非常疲倦的脸。"出什么事了？你脸色不太好。"我关心地问她。

"也没什么大事。中午老叔一家又来了，闹哄哄地乱成一片，中午也没休息好，还得陪着他们说话，没练成琴，更没什么心思写作文。"她委屈得眼泪都快掉下来了。

"他们经常来你家吗？"人家的家务事我不便多打探，但有关孩子利益的问题我决不能装聋作哑。

"是呀，每月总得来两三趟。再加上我二叔、老姨，还有别的亲戚，几乎每到周日妈妈都得招待他们。我烦都烦死了，又不能说什么，还得花时间陪着他们。"她越说越来气，眼泪像断了线的珠子似的掉下来。我拍了拍她的肩膀，深深理解她勉为其难的苦衷。

"那你妈妈不反对吗？这多影响你学习呀。"我不解地问。

"可妈妈也没办法，既花钱又遭罪。这帮亲戚都把我家当成免费旅店了，妈妈也不好意思明说，我还得陪着她们吃饭，还得陪着弟弟妹妹们玩耍。其实我早就烦透了，以前还能忍一些，现在时间这么紧张，就这么白白浪费掉了，我心里特别难受。"她不停地擦眼泪，我赶紧把纸巾递给她。

"以后你有什么烦恼都不要对阿姨隐瞒，这个麻烦阿姨会帮你处理的，你先安心学习吧。"我安慰她。"明天上午九点你让你妈妈在钢琴教室门口等我，我找你妈妈好好谈谈。"她开心地连连点头。

她的作文写得非常小儿科，叙述简单，不超过二百字。字迹很工整，一看也算是用了点儿心。我迅速扫描完，沉吟片刻，瞅着她没有说话。她被我看得有点儿不好意思。

"妈妈慈祥的脸上总是挂着灿烂的笑容。"我念到这一句，问她理解是什么意思吗。

"我记得别的作文书上好像都是这么写妈妈的，我就顺手这么写了，好像就是写妈妈可爱的意思吧。"她吞吞吐吐地答着。

"慈祥这个词一般都是用来形容上了岁数的老人，你妈妈才四十多岁，用这个词显然不合适。"我盯着她的眼睛。"以后不了解的词，一定要学会查字典，这样才不会出现让人看了哈哈大笑的错误。你的记性好，语文基础知识暂时只能靠你自己上课听老师的，对词组的学习养成勤学好问的习惯。实在弄不懂的，只好死记硬背了。阿姨暂时只能在作文上帮你提升一下技巧，但基本功还得你自己好好用心学才好。"她听了连连点头。

"初中一年级主要就是记叙文。这种文体其实是最好写的。比如写你的妈妈，就是要用典型的事例突出你的妈妈对你的爱，达到感人的目的。"她似懂非懂地看着我。

"可是，我没觉得妈妈有什么特别让我感动的地方呀。天下的妈妈不是都一样爱孩子，给孩子做饭、洗衣、花钱，任劳任怨吗？"她一脸天真地瞅着我。在蜜罐里长大的孩子怎么会懂得生存的艰难，让她们忆苦思甜无异于对牛弹琴。

"你的同学属于离异家庭的多吗？"我相信这个现实的问题在这个年龄段应该不算是秘密了。

"有很多，估计有三分之一吧。他们大部分跟爷爷奶奶一起生活。"说到这里她不由自主地叹了口气。

"你觉得他们可怜，是吗？"我追问道。

"确实挺可怜的。没妈的孩子像根草呢。"她的同情心在这个时候显露无遗。

"你跟他们相比，会不会觉得自己很幸运、很幸福呢？"我一点点地开导她。

"是，跟他们相比，我确实觉得妈妈超可爱呢。"小家伙说到这里脸上洋溢着一种甜甜的幸福。

"那你写作文的时候就可以把这种感受写出来，这也是作文的一种技巧叫对比法。"我及时给她灌输作文技巧。"你妈妈在下大雨的时候会不会给你送雨伞呢？你站在校门口，看见妈妈冒着大雨来接你时会不会感动呢？"

"妈妈当然会来了。她不用上班，在家闲着没事。"她的话里一副想当然的口气。

"别的孩子也都这么幸运会有妈妈来接吗？如果他们的妈妈不会来，却看到你妈妈来了，会不会嫉妒你呢？"我不好用言语打击她，只好旁敲侧击引导她。

"人家妈妈有工作，当然不会都来了。不过，我想他们肯定会嫉妒我有个好妈妈的。"她回答得很干脆。

"可你妈妈也可以不来，在家里看电视、打麻将，那多舒服。她为什么每次都会主动在你最需要的时候出现呢？"

"因为她是我妈妈，心里最疼我喽。"这才是我最想听到的孩子的心里话。

"对了，这就是你妈妈的特别之处不是？别人谁会像你妈妈一样把你当成个宝贝？你生病的时候，妈妈会给你做好吃的，照顾你。可是妈妈生病的时候，你为她做过什么呢？你好好想想。"我看着她的眼睛开始启发她。

"在我的记忆里，妈妈好像没生过病。她感冒了就自己吃药、输液，从没让我陪过。"她一脸无辜地瞅着我。

"可是妈妈再难受，也会给你做饭；天再冷也会去学校接你。怕你饿着，怕你冻着，不是吗？"我直盯盯地瞅着她。"你再想一想，这么多年，你妈妈为你做了多少事，难道就没有让你感到内疚的事？"

"爸爸总跟妈妈吵架，经常训斥妈妈，多半是为了我的学习。我一看见妈妈偷偷地擦眼泪，我就觉得特别对不起她。"婷婷说到这里，刚才好不容易止住的泪水又在眼眶里打转了。

"你再仔细想想，肯定还会有更多的你忽视的细节。等到你把这些让你特别感动、内疚的情节挖掘出来，再用心写出来时，就是一篇特别感人的作文。明天晚上你重新写好带给我，好吗？"她含泪点了点头。

接下来我详细分析了这些日子她所背诵课文的精彩之处，让她充分理解每篇课文的精妙之处，这样背诵时，就能做到理解性的记忆。朗诵是我的强项，给她做了分解示范之后，小家伙摇头晃脑学得很投入，我不禁为发现这颗夜明珠感到兴奋。

用**爱**打开孩子心灵的**枷锁**之六

感恩母亲

　　周日上午送走了婷婷，本想再重温一下被窝的温暖，突然想起约了 L 嫂在九点钟见面的事，赶紧起来洗漱做早点，不知不觉就到了见面时间。

　　L 嫂早在钢琴教室门口等我了，远远地看见我，便向我招手。"这些日子辛苦妹妹了。看到婷婷的变化，我都不知道该怎么感谢你。"L 嫂分外热情，紧紧拉住我的手。"是不是婷婷惹你生气了？如果有，你尽管说。"

　　做母亲的心我懂，忙安慰她："嫂子，你先别着急，婷婷是个很乖的孩子，不会惹我生气的。"我笑着摇了摇头，打消了她的顾虑，L 嫂过度紧张的情绪放松了一些。

　　"如果有用得着嫂子的地方，你也尽管说。"她的诚意写在脸上，她用双手紧握着我的右手，因为激动而有些颤抖。

　　"有些事本来不该我管，不过为了婷婷的学习，我这个当妹子的只好多管闲事了，希望嫂子不要介意！"毕竟介入人家的家事不太礼貌，如何措辞还得仔细斟酌。

　　"怎么会介意呢？我知道你是为婷婷好，怎么说都不为过。"关键时刻 L 嫂的鼓励给了我信心，让我特别感动。

　　"那我就不绕圈子了。婷婷跟我说，你们家节假日亲戚来往过于频繁，直接影响她的学习。本来这事我不好干涉，是你家的私事。婷婷基础不好，落下的功课太多，再这么耽搁下去，我也无能为力，只能跟着干着急。希望嫂子能理解。"

也许是我的话过于直接，触碰到她家的隐私，L嫂的目光有些躲闪。

"我也没把妹子当外人，跟你说说也无妨。"L嫂无奈地解释道。"现在来往走动多的主要都是她爸家的亲戚，尤其是几个小叔已经把我家当成自己家了。我不接待吧，显得生分，担心婷婷她爸跟我急。我家的亲戚我都提前打过招呼了，这段时间他们就不来了，毕竟是自家人，怎么说都理解。"

"看来这个恶人只好由我来做了。"关键时刻，我也顾不了太多，只好继续给她施加压力。"如果再这样拖延下去，婷婷就是直接受害人，我想帮忙也插不上手了，到时你连哭都来不及。"看着L嫂一筹莫展的神态，我叹了口气。"我使劲拽着婷婷往前跑，你们在后面用力拖她的'后腿'，我也实在无能为力了。"我失望至极，转身欲走。

L嫂急忙拉住我。"妹子你别生气。我以前也没意识到事态的严重性。你这么帮助婷婷，我都看在眼里呢。为了婷婷即便要我的命我都愿意，做一回恶人我也没什么可怕的。你对婷婷这么好、这么用心，我都记着呢。现在婷婷回家开心了许多，学习劲头十足，这些转变我都看在眼里，不知道该说什么感谢你才好呢。以后我一定会把妹妹当成亲妹妹的。"L嫂使劲握着我的手，眼里闪着激动的泪花。

"其实我们都是为婷婷好。相信我们合作会愉快的。"目的达成，心满意足的我开心地跟L嫂说了再见。

晚上，婷婷一进门，刚坐到书桌上，还没等我提及，已经提前把作文拿出来放在我手里了。

"阿姨你看看我这篇作文写得还行吗？我今天下午写了半天呢。"她的口气里有一种渴望被表扬的期待。

我仔细看了看，近七百字抄写得工工整整，竟然是非常标准的仿宋体。"婷婷还练过书法？"我有些惊诧地笑着问她。

"嗯，我上小学的时候学过两年。以后练钢琴时间紧就放下了。阿姨的眼真尖！"小家伙开心地咧着嘴笑了。

"你有这个基础就好。等过些日子阿姨教你英语的标准连写书法体，这样你再写英语作业就会又快又漂亮，到时同学们都会嫉妒你呢。"关键时刻有效地刺激一下孩子的虚荣心，也是鼓励孩子的一个重要手段。

"阿姨，你真了不起！现在我最佩服的人就是你了。"小家伙适时地递上了凡人最爱听的马屁话。

"这篇作文给你妈妈看过了吗？她说什么了吗？"言归正传，学业永远是第一话题。

"我给她看了。她看完后说晚上给阿姨看吧，她觉得挺好的。但我看见妈妈背着我擦眼泪呢。"小家伙说到这里，眼神有些黯淡。

"你知道妈妈为什么哭吗？"我盯着她的眼睛问她。

"知道，因为我说了几句懂事的话，让妈妈感动了。其实阿姨你说得对，我一直都以为妈妈为我所做的一切都是妈妈应该做的，我从来都没觉得妈妈有多爱我。这两天我想了好多，我觉得我最对不起的就是妈妈。"说到这里，泪水已经不知不觉地顺着她的脸颊流了下来。

"能感动人的就是一篇好作文，不需要多华丽的语言来修饰。就像你昨天用词不当，反而容易弄巧成拙。其实最好的文章，就是能打动人心的文章，用最简单最平实的语言就好。"我趁机开始辅导她。"你学过冰心的《再寄小读者》这篇文章吧？我上学的时候特别不理解，觉得她的文笔简直幼稚得就像是小学生作文。成年之后，再读她的文章，才发觉她的文章非常朴实、明快，能够用最简单的语言写出我们内心的情感，能让孩子们理解、接受。所以，她才是著名的儿童作家。"她听得很认真，不住地点头。

"你的这篇文章情感丰富，特别感人，都是你发自肺腑的心声，所以你妈妈看了会感动、会流泪。如果我是你们班的语文老师，会给你这篇文章打满分的。"我微笑地称赞她。"其实婷婷是一个很懂事的孩子，就是不知道怎么表达。现在，咱们婷婷已经长大了，我相信婷婷以后会尽力做得更好，不会再让妈妈伤心难过了，对吗？"她使劲点了点头。

"你看最后这两段描写，把一个孩子对母亲的爱与内疚完整地写了出来，让人看了特别特别地感动呢。"我把"特别"这两个字重复了两遍，就是想表达我对她这篇文章的肯定。我当着她的面，声情并茂地朗诵起来：

　　"我一直都以为妈妈是一个最普通的妈妈，她对我的爱我从来都认为是天下妈妈应该给孩子的。有一次我吃饭的时候，看见妈妈的左手食指包着纱布，我问妈妈是怎么回事。她说中午切菜的时候不小心把指头切破了。不过不疼的，她笑着对我说。当时我也没太往心里去。过后不久，我不小心把指头副伤了，流了很多血，妈妈送我上医院包扎。因为这个伤口，我有半个月都没敢弹钢琴。妈妈的纱布拿下之后，我看见她手指上有一道很长、很深的伤口，我想妈妈当时一定很疼。可她仍旧每天给我做饭，从来也没当我的面跟我说起过。现在想起来，我才知道，我的妈妈是个不平凡的妈妈，她爱我为我付出了那么多，我却总是视而不见。现在想一想，我确实是个很不懂事的孩子。

　　爸爸不常回家。每次一回家，都会因为我的学习成绩跟妈妈吵架，有时还会训斥妈妈。每次看见妈妈哭，我都会觉得很对不起妈妈。现在我每取得一点点成绩和进步，妈妈就开心得跟个小孩子一样。妈妈为我做了那么多，我能回报妈妈的就是好好学习，让她快乐起来。"

　　事隔多年，这个小插曲依然是我记忆中最完整的一篇。我记得我读到最后，婷婷已经泣不成声了。**我知道在这个小女孩心里，她的爱其实一直都在，只是用冰冷的雪覆盖着。只要用爱的钥匙轻轻一拧，透过时光缝隙，你会发现，闭锁的心灵里原来藏有一个如此灿烂、纯洁、充满爱的春天！**

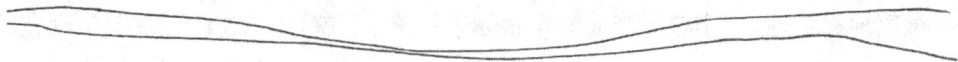

挖掘天赋

那段日子，我们每天都在单调地重复音标的学习和巩固。婷婷掌握的单词和词组总量在不断增加，她的学习热情也一天天地高涨。说实在的，她信心满满的样子着实让我欣慰。虽然有时会有些疲惫，但被传染的快乐让每一个晚上都过得充实而又愉快。

周四晚上，婷婷一进门，就站在我身边，瞅着我直乐。"还不抓紧时间写作业？"我笑呵呵地赶紧催促她。

"作业下午自习课上已经写完了。"怕我不相信，她接着补充道："数学我已经对过答案了，确实没问题；语文作业也做完了；英语我把会的地方都写上了，不会的就先按阿姨的嘱咐先抄上了。"她的语速超快，只想赶快说些不相干的事情。

"那你有什么好事，赶紧广播吧，再不让你说，还不得把咱们婷婷憋死。"她的笑意写在脸上，任谁也无法阻止开心的传播。

"今天发生了一件很神奇的事。"她顿了顿，故作神秘地说。"上午上完早自习，教语文的胡老师就点名让我去她办公室。当时把我吓坏了，我还以为我又哪里做错了呢，只好硬着头皮去了胡老师的办公室。"说到这里，她假装一脸的严肃。

"结果呢，你赶紧说呀。"我假装生气地催促她。

"她问我那篇作文是我自己写的吗？她还不相信呢。我把我妈妈的电话号码告诉她，她才相信了。结果她也夸我写得好。出门时，她还拍拍我的肩膀，鼓励我好好用心学习。"她笑着开始显摆。"更神奇的是，上午第四节语文课的时候，胡老师还把我的作文当范文给大家读了一遍，惹得我班的几个女同学都哭了。"

"真的？婷婷也太了不起了吧。"我忙递上我由衷的略带夸张的赞叹。

"还有更神奇的呢！'老刁'下午放学的时候问我：辅导你学习的阿姨是什么学校毕业的？我告诉她，我阿姨是北京一所著名大学毕业的。"小家伙一脸的得意。

"可是，我真的很想知道，你阿姨到底是什么著名大学毕业的呢？"我强忍住笑一本正经地问她。

"我也就是那么随口一说，想镇住她。不过我觉得阿姨确实很了不起，比我们那些老师强许多倍。"关键时刻，还是顺耳话中听不是？

"婷婷，你有没有觉得你最近练琴跟以往有什么不同呢？"在兴头上，我话题一转，有意识地开始转到她以前不愿意涉及的地方。

"我也纳闷呢，以前我不太喜欢练琴，每次都是妈妈督促我，实在躲不过去了，应付几下了事。最近心里不太抵触练琴了，感觉也没以前那么头疼了。"她如实地说着自己的感觉。

"你觉得练钢琴辛苦吗？"我是门外汉，正好借此机会跟她探讨一下。

"怎么会不苦呢。刚开始练基本功的时候，腰板得直挺挺的，两只手要抬到一定高度，五指弯曲的角度感觉刚好能抓住一个鸡蛋，一动也不能动，必须坚持几个小时，手腕和手指酸麻到不能动的地步。练指法的时候，因为要用力弹奏，指肚时常往外渗血。"她边说边用手比画做着示范动作，平静的眼神里看不出丝毫怨气和愁容。

"你哭过吗？想过放弃吗？"我盯着她的眼睛问。

"没哭，这点儿苦我还能忍受。我虽然不太喜欢弹钢琴，可是心里也不烦，有时开心的时候弹弹琴，感觉时间过得还挺快的。"婷婷的话平静得像一池湖水，有点儿出乎我的意料。

"这就是你最近为什么不讨厌练琴的主要缘故。音乐能陶冶人的情操，你开心的时候，它就像一个小伙伴，倾听你的笑声，所以你会觉得时间过得飞快；你伤心的时候，当你把感情投入到琴声里，它就是你最真诚的朋友，分享你的忧伤与痛苦。"我尽我最大能力帮她分解音乐的神奇魅力。小家伙睁大眼睛听得很入迷。

"所以，你练琴时，要弄懂每一首曲子要表达的内容，用心去领会曲子的旋律，这样你才会不知不觉地走进音乐殿堂，感受音乐的魅力。音乐大师在哪个国家都很受崇拜，就是因为音乐能带给人们精神上的享受。你能近距离地接触钢琴，实在是很幸运的孩子。"说到这里，联想到自己的身世坎坷，不由得悲从中来。

"小时候一看见别的孩子在舞台上唱歌跳舞演奏，心里就有说不出来的难受。当时阿姨家经济条件不好，特别眼红别的孩子能上各种特长班，尤其是看人家演奏乐器时的神气劲，每一次回家都偷偷地哭。婷婷现在有这么好的条件，再不珍惜，确实很让阿姨心痛。"说到伤心处，不争气的眼泪不知不觉流了下来。

"阿姨你别难过，我以后会自觉用心去练琴的，我会听你的。"小家伙眼圈也红了。

我把她的纤纤小手拿过来，细皮嫩肉的，就像一件完美的艺术品。"你的手指又长又细，确实是一块弹钢琴的好材料。"

"钢琴老师也这么说。"一谈到钢琴，她的笑容里就多了一份自信。

"你五线谱识得好吗？那些小蝌蚪我一看见就头疼。"这是我的软肋，在孩子面前示弱也是没办法的事。

"阿姨你不会？其实五线谱很容易的，你想学我教你。"孩子的心是最纯真的，在她的笑语里充满了真诚。

"你看，在音乐方面你就是我的老师了。"我适时地开导她。"有一双生来弹钢琴的手是前提，还得有天赋和毅力，这两点婷婷都具备了。可是还有一点更重要，你知道吗？"她摇摇头。

"学钢琴对普通家庭来说是一件很奢侈的事，你一节课就得花一百多块钱，普通人家的月收入不过两千块钱，家庭条件不好的孩子谁能学得起这么贵的钢琴。有这几个因素制约，想必你们学校也没有几个人学钢琴吧？"

"好像就我一个人。"她肯定地说。

"所以呀，你的未来就比别人多了很多阳光。你的记忆力好，脑子也够用，等过一阵子学习跟上来了，好好练琴，上了高中就上特长班，特长班对学习成绩要求不高，艺术院校相对好考一些。只要你考上大学，将来就算做最普通的音乐老师，兼职教孩子钢琴，月工资也过万元，比普通大学毕业的孩子强十倍，到时谁敢瞧不起你！"她听得非常兴奋，瞳孔不由自主地放大到极限。

"当然了，如果你的英语足够好，钢琴弹得出色，大学毕业后，再去欧美留学，那时说不定就能回来开演奏会了。那时阿姨在台下听婷婷演奏，该是多么自豪的事呀。"我为她描绘着未来的美好前景，把小家伙吸引得不知道该说什么。

"我真的会有那么一天吗？"她小心翼翼地轻声问道。

"当然会有！咱们婷婷确实是个不一般的孩子呢，你现在还没发觉自己的超能力？你才努力几天，英语老师和语文老师就开始表扬你了，你的进步已经把同学们镇住了。只要你不断努力，阿姨相信婷婷会有这么一天的！"我赶紧给她打气。

"那——，如果有那么一天，阿姨会来听我演奏吗？"她的眼睛里焕发着一种神奇的光彩，我知道她被感动了。

"那当然了！无论你在哪里开演奏会，只要你通知阿姨，阿姨一定会去的。"我保证道。

"那你不准骗人！有阿姨支持我，我会努力的！"我们击掌约定。相信这个美丽的约定一定是孩子人生中重大的一次转折，因为有爱的信念来支撑，跋涉的路就不会再孤单！

水到渠成

婷婷的努力有目共睹，有时看着她不知疲倦、兴致极高的学习劲头，真的为自己无意中捡到这块宝石而窃喜。

音标系统学习比我想象的要顺利许多。第三周的时候，当我宣布她已经掌握了发音的整个技巧，可以认识英汉大词典中的任意一个单词的时候，连她自己都不相信自己的眼睛。

为了打消她的疑虑，我从英汉大词典中随意找了几个由五六个音节组成的单词。在我的示意下，根据音标，先分解音节，一个个拼读、连读，再分清轻重音。她轻轻地读出来，刚开始速度有些慢，但发音极其标准。我不断提醒她注意连读，加快语速。然后让她看着单词写出音标，或根据音标写出单词，这样不断地反复训练。

这个过程非常熟练后，根据发音掌握单词的读写就水到渠成了。我示意她慢慢地拼读一个陌生的单词，看着单词根据读音写出长长的单词，反复两遍；然后再根据读音记忆单词。当她看到自己可以熟练地掌握这个技巧，竟然开心得不知所以然；最后我随意抄写了很多她不认识的单词，在没有音标标注的情况下，让她根据所掌握的发音规律，试着拼读出正确读音。没想到准确率竟然高达90%，这个结果让她瞠目结舌，同时也增强了自信心。完全掌握单词的技巧性后，她对英语日渐痴迷，学习慢慢走上了正轨。

英语的前缀、后缀是构词的一种特性，就像汉字的会意字可以表意一样。初中阶段以单音节和双音节的词为主，为了训练她的拼读技巧，我还是系统地让她掌握了这个知识。我相信随着课业深度的不断加强，与音标同步训练也是科学的方法。

其实英语音标的发音都有规律可循，这也是字母文字的简单易学性。只是，我们的中学教育忽视了这个细节，填鸭式的应试教育教会了只会做题的中国式怪胎。教她音标的时候，我会有意识地让她学会总结每种音标背后的字母拼写规律，特殊情况只好死记硬背。还好，她记忆力好，这些日子掌握的近五百多个单词，准确率高达95%以上。

她的发音偶尔出现偏差时，我不会粗暴地指责她的错误，只是让她反复倾听我的发音，然后一遍遍地跟着学。有时，为了掌握一个发音，说到几十遍口干舌燥是常有的事。她正确掌握了每个单词的发音，听力的提高便顺理成章了。

第四周的时候，每天晚上她的主要功课就是默写以前背诵过的课文。虽然她背诵得非常流利，但真的实战起来，一时还是找不着头绪。经过几天的反复训练，她就能不慌不忙地默写出长长的课文。有时惊诧地欣赏自己的杰作，小家伙还会开心地自我得意一番。

最激动人心的时刻是做单元模拟考试题的时候。根据读音找出发音不同的单词、英译汉、汉译英、判断对错，包括最后的短文写作，甚至是对大多数孩子最头疼的听力，对她来说已经是小儿科了。只有做到完形填空题时，她无助地看着我，一脸的雾水。

我提示她某篇课文的某一句话，她根据记忆顺势写出正确答案，我再借机给她讲一些时态的正确表述方法，这样她就不知不觉地掌握了应试技巧的很多方法。遇见实在没见过的词，只好运用我先前教她的方法分析词性和大意。还好，这方面她掌握得还算到位。

过了几天，她神神秘秘地告诉我，"老刁"竟然让她从第二天开始每天早自习领读课文。她神气的模样将她小小的虚荣心暴露无遗。

"那以前你们班是谁领读呢？"按捺住喜悦，我好奇地问她。

"当然是我们班英语课代表刘海丽了。"她回答得很清脆。

"可是，你领读，她会不会很生气？会不会记恨你？"同学之间的关系很微妙，尤其是女同学，一般来说心眼小如针眼，针锋相对的结果不堪设想。

"当然了，她特别生气。下自习的时候，我看见她趴在课桌上哭了很久。"她说得很坦然，一副无所谓的样子。

"可是，同学们会不会因此排挤你？"这个问题我特别关心，她在学校一直没有朋友，如果因此四面树敌被孤立，这样的打击也不容易承受。

"怎么会呢？现在同学们很佩服我，他们有不会念的单词居然会问我呢。"说到这里，她的脸上充满了骄傲的神情。"课间的时候，以前不爱搭理我的女生，现在也开始喜欢上我，主动跟我套近乎，玩的时候会叫上我；放学时，以前我一直都是一个人走，现在还有同学主动等我跟我一起回家。我感觉特别好呢。"小家伙得意扬扬的神情跃然脸上。

"当小老师的感觉很美妙吧？不过不能骄傲。"我趁机提醒她。

"嗯"她轻声点头应道。"阿姨，你说得对！只有好好努力，成为有用的人，别人才会接纳你。我以前觉得同学们很势利，现在我不这么想了，谁愿意跟一个差生在一起玩呢？现在我才觉得上学竟然是一件很开心的事。"她的脸上绽放出无比灿烂的笑容。

"所以，咱们婷婷还要继续努力。等到有一天，婷婷考上大学，披着长长的秀发，穿着白色晚礼服，在舞台上演奏钢琴，不知道会倾倒多少崇拜你的男孩子，那时你可千万别晕倒。"我开心地打趣她。

"哪会呢？"她羞涩的脸颊浮上了一抹红云，眼睛里有一种美丽的向往。

知识改变命运。见证这个奇迹的过程，给我和婷婷都带来了预期的快乐和满足。谁又愿意拒绝上帝的馈赠！

只要努力，上帝会垂怜每一个爱她的天使。

窗外，繁星闪烁，我分明看到一个纯洁的展着翅膀的天使，闪动着一双晶亮的大眼睛，在茫茫的天际飞翔，找寻远方的梦中花园。我相信，终有一天，她能够如我所愿，到达理想的彼岸。只要她的泪水里还有努力，还有执着，还有梦想……

感恩父亲

　　天下没有不散的筵席。当离别的钟声提前敲响，我不知道该怎么跟婷婷解释。前天接到爱人的电话，由于施工顺利完成，他们承包的工程提前结束，他和 L 总将会有一个多月的长假，自然在家里辅导婷婷的紧张生活就得暂时终止了。我不知道她能否承受这个突变，毕竟四十多个朝夕相处的日子，彼此的依赖，已融于浓浓的情感之中。

　　晚上婷婷进门时，情绪明显有些低落，低下头一声不吭地做作业，不再像往常一样兴奋，做完作业就等着跟我说学校里的新鲜事。

　　"你妈妈已经把情况跟你说了，对吗？"我轻声地问她。

　　"嗯。"她抿着嘴唇轻声应道，我看到她眼圈红红的。

　　"傻孩子，害怕阿姨不带你了是不是？阿姨怎么会不管你了呢，这些日子咱们已经是很好很好的朋友了，对吗？"我握着她冰冰凉的小手。"虽然你不方便再来阿姨家，但阿姨每隔两三天下班后还是会去你家看你，检查你的学习情况。当然，阿姨会提前把作业布置给你，你要好好用功。阿姨已经把该掌握的学习方法都教给你了，只要你照着好好学，以你的智商，这次期末考试一点都没有问题的，你真的不用太担心了。我相信没有阿姨监督，婷婷也会自觉地学习，不会让阿姨失望，对吗？"我紧握着她的小手，盈满笑意的眼睛直盯盯地瞅着她。

　　"阿姨说话要算数！我会好好努力，不会让阿姨失望的。"小家伙得到我的保证，偷偷地抿嘴乐了。

"爸爸回来了，婷婷开心吗？"虽然这个问题是她最不愿意面对的难题，但时间紧迫，还是容不得我细思量，只好趁势说了出来。她重新抿起嘴，不吱声。

"婷婷，你觉得阿姨这些日子对你好吗？"我收敛了笑容，一本正经地问她。

"阿姨对我像妈妈一样，我从心里喜欢阿姨。"她轻声地说。

"可是，阿姨跟你非亲非故，为什么会对你这么好呢？你想过吗？"我盯着她的眼睛问她。这个问题想她从来都没有考虑过，乍一听到，迷惑得不知道该说什么。

"你这么大了，应该很懂事了。你想想，这么多年，包括你的亲戚，会有外人无缘无故对你这么好吗？"她肯定地摇了摇头。

"你再想想，阿姨以前认识你吗？为什么会把你当自己的亲生孩子一样对待呢？"我的进一步疑问让她瞪大了双眼。

"阿姨告诉你，这个世界上永远没有人会无缘无故地对你这么上心，除了你的父母！"我的语气冷酷得让她一时理不清头绪，她的泪水溢出眼眶。我心头有一丝不忍，可是，时间紧迫，我还是希望趁热打铁，让孩子迷失的心灵找到正确的出口。

"你觉得你爸爸对你不好，是吗？你觉得他不心疼你和妈妈，眼里只有钱，是吗？"我的眼睛紧盯着她。她的嘴巴不停嚅动，不知道该说什么。

"你生病的时候，你妈妈会在身边照顾你，给你做好吃的。可是你爸爸前年生病的时候，一个人在医院里孤零零地躺了一个星期。当时你叔叔想通知你妈妈过来陪床，可他不想因此耽误你上学，因为你妈妈过来照顾他了，就没有人给你做饭了。不信的话，你可以回家问你妈妈。"我冷静地陈述这个故事，她听得很专注，从她脸上我一时半会儿也摸不清她心里的变化。

"去年你爸爸到南方进备件，为了避让一辆大货车，车子栽到沟里，差一点儿你就见不到你爸爸了。这些年，你爸爸忙着赚钱，你和妈妈才能生活得衣食无忧，你才可以学习很多孩子连想都不敢想的钢琴。可你爸爸生病了没有人管，差点儿死了没有人心疼，孩子还怨恨他；自己平时不舍得花钱，可给你和妈妈花钱，从来都没有犹豫过。你说像这样的爸爸是不是有点儿犯傻呢？"我直直地盯着她的眼睛，看到泪水不知什么时候已悄悄地淌满了她的脸颊。

"你爸爸一直很关注你的学业，你的学习成绩不好，一直是他的心病。每次他跟你妈妈吵架，也是对你恨铁不成钢。他忙着挣钱，没有时间多跟你交流，每次想跟你说会儿话，你都是冷冰冰的，连一句话都懒得搭理他。是不是？"这句话正中她的弱点，她心虚地垂下了头。

"每一次他回到家，碰到的都是婷婷怨恨的眼神，可他从来没有记你的仇，还托你叔叔请阿姨来辅导你的功课。现在你知道了吧，是你爸爸请阿姨来帮你的。如果没有你爸爸，阿姨又认得你是谁呢？"我说话的语调和语气确实冷酷了些，但句句打动了她的心。

"可是，爸爸从来没有跟我说起过这些事。我真的不知道情况会是这样。"婷婷哭泣着说。

"因为他是大男人，要养家糊口去挣钱。在他眼里，你只是一个少不更事的小女孩，他不会把这个重担压在你和妈妈身上。但是，如果你不理解他，还因此痛恨他，他是不是特别无辜，特别可怜呢？"听到这里，婷婷已经泣不成声了。

"不过，阿姨知道婷婷是个非常懂事的孩子，也相信婷婷懂得以后该怎么对待爸爸了，是吗？"我用纸巾轻轻擦去她脸上的泪痕。

其实很多的教育误区都容易把孩子带到死胡同，所谓的"女孩富养"，好像物质上的丰富就足以打造女孩子的贵族气质。如果忽略了感恩教育，任何教育都是纸上谈兵。如果一个人，乃至一个民族，没了爱的灵魂，纵然拥有千金、富甲天下，也不过是行走在人世的空皮囊而已。只有爱的不断注入，我们的生活才会更多一些温情，才能感受到活着的真正意义。

对一个孩子来说，在她们的心灵还没有被污染之前，让她们多看看阳光的地方，即使有阴影笼罩，也不要失去一颗阳光的心。唯有充满爱的世界才会赐予她们一双明亮的眼睛，让她们看清事物的本质，在以后的漫漫人生长路中，无论遇到什么挫折，都会怀有一颗感恩的心去拥抱世界！

一锤定音

　　终于可以喘口气了，没了小家伙的羁绊，原以为重新恢复轻松的日子，一定会悠哉游哉。没想到，生物钟习惯了上紧发条，早上的懒觉成了麻烦事，多躺一会儿竟然背疼，只好爬起来，听听歌，看看书，打扫卫生。走到哪里总觉得有个人影在眼前不停晃动，对婷婷的牵挂已然成了我的心病。

　　第三天我一下班直接去了婷婷家。L嫂已经做好丰盛的晚饭等着我。婷婷开心地把家里所有好吃的小零食堆放在我面前，不说话，只一个人抿嘴偷乐。吃完饭，我简单地询问了一下她这几天的功课，结果还比较满意。

　　"阿姨，你先和我妈妈聊天，我得去练钢琴了。"小家伙笑呵呵地对我说，随即潺潺的琴声流淌出来。

　　"最近婷婷的钢琴进步很大，每天一吃完饭，不用我嘱咐，就自觉弹四十多分钟。以前一让她练琴，还得连哄带劝的，现在跟变了个人似的。钢琴老师说，照这个速度练下去，明年年底就可以直接考六级了。"L嫂兴奋得不住地夸孩子。

　　"妹子，我现在真的服你了。婷婷这些日子让你教育得我好像都不认识了，乖得出奇。以前早晨我不叫她，她就赖着不起床；现在一到五点半，闹铃一响，自己就起来在她屋里大声背课文。怕惊扰我睡觉还把她屋门关得紧紧的。我想起床给她做早点，她也不让，说不想让我太辛苦，而且还耽误她早晨背课文，只让我每天早晨给她准备一杯凉开水、一个苹果、一袋牛奶，说在你家已经习惯了。这些日子让妹妹破费了，我这当嫂子的心里一直都过意不去。"L嫂紧握着我的手，激动得不知道该怎么表达。

"她跟她爸爸的关系缓和了吗？"这才是我关注的焦点。

"说来也怪，这两天她爸回来，她竟然主动跟她爸说话了，还给她爸倒水喝，有时还会撒娇地搂着她爸爸的脖子，那股亲热劲让我看了特别眼红，反正把她爸爸哄得乐开了花。现在的孩子都向钱看，知道她爸爸有钱，当妈的也就是老妈子命，一不小心就瞎子点灯白费蜡了，让她爸爸白白逮着一个大便宜。"L嫂言不由衷地说着，一半是嫉妒，另一半是兴奋。我听了心里特别开心，没想到这孩子的小心眼儿竟然这么多，后生可畏。

"其实婷婷是一个很聪明的孩子，就像一块顽石，需要耐心、精心打磨才能成器。我只是教了她一些正确的学习方法而已。你们作为家长的，必须做好监督工作，千万不能心疼放松。以后这个好的学习习惯养成了，她的学习成绩上来了，也就不用这么辛苦了。记住：关键时刻千万不能心软！否则功亏一篑。"L嫂连忙点头答应。

"还有半个月就要期末考试了，这期间一切照旧，不要给她太大的心理压力，你只要把每天的饮食安排好就好。"临走时我不厌其烦地嘱咐L嫂几句。

二十多天以后，L嫂兴奋地给我打来电话，说期末考试成绩出来了。她昨天参加了家长会，班主任还把婷婷表扬了一番，她准备好好宴请我。

其实我真的很关心孩子的成绩，不过在电话里还是忍住好奇心没有直接过问。我一进婷婷家门，还没等我说话，L嫂便把试卷拿过来，脸上喜滋滋的。

数学87分、语文76分、英语58分。我一看见英语的分数，头一下子就炸了。我沉默不语，有些尴尬。这么低的分数确实大大出乎我的意料。

"妹子，你先别着急。这次各科整体试卷偏难，尤其是英语，她们班上英语最高成绩67分，居全年级第二。婷婷58分，在班里排名第三。"分数至上，听她妈妈这么一说，心里的大石头瞬间落了地。

　　我把婷婷叫过来，认真分析英语试卷。在她眼里被视为洪水猛兽的难题，经过我的提醒、点拨，在正常发挥的状态下，很多丢分的题都能弥补过来。她不可思议地瞅着我。

　　"其实只要婷婷用心，考80分也不是太难，是吧？"加强孩子的自信心永远也不过时，我的话显然让她找到了更多的自信。"记住：永远都不要轻易说自己不行、不会的话，有时打败我们的就是自己的不自信。再遇到类似的题，用心想想，你会发现它们其实都是纸老虎，禁不起琢磨。"婷婷不好意思地笑了，连连点头称是。

　　"这次全年级成绩排名，五百多个学生，婷婷居然进了前一百名。昨天开家长会，她们班主任还让我给大家介绍教育孩子的辅导经验。我哪会呢，我只说是我妹妹给辅导的，才下得来台。"L嫂说到这里脸上早已乐开了花。

　　我呢，也正好借此机会全身而退。不过我们两家缘分未尽，一年后又买了同一个小区的房子，闲来没事，我还是会去看看婷婷，走动自然就频繁起来，L嫂做了什么好吃的，我肯定是上宾。三年后，为了婷婷学业的更好发展，她们举家迁往北京，慢慢地我们就失去了音讯。

　　前年在一家洗浴中心门口碰到了婷婷娘俩。婷婷长高了，一米六八的高个子，一身乳白色的套装，乌黑的长发，娇嫩的皮肤，活脱的"窈窕淑女"。我和L嫂聊天的间隙，她神采飞扬地轻声地接打着电话，一双晶亮的大眼睛里闪动着女孩子特有的温婉和妩媚。

　　"婷婷刚考上了北京音乐学院，正好趁这次放假我带她回包头来看看。以后功课紧了，可能也没有多少机会了。现在婷婷越发出息了，越长越漂亮了呢。"L嫂不停地夸着自己的宝贝女儿。女大十八变，谁又能想到当初那个怯生生的小女孩如今已经成了一个人见人爱的白雪公主了呢。

　　L嫂开着车子载着婷婷从我眼前扬尘而去。不由得想起第一次见到婷婷时那怯怯的神情，还有那双无助的眼神。谁能想到这个集三千宠爱于一身的小女孩，多年后的华丽蜕变是那么惊奇。不知道将来哪个幸运的男孩子能牵到她的手，想到这里，竟有一丝丝的羡慕和嫉妒。

无畏的希望

　　一个人在任何情况下，即使出身卑微、家境贫寒、人生陷入困境、遭遇冷嘲热讽、受尽欺凌侮辱……也要无所畏惧，决不能失去无畏的希望；哪怕是生命中只剩下一根琴弦，也要努力地去弹奏出最美的音乐，去赞美这个世界，赞美这个人生。因为，只要坚持理想，就会有勇往直前的无畏的希望。——王治邦

　　从没认为虚荣这个词会与我沾上边。小时候家境不太好，每每为金钱所累，总会暗暗发誓：一定要好好学习，通过知识改变命运，将来再也不受孔方兄的气。身边冷嘲热讽不断，激情一次次被周围否定的目光浇灭，在深夜里饱尝叹息的无奈。但是，对美好生活的渴望、对未来前程的执着给我了无尽的勇气，天亮后毅然擦干眼角的泪痕，重新在自己设定的目标中蹒跚前行。

　　我始终相信"书中自有黄金屋，书中自有颜如玉"。夜深人静，常徜徉在书海乐此不疲，像一个孩子似的，赤足走在波浪滔滔的海边捡拾五彩的贝壳。有时，沙砾中的异物不小心划破双脚，把玩偶尔捡到的一枚枚精致的贝壳，所有的疼痛便会化作一股无畏的希望，让我充满信心去摘取文学瑰宝上的那颗璀璨明珠。

　　尤其喜欢《飘》中的郝思嘉，她的任性多少让人有些不屑，甚至嗤之以鼻；她的虚荣也膨胀着一个涉世不深的小姑娘的顽皮与刁钻，但她对生活的那份坚忍令多少男儿自愧不如。当灾难潮水般涌来，为了所爱的家人能有一个安定、安全的地方，一个二十多岁的小姑娘扛起了令很多男人畏惧的责任，孤身奔波于一片废墟之中，穿越死人堆，寻找一种叫"幸运"的东西，这个人物的经典形象逐渐

浮出水面，《乱世佳人》便成为经典中的绝唱。

我没有郝思嘉的智慧和美貌，每一次羡慕她游刃有余地穿梭在时空缝隙里，还能让执着的信念走得无声无息时，总会感叹命运其实对我还算不薄，还会许我一个灿烂的梦。有了她的陪伴，我的青春尽管有些苦涩，但对爱情的执着，对未来的渴望，让我一路走得彷徨而又坚定。

无论再苦再难，支撑我的动力就是绝境中郝思嘉的那份执着。出身不能选择，命运无法逃避，怨天尤人只会导致自暴自弃，最终陷入绝望的陷阱。

在一般人眼里，也许我是一个比较虚荣、不安分的女子。虽然不幸滑到世俗的深渊，却还梦想着有一天成为骄傲的白天鹅。曾经有一位很熟悉的老领导责问我：为什么你就不能跟别的女人一样安安分分地过普通人的日子，难道孤芳自赏就是你的性格？

面对他的不屑，我傲然回答：如果我现在跟她们一样，那么十年之后我会瞧不起我自己。

是啊，为什么我不能像常人一样认命地活着？少一点欲望，在尘世的硝烟中静等时光啃噬我的梦。

多少次，这样的疑问如惊雷般在我头顶炸开了一个黑洞。片刻的眩晕过后，也想过放弃后的麻木。只是母亲充满期待的眼神，总能透过世俗黑暗的缝隙，隔空给我一个暖暖的拥抱。多想，将来有出息后出一本厚厚的书，记载我人生的苦辣酸甜，实现我儿时许给母亲的承诺。

匆匆的岁月刻满了沧桑，也写满了骄傲。历尽磨难，命运终于向我抛来了橄榄枝，把幸福作为丰厚的奖品赐给了我。当我与命运之神几番较量，当它终于向我低下高傲的头颅，我相信是我的执着与"虚荣"感动了它。

如果我们是一只丑小鸭，不要相信别人"善意"的预言，有时爱的忠告容易让人迷失前进的方向。跋涉的路上荆棘再多，不要让自己的心倦怠了，忘了前面的枫林还有燃烧的火红等着你。

冬天终会过去。

春天来了，带着激情与春风拥抱吧。

与命运较量，无畏的希望就是坚强、隐忍的后盾。唯有坚持到底，冬天才会乖乖褪去寒冷外衣，还你一片绿色奇迹。

当我手捧着这本记录我生命足迹的沉甸甸的书，想起母亲在天堂里看着我微笑的目光，尽管热泪盈眶，但那份满足，一如当年对母亲傻傻的承诺——我一定会让她为我骄傲。

我的未来不是梦！